ROBERT BRYNDZA

So eiskalt der Tod

Weitere Titel des Autors:

So blutig die Nacht

Über den Autor:

Robert Bryndza wollte schon als kleiner Junge Autor werden. Da er sich aber nicht vorstellen konnte, wie er davon leben sollte, hat er den Plan nach der Schule erst einmal auf Eis gelegt, ging zur Schauspielschule und wurde Schauspieler. Heute sind seine Bücher Bestseller und wurden in 29 Sprachen übersetzt. Der Brite lebt mit seinem Ehemann in der Slowakei.

SO EISKALT DER TOD

ROBERT BRYNDZA

THRILLER

Aus dem Englischen von Michael Krug

lübbe

Die Bastei Lübbe AG verfolgt eine nachhaltige Buchproduktion. Wir verwenden Papiere aus nachhaltiger Forstwirtschaft und verzichten darauf, Bücher einzeln in Folie zu verpacken. Wir stellen unsere Bücher in Deutschland und Europa (EU) her und arbeiten mit den Druckereien kontinuierlich an einer positiven Ökobilanz.

FSC www.fsc.org
MIX
Papier aus verantwortungsvollen Quellen
FSC® C014496

Dieser Titel ist auch als E-Book erschienen

Vollständige Taschenbuchausgabe

Deutsche Erstausgabe

Für die Originalausgabe:

Published by Arrangement with RAVEN STREET LTD
Titel der englischen Originalausgabe: »Shadow Sands«
Originalverlag: Thomas & Mercer, Seattle
Dieses Werk wurde im Auftrag der
Jane Rotrosen Agency LLC vermittelt durch die
Literarische Agentur Thomas Schlück GmbH, 30161 Hannover.

Für die deutschsprachige Ausgabe:

Textredaktion: Ann-Catherine Geuder; Lübeck
Einband-/Umschlagmotive: © Trevillion Images: Magdalena Russocka;
© shutterstock: lunamarina | nikkytok
Umschlaggestaltung: Jeannine Schmelzer
Satz: hanseatenSatz-bremen, Bremen
Gesetzt aus der Palatino
Druck und Verarbeitung: GGP Media GmbH, Pößneck
Printed in Germany
ISBN 978-3- 404-18497-2

1 2 3 4 5

Sie finden uns im Internet unter luebbe.de
Bitte beachten Sie auch: lesejury.de

Für Maminko Vierka

Die *Höll'* ist ohne Grenzen, nicht beschlossen in einem Raume – wo wir sind, ist Hölle, und wo die Höll' ist, sind auch ewig wir.

– Christopher Marlowe

PROLOG

28. August 2012

Simon schnappte nach Luft, schluckte brackiges, eiskaltes Wasser. Doch er schwamm weiter, so schnell und kraftvoll er konnte. Es zählte nur noch eins: Überleben. Der Stausee war riesig. Panisch kraulte er durch die Finsternis, weiter in die Dunkelheit, weg vom Dröhnen des Außenbordmotors. Am wolkenverhangenen Nachthimmel leuchtete kein Mond. Das einzige Licht stammte vom drei Kilometer entfernten Ort Ashdean, ein oranger Schein, der kaum den Stausee und das umliegende Moorland erreichte.

Seine Sportschuhe, schwere Nike Air Jordans, die er vor dem Verlassen des Campingplatzes fest zugeschnürt hatte, fühlten sich wie Bleiklumpen an seinen Füßen an. Er spürte, wie sie ihn zusammen mit der nassen Jeans nach unten zogen. Es war Spätsommer. Wo das eisige Wasser auf die laue Nachtluft traf, trieb ein dünner, sich kräuselnder Nebel.

Das Boot war klein und robust. Den Mann daneben hatte er nur als Umriss am Rand des künstlichen Gewässers gesehen. Simons Taschenlampe hatte den Körper erhellt, den der Mann gerade ins Boot gehoben hatte – ein schlaffes Bündel, fest in ein weißes Laken mit Blutflecken und Schlammspritzern gewickelt.

Alles war so schnell gegangen. Der Mann hatte seine Fracht achtlos ins Boot geworfen und war dann auf ihn losgegangen. Simon wusste, dass es sich um einen Mann handelte, obwohl er nur einen Schemen wahrnahm. Als er Simon die Taschenlampe aus der Hand stieß und ihn schlug, stieg ihm ein grässlich beißender Schweißgeruch in die Nase. Simon wehrte sich kurz, rannte dann aber voller Panik ins Wasser. Er hätte in die andere Richtung flüchten sollen, dachte er beschämt, zurück in den dichten Wald um den Stausee herum.

Obwohl Simon Mühe beim Atmen hatte, zwang er sich, schneller zu schwimmen. Seine Muskeln brannten vor Anstrengung. Die Routine von seinem Schwimmtraining hatte eingesetzt. Er zählte mit – eins, zwei, drei –, und beim vierten Zug tauchte sein Kopf zum Luftholen auf. Jedes Mal, wenn er vier erreichte, klang das Dröhnen des Außenbordmotors näher.

Er war ein guter Schwimmer, doch seine Verletzungen verlangsamten ihn. Beim Einatmen spürte er ein Rasseln in der Lunge. Der Mann hatte ihm in die Rippen geschlagen, die jetzt vor Schmerz pochten. Zwar atmete er beim Schwimmen tief ein, aber er hatte Wasser geschluckt, und die Luft gelangte nicht in seine Lungenflügel.

Eine dicht über der Wasseroberfläche treibende Nebelwand näherte sich ihm und umhüllte ihn wie eine kalte Decke. Kurz dachte Simon, der Nebel könnte ihn retten. Plötzlich jedoch raste das Boot direkt hinter ihm heran und traf ihn am Hinterkopf. Jäh wurde er nach vorn geschleudert und unter Wasser getaucht. Schmerz flammte auf, als der Propeller des Außenbordmotors in sein Fleisch schnitt.

Simon fürchtete, jeden Moment die Besinnung zu verlieren. Er hatte Sternchen vor den Augen, und sein Oberkörper fühlte sich von dem heftigen Zusammenstoß taub an, seine Arme hingen leblos herab. Energisch strampelte er mit den Beinen, aber die Hose und die Schuhe hatten sich dermaßen mit Wasser vollgesogen, dass sich seine Beine nur träge bewegten. Als er es irgendwie zurück an die Oberfläche geschafft hatte und ihn wieder Nebel umgab, hörte er in seinem Kopf eine ruhige Stimme.

Wozu kämpfen? Lass dich einfach sinken und ertrink. Dort unten ist es sicher.

Hustend spuckte er das brackige Wasser aus. Das Klingeln in seinen Ohren blockierte jegliche Geräusche. Das Wasser um ihn herum kräuselte sich, und der Bug des Boots tauchte wieder durch den Nebel auf. Als es ihn diesmal unter dem Kinn erwischte, hörte er seinen Kiefer brechen. Er wurde hoch und rückwärts geschleudert, bevor er zurück ins Wasser klatschte und auf der Oberfläche zum Liegen kam. Das Boot pflügte über ihn hinweg – Simon spürte erst den Rumpf auf der Brust, dann die Rotorblätter des Außenbordmotors, die seine Haut an den Rippen zerfetzten.

Er konnte weder die Arme noch die Beine bewegen. Sein Kopf und sein Gesicht fühlten sich taub an, während der Rest seines Körpers in Flammen stand. Solche Schmerzen hatte er noch nie erlebt. Das Wasser an seinen Händen wurde warm. Doch es handelte sich nicht um Wasser, sondern um Blut, sein Blut. Es war warm und ergoss sich in den See.

Er roch Benzin vom Außenbordmotor. Durch das Wasser ging erneut Bewegung, und Simon wusste, das Boot würde zurückkommen.

Er schloss die Augen und ließ die Luft aus der Lunge entweichen. Zuletzt spürte er, wie ihn das kalte, schwarze Wasser verschluckte.

1

ZWEI TAGE SPÄTER

Kate Marshall holte tief Luft und tauchte ins kalte Wasser. Sie brach wieder durch die Oberfläche und trieb einen Moment lang. Die felsige Landschaft von Dartmoor und der graue Himmel zeichneten sich über der Wasserlinie durch ihre Tauchermaske ab. Dann sank sie in den Stausee hinab. Die Sicht unter Wasser war gut. Jake, Kates Sohn im besten Teenageralter, war als Erster getaucht und wartete unter ihr. Luftblasen stiegen aus seinem Atemregler auf. Er winkte und zeigte ihr den Daumen hoch. Kate winkte zurück und schauderte, als die Kälte durch ihren Neoprenanzug sickerte. Sie stellte ihren Regler ein und nahm die ersten, blechern klingenden Züge von dem Sauerstoff aus der Flasche auf ihrem Rücken. Ein metallischer Geschmack breitete sich auf ihrer Zunge aus.

Sie tauchten in Shadow Sands in einem künstlich angelegten Stausee, der einige Kilometer von Kates Haus bei Ashdean in Devon entfernt lag. Die algenbewachsenen Felsen, von denen sie ins Wasser gesprungen waren, fielen steil ab, und die Kälte und die Dunkelheit nahmen zu, als sie Jake tiefer folgte. Mittlerweile war er sechzehn, und durch einen unverhofften Wachstumsschub in den letzten Monaten war er beinah so groß wie Kate geworden. Sie strampelte kräftig, um zu ihm aufzuschließen.

In einer Tiefe von dreizehn Metern nahm das Wasser einen düsteren Grünton an. Sie schalteten die Stirnlampen ein und schwenkten Lichtstrahlen, denen es nicht gelang, die Tiefen zu durchdringen. Ein riesiger Süßwasseraal tauchte aus den Schatten auf und schlängelte sich zwischen ihnen hindurch. Der Schein ihrer Lampen erfasste seinen ausdruckslosen, starren Blick. Kate schrak zurück, doch ihr Sohn rührte sich nicht von der Stelle, sondern beobachtete fasziniert, wie der Aal dicht an seinem Kopf vorbeizog, bevor er wieder in den Schatten verschwand. Jake drehte sich ihr zu und zog hinter der Maske die Augenbrauen hoch. Kate schnitt eine Grimasse und zeigte ihm den Daumen runter.

Jake hatte gerade die Abschlussprüfungen für die Mittlere Reife hinter sich und verbrachte den Sommer bei Kate. Im Juni und Juli hatten sie in einer örtlichen Tauchschule Unterricht gehabt. Seither hatten sie mehrere Tauchausflüge draußen im offenen Meer unternommen, hatten einmal auch eine Unterwasserhöhle mit phosphoreszierend leuchtender Wand am Rand von Dartmoor besucht. Der Shadow Sands Stausee war 1953 durch die Flutung eines Tals und des Dorfs Shadow Sands entstanden. Jake hatte im Internet entdeckt, dass man darin tauchen und sich die versunkene Ruine der alten Dorfkirche ansehen konnte.

Sie tauchten anderthalb Kilometer von den Schleusen entfernt, die das Wasser zur Stromerzeugung durch zwei riesige Turbinen leiteten. Dort, am gegenüberliegenden Ende des künstlichen Gewässers, gab es einen kleinen, zum Tauchen vorgesehenen und abgesperrten Bereich. Im Rest des Stausees war es streng verboten. Kate hörte das leise Brummen des weit entfernten Wasserkraftwerks – in der Kälte und Dunkelheit ein gruseliges Geräusch.

Es hatte etwas Unheimliches an sich, über einem ehemaligen Dorf zu schwimmen. Kate fragte sich, wie es dort unten aussehen mochte. Bisher erhellten ihre Stirnlampen nur Schlick und trübes, grünliches Wasser. Sie konnte sich die einst trockenen Straßen und die früher von Menschen bewohnten Häuser vorstellen, die Schule, die Spielplätze.

Als Kate einen leisen Piepton hörte, blickte sie auf ihren Tauchcomputer. Mittlerweile befanden sie sich bei siebzehn Metern, und ein erneuter Piepton warnte sie, den Abstieg zu verlangsamen. Plötzlich packte Jake sie am Arm und zeigte nach unten links. Ein großer, solider Umriss zeichnete sich in der Düsternis ab. Sie schwammen darauf zu. Als sie näher kamen, erkannte Kate die riesige, gekrümmte Kuppel eines Kirchturms. Ein paar Meter davon entfernt hielten sie an. Ihre Lampen erhellten eine durchgehende Masse von Süßwasserkrebsen, die sich an der Kuppel festgesetzt hatten. Unter der Kuppel konnte Kate das von einem grünen Algenteppich pelzartig überzogene Mauerwerk des Kirchturms und die gewölbten Steinfenster ausmachen. Es fühlte sich unheimlich an, dieses von Menschenhand geschaffene, einst so hoch aufragende Bauwerk so tief unter Wasser zu sehen.

Jake löste eine wasserdichte Tasche mit einer Digitalkamera von seinem Gürtel und schoss ein paar Fotos. Dann sah er sich fragend nach Kate um. Sie warf einen Blick auf den Tauchcomputer. Mittlerweile befanden sie sich bei zwanzig Metern. Sie nickte und folgte ihrem Sohn zu einem der Fenster. Einen Moment lang schwebten sie davor. Der Schlick im Wasser verdichtete sich, als sie in den großen, leeren Hohlraum des alten Glockenturms spähten. Krustentiere bedeckten jeden Quadratzentimeter der Innenwände, bildeten an manchen Stellen sogar kleine Hügel. Trotz der dicken Schicht konnte Kate die Konturen der Gewölbedecke ausmachen. Der Turm hatte vier Fenster, eines auf jeder Seite. Am linken wimmelte es von Krustentieren, und auch das rechte war fast vollständig zugewuchert, bis auf einen schmalen Schlitz, der Kate an die Schießscharten einer mittelalterlichen Burg erinnerte. Das Fenster gegenüber hingegen wies offen zum trüben Wasser des Sees.

Kate schwamm durch das Fenster in den Turm. Jake folgte ihr. In der Mitte hielten sie an und ließen sich etwas höher treiben, um sich die gewölbte Decke genauer anzusehen. Einer der Balken, an denen die Kirchenglocken befestigt gewesen sein mussten, verlief quer über eine Seite der Decke. Auch diesen Balken bedeckten Krustentiere, die sich außerdem an den gewölbten Konturen der Decke selbst niedergelassen hatten. Ein riesiger, über dreißig Zentimeter langer Süßwasserkrebs tauchte hinter dem Balken auf und krabbelte über die Decke auf Kate zu. Vor Schreck hätte sie beinah aufgeschrien. Instinktiv wich sie zurück und packte Jake. Ihre Arme fuchtelten in Zeitlupe. Während sich der Flusskrebs über ihnen bewegte, trippelten seine Beine über die Schalen der dicht gedrängten Krustentiere. Über ihnen hielt er inne. Mittlerweile pochte Kates Herz wild. Ihre Atmung beschleunigte sich und erhöhte ihren Sauerstoffverbrauch.

Die Fühler des Krebses zuckten, dann krabbelte er weiter über die gewölbte Decke und verschwand durch das gegenüberliegende Fenster. Kate bemerkte, dass vor der Öffnung, durch die der Flusskrebs das Weite gesucht hatte, irgendetwas trieb. Als sie näher hinschwamm, erfasste ihre Stirnlampe die Absätze eines Paars grellroter Turnschuhe, die am oberen Rand des Fensters hin und her wogten.

Kate spürte Angst in sich aufsteigen, aber auch Neugier. Sie strampelte vorwärts, packte den Rand des Steinbogens und zog sich langsam durch die Fensteröffnung. Die Schuhe befanden sich direkt darüber und gehörten zu den Füßen eines leblosen Körpers, der aufrecht im Wasser schwebte, als stünde er neben der Kuppel der Kirche.

Jake folgte ihr durch das Fenster. Abrupt schrak er zurück und stieß sich den Kopf an der Turmmauer. Kate hörte seinen gedämpften Aufschrei, und ein jähes Gewirr von Blasen aus seinem Atemregler sprudelte in ihre Sicht. Rasch streckte sie die Hand nach ihrem Sohn aus, bekam ihn jedoch wegen seines Sauerstofftanks nicht richtig zu fassen. Irgendwie gelang es ihr trotzdem, ihn vom Turm wegzuziehen. Dann schaute sie zurück zur Leiche.

Es handelte sich um einen jungen Mann. Er hatte kurzes dunkles Haar und trug eine blaue Jeans samt Gürtel mit silbriger Schnalle. Am Handgelenk bemerkte sie eine schicke Uhr. Die Reste eines zerrissenen weißen T-Shirts trieben in Fetzen um seinen Hals. Er hatte eine athletische Figur. Der Kopf baumelte nach vorn geneigt im Wasser. Schnitte und tiefe Fleischwunden übersäten den Kopf, die Brust und den aufgedunsenen Bauch. Am schrecklichsten fand Kate den Anblick des Gesichts. Aus den weit aufgerissenen Augen sprach nackte Angst.

Plötzlich bewegte sich der Hals, pulsierte. Sie spürte, wie diesmal Jake sie packte, und einen grausigen Moment lang dachte Kate, der unbekannte junge Bursche über ihnen wäre noch am Leben. Der Kopf zuckte, und der Unterkiefer klappte auf, als ein schwarzer, glänzender Aal zwischen zerbrochenen Zähnen aus dem offenen Mund hervorquoll.

2

»Warum waren Sie heute tauchen?«, fragte Detective Chief Inspector Henry Ko.

»Mein Sohn Jake wollte es hier mal ausprobieren. Durch die Hitze ist der Wasserspiegel gesunken. Wir dachten, wir könnten vielleicht das geflutete Dorf sehen«, erklärte Kate.

Sie schwitzte unter dem Neoprenanzug. Ihr klebriges Haar juckte vom Wasser. Jake lehnte zusammengesunken am Vorderrad von Kates blauem Ford und starrte in die Ferne. Den Neoprenanzug hatte er bis zur Taille heruntergerollt. Er sah schrecklich blass aus. Kates Auto parkte auf einer Rasenfläche neben dem Stausee. Henrys Streifenwagen stand nur wenige Meter weiter. Die Grasfläche endete zehn Meter vor den Autos am ursprünglichen Wasserstand des Stausees. Durch die Dürre erstreckten sich zusätzliche zwanzig Meter freiliegender Steine zum Rand des Gewässers. Ein grüner, von der heißen Sonne ausgedörrter Algenteppich überzog die Steine.

»Können Sie beschreiben, wo die Leiche treibt?«, fragte Henry und kritzelte etwas in sein Notizbuch. Er war Anfang dreißig, wirkte sportlich und bediente sich einer gewählten Ausdrucksweise. Der Mann sah aus, als würde er besser auf einen Laufsteg in Mailand als an den Fundort einer Leiche passen. Durch seine Jeans zeichneten sich muskulöse Beine ab, das Hemd trug er mit den ersten drei Knöpfen offen. Zwischen den gebräunten Brustmuskeln hing eine silberne Halskette.

Neben ihm stand eine junge Polizistin in Uniform mit ihrer Dienstmütze unter dem Arm. Die Frau hatte langes, pechschwarzes, hinter die Ohren geklemmtes Haar. Die Hitze hatte ihre blasse Haut gerötet.

»Die Leiche ist unter Wasser. Wir waren in einer Tiefe von zwanzig Metern«, sagte Kate.

»Sie wissen die genaue Tiefe?«, fragte Henry nach, hielt beim Schreiben inne und schaute zu ihr auf.

»Ja«, bestätigte Kate. Sie hob das Handgelenk mit dem Tauchcomputer an. »Es handelt sich um einen jungen Burschen. Nike Air Jordan Sportschuhe, blaue Jeans mit Gürtel. T-Shirt in Fetzen gerissen. Er hat kaum älter ausgesehen als Jake, achtzehn, vielleicht neunzehn. Im Gesicht und am Oberkörper sind Schnitte und tiefe Fleischwunden erkennbar.« Ihre Stimme wurde belegt, und sie schloss die Augen. *Ob wohl noch irgendwo die Mutter dieses toten Jungen lebt?*, dachte Kate. *Macht sie sich gerade Sorgen um ihn? Fragt sie sich, wo er ist?*

Kate war ehemalige Polizistin. Sie dachte daran zurück, wie oft sie Angehörige über den Tod eines Familienmitglieds informieren musste. Am schlimmsten war es immer gewesen, wenn es um Kinder und Jugendliche ging: an die Tür klopfen, warten, bis geöffnet wurde. Dann der Ausdruck in den Gesichtern der Eltern, wenn die Erkenntnis einsetzte, dass ihr Sohn oder ihre Tochter nie wieder nach Hause kommen würde.

»Konnten Sie erkennen, ob der Junge nur vorn oder auch am Rücken Verletzungen hat?«, fragte Henry.

Kate öffnete die Augen. »Seinen Rücken habe ich nicht gesehen. Sein Körper hat uns zugewandt am Kirchturm getrieben.«

»Ist Ihnen irgendjemand begegnet? Boote? Andere Taucher?«

»Nein.«

Henry hockte sich neben Jake.

»Hi, Kumpel. Wie geht's dir?«, fragte er mit besorgter Miene. Jake starrte nur geradeaus. »Willst du eine Dose Cola? Das würde gegen den Schock helfen.«

»Ja, will er. Danke«, schaltete sich Kate ein. Henry nickte

der Polizistin zu, die zurück zum Streifenwagen ging. Kate sank neben Henry in die Hocke.

»Dieser Junge. Er hatte keine Tauchausrüstung«, sagte Jake mit brüchiger Stimme. »Was hat er ohne Ausrüstung so tief unten gemacht? Er war übel zugerichtet. Sein Körper war ganz blau und schwarz.« Jakes Finger zitterten, als er sich eine Träne von der Wange wischte.

Die Polizistin kehrte mit einer Dose Cola und einer karierten Decke zurück. Die Dose erwies sich als warm, trotzdem riss Kate sie auf und hielt sie Jake hin. Er schüttelte den Kopf. »Nimm einen kleinen Schluck. Der Zucker hilft gegen den Schock …«

Jake nippte, und die Polizistin legte ihm die karierte Decke über die nackten Schultern.

»Danke. Wie heißen Sie?«, erkundigte sich Kate.

»Donna Harris«, antwortete die Frau. »Reiben Sie seine Hände. Bringen Sie das Blut zum Zirkulieren.«

»Donna, fordere ein Team von Polizeitauchern an. Und sag Bescheid, dass ein Tieftauchgang nötig sein könnte«, ordnete Henry an. Die Polizistin nickte und entfernte sich, um die Anforderung über ihr Funkgerät durchzugeben.

Die Luft fühlte sich schwer und feucht an, und tief am Himmel bildeten sich dunkelgraue Wolken. Am anderen Ende des Stausees befand sich das Wasserkraftwerk, ein länglicher, niedriger Betonklotz. Von hinten ertönte leises Donnergrollen. Henry tippte mit dem Stift auf seinen Block.

»Sind Sie beide zum Tauchen qualifiziert? Ich weiß, dass man hier streng darauf achtet. Wegen der Tiefe und weil das Wasser den Staudamm speist.«

»Ja. Wir haben Anfang August die Tauchprüfung bestanden«, erwiderte Kate. »Wir können bis auf zwanzig Meter tauchen und haben dreißig protokollierte Stunden unter Wasser verbracht, seit Jake über den Sommer bei mir ist …«

Henry blätterte durch die Seiten des Notizbuchs zurück und legte die glatte Stirn in Falten.

»Moment. Jake ist *über den Sommer* bei Ihnen?«, hakte er nach.

Kates Stimmung sank. Nun würde sie Jakes Lebensumstände erklären müssen.

»Ja«, antwortete sie.

»Wer wohnt an der Adresse, die Sie bei der Meldung an die Notrufzentrale angegeben haben … Armitage Road 12, Thurlow Bay?«

»Ich«, erwiderte Kate. »Jake lebt bei meinen Eltern in Whitstable.«

»Aber Sie sind Jakes richtige … äh, biologische Mutter?«

»Ja.«

»Und sein gesetzlicher Vormund?«

»Er ist sechzehn. Er lebt bei meinen Eltern. Sie hatten bis zu seinem sechzehnten Geburtstag die gesetzliche Vormundschaft. Er fängt demnächst mit der Oberstufe in Whitstable an, deshalb wohnt er weiterhin bei ihnen.«

Henry musterte Kate und Jake.

»Sie haben dieselben Augen«, stellte er fest, als wäre es die Bestätigung, nach der er suchte. Kate und Jake teilten tatsächlich dieselbe seltene Augenfarbe: Blau mit aus den Pupillen fließenden orangen Einsprengseln.

»Das nennt sich sektorielle Heterochromie. Ein Befund, bei dem die Augen mehr als eine Farbe haben«, erklärte Kate.

Donna beendete den Funkspruch und kehrte zu ihnen zurück.

»Wie buchstabiert man *sektorielle Heterochromie?*«, fragte Henry und schaute vom Notizbuch zu Kate auf.

»Spielt das eine Rolle? Da draußen unter Wasser ist die Leiche eines Jungen, und sein Tod sieht für mich verdächtig aus«, entgegnete Kate, der allmählich die Geduld ausging. »Er ist übersät von Schnitten und Prellungen, und er muss erst unlängst gestorben sein, weil eine Leiche mehrere Tage nach dem Sinken wieder aufsteigt. Der Druck in dieser Tiefe und das kalte Wasser verlangsamen die Verwesung, aber wie Sie wissen, treibt ein Toter letztlich immer nach oben.«

Kate hatte die ganze Zeit Jakes Hände gerieben. Jetzt begutachtete sie seine Finger und stellte erleichtert fest, dass etwas Farbe in sie zurückkehrte. Sie ermutigte ihn, noch mehr Cola zu trinken, und diesmal nahm er einen großen Schluck.

»Sie scheinen sich gut auszukennen.« Henry verengte die Augen. Wunderschöne Augen der Farbe von Karamell. Für einen Detective Chief Inspector war er unheimlich jung, fand Kate.

»Ich war früher Detective Constable bei der Londoner Polizei«, erklärte sie.

Er schien sich vage zu erinnern. »Kate Marshall«, murmelte er. »Richtig. Sie waren in den Fall vor ein paar Jahren verwickelt. Sie haben den Kerl geschnappt, der die Morde vom Nine Elms Cannibal nachgestellt hat … Ich habe darüber gelesen … aber Moment. Haben Sie da nicht als Privatdetektivin gearbeitet?«

»Ja. Den ursprünglichen Nine Elms Cannibal habe ich gefasst, als ich 1995 noch Polizistin war, den Nachahmungstäter vor zwei Jahren als Privatdetektivin.«

Mit verwirrter Miene blätterte Henry erneut in seinem Notizbuch zurück.

»Vorhin haben sie zu Protokoll gegeben, dass Sie als Dozentin für Kriminologie an der Universität Ashdean arbeiten. Jetzt sagen Sie, dass Sie früher Polizistin waren und sich nebenbei als Privatdetektivin verdingen. Welchen Beruf soll ich denn nun in meinem Bericht angeben?«

»Ich wurde vor zwei Jahren um Hilfe bei der Lösung eines alten, ungeklärten Falls gebeten. Die Sache als Privatdetektivin war etwas Einmaliges. Ich bin Vollzeitdozentin an der Uni«, erwiderte Kate.

»Und Sie leben allein, während Jake bei Ihren Eltern in Whitstable wohnt …« Mit über der Seite schwebendem Stift schaute Henry wieder zu ihr auf. Seine Augenbrauen hatten sich beinah bis über den Haaransatz gehoben. »Oha. Der Vater Ihres Sohns ist der Serienmörder Peter Conway …«

»Richtig«, bestätigte Kate. Sie hasste diesen Moment, hatte ihn schon so viele Male erlebt.

Henry blähte die Wangen, bückte sich und musterte Jake mit neuerlichem Interesse. »Mein Gott. Das muss hart sein.«

»Ja. Familienfeiern sind schwer zu organisieren«, merkte Kate an.

»Ich meinte, es muss hart für Jake sein.«

»Ich weiß. Das war ein Scherz.«

Einen Moment lang sah Henry sie verwirrt an. *Du bist zwar hübsch anzusehen, aber wohl nicht die hellste Birne im Leuchter,* dachte sie. Henry richtete sich auf und klopfte mit dem Stift auf sein Notizbuch.

»Ich habe eine faszinierende Studie über die Kinder von Serienmördern gelesen. Die *meisten* führen ein ziemlich normales Leben. In Amerika lebt eine Frau, deren Vater sechzig Prostituierte vergewaltigt und ermordet hat. Sechzig! Sie arbeitet bei Target … Das ist eine Einzelhandelskette in Amerika.«

»Ich weiß, was Target ist«, erwiderte Kate barsch. Ihm schien nicht bewusst zu sein, wie unsensibel er sich gerade aufführte. Donna besaß genug Anstand, verlegen den Blick abzuwenden.

»Muss hart für Jake sein«, meinte er erneut und kritzelte wieder in sein Notizbuch. Kate verspürte plötzlich den beinahe unwiderstehlichen Drang, sich den Stift zu schnappen und ihn in der Mitte durchzubrechen.

»Jake ist ein völlig normaler, glücklicher und ausgeglichener Teenager«, sagte sie. An der Stelle ließ Jake ein Stöhnen vernehmen, beugte sich vor und übergab sich ins Gras. Henry sprang zwar schnell zurück, trotzdem geriet einer seiner teuer aussehenden hellbraunen Lederschuhe in die Schusslinie.

»Verdammt! Die sind neu!«, rief er verärgert und stapfte zum Streifenwagen davon. »Donna, wo sind die Feuchttücher?«

»Alles gut«, sagte Kate und kauerte sich neben Jake. Er wischte sich den Mund ab. Kate schaute zurück auf den Stausee hinaus. Eine niedrige, dunkle Wolkenbank trieb über das Moor hinweg auf sie zu, begleitet von Donnergrollen und Blitzen.

Wie ist dieser Junge gestorben?

3

Nachdem Kate ihre polizeiliche Aussage unterschrieben hatte, durften Jake und sie gehen. Auf dem Weg vom Parkplatz des Stausees fuhren zwei große Polizeiwagen und der Van des Gerichtsmediziners an ihnen vorbei.

Über den Rückspiegel beobachtete Kate, wie die Fahrzeuge am Ufer anhielten. Das Bild des im Wasser treibenden Jungen kehrte ungebeten zurück, und sie wischte sich eine Träne aus dem Auge. Ein Teil von ihr wünschte, sie könnte bleiben und zusehen, wie sein Leichnam geborgen wurde. Sie streckte den Arm aus und ergriff Jakes Hand. Er drückte ihre Finger.

»Wir brauchen Benzin«, verkündete sie, als sie sah, dass der Tank fast leer war. Sie hielt an der Tankstelle in der Nähe ihres Hauses, rollte an den Zapfsäulen vorbei und parkte an der Rückseite. »Du solltest dir was Trockenes anziehen, Schatz. Hier gibt's Toiletten, und die Betreiber achten darauf, dass sie sauber sind.«

Jake nickte. Er war immer noch sehr blass. Kate wünschte, er würde etwas sagen. Die Stille war beinahe unerträglich. Er wischte sich das nasse Haar zurück, das er mittlerweile schulterlang trug, und band es mit einem Gummiband von seinem Handgelenk zusammen. Kate öffnete den Mund, um ihn zu warnen, wie schlecht Gummibänder für sein Haar waren, schloss ihn aber wieder. Wenn sie an ihm herumnörgelte, würde er sich nur noch mehr verschließen. Ihr Sohn stieg aus und schnappte sich seine trockene Kleidung vom Rücksitz. Sie beobachtete, wie er mit hängendem Kopf zu den Toiletten stapfte. Der Junge hatte so viel durchgemacht, mehr als die meisten Sechzehnjährigen.

Kate klappte die Sonnenblende mit dem Spiegel herunter und betrachtete sich darin. Mittlerweile durchzogen graue Strähnen ihr langes Haar, und sie konnte kein einziges ihrer zweiundvierzig Lebensjahre verleugnen – mal abgesehen davon, dass sie gerade fast genauso blass war wie Jake. Rasch klappte sie den Spiegel wieder hoch. Es war Jakes letzter Tag bei ihr vor der Rückkehr zu seinen Großeltern. Eigentlich wollten sie sich nach dem Ausflug zum Tauchen eine Pizza holen und anschließend runter zum Strand unter Kates Haus gehen, um dort ein Lagerfeuer anzuzünden und Marshmallows zu rösten.

Stattdessen würde Kate ihre Mutter anrufen und ihr mitteilen müssen, was sich ereignet hatte. Es war ein nahezu perfekter Sommer gewesen. Sie waren fast wieder eine normale Familie geworden. Und nun funkte eine Leiche dazwischen.

Kate legte den Kopf in den Nacken und schloss die Augen. Ein Durchschnittsmensch stolperte während seines gesamten Lebens nicht ein einziges Mal über eine Leiche, Kate hingegen passierte es wieder und … wieder. Wollte das Universum ihr damit etwas sagen? Sie öffnete die Augen.

»Ja, es will dir sagen, dass du dir schönere Plätzchen für Ausflüge mit deinem Sohn aussuchen sollst«, sprach sie laut aus.

Sie nahm ihr Telefon aus dem Handschuhfach und schaltete es ein, rief die Nummer ihrer Mutter auf, um sie anzurufen. Doch dann folgte sie einer spontanen Eingebung, öffnete stattdessen den Internetbrowser und googelte »vermisster Teenager, Devon, Großbritannien«. Das Datensignal an der Tankstelle erwies sich durch die umliegenden Hügel von Dartmoor als schwach. Ihr Handy brauchte eine geschlagene Minute, bis die Ergebnisse geladen wurden. Es gab keine aktuellen Meldungen über einen vermissten Teenager aus der Gegend. Auf der Website von Devon Live stieß sie auf einen

Bericht über einen Siebenjährigen. Er war einen Nachmittag lang im Zentrum von Exeter verschwunden gewesen und konnte nach ein paar angespannten Stunden mit seiner Familie wiedervereint werden.

Dann googelte sie: »DCI Henry Ko, Devon, Großbritannien.« Das erste Ergebnis stammte aus der Lokalzeitung.

HOCHDEKORIERTER CHIEF SUPERINTENDENT IM BEZIRK DEVON UND CORNWALL GIBT AMT WEITER

Der Artikel stammte aus der Vorwoche und berichtete vom Ruhestand eines gewissen Chief Constable Arron Ko. Darin stand, dass er 1978 als erster asiatischer Beamter im Verwaltungsbezirk Devon und Cornwall in den Dienst bei der Polizei eingetreten war.

Darunter befand sich ein Foto mit der Beschriftung: »Chief Constable Arron Ko wurde sein Geschenk zum Ruhestand – gravierte silberne Handschellen und die Police Long Service & Good Conduct Medal – von seinem Sohn überreicht, Detective Chief Inspector Henry Ko.«

Das Bild zeigte Henry mit seinem Vater vor dem Revier in Exeter mit der gerahmten Auszeichnung. Im Vergleich zu seinem gutaussehenden Sohn erwies sich Arron Ko als korpulent und übergewichtig, dennoch sah Kate die Ähnlichkeit der beiden. »Aha. Deshalb bist du so jung Detective Chief Inspector geworden. Vitamin B«, murmelte Kate. Die neidische Stimme in ihrem Kopf gefiel ihr gar nicht, doch sie konnte nicht umhin, sich mit Henry zu vergleichen. Kate hatte vier Jahre lang hart gearbeitet und alles geopfert, um mit fünfundzwanzig Jahren zum Detective Constable in Zivilkleidung befördert zu werden. Henry Ko war erst Anfang dreißig und bereits DCI, zwei Ränge über einem Detective

Constable. Kate dachte zurück an ihre Zeit bei der Polizei und ihr Leben in London.

Detective Chief Inspector Peter Conway war Kates Vorgesetzter bei der Met Police gewesen, als sie am Fall des Nine Elms Cannibal gearbeitet hatten. Eines Nachts nach einem Besuch des Fundorts des vierten Opfers hatte Kate den Fall geknackt und herausgefunden, dass Peter selbst der Nine Elms Cannibal war. Als sie ihn damit konfrontiert hatte, wäre sie beinah von ihm umgebracht worden.

In den Monaten vor dieser schicksalhaften Nacht hatten Kate und Peter eine Affäre, und Kate war mit Jake im vierten Monat schwanger gewesen, ohne es bemerkt zu haben. Als man es ihr im Krankenhaus mitteilte, wo sie sich von Peters Angriff erholte, war es für eine Abtreibung zu spät gewesen.

Die Geschichte wurde von den Zeitungen genüsslich ausgeschlachtet. Sie hatte Kates Glaubwürdigkeit bei der Polizei zerstört und ihrer Karriere ein jähes Ende gesetzt. Nach Jakes Geburt hatte sie schwer zu kämpfen. Das Trauma des Falls und die ungeplante Mutterschaft, verbunden mit einer postnatalen Depression, lasteten schwer auf ihr, und sie begann, ausschweifend zu trinken.

Im Verlauf der Jahre sprangen ihre Eltern mehrmals ein, um sich um Jake zu kümmern. Aber Kates Alkoholproblem wurde nur immer schlimmer, und schließlich landete sie im Entzug. Kate wurde zwar trocken, jedoch zu spät. Als Jake sechs Jahre alt war, bekamen ihre Eltern das Sorgerecht für ihn zugesprochen, und die letzten zehn Jahre waren sie seine gesetzlichen Vormünder geblieben.

Der Weg zur Abstinenz war hart gewesen. Inzwischen hatte Kate ihr Leben wiederaufgebaut und konnte Jake in den Ferien und an den Wochenenden sehen, aber seine Kindheit war bereits fast vorbei. Den Verlust spürte sie immer noch wie scharfe Glasscherben im Herzen. Sie hatte nicht nur Jake verloren, sondern auch ihre Karriere bei der Polizei, die sie geliebt hatte.

Als es an der Scheibe ihres Fensters klopfte, fuhr Kate erschrocken zusammen. Mittlerweile trug Jake seine schwarze Skinnyjeans und einen blauen Kapuzenpulli. In seine Wangen war etwas Farbe zurückgekehrt. Sie ließ das Fenster herunter.

»Ma, hast du ein paar Pfund für eine Pasty und eine Tafel Schokolade? Ich bin am Verhungern.«

»Sicher«, antwortete sie. »Geht's dir besser?«

Er nickte und lächelte sie an. Kate lächelte zurück. Sie griff sich ihre Handtasche, und sie gingen zusammen in die Tankstelle.

So sehr sie sich bemühte, sie bekam das Bild des unter Wasser treibenden Jungen nicht aus dem Kopf. Es war frustrierend, dass sie abwarten musste, ob sie in den Nachrichten etwas über ihn erfahren würde.

4

SECHS WOCHEN SPÄTER

Kate trat durch die knarrenden Holztüren des Gemeindezentrums von Ashdean nach draußen und blieb stehen, um den Blick über die Dächer zu den aufgewühlten, gegen die Ufermauer brandenden Wellen wandern zu lassen. Heulender Wind peitschte ihr die Haare um den Kopf. Sie holte eine Schachtel Zigaretten aus der Handtasche, zupfte eine Kippe heraus und trat zurück unter das Vordach, um sie anzuzünden.

An diesem kalten Oktoberabend hatten zwischen zwanzig und dreißig Leute das Treffen der Anonymen Alkoholiker besucht. Sie nickten Kate zum Abschied zu, und Kate beobachtete, wie sie zu ihren Autos eilten, die Köpfe eingezogen, um sich gegen den eisigen Wind zu schützen.

Bald wurde auch Kate die Kälte zu viel. Sie nahm einen letzten, hastigen Zug von der Zigarette, ließ die halb gerauchte Kippe auf den Boden fallen und trat sie mit dem Absatz aus. Dann machte sie sich auf den Weg zu ihrem Auto. Die Straße war mittlerweile dunkel und verwaist. Ihr Auto parkte in einer Lücke zwischen den Reihenhäusern. Als sie den Wagen erreichte, hatte sich ein weißer BMW neben ihren alten blauen Ford gezwängt. Die Tür des BMW öffnete sich. Eine dünne Frau mit blassen Zügen stieg aus.

»Kate?«, fragte sie mit Londoner Akzent. Sie trug das braune Haar von der hohen, knochigen Stirn zurückgekämmt, und ihre tiefliegenden Augen mit dunklen Ringen darunter sahen aus wie die eines Waschbären. Die Frau war zum ersten Mal beim Treffen der Anonymen Alkoholiker gewesen, daran erinnerte sich Kate.

»Ja. Alles in Ordnung?«, fragte sie und musste lauter sprechen, um das Tosen des Winds zu übertönen.

»Kate Marshall?« Die Augen der Frau tränten durch die schneidende, eisige Luft. Sie trug einen langen lilafarbenen Mantel, der beinah wie ein Schlafsack aussah, und grellweiße Turnschuhe.

Kate überraschte, dass die Frau ihren vollständigen Namen kannte. Bei der Sitzung hatten sie zwar miteinander gesprochen, aber wie bei den Anonymen Alkoholikern üblich nur die Vornamen benutzt und sich geduzt. *Die Frau ist eine scheiß Journalistin*, schoss es Kate durch den Kopf.

»Kein Kommentar«, sagte Kate, öffnete die Tür ihres Autos und wollte schleunigst weg.

»Hey, ich bin keine Journalistin! Du hast die Leiche meines Sohns gefunden …«, sagte die Frau. Kate hielt abrupt inne, die Hand bereits an der Autotür. »Sein Name war Simon Kendal«, fügte die Frau hinzu und sah Kate direkt ins Gesicht. Traurigkeit sprach aus ihren stechend grünen Augen.

»Oh. Tut mir leid«, erwiderte Kate.

»Man hat mir gesagt, er wäre ertrunken.«

»Ja. Ich hab den Bericht in den Lokalnachrichten gesehen.«

»Das war Blödsinn.« Die Frau schluchzte.

Kate hatte die Geschichte verfolgt, obwohl sich die Lokalnachrichten nicht lange damit aufgehalten hatten. Sie hatten berichtet, der Fall wäre abgeschlossen. Simon Kendal war mit einem Freund zelten gewesen, hieß es. Er wäre ins Wasser gegangen und ertrunken. Danach wäre sein Leichnam von einem der Wartungsboote zerfleischt worden, die regelmäßig auf dem Stausee patrouillierten. In den Lokalnachrichten wurde auch erwähnt, dass Kate die Leiche gefunden hatte.

Deshalb hatte Kate zuerst gedacht, die Frau müsste Reporterin sein.

»Sein Körper war übel zugerichtet. Man wollte ihn mir im Leichenschauhaus nicht zeigen … Sieh dir das an!«, rief die Frau und zog ein kleines Fotoalbum aus Kunststoff aus der Jackentasche. Sie blätterte darin zu einem Foto eines gutaussehenden Jungen, der in einer Badehose triefnass an einem Swimmingpool stand. Um seinen Hals hingen zwei Medaillen. »Das ist mein Simon. Er war britischer Regionalmeister. Im Schwimmen. Er wollte Leistungssportler werden. Die Qualifikation für das olympische Schwimmteam in London 2012 hat er nur wegen einer Verletzung verpasst … Wegen einer dummen Verletzung …« Sie blätterte weiter durch das Album und redete schnell, als müsste sie sich Kates Aufmerksamkeit sichern. »Simon wäre nie nachts vollständig bekleidet ins Wasser gegangen!«

»Wie heißt du?«, fragte Kate.

»Lyn. Lyn Kendal …« Die Frau kam näher und schaute mit flehendem Blick zu Kate auf. »Was glaubst du, was passiert ist? Ich weiß, dass du früher bei der Polizei warst. Und ich habe gelesen, dass du Privatdetektivin bist.«

»Ich weiß nicht, was mit Simon passiert ist«, erwiderte Kate. In Wirklichkeit war die Geschichte in den vergangenen Wochen weit in Kates Hinterkopf gedrängt worden. Ihre Gedanken wurden beherrscht von der Arbeit und von Jake, der sich seit seiner Rückkehr nach Whitstable äußerst distanziert verhielt.

»Bist du nicht neugierig?« Lyn zitterte. Mit einer zornigen Handbewegung wischte sie ihre Tränen weg. »Du unterrichtest Kriminologie. Du warst Ermittlerin. Ist es der Tod meines Sohns nicht wert, untersucht zu werden?«

»Natürlich ist er das«, gab Kate zurück.

»Können wir irgendwo reden? Bitte?«, fragte Lyn und

strich sich ein paar windgepeitschte Haarsträhnen aus dem Gesicht. Kate fragte sich, ob Lyn wirklich nüchtern war. Die Frau schien mit den Nerven am Ende zu sein – was auch kein Wunder war.

»Ja. In der Roma Terrace über der Promenade ist ein kleines Café, das *Crawford's*. Dort treffen wir uns.«

5

Crawford's war das älteste Café in Ashdean und Kates Lieblingslokal. Die schwarz gestrichenen Wände zierten Fotos von Joan Crawford und Bette Davis, und hinter der Theke aus Resopal hing ein riesiger getönter Spiegel, der die große Kaffeemaschine, die ausgebleichten roten Ledersitze und die Aussicht auf die dunkle Promenade reflektierte. An diesem kalten, windigen Mittwochabend erwies sich das Café als verwaist. Kate traf als Erste ein und entschied sich für einen Tisch am Ende des Gastraums.

Auf der anderen Straßenseite brandete das Wasser durch die Flut bis zur Ufermauer. Von ihrem Aussichtspunkt aus konnte Kate die gesamte Promenade überblicken. Die Wellen brachen sich an der Mauer und verspritzten Gischt und Kies über die abgestellten Autos. Ein weißer BMW brauste die Straße herauf und parkte sauber in die Lücke hinter Kates verbeultem Ford ein. Lyn stieg aus, öffnete die Beifahrertür und griff sich einen hellgrünen Plastikordner vom Sitz.

»Hast du schon bestellt?«, fragte Lyn, als sie sich am Tisch gegenüber Kate niederließ.

»Nein.«

Lyn legte den grünen Ordner auf den Tisch, dann holte sie ihr Handy, eine Packung Marlboro 100 und ein goldenes Feuerzeug aus der Manteltasche. Sie zog den Mantel aus, faltete ihn zusammen und setzte sich darauf. Lyn war eine kleine Frau, und Kate fragte sich, ob sie es tat, um sich an Kates Körpergröße anzugleichen, damit sie nicht zu ihr aufschauen musste.

Roy Crawford, der ältere Mann, dem das *Crawford's* seit den

1970er Jahren gehörte, kam zu ihrem Tisch herüber. Er war ein großer Mann mit langem, weißem, zu einem Pferdeschwanz zurückgebundenem Haar und rosigem, glattrasiertem Gesicht.

»Was darf ich Ihnen bringen?«, fragte er lächelnd und setzte die Halbmondbrille auf, die an einer Kette um seinen Hals baumelte.

Sie bestellten jeweils einen Cappuccino, was er schwungvoll auf einem kleinen Notizblock notierte.

»Ich weiß, es ist eine einfache Bestellung«, kommentierte er. »Aber ich würde glatt den eigenen Kopf vergessen, wenn er nicht angewachsen wäre. Und so leid es mir tut, wir haben Rauchverbot. Kaum zu fassen, dass das ausgerechnet die Labour Party durchgesetzt hat.« Er verdrehte theatralisch die Augen, bevor er sie allein ließ.

Lyn strich sich nervös einige Strähnen aus der hohen Stirn.

»Erzähl mir von Simon«, forderte Kate sie auf.

Lyn wirkte erleichtert, dass sie direkt zur Sache kommen durfte. »Er war mit seinem Freund Geraint von der Uni unterwegs. Sie waren zum Zelten auf dem Campingplatz in der Nähe des Shadow Sands Stausees«, sagte sie.

»Bist du aus der Gegend?«

»In London geboren. Mein verstorbener Mann war aus der Gegend, und ich lebe hier seit zwanzig Jahren. Er ist an einem Herzinfarkt gestorben.« Kate setzte dazu an, ihr Beileid auszudrücken, aber Lyn hob die Hand. »Nicht nötig. Er war ein tyrannisches Arschloch.«

»Was sagt Geraint über Simon?«

»Sie haben den Tag damals am Strand verbracht. Deshalb sind sie erst spät am Campingplatz eingetroffen. Sie haben das Zelt aufgebaut und sich dann schlafen gelegt. Als er am nächsten Morgen aufgewacht ist, war Simons Schlafsack leer. Geraint dachte, Simon wäre bloß pinkeln gegangen, aber er ist nicht wieder aufgetaucht.«

»Hatten sie einen Streit oder so?«

Lyn schüttelte den Kopf. Die Kaffeemaschine in der Ecke begann zu zischen, das Klirren von Löffeln und Porzellantassen ertönte.

»Waren nur die beiden zelten?«, hakte Kate nach.

»Ja. Sie waren beste Freunde und haben sich nie gestritten. Geraint hatte keinen Kratzer. Alle seine Sachen waren trocken.«

»Hatten sie getrunken?«

Lyn hob die Hand.

»Ich bin alle offensichtlichen Möglichkeiten schon zigmal durchgegangen. Bei der Obduktion wurde Unfalltod durch Ertrinken festgestellt. Simon hatte keinen Alkohol im Blut …«

Roy brachte mit beschwingten Schritten ihren Kaffee.

»Bitte sehr, die Damen«, sagte er. »Genießen Sie den Kaffee, aber in einer halben Stunde schließe ich.«

»Danke«, erwiderte Kate. Lyn wartete ungeduldig, bis er ihre Cappuccinos abgestellt hatte und sich wieder außer Hörweite befand.

»Unfalltod durch Ertrinken«, wiederholte Kate. Sie dachte zurück an den geschundenen, im Wasser treibenden Leichnam.

»Simon war nüchtern. Und ein sehr guter Schwimmer. Selbst wenn er zum Schwimmen in den Stausee gegangen wäre, dann nicht leichtsinnig. Er hätte nie die Kleidung und die Schuhe anbehalten. Der Campingplatz liegt einen knappen Kilometer flussaufwärts vom Kraftwerk, und bis zu der Stelle, wo du ihn gefunden hast, ist es ein weiterer knapper Kilometer. Er hat fast jeden Tag trainiert, hundert Längen in einem Olympiabecken. Das sind fast fünf Kilometer. Er ist auch regelmäßig im Meer geschwommen.«

Kate stellte ihre Tasse ab und seufzte.

»War sich der Gerichtsmediziner hundertprozentig sicher, dass Simon ertrunken ist?«

Lyns Gesichtszüge fielen in sich zusammen. »Ja.«

»Und man glaubt, die Verletzungen an seinem Körper wurden von einem Boot verursacht, das regelmäßig auf dem Stausee patrouilliert?«

»Ich sehe das in Gedanken immer wieder vor mir. Sein wunderschöner Körper im Wasser, wie er überfahren wird.«

Kate hätte sich gern vorgebeugt und Lyns Hand ergriffen, aber sie sah der Frau an, dass sie zugleich wütend und stolz war.

»Wann wurde Simon als vermisst gemeldet?«, fragte Kate.

»Geraint hat mich am 28. August am Nachmittag angerufen und mir gesagt, dass er Simon nicht finden kann. Ich habe sofort die Polizei verständigt. Dort hat man mir mitgeteilt, dass er erst nach vierundzwanzig Stunden offiziell als vermisst geführt werden kann. Als offiziell vermisst hat er also seit dem Morgen des 29. August gegolten.«

»Ich habe Simons Leiche am nächsten Nachmittag gefunden.«

»Die Polizei hat *entschieden*, dass Simon in der Nacht aufgestanden ist, neben dem Wasserkraftwerk schwimmen wollte und dabei ertrunken ist … Aber das hätte er nie getan!« Zur Betonung ließ Lyn die Faust auf die Tischplatte niedersausen. »Er weiß – wusste – über Strömungen Bescheid. Über die Wasserbedingungen. Der Staudamm saugt das Wasser aus dem See an. Deshalb gilt dort ein Schwimmverbot. Überall auf dem Campingplatz sind entsprechende Schilder angebracht. Nachdem Simon monatelang wegen einer Verletzung pausieren musste, sollte er bald wieder ins Training einsteigen. Er war nüchtern! Er hätte seine Zukunft nicht aufs Spiel gesetzt.«

»Tut mir leid, das fragen zu müssen, aber war er depressiv?«

»Nein. Nein. Nein. Er war nicht depressiv. Verdammt, er war mit seinem besten Freund im Urlaub! Die beiden haben zusammengehalten wie Pech und Schwefel. Er hatte sich den ganzen Sommer darauf gefreut …« Lyn war den Tränen sichtlich nahe. Sie zog ein Taschentuch aus dem Ärmel und putzte sich die Nase. »Tut mir leid«, entschuldigte sie sich.

»Nein, muss es nicht. Du hast jedes Recht, dich zu fühlen … wie du dich eben fühlst.«

»Kennst du das, wenn du von jedem abgetan wirst und dir keiner zuhört?«

»Geht mir schon mein Leben lang so«, erwiderte Kate bedauernd.

Lyn ließ die Schultern hängen. Sie schien sich zu beruhigen.

»Genau so fühle ich mich gerade. Mir ist klar, dass Simon im Wasser war und ihn ein Boot überfahren haben könnte. Nur scheint die Polizei nicht zu interessieren, warum oder wie er überhaupt im Wasser gelandet ist.«

»Wie bist du auf mich gekommen?«, fragte Kate.

»Ich hab dich gegoogelt.« Lyn öffnete den Ordner und nahm einen Ausdruck eines Artikels aus dem *National Geographic* heraus. Es stammte von vor zwei Jahren und enthielt ein Foto von Kate und ihrem wissenschaftlichen Assistenten Tristan Harper. Sie standen vor dem gotischen Universitätsgebäude von Ashdean, das hinter ihnen aufragte wie eine Miniaturausgabe von Schloss Hogwarts. Damals hatte man sie interviewt, nachdem sie den Fall der Nine Elms Nachahmungsmorde gelöst hatten. Es war eine aufregende Zeit gewesen, und Kate hatte gedacht, Tristan und sie könnten eine Laufbahn als Privatdetektive einschlagen. »Ich habe online nach euch gesucht, ob ihr eine Detektei habt.«

»Leider nein«, erwiderte Kate.

»Ich will nur herausfinden, was mit Simon passiert ist. Du hast selbst einen Sohn. Und musstest ihn vor all dem Mist schützen, mit dem man dich über die Jahre beworfen hat …

Es gibt haufenweise Privatdetekteien, aber du … Ich möchte, dass du mir hilfst. Tust du es?«

Kate hatte zu viel Schlechtes in Menschen gesehen. Selbst beste Freunde konnten sich plötzlich gegeneinander wenden, dachte sie. Als Detektiv musste man immer logisch vorgehen. Wenn Simon und Geraint allein gewesen waren, lautete die erste logische Schlussfolgerung, dass Geraint die Tat begangen hatte.

Lyn schloss die Augen. »Es ist schlimm genug, dass mir mein Sohn genommen wurde. Ich will wissen, warum er mitten in der Nacht dort im Wasser war. Normalerweise bin ich keine Frau, die bettelt … aber bitte.« Tränen traten ihr in die Augen. »Bitte. Hilfst du mir?«

Kate stellte sich vor, wie sie sich fühlen würde, wenn die Rollen vertauscht wären – wenn man Jake im Wasser gefunden hätte, übersät von Schnitten und Blutergüssen.

»Ja«, willigte Kate ein. »Ich helfe dir.«

6

Früh am nächsten Morgen rannte Tristan Harper die Stufen vom Strand hinauf. Auf der Promenade blieb er stehen und beugte sich vornüber, um zu verschnaufen. Die Morgendämmerung brach gerade über Ashdean herein. Der Himmel war mittlerweile hellblau, und in der langen Abfolge von Reihenhäusern entlang der Küste gingen nach und nach Lichter an.

Ein schwarzer Labrador hopste unten am Strand vorbei und platschte ins ruhige Meer, um einem Stock nachzujagen. Es herrschte Ebbe, wodurch zerklüftete, von Seegras überwucherte Felsen freilagen. Der Besitzer des Hunds, ein großer Typ in enger Jeans und gelber, wasserfester Jacke, bemerkte Tristan in seiner Joggingaufmachung, sah genauer herüber und lächelte. Tristan lächelte zurück, bevor er die Straße überquerte und die kleine Wohnung betrat, die er sich mit seiner Schwester Sarah teilte.

Er war gutaussehend, hatte kurzes braunes Haar, braune Augen und eine große, athletische Statur. Als er sein T-Shirt auszog, kamen ein Waschbrettbauch und definierte Brustmuskeln zum Vorschein. Seinen Rücken zierte eine wunderschöne Tätowierung in Form eines Adlers von hinten, der die Flügel über seine Schultern ausbreitete. Seine Brust zeigte denselben Adler von vorn, mit gesenktem Kopf. Die gelblichen Augen schienen auf Tristans Brustbein zu leuchten. Die Flügelspannweite reichte von einer Schulter zur anderen. Weitere Tätowierungen prangten am Bizeps und am Rest der Arme. Tristan ging zum Spiegel und betrachtete einen Wickel aus Frischhaltefolie oben am linken Trizeps. Die Folie löste sich von der Haut. Kurz zögerte er, dann zog er sie vorsichtig ab und enthüllte seine neueste Tätowierung, ein schlichtes schwarzes Band, das gut verheilte.

»Cool«, sagte er bewundernd zu sich selbst. »Nicht übel.«

Er duschte, zog sich an und ging den kurzen Weg die Küste entlang zum Universitätsgebäude zu Fuß. Bis nach der letzten Vorlesung des Vormittags – Geschichte der Forensik – ergab sich keine Gelegenheit, mit Kate zu reden. Doch als die Studenten den Hörsaal verließen und er den Diaprojektor wegpackte, kam sie zu ihm herüber.

»Ich hab da was, worüber ich mit dir reden möchte. Lust auf einen Kaffee?«, fragte sie.

Tristan war aufgefallen, dass Kate in den letzten Wochen distanziert und übernächtigt gewirkt hatte. Erfreut stellte er fest, dass sie an diesem Tag deutlich besserer Laune und ausgeruhter zu sein schien.

»Gern. Ich komme nach, sobald ich den Projektor im Lager verstaut habe«, sagte er. »Ich nehme einen Karamell-Macchiato.«

»Igitt«, erwiderte sie. »Ich wette, du machst auch noch Zucker rein.«

»Ich weiß, ich bin eigentlich schon süß genug, aber ja«, bestätigte er lächelnd.

Tristan gesellte sich wenige Minuten später in der Starbucks-Filiale im Erdgeschoss zu Kate. Sie saß an einem der Tische unter dem langen Fenster, das hinaus aufs Meer wies. Kate reichte ihm einen Becher.

»Danke.« Er ließ sich ihr gegenüber nieder. Als er den Deckel vom Becher abnahm, beobachtete Kate belustigt, wie er vier Stück Zucker hinzufügte. Er probierte einen Schluck, nickte zufrieden und holte den Terminkalender aus seiner Tasche. Darin trug er alle Angaben zu Kates dienstlichen Pflichten ein: Daten der Besuche von Gastdozenten, zu mietende Ausrüstung, Prüfungstermine der Studenten.

»Es geht nicht um etwas *offiziell* Dienstliches«, verriet Kate.

»Oh.«

Kate erzählte ihm von dem Treffen am vergangenen Abend mit Lyn Kendal, und Tristan hörte aufmerksam zu.

»Sie hat mir diesen Ordner gegeben. Ist nicht viel als Ausgangsbasis«, meinte Kate zum Schluss. »Außerdem hat sie fünftausend Pfund in bar reingelegt. Weitere fünftausend zahlt sie uns, wenn wir herausfinden, was mit Simon passiert ist.«

»Das ist eine Menge Schotter. Glaubst du, es sind ihre Ersparnisse?«, fragte er mit hochgezogener Augenbraue.

»Ich weiß nicht. Sie scheint mir recht gut situiert zu sein.«

Tristan öffnete den Ordner und holte die Unterlagen heraus. Darunter befanden sich ein ausgeschnittener Bericht aus der Lokalzeitung und Fotos von Simon Kendal. Hauptsächlich von seinen Schwimmmeisterschaften. Tristan las den Artikel durch.

TEENAGER AUS DER GEGEND ERTRINKT IN STAUSEE

Simon Kendal, 18, geriet allem Anschein nach in Not, als er unerlaubt im Shadow Sands Stausee nahe Ashdean schwimmen wollte.

Die Polizei wurde am Donnerstag zu dem schönen Fleckchen im Moorgebiet gerufen. Ein Team von Tauchern suchte den Stausee ab und konnte die Leiche des jungen Mannes bergen.

Die Polizei betrachtet seinen Tod nicht als verdächtig.

Detective Chief Inspector Henry Ko sagt dazu: »Mein aufrichtiges Beileid bei dieser herzzerreißenden Tragödie gilt Simons Familie.«

Mike Althorpe, Sicherheitsleiter für Freizeiteinrichtungen und Erholungsgebiete der Unfallverhütungsorganisation Royal Society for the Prevention of Accidents, warnt: »Wir können nachvollziehen, wie verlockend es ist, schwimmen zu gehen, vor allem bei heißem Wetter. Aber offene Gewässer können durch starke Strömungen und Unterwassergeröll, die man vom Ufer aus nicht sehen kann, sehr gefährlich sein.«

»Kommt mir das nur so vor, oder untermauert die Lokalzeitung wirklich, dass Simon einfach ertrunken ist?«, fragte Tristan.

»Die blasen ins selbe Horn wie die Behörden«, erwiderte Kate. »Aber ja. Es wird mit keinem Wort erwähnt, dass er Leistungsschwimmer war.«

Tristan sah die Fotos von Simon mit seiner Schwimmmannschaft durch. Die Aussicht darauf, an einer weiteren realen Ermittlung zu arbeiten, fand er aufregend. Noch dazu könnte er das zusätzliche Einkommen gut gebrauchen. Seine Schwester würde demnächst heiraten und nach der Hochzeit im Dezember aus der gemeinsamen Wohnung ausziehen. Wenn sie weg wäre, würde er allein für die Miete und die Rechnungen aufkommen müssen.

»Wir haben eine Menge im Terminkalender«, sagte er. »Die Studenten von ›Geschichte der Forensik‹ reichen in zwei Wochen ihre Dissertationen ein. Die von ›Amerikanische Serienmörder der 1970er Jahre‹ auch. Wir haben die Exkursion nach London für den Kurs ›Ikonen des Verbrechens‹. Ebenfalls in zwei Wochen …« Er wollte noch hinzufügen, dass Sarahs Hochzeit in sechs Wochen anstand. Damit würde allerlei Dramatik einhergehen, davon war er überzeugt.

»Ich habe das Gefühl, wir werden feststellen, dass es ein Unfall war«, meinte Kate. »Wenn Alan Hexham die Obduktion durchgeführt hat, wie ich vermute, dann zweifle ich nicht an den Ergebnissen.«

»Trotzdem könnte es interessant sein, mit diesem Freund zu reden, mit Geraint«, erwiderte Tristan.

»Richtig«, pflichtete Kate ihm bei. »Ich habe ihm eine Nachricht hinterlassen und gefragt, ob wir uns am Samstag mit ihm unterhalten können. Hoffentlich ruft er mich zurück. Morgen früh statte ich Alan im Leichenschauhaus einen Besuch ab. Er lässt mich einen Blick in den Obduktionsbericht über Simon Kendal werfen.«

»Wann?«

»Er hat gleich als Erstes für mich Zeit, noch vor neun.«

»Ich muss morgen früh Ausrüstung besorgen, außerdem ist das Leichenschauhaus ohnehin nicht mein Ding, schon gar nicht so kurz nach dem Frühstück.«

Lächelnd nickte Kate.

»Okay, dann mache ich das allein«, sagte sie.

»Am Samstag kannst du auf mich zählen. Hoffentlich redet dieser Geraint mit uns.«

»Ja. Ich will versuchen, Alan den Polizeibericht zu entlocken. Wenn wir wissen, was Geraint ausgesagt hat, haben wir die Möglichkeit, seine Geschichte zu hinterfragen und zu sehen, ob er nach ein paar Wochen immer noch daran festhält.«

7

Kurz vor acht Uhr am nächsten Morgen traf Kate im Leichenschauhaus von Exeter ein. Sie meldete sich im kleinen Büro an und wurde in den Untersuchungsraum geführt. Jemma, eine von Alan Hexhams Assistentinnen, arbeitete an der Leiche eines jungen Mädchens auf einem der Tische aus Edelstahl.

»Morgen, Kate«, grüßte Jemma und schaute von der Arbeit auf. Kate kannte Alan seit seinem ersten Auftritt als Gastdozent bei einem ihrer Kriminologiemodule. Mittlerweile kam er regelmäßig und stellte oft Akten ungeklärter Fälle für Kates Studenten zur Verfügung.

Jemma war eine junge Bestatterin, ein paar Jahre älter als Tristan. Die große, kräftig gebaute Frau – körperliche Stärke galt als unerlässlich für eine Leichenbestatterin – war Expertin für Rekonstruktionen. Kate blieb stehen und betrachtete den Körper des jungen Mädchens. Saubere Nähte verliefen kreuz und quer über das Gesicht. Jemma rollte gerade am Rand des Stahltischs Watte zu zwei kleinen Bällchen. Sie hob das rechte Lid des toten Mädchens an, platzierte den Watteball in der leeren Augenhöhle und wiederholte den Vorgang beim linken Auge.

»Sie war in einen Frontalzusammenstoß auf der M6 verwickelt. Die Augäpfel konnte man nicht bergen, und der Großteil ihres Gehirns war … weg«, erklärte Jemma und trat einen Schritt zurück, um ihre Arbeit zu begutachten. »Wir haben die ganze Nacht gearbeitet, um sie zusammenzuflicken. Die Familie will sie offen aufbahren.«

»Da habt ihr hervorragende Arbeit geleistet«, lobte Kate, während sie die junge Tote weiter betrachtete. Sie dachte zurück an ihre Zeit als Verkehrspolizistin und an all die Unfälle, die sie gesehen hatte. Die schlimmsten – Frontalzusammenstöße auf Autobahnen – bedeuteten in der Regel einen geschlossenen Sarg für die Opfer.

»Ich habe ihr Watte in den Kopf gepackt und den Schädel bestmöglich zusammengeklebt. Der Rest ist genäht. Und sie wird noch besser aussehen, wenn unsere Leichenkosmetikerin eintrifft.«

»Kann ich ihre Nummer haben?«, scherzte Kate, als sie die Reflexion ihres müden Gesichts am Ende des Edelstahltischs sah.

»Ich hätte sie wirklich fast gebeten, mir das Make-up für die Hochzeit meines Bruders zu machen. Aber ich hatte Angst, sie würde ihre Pinsel von der Arbeit an mir benutzen«, erwiderte Jemma und lachte. »Alan ist hinten in seinem Büro.«

»Danke«, sagte Kate. Sie ging an einer langen Reihe von Kühlfachtüren vorbei zu Alans kleinem Büro am hinteren Ende. Die Tür war angelehnt. Er saß an seinem Schreibtisch. Umgeben von Papierstapeln kritzelte er etwas auf einen Notizblock, das Handy zwischen Schulter und Ohr geklemmt. Alan war ein Bär von einem Mann mit einem freundlichen Gesicht und langem grauem Haar, das er zu einem Pferdeschwanz zurückgebunden trug.

»Spitze, danke, Larry«, sagte er und beendete das Gespräch. Er schaute auf. »Komm rein. Ich fürchte, ich habe nur eine Minute. Bin leider in Eile.«

»Kein Problem. Danke, dass du überhaupt Zeit für mich hast«, erwiderte Kate.

Alan warf das Telefon auf den Schreibtisch, stopfte sich den letzten Rest eines Egg McMuffin von McDonald's in den Mund und warf die zusammengeknüllte Verpackung in den Papierkorb. Er griff sich eine Akte von einem Stapel auf seinem Schreibtisch und schlug sie auf. Obenauf konnte Kate Leichenfotos erkennen.

»Simon Kendal«, sagte Alan, kaute und schluckte runter. »Er war mit einem Freund zu einem Campingausflug am Shadow Sands Stausee. An dem Tag, als er hergebracht wurde, hatte ich keinen Dienst. Für die Obduktion hat man einen anderen Gerichtsmediziner geholt.«

»Ist das normal?«, fragte Kate.

»Kann schon mal vorkommen. Die Leichenhalle hier kann aus verschiedenen Gründen auch von anderen Polizeitruppen in Beschlag genommen werden ... War Simon Kendal irgendwie besonders?«

»Besonders?«

»Sohn eines Politikers? VIP?«

»Nein. Ein ganz normaler junger Typ. Student. Steht nicht drin, warum ein anderer Gerichtsmediziner hinzugezogen wurde?«

»Nein. Wie gesagt, es kann alle möglichen Gründe haben, warum jemand anders die Obduktion durchgeführt hat ...« Alan schob die Brille auf die Stirn und kniff die Augen zusammen, als er die Akte überflog. »Simon Kendal hatte keinen Alkohol im Blut. Er war gesund. Keine Krankheiten. Sehr geringer Körperfettanteil. Unglaubliche Lungenkapazität.«

»Er war Schwimmer und hat für die Olympischen Spiele trainiert«, sagte Kate.

Alan runzelte die Stirn.

»Und doch ist er ertrunken.« Er blätterte in der Akte wieder nach vorn und betrachtete die Leichenfotos. Bei einem hielt er inne und sah es sich besonders genau an.

»Was ist?«, fragte Kate.

»Der rechte Lungenflügel war verletzt. Sieh mal hier.« Alan streckte ihr die Akte hin und zeigte auf die Nahaufnahme einer runzligen runden Wunde an Simons Brustkorb.

»Mir wurde mitgeteilt, dass er von einem Boot mit Außenbordmotor überfahren wurde«, sagte Kate.

»Von wem hast du das?«

»Lyn Kendal. Simons Mutter. Und sie hat es von der Polizei.«

Alan begutachtete das Foto erneut, schaute zu Kate auf und zog eine buschige Augenbraue hoch. Dann blickte er zurück in den Bericht.

»Er war ein muskulöser Junge mit ausgeprägter Rückenmuskulatur … Würde der Propeller eines Außenbordmotors durch so viel Muskelmasse dringen? *Und* durch den Brustkorb bis zur Lunge?« Alan schien mehr mit sich selbst als mit Kate zu sprechen. »Hm. Nein. Jedenfalls nicht, ohne einen riesigen Riss in seiner Seite zu hinterlassen … Die Propellerflügel eines Außenbordmotors sind gekrümmt. Die Wunde sieht mir eher so aus, als wäre ein spitzer Gegenstand in das Gewebe eingedrungen. Schnell rein und wieder raus.« Er ahmte mit dem Finger eine Stichbewegung nach.

»Glaubst du, die Todesursache ist falsch?«

»Was? Nein, nein«, widersprach Alan hastig. »Wenn eine Obduktion durchgeführt wird, präsentieren wir die Fakten. Es liegt an der Polizei, aus den vorgelegten Informationen eine Theorie zu formen.«

Das beantwortet nicht wirklich meine Frage, dachte Kate. Doch Alan verhielt sich loyal, er wollte seinem ungenannten Kollegen nicht in den Rücken fallen.

Er blätterte durch die Seiten des Berichts zu einer Tabelle im hinteren Teil. »Aber wenn der arme Junge ins Wasser gefallen und ertrunken ist und erst postmortal vom Außenbordmotor eines Boots zerfleischt wurde, warum hat er dann so viel Blut verloren?«

»Wie viel Blut hat er denn verloren?«

»Eine beträchtliche Menge. Die Hälfte des Gesamtblutvolumens in seinem Körper. Wie du weißt, ist der Blutverlust erheblich größer, wenn ein Mensch verletzt wird und das Herz noch schlägt.« Mit einem Schnapplaut klappte er die Akte zu und schaute besorgt drein. »Ich denke, das sollte lieber bei mir bleiben.«

Kate hatte Bruchstücke des Berichts gelesen, während Alan darin geblättert hatte. Auf der letzten Seite hatte sie zwei Unterschriften gesehen: Dr. Philip Stewart und DCI Henry Ko.

Alan erhob sich von seinem Stuhl und ragte über ihr auf. Er rieb sich die Augen und senkte die Brille wieder auf die Nase.

»Und du sagst, die Mutter des Jungen stellt die Todesursache in Frage?«

»Ja. Sie glaubt nicht, dass ihr Sohn ertrunken ist.«

»Mir wäre lieber, wenn du nicht weitergibst, was ich dir gerade erzählt habe, bis ich Gelegenheit hatte, mir das genauer anzusehen.«

Kate nickte. »Natürlich.«

»In Ordnung … Ja.« Alan sah auf die Armbanduhr und griff sich seine Jacke. Kate merkte ihm an, dass ihn etwas beunruhigte. Der Mann war geradlinig, ehrlich und hochangesehen. Er zog die Jacke an und schnappte sich sein Handy und seine Autoschlüssel. Dann wandten sie sich beide zum Gehen, doch Kate zögerte an der Tür.

»Alan. Inoffiziell. Glaubst du, dass der Tod von Simon Kendal ein Unfall war?«

»Inoffiziell. Und ich meine *richtig* inoffiziell. Nein. Ich glaube nicht, dass es ein Unfall war. So. Jetzt muss ich los«, verkündete er.

Kate hatte ihn noch nie so besorgt und blass um die Nase erlebt. Sie wünschte, sie hätte mehr Macht und Ressourcen, um den Hinweisen nachzugehen. Wäre sie doch noch bei der Kriminalpolizei!

8

Tristan klopfte an die Tür zu Professor Rossis Büro. Eine schlanke junge Frau mit langem dunklem Haar und einer Brille mit schwarzem Gestell öffnete. Sie trug schmale Jeans und einen roten Pullover.

»Hi. Ist Professor Rossi heute da?«, fragte Tristan.

»Ja. Hallo«, erwiderte sie. Ein leichter italienischer Akzent klang durch.

»Oh. Hi«, wiederholte Tristan.

»Haben Sie eine verrückte alte Italienerin erwartet?«

»Nein …«, antwortete Tristan. Tatsächlich hatte er genau das erwartet. Magdalena Rossi war eine neue Professorin, die Philosophie und Religion unterrichtete. Sowohl der Name als auch die Fächer passten so gar nicht zu der kühlen jungen Schönheit vor ihm. »Na ja, vielleicht doch. Hallo. Ich bin Tristan Harper.«

Sie schüttelte ihm die Hand.

»Freut mich. Ich bin immer noch die Neue. Auch nach all den Wochen kenne ich hier längst nicht jeden.«

»Keine Sorge, manchmal fühle ich mich genauso.«

»Wie lange sind Sie schon ›die Neue‹?«, fragte sie.

Tristan lächelte. »Ich arbeite hier seit etwas mehr als zwei Jahren. Aber ich glaube, ich hab Sie schon mal gesehen. Haben Sie einen gelben Motorroller?«

»Ja. Eine Vespa.«

»Sie fahren schnell.«

»Tja, ich bin eben Italienerin«, erklärte sie grinsend. Dabei hielt sie den Blickkontakt eine Spur länger aufrecht als normal.

»Stimmt. Also, ich habe Ihren Diaprojektor.« Er deutete auf den Wagen neben ihm.

»Danke, Sie können ihn ruhig reinbringen«, sagte die Professorin und öffnete die Tür ganz. Alte Holzmöbel beherrschten das kleine Büro, und diverse Dokumente und Unterlagen bedeckten jeden Quadratzentimeter der Wände. Ein kleines Fenster wies hinaus aufs Meer, das sich an diesem Tag kabbelig und grau präsentierte. Tristan rollte den Wagen hinein. »Parken Sie ihn einfach dort neben dem Schreibtisch. Ich wollte gerade Kaffee machen – möchten Sie auch einen?« Sie zeigte auf eine kleine Kapselmaschine im Bücherregal.

»Nein danke. Ich sollte wieder los«, erwiderte Tristan. Er zog sein Handy heraus und sah nach, ob Kate ihm nach ihrem Treffen mit Alan eine Nachricht geschickt hatte.

»Sind Sie sicher? Ein Espresso wird Sie nicht lange aufhalten.«

Tristan wollte gerade ablehnen, als ihm an einer Pinnwand eine Karte auffiel. Sie zeigte den Shadow Sands Stausee und das umliegende Moorland. Darunter hing eine Karte mit der Überschrift LOKALE MYTHEN UND LEGENDEN und Zeitungsartikeln über berühmte Legenden aus Devon und Cornwall, die Tristan kannte: die Bestie von Bodmin Moor, König Artus' See, die Riesen von Cornwall, der Hund von Baskerville. Darunter befanden sich auch einige handschriftliche Notizen mit Fragen: *WOLFSMENSCH von BODMIN MOOR – finden, NEBELPHANTOM – zu neu?*

Magdalena folgte seinem Blick.

»Arbeiten Sie an einem Projekt über den Stausee?«, erkundigte sich Tristan.

»Nein. Warum?«

»Ich habe ihn nur erkannt. Ich bin aus der Gegend«, erklärte Tristan, der nicht auf die Einzelheiten von Simon Kendals Tod eingehen wollte. Er trat näher an die Pinnwand.

Unter dem Zettel mit *WOLFSMENSCH von BODMIN MOOR – finden* befanden sich zwei Fotos eines riesigen Pfotenabdrucks.

Das Erste zeigte die Spur am Fundort auf einem schlammigen, von Bäumen gesäumten Fußweg. Beim zweiten Bild handelte es sich um eine Nahaufnahme. Der Pfotenabdruck sah aus, als könnte er von einem großen Hund stammen. Tristan konnte die Umrisse von Pfotenballen und langen Krallen erkennen. Was ihn verblüffte, war die große behaarte menschliche Hand, die zum Vergleich daneben abgebildet war: Der Pfotenabdruck schien ungefähr dreimal so groß zu sein.

»Das ist übrigens nicht meine Hand«, merkte Magdalena an. Tristan erschrak. Sie stand plötzlich mit zwei dampfenden Espressotassen neben ihm. Wieder nahm Tristan wahr, wie klein und zierlich sie war. Ihr Scheitel reichte ihm gerade mal bis zur Schulter. Das volle, schwarze, ordentlich gescheitelte Haar roch frisch; sie schien ein fruchtiges Shampoo zu benutzen. *Eine natürliche Schönheit*, dachte er.

»Danke«, sagte er und nahm eine der Tassen entgegen. »Ist das für ein neues Modul?«, fragte er und zeigte auf die Pinnwand.

»Nein. Für meine Doktorarbeit. Ich studiere die Ursprünge moderner Legenden. In Devon und Cornwall gibt es reichlich Studienmaterial. Die Fotos von dem Pfotenabdruck habe ich auf einer Farm in der Nähe von Chagford am Rand von Dartmoor geschossen. Der Bauer schwört, dass er eines Nachts eine tierähnliche, drei Meter große Gestalt auf zwei Beinen gesehen hat, neben der Umzäunung eines seiner Felder.«

»Was hat er gemacht?«, fragte Tristan und nippte an dem starken, bitteren Kaffee.

»Dasselbe, was ich getan hätte. Er ist ins Haus gegangen und hat sämtliche Türen verriegelt. Erst am nächsten Morgen hat er sich wieder nach draußen gewagt. Da ist er auf den Abdruck gestoßen.«

»Was um alles in der Welt hinterlässt einen solchen Abdruck?«, fragte Tristan. Er hob die Hand, um das Foto zu berühren. Dabei rutschte der Ärmel seines Sweaters zurück und entblößte zwei, drei Zentimeter der Tätowierung auf seinem Unterarm.

Magdalena schwieg einen Moment, und Tristan fiel auf, dass sie auf sein Tattoo starrte. Es handelte sich um die Darstellung einer dichten Baumgruppe vor dem Nachthimmel.

»Wahrscheinlich ein Löwe, ein Luchs oder irgendeine Kreuzung«, sagte sie schließlich. »Sie haben sicher schon von all den Theorien gehört, dass reiche Viktorianer Löwen- und Tigerbabys von Auslandsreisen mitbrachten und sie dann in die Wildnis entließen, wenn sie groß und gefährlich wurden.«

»Ja.«

»Das ist die logische Schlussfolgerung.«

Tristan leerte den Rest seines Espressos. Der riesige Pfotenabdruck ließ ihn schaudern.

»Was ist das Nebelphantom?«, fragte er und betrachtete eine Serie winziger Schwarz-Weiß-Fotos, die einen leeren, von Bäumen umgebenen Straßenabschnitt zeigten. Nebelfetzen hingen in den Vertiefungen im Asphalt der abschüssigen Straße, die um eine Kurve verschwand.

»Das ist noch in Arbeit. Ich hatte im Pub zufällig ein Gespräch mit einer jungen Frau aus der Umgebung. Sie hat mir die Geschichte erzählt, dass auf einem bestimmten Abschnitt der A1328 regelmäßig junge Leute verschwinden. Das ist die Straße, die in der Nähe des Shadow Sands Stausees verläuft. Jedes Mal, wenn dichter Nebel herrscht ...«

»Wirklich? Davon hab ich noch nie gehört«, sagte Tristan.

»Ich denke, sie ist eine ... wie sagt man ... eine unzuverlässige Quelle. Wahrscheinlich wäre es besser, daraus ein Drehbuch zu entwickeln, als es in meine Doktorarbeit zu packen.«

»Wie in dem Film *Candymans Fluch*. Sie wissen schon, man sagt fünfmal seinen Namen in den Spiegel, und er erscheint mit einem Haken hinter einem.«

»Der basiert auf einer Geschichte von Clive Barker. Einer sehr guten.«

Magdalena nippte an ihrem Kaffee, und sie schwiegen beide. Tristan verspürte den Drang, ihr von Simon Kendals Tod zu erzählen, tat es aber nicht. Sie lächelte und streckte die Hand aus, schob den Ärmel seines Sweaters hoch und legte seinen Unterarm frei. »Mit gefällt Ihre Tätowierung.« Sie fuhr mit den Fingern über seine Haut. »Manche sind kitschig, aber das hier ist ein echtes Kunstwerk.«

»Danke. Ich lasse sie von einem tollen Tätowierer in Exeter machen …« Er spürte, wie er errötete und sich eine Gänsehaut über seinen gesamten Körper ausbreitete. Magdalena lächelte immer noch, als sie den Ärmel behutsam wieder herunterzog.

»Sind Sie Doktorand?«

»Nein«, erwiderte Tristan verlegen. »Ich bin Kates – Professor Marshalls – Assistent. Und ich scheine der Einzige zu sein, der weiß, wie man diese alten Diaprojektoren repariert.«

»Ich habe schon von Ihren Abenteuern mit Professor Marshall gehört«, sagte Magdalena, ohne den Blickkontakt zu unterbrechen. Sie besaß wunderschöne braune Augen und volle Lippen.

»Ja, das auch. Aber offiziell bin ich hier angestellt. Und nicht als Akademiker oder so.«

Sie lächelte.

»Wie war Ihr Espresso?«

Tristan blickte auf die Tasse hinab.

»Äh …« Er lachte. »Ich bin eher der Typ für Starbucks.«

Magdalena lachte ebenfalls.

»Sie sprechen mit einer Italienerin. Das ist doch kein Kaffee! Was trinken Sie normalerweise bei Starbucks?«

»Karamell-Macchiato«, gestand er mit einem schiefen Grinsen.

»O mein Gott.«

»Sie sind noch nicht lange hier. Die meisten treffen sich irgendwann unten im Starbucks. Ich bin sicher, Sie werden auch noch bekehrt.«

»Vielleicht sollten wir uns mal etwas von Starbucks holen«, schlug sie vor, legte den Kopf schief und sah ihn unter dem dichten Haar hervor an. »*Du* könntest mich bekehren.«

»Oh«, rutschte ihm heraus. Das unverhoffte Du ließ keinen Zweifel mehr daran, dass sie mit ihm flirtete.

»Ja, Tristan. Ich frage dich um ein Date … Wärst du daran interessiert?« Ihr forsches Auftreten überraschte ihn, und er wusste nicht, was er erwidern sollte. »Kann ich deine Nummer haben?«

»Meine Nummer?«

»Ja. Man merkt es mir wahrscheinlich an. Ich bin nicht die Art von Frau, die neben dem Telefon sitzt und wartet.«

»Natürlich.«

Er stellte seine Espressotasse auf dem Schreibtisch ab, als sie ihm einen Kugelschreiber und ein kleines Notizbuch reichte, aufgeschlagen auf einer leeren Seite. Tristan kritzelte seine Telefonnummer hinein. Sein Handy piepte, und er zog es aus der Tasche. Eine Nachricht von Kate.

»Ich sollte besser los – das kommt von Professor Marshall«, sagte er.

»Ich rufe dich an.« Sie lächelte.

»Super«, erwiderte er. »Und danke für den Kaffee.«

Tristan hielt sich zurück, bis er Magdalenas Büro verlassen hatte, erst dann las er die Textnachricht:

> Geraint Jones ist einverstanden, sich morgen um 11 mit uns zu treffen

Als er Kate anrief, hatte er die Begegnung mit Magdalena bereits wieder vergessen.

9

Geraint hatte gebeten, sich in einem Snooker-Club in der Nähe seines Studentenwohnheims am Rand des Stadtzentrums von Exeter zu treffen.

Kate und Tristan fanden den Ort am Ende einer heruntergekommenen Ladenzeile und parkten davor. Ein großer, stämmiger Junge mit schulterlangem, rotblondem Haar erwartete sie unter einer ausgebleichten grünen Markise, auf der *Pot Black Snooker Club* stand. Er trug schwarze Doc-Martens-Stiefel, speckige Jeans und eine Jeansjacke mit einem ähnlich schmuddeligen Teddyfutter. Der junge Mann besaß ein freundliches, rundes Gesicht und versuchte offenbar, sich einen Bart wachsen zu lassen, der sich jedoch auf einen lichten Flaum am Kinn beschränkte.

»Spielst du Snooker?«, wollte Geraint von Tristan wissen, als er am Empfang eine Mitgliedskarte vorzeigte und sie als Gäste ins Clubregister eintrug.

»Nein«, antwortete Tristan.

»Ich auch nicht«, verriet Geraint mit leiser Stimme. »Ich komme nur her, weil man hier zu seinem Bier eine rauchen kann.« Er hatte einen weichen, melodischen walisischen Akzent, und seine Augen wirkten leicht glasig. Kate fragte sich, ob er bereits getrunken hatte. Er führte sie durch eine Tür mit abplatzender Farbe, und sie betraten einen langen, niedrigen Raum mit dunkelgrünen Wänden. Die Reihen der Snookertische erwiesen sich als verlassen, abgesehen von einem an der Bar, an dem zwei ältere Herren spielten. Über jedem Snookertisch hing eine große Lampe mit einem Schirm aus roten Samtfransen. Die Lampen erhellten den Raum mit einem schummrigen Licht, das den Dunst von Zigarettenrauch zur Geltung brachte. »Was kann ich zu trinken bringen?«

»Ich nehme ein Pint Foster's«, sagte Tristan.

»Gibt's hier an der Bar auch Cappuccino?«, fragte Kate, die den Ort als einen Club der Arbeiterklasse einstufte.

»An der Bar würde man eher Al Pacino als einen Cappuccino finden«, gab Geraint trocken zurück.

»Dann schwarzen Kaffee«, erwiderte Kate und dachte, dass sie den Burschen recht sympathisch fand.

»Setzt euch schon mal. Ich komme gleich«, sagte Geraint.

Kate und Tristan entschieden sich für einen weit von der Bar entfernten Tisch unter einer Wandvitrine mit polierten Trophäen.

»Wie kommt's, dass man hier rauchen darf?«, fragte Tristan, als sie Platz nahmen.

»Das ist ein Club ausschließlich für Mitglieder. In solchen Clubs darf man immer noch rauchen«, erwiderte Kate und holte ihre Packung Marlboro Lights heraus. Die Atmosphäre wirkte friedlich und entspannt, die einzigen Hintergrundgeräusche bildeten die gedämpfte Unterhaltung der älteren Männer und das Klacken der Snookerkugeln.

Geraint kam mit ihren Getränken zurück und nahm ihnen gegenüber Platz. Die Jacke behielt er an. Er trank sein halbes Bier in einem Zug aus und zündete sich dann eine Zigarette an.

»Zuerst mal möchte ich sagen, wie leid es mir wegen Simon tut«, begann Kate. Tristan nickte dazu.

»Evil-Lyn hat euch dazu angestiftet, nicht wahr? Zum Herumschnüffeln.« Geraint blies den Rauch aus und heftete den Blick auf Kate.

»Sie hat uns zu gar nichts angestiftet. Ihr bereiten bloß die Umstände von Simons Tod Kopfzerbrechen.«

»Wisst ihr, so hat Si sie genannt. Evil-Lyn. Die böse Lyn. Wie in der Zeichentrickserie *He-Man*.« Kurz lächelte er, dann wischte er sich eine Träne aus dem Auge. »Scheiß drauf.« Er stürzte den Rest seines Biers hinunter und hob das Glas in Richtung der Bar.

»Hat sich Simon denn mit seiner Mutter nicht verstanden?«, fragte Kate.

»Nein. Der Gerichtsmediziner und die Polizei haben es als Unfall eingestuft. Glaubt Lyn etwa, mehr zu wissen? Sie war doch überhaupt nicht dabei! Sie kann mich nur nicht leiden und will mir Schwierigkeiten einbrocken.«

»Was glaubst du, was mit Simon passiert ist?«

»Ich glaube, dass Evil-Lyn ihn umgebracht hat … Nicht direkt, aber durch den Druck, den sie mit dem Schwimmen auf ihn ausgeübt hat. Sie war eine herrische Mutter, um es harmlos auszudrücken. Hat ein Vermögen für einen eigenen Trainer ausgegeben. Einen richtigen Mistkerl, der Si halb um den Verstand gebracht hat. Hätte Lyn doch selbst für die Olympischen Spiele trainieren sollen! Sie wollte das mehr als Si selbst.«

»Lyn hat gesagt, Simon hat sich letztes Jahr verletzt und es deshalb nicht in die Olympiamannschaft geschafft«, warf Tristan ein.

»Er hat sich letztes Jahr zu Weihnachten am Fuß verletzt. War eine dumme Sache, er ist vor einem Pub vom Bürgersteig gekippt.«

»War er betrunken?«

Geraint nickte und drückte die Zigarette im Aschenbecher aus.

»Warst du dabei?«, fragte Kate.

Geraint lächelte und nickte erneut. Er zündete sich eine weitere Zigarette an.

»Das erklärt vielleicht auch, warum mich seine Mutter nicht ausstehen kann«, sagte er und blies Rauch an die Decke. »Sie denkt, ich hätte einen schlechten Einfluss auf Si gehabt. Aber es war das erste Mal seit Monaten, dass er einen draufgemacht hat, und selbst da hatte er nur ein Pint. Aber er war eben ein Leichtgewicht. War ein dummer Unfall. Si ist gestolpert und in einer Ladung Glasscherben am Bordstein gelandet. Überall war Blut. Ich hab ihn in die Notaufnahme gebracht. Dort hat man ihn zusammengeflickt und geröntgt. Ein Knochen im Fuß war angeknackst, das hat ihn außer Gefecht gesetzt. Er konnte sechs Wochen lang nicht trainieren. Dadurch hat er an Kondition verloren. Dabei war die Teilnahme an den Olympischen Spielen in London für ihn so gut wie sicher gewesen. Lyn hatte sogar schon einen Sponsor an der Angel. Aber im Juni hat er die Qualifikation für das Team Großbritannien um wenige Sekunden verpasst.«

»Oh Mann. Das muss hart gewesen sein«, meinte Tristan.

Geraint nickte. »Nicht nur, dass sein Traum von der Olympiamannschaft den Bach runtergegangen ist, zusätzlich war Evil-Lyn auf dem Kriegspfad. Sie hatte eine Hypothek auf das Haus aufgenommen, um in den letzten Jahren sein Training zu bezahlen. Wenn sich Si qualifiziert hätte, dann hätte ein Sponsor die Kosten übernommen und den Kredit abbezahlt … Danach hat sie Si regelrecht tyrannisiert. Hat ihn gedrängt, noch härter zu trainieren, und ständig davon geredet, dass er seine größte Chance verpasst hätte. Das kann einen schon zu Selbstmordgedanken treiben.«

»War Simon denn selbstmordgefährdet?«, hakte Kate nach.

»Keine Ahnung, aber gut war sein Gemütszustand nicht gerade. Er hat angefangen, sein Trainingsbecken mit einem Betonloch voller Chlor zu vergleichen.«

»Wie seid ihr auf den Campingplatz am Stausee gekommen?«, wechselte Kate das Thema.

Geraint schenkte ihr ein klägliches Lächeln.

»Eigentlich wollten wir zu einem in Gower in Westwales. Dort ist es super zum Surfen und Campen. Aber Evil-Lyn hat es sich in letzter Minute anders überlegt und Si gesagt, dass er sich nur zwei trainingsfreie Tage nehmen kann. Er trainiert hier in Exeter … hat hier trainiert. Und Shadow Sands ist halt viel näher als Gower. Außerdem gibt's in der Umgebung ein paar nette Plätzchen. Benson's Quarry ist toll zum Schwimmen und Tauchen. Noch dazu hängen da haufenweise heiße Mädels ab … Schon mal dort gewesen, Kumpel?«, fügte er an Tristan gewandt hinzu.

»Nein«, antwortete Tristan.

»Solltest du dir mal ansehen, idealerweise an einem heißen Tag. Dann rennen viele der scharfen Schnecken nur im Bikiniunterteil rum …« Der Barmann brachte ein frisches Bier für Geraint. »Danke, Kumpel«, sagte er, schlürfte die Hälfte in einem Zug und zündete sich eine weitere Zigarette an.

Kate wechselte einen Blick mit Tristan, der noch an seinem ersten Pint nippte.

»War der Campingplatz in Shadow Sands leer, als ihr dort angekommen seid?«, fragte Kate.

»Ja. Das Wetter war beschissen. Ist der Campingplatz übrigens auch. Er liegt zwar neben dem Stausee, aber da ist ein riesiger Zaun mit Stacheldraht zum Wasser. Man kommt sich vor wie in Auschwitz. Die Toiletten waren halb mit Brettern vernagelt und mit Scheiße verkrustet. Überall hat Zeug von Junkies rumgelegen. Wir sind abends gegen acht, halb neun am Campingplatz eingetroffen. Vorher waren wir zum Surfen am Strand von Dawlish, ganz in der Nähe. Von da sind wir mit 'nem Taxi zum Campingplatz. Als wir angekommen sind, waren wir hungrig, und es wurde schon dunkel … Keine Ahnung, warum wir nicht einfach in einer Jugendherberge abgestiegen sind. Es war einer dieser Urlaube, bei denen man was plant, dann ändert sich etwas, und man versucht, irgendwie an der Idee von einem Campingurlaub festzuhalten.« Er trank einen weiteren Schluck von seinem Pint. »Und endet in einem solchen Drecksloch.«

»Habt ihr an dem Abend getrunken?«, fragte Kate.

»Nein. Wir hatten vergessen, Fusel zu besorgen. Und zum Abendessen hatten wir nur kalte Bohnen direkt aus der Dose und Schokoriegel. Ist eine freudlose Nacht geworden. Ich wünschte, wir hätten was zu trinken gehabt. Si hat richtig schlechte Laune bekommen.«

»Was meinst du damit?«, fragte Tristan.

»Er war plötzlich total distanziert. Der August war hart für ihn. Man hat ja ständig und überall von den Olympischen Spielen gehört. Aber davor hatten wir einen tollen Tag. Am Strand haben wir ein paar Mädels kennengelernt. Mit einer hat Si die Nummern ausgetauscht. Für mich hatte sie eine dicke Freundin«, fügte er mit einem Grinsen hinzu. »Wir wollten uns am nächsten Tag mit ihnen zum Tauchen bei Benson's Quarry treffen. Sie hatten vor, mit einer ganzen Gruppe hinzukommen.«

»Habt ihr an dem Abend andere Camper oder Wanderer gesehen?«, fragte Kate.

Geraint schüttelte den Kopf.

»Es war unheimlich. Richtig gruselig. Das Dröhnen vom Kraftwerk scheint alle anderen Geräusche zu verdrängen. Ist zwar nicht laut, aber beharrlich, und es setzt sich im Kopf fest.«

»Habt ihr irgendwelche Boote auf dem Stausee gesehen?«

»Nein. Ich wollte mich nur hinlegen, schlafen, aufwachen und am nächsten Morgen schleunigst wieder weg. Nachdem wir das Zelt aufgeschlagen hatten, muss ich wohl gegen neun oder zehn eingeschlafen sein, kann mich nicht genau erinnern. Si hat mehrfach erwähnt, dass er Schmerzen am ganzen Körper hat und sich unwohl fühlt. Er hatte nur die zwei Tage frei, bevor er wieder zum Training musste. Ich glaube, er hat nicht anständig gegessen. Hab ihn am Strand den ganzen Tag nichts essen gesehen, die Bohnen oder Schokoriegel hat er kaum angerührt. Am nächsten Morgen bin ich gegen sieben aufgewacht, und Si war nicht da. Sein Schlafsack war leer.«

»Was hast du dann gemacht?«

»Zuerst gar nichts. Ich dachte, er wäre pinkeln oder kacken. Also bin ich nach draußen gegangen, hab mit dem kleinen Gaskocher Tee gemacht und gewartet. Dann hab ich ihn mehrfach angerufen, aber sein Handy war aus. Schließlich hab ich …« Er zögerte.

»Was?«, hakte Kate nach.

»Ich hab seine Tasche nach seinem Handy durchsucht. Es war nicht drin, aber ich bin auf eine Packung Tabletten gestoßen. Citalopram. Das sind Antidepressiva. Ich war völlig baff, weil ich immer dachte, Si hätte alles im Griff.«

»Hat Lyn deiner Meinung nach gewusst, dass er Antidepressiva genommen hat?«, fragte Kate.

Geraint zuckte mit den Schultern. »Ich hab Citalopram gegoogelt. Das ist echt starkes Zeug! Und die Nebenwirkungen dürften seine Leistung beim Schwimmen beeinträchtigt haben. Keine Ahnung, ob Lyn gewollt hätte, dass er so was nimmt.«

»Was hast du gemacht, nachdem du die Pillen in der Tasche gefunden hast?«, fragte Tristan.

»Ich bin das Campinggelände abgegangen, hab im Wald nachgesehen und noch mal bei den ekligen Toiletten.«

»Und den Zaun entlang am Rand des Stausees hast du nichts Verdächtiges bemerkt?«, fragte Kate.

»Inwiefern verdächtig?«

»Blut, irgendwo im Gras oder am Zaun? Ich hab schon mal gesehen, welchen Schaden Stacheldraht bei jemandem anrichten kann, der versucht, darüber zu klettern.«

»Ich bin dem Zaun ein ganzes Stück am Wasser entlang gefolgt, in beide Richtungen. Sogar bis zum Kraftwerk. Da waren keine Löcher im Zaun, nichts«, sagte Geraint.

»Wann hast du Alarm geschlagen, dass Simon verschwunden ist?«, fragte Kate.

»Kurz nach Mittag. Ich hab Evil-Lyn angerufen. Sie war besorgt und wollte, dass ich mit ihr in Kontakt bleibe. Ich musste mein Handy aufladen, also bin ich zurück zum Kraftwerk, ins Besucherzentrum, und hab dort einen Kaffee getrunken.«

»Was ist im Besucherzentrum?«

»Eine Kunstgalerie. Liegt am Rand des Stausees. Man kann dort Kaffee trinken und rausschauen. War ganz schön surreal, dort zu sitzen und Kaffee zu trinken, während Si irgendwohin verschwunden war. Ich war noch dort, als mich später am Nachmittag, so gegen fünf Uhr, Lyn zurückgerufen hat. Um mir zu sagen, dass sie die Polizei verständigt und Si als vermisst gemeldet hat. Ich wollte es immer noch nicht glauben. Insgeheim hab ich gehofft, dass er sich mit der heißen Braut vom Vortag davongemacht hat …« Geraint schwenkte den letzten Rest seines Biers im Glas und stürzte den Schluck dann hinunter. Seine Augen glänzten feucht vor Tränen. Er rieb sie weg.

Kate bemerkte einen roten Fleck am Teddyfutter seines Jackenärmels. »Hast du dich verletzt?«, fragte sie.

»Was? Ach, das?«, erwiderte er mit einem Blick auf den verblassten Blutfleck am Ärmel. »Nein. Das ist alt, noch von der Nacht, in der sich Si am Knöchel verletzt hat. Damals hab ich ihm ja in die Notaufnahme geholfen.« Er starrte noch einen Augenblick auf den Fleck, bevor er den Ärmel hochkrempelte und ihn verschwinden ließ.

Tristans Lippen bildeten die Frage, ob er noch ein Pint für den Jungen holen sollte, aber Kate schüttelte den Kopf. Geraint lallte bereits leicht, und sie mussten ihm noch weitere Fragen stellen.

»Also. Lyn hat die Polizei verständigt. Was hast du getan?«

»Am späten Nachmittag bin ich zurück zum Campingplatz gegangen, hab unsere Sachen zusammengepackt und bin mit einem Taxi zurück zum Studentenwohnheim gefahren. Am nächsten Nachmittag hat mich die Polizei auf dem Handy angerufen. Ich dachte, man hätte Si gefunden. Stattdessen wurde ich gebeten, aufs Revier zu kommen und eine Aussage abzugeben, weil er inzwischen offiziell vermisst gemeldet war. Das hab ich gemacht. Ich war sieben Stunden dort. Mir wurde ganz schön zugesetzt. Man hat mich immer wieder denselben Scheiß gefragt. Die wollten anscheinend, dass ich mich in Widersprüche verzettle. Am Abend hat man mich dann gehen lassen.«

»Hat man dich in Anwesenheit eines Anwalts befragt? Oder war es eher informell, und du hast nur eine Aussage abgegeben?«, hakte Kate nach.

»Man hat mir immer wieder gesagt, es stünde mir frei, jederzeit zu gehen, aber … Ich bin vorbestraft. Mit vierzehn war ich im Jugendknast. Ich hab ein Jahr aufgebrummt bekommen, weil ich den Arsch, der mich in einer Kneipe angegriffen hat, mit einer zerbrochenen Flasche verletzt hab. Außerdem bin ich vor ein paar Jahren in einem Club in was reingeraten; war auch Notwehr.« Er zuckte mit den Schultern. »Dass ich mich wehre, wenn betrunkene Arschlöcher auf mich losgehen, heißt noch lange nicht, dass ich grundlos meinen besten Kumpel um die Ecke bringen würde.«

»Was ist passiert, nachdem du das Revier verlassen hattest?«, erkundigte sich Kate.

»Ich hatte noch ein paar Anrufe von Evil-Lyn. Sie hat mir Fragen gestellt. Und sie wollte Sis Sachen zurück, seine Tasche. Beim zweiten Anruf war sie betrunken … und hat mich komische Sachen gefragt. Ob Simon und ich schwul wären. Ob wir Sex miteinander gehabt hätten … Die Antwort ist übrigens nein. Beim dritten Anruf war sie sternhagelvoll und hat mich hysterisch angeschrien, ich hätte ihn umgebracht, weil ich eifersüchtig wäre und eine gewalttätige Vorgeschichte hätte.«

»Und was hast du gesagt?«, fragte Tristan.

»Ich hab mich verteidigt. Schon klar, ihr Sohn war verschwunden, aber sie war echt fies am Telefon … Glaube kaum, dass sie einen sonderlich großen Freundeskreis hat. Si ist – war – ein Einzelkind. Sein Vater ist tot. Sonst haben sie nicht viel an Familie. Nach dem dritten Anruf hab ich das Handy ausgeschaltet. Als ich es am nächsten Morgen wieder eingeschaltet hab, waren etliche verpasste Anrufe von ihr drauf. In einer Nachricht hat sie mir mitgeteilt, dass sie die Polizei angerufen und aufgefordert hat, mich noch mal zu befragen … Hat mich ganz schön mitgenommen, wie beharrlich und forsch sie war.«

»Und hat die Polizei noch mal mit dir gesprochen?«, fragte Kate.

»An dem Abend hat es an der Tür geklopft. Polizisten. Ich dachte, sie würden mich verhaften. Stattdessen haben sie mir nur mitgeteilt, dass Simons Leiche im Stausee gefunden wurde und er ertrunken war. Sie haben gesagt, es wäre offiziell als Unfall eingestuft worden.«

Geraints Unterlippe fing an zu zittern, und er wandte den Blick ab.

»Kannst du dich noch erinnern, wann genau das war?«, fragte Kate.

Geraint sah sie wieder an und wischte sich über die Augen. »Muss vier oder fünf Tage später gewesen sein.«

»Bist du sicher? Weißt du noch das genaue Datum?«

»Ich war am 14. September bei seiner Beerdigung. Die war genau zwei Wochen, nachdem die Polizei bei mir vorbeigeschaut hat. Also muss es … der 31. August gewesen sein.«

Wie konnte die Polizei so schnell auf Unfalltod durch Ertrinken schließen?, dachte Kate. Immerhin hatte sie Simons Leiche erst einen Tag zuvor gefunden.

»Weißt du noch, um welche Zeit die Polizei am 31. bei dir war?«, fragte sie.

»Am Nachmittag. Kurz nach Mittag, so gegen zwei«, antwortete Geraint. »Sie waren nur ganz kurz da, haben's mir an der Tür mitgeteilt. Si war tot, versehentlich ertrunken, und ich stand nicht mehr unter Verdacht.«

»Zu dem Schluss sind sie *so* schnell gekommen?«, sagte Tristan und sprach damit Kates Gedanken aus.

Geraint zuckte mit den Schultern.

»Ich traue der Polizei nicht. Hab ich nie, werd ich nie. Aber wenn man mir sagt, dass ich unschuldig bin, widerspreche ich natürlich nicht. Nur: Wie konnte ein so guter Schwimmer wie Simon einfach ertrinken?«

10

»Es passt nicht zusammen«, meinte Kate, als sie im Auto saßen und den Rückweg nach Ashdean antraten. Die Straße folgte erst der Küstenlinie, dann schlängelte sie sich weiter landeinwärts, vorbei an leeren, gepflügten Feldern und kahlen Bäumen. Bodennebel hing in der Luft. »Ich habe Simons Leiche am Donnerstag, dem 30. August gefunden, am späten Nachmittag. Nach meinem Anruf war die Polizei zwar ziemlich schnell da, aber das Tauchteam kann die Leiche nicht vor dem Abend geborgen haben. Dann hat man einen Gerichtsmediziner geholt, der die Obduktion an Simons Leiche am nächsten Morgen vorgenommen hat ...«

»Am Morgen des 31. August«, warf Tristan ein.

»Genau. Eine Obduktion braucht ihre Zeit, mindestens ein paar Stunden. Danach müssen Berichte verfasst werden. Die Berichte gehen an den für den Fall zuständigen Polizeibeamten. Weitere Entscheidungen müssen getroffen werden. Wenn die Obduktion um neun Uhr morgens durchgeführt wurde, wie konnte die Polizei dann gerade mal fünf Stunden später an Geraints Tür klopfen, um ihm mitzuteilen, dass Simons Tod ein Unfall war und nicht weiter untersucht wird?«

»Was, wenn Geraint uns angelogen hat?«, schlug Tristan vor. »Und die Polizei ihn in Wirklichkeit immer noch im Auge hat?«

»Nein. Als ich gestern bei Alan Hexham war, stand im Bericht zu der Akte, dass es ein Fall von versehentlichem Ertrinken war. Allerdings hat die Obduktion nicht Alan durchgeführt, sondern ein anderer Arzt. Und Alan war sichtlich beunruhigt, als er sich die Akte angesehen hat.«

»Irgendwas ist hier faul …«, setzte Tristan an, als Kates Telefon klingelte. Sie warf einen kurzen Blick aufs Display.

»Wenn man vom Teufel spricht. Das ist Alan.«

»Soll ich es auf laut stellen?«, fragte Tristan.

Kate nickte und reichte ihm das Handy.

»Hallo, Kate?«, dröhnte Alans Stimme aus dem Gerät.

»Hi, Alan. Ich bin hier mit Tristan zusammen«, sagte sie.

»Oh. Hallo, hallo. Hör mal, ich rufe wegen der Simon-Kendal-Obduktion an. Ich wollte dir danken.«

»Wofür?«, fragte Kate.

»Du hast mich auf beunruhigende Ungenauigkeiten in der Fallakte aufmerksam gemacht. Simon Kendal war doch mit seinem Freund zelten. Das hat mich zum Nachdenken gebracht. Heringe.«

»Heringe?« Kate überlegte kurz. »Meinst du Zelthaken?«, fragte sie.

»Genau. Das Bild, das ich dir gezeigt habe. Die Einstichstelle an Simons Brustkorb. Es wurde fälschlicherweise angegeben, der Propeller eines Außenbordmotorboots hätte sie verursacht. Ich denke, dass sie in Wirklichkeit von den abgeschrägten Kanten eines spitzen Gegenstands stammt. Auf einen Zelthering aus Metall als potenzielle Waffe würde die Beschreibung passen …« Kate und Tristan wechselten einen Blick. Alan fuhr fort: »Die Information habe ich an DCI Henry Ko weitergegeben, der für den Fall zuständig ist.«

»Weißt du, warum der Tod so schnell als versehentliches Ertrinken eingestuft wurde?«, fragte Kate. »Wir sind den zeitlichen Ablauf durchgegangen …«

»Kate. Tut mir leid, aber im Moment kann ich die exakte Todesursache nicht weiter kommentieren.«

Tristan warf einen Blick zu Kate. Es klang, als wäre Alan die Situation äußerst unangenehm.

»Okay. Alan, der Einzige, der mit Simon zelten war, ist sein

Freund Geraint. Betrachtet die Polizei Simons Tod jetzt als verdächtig?«

Eine lange Pause entstand.

»Auch dazu kann ich nichts sagen.«

»Also gilt Geraint jetzt als Verdächtiger?«

»Kate. Ich rufe dich aus reiner Höflichkeit an. Mehr kann ich zu dem Fall nicht sagen, und ich bin nicht daran beteiligt, was die Polizei entscheidet … Jetzt muss ich wirklich auflegen«, sagte er und beendete das Gespräch.

Kate entdeckte ein Stück weiter vorn einen Rastplatz und hielt dort an. Er lag neben einem großen, trostlos wirkenden, für den Winter frisch gepflügten Feld. Einen Moment lang schwiegen sie und Tristan.

»Haben wir Geraint gerade völlig falsch eingeschätzt?«, fragte Kate.

»Falls ja, ist er ein verdammt guter Schauspieler«, meinte Tristan. »Und unheimlich abgebrüht.«

»Nein, wenn er so abgebrüht wäre, würde er nicht mit Simons Blut an seiner Jacke herumlaufen und so ruhig bleiben, wenn er darauf angesprochen wird«, entgegnete Kate. »Außerdem ist da noch die Frage, wie Simon ins Wasser gekommen ist. War Geraint bei ihm? Der Campingplatz ist zum Stausee hin abgezäunt. Sind sie mehrere Kilometer außen herum gegangen? Ist Simon über den Stacheldraht geklettert? Sind sie beide drübergeklettert? Ich erinnere mich an Simons Hände. An den Handflächen waren weder Schnitte noch Blutergüsse. Das Gleiche gilt für Geraint. Nein, Tristan, das passt nicht zusammen.«

»Wissen wir denn mit Sicherheit, dass sie wirklich auf dem Campingplatz waren?«, fragte ihr Assistent. »Wir verlassen uns dabei auf Geraints Wort.«

»Genau. Und warum habe ich eigentlich nicht selbst an Zeltheringe gedacht? Die sind als Mordwaffe so verdammt offensichtlich!« Kate schlug mit der Hand aufs Lenkrad. Die Hupe dröhnte über das Feld und schreckte eine Schar von Krähen auf, die sich krächzend in den Himmel erhoben.

»Hat Alan irgendwas gesagt, als du persönlich mit ihm gesprochen hast? Darüber, ob die Polizei auf dem Campingplatz einen Zelthaken gefunden hat?«

»Nein, hat er nicht. Und selbst wenn man einen Zelthaken gefunden hätte, bezweifle ich, dass nach so vielen Wochen im Freien noch viel an forensischen Beweisen darauf vorhanden wäre.«

»Das beantwortet immer noch nicht die Frage: Warum haben der Gerichtsmediziner und die Polizei Simons Tod so schnell als Unfall eingestuft?«, sagte Tristan.

Geraint blieb noch eine Stunde im Pot Black Snooker Club und kippte einige weitere Biere. Er fühlte sich etwas wackelig auf den Beinen, als er schließlich den Weg nach Hause antrat, und er zitterte in der Kälte. Seine Ein-Zimmer-Wohnung befand sich in einem Wohnblock mit schäbigen Reihenhäusern und zweigeschossigen Betonblöcken der Nachkriegszeit, etwa anderthalb Kilometer vom Snooker-Club entfernt. Als er in seine Straße einbog, begann es zu regnen. Er stülpte den Kragen auf und zog die Jacke hoch genug, um damit den Kopf zu bedecken. Die drei Streifenwagen vor seinem Gebäude bemerkte er erst, als er um die Mülltonnen an der Ecke des kleinen Parkplatzes davor bog.

Sechs Polizisten scharten sich unter dem Betonvordach über dem Haupteingang. Im Flur brannte Licht. Geraint sah, dass eine seiner Nachbarinnen, eine ältere Dame, die am Ende seines Stockwerks wohnte, mit den Beamten sprach. Dann fiel ihr Blick in seine Richtung.

»Da. Das ist er«, sagte sie und deutete mit ihrer Zigarette auf ihn. Geraint wusste nicht, warum er die Flucht ergriff.

Er hätte einfach stehen bleiben können. Doch durch seine Adern strömte reichlich Alkohol, und die blauen Blinklichter auf den Streifenwagen versetzten ihn in Panik. Er machte kehrt.

»Halt! Sie da! Sofort stehen bleiben!«, brüllte einer der Polizisten. Das wäre gar nicht nötig gewesen – bereits an der Ecke mit den Mülltonnen verlor Geraint das Gleichgewicht und stürzte auf einen Haufen nasser schwarzer Säcke. Er spürte, wie etwas Großes in einem der Säcke gegen seinen Bauch drückte. Bevor er nach Luft schnappen konnte, fielen die Polizisten über ihn her, fixierten seine Arme auf dem Rücken, legten ihm kalte Handschellen an und verlasen ihm seine Rechte. Als sie ihn auf die Beine zogen, schien ein entsetzlicher Ruck durch den Boden zu gehen. Geraint sah Sternchen vor den Augen tänzeln, dann übergab er sich.

»Meine Güte, was für ein Zustand«, sagte eine Stimme. Ein schlanker Beamter mit asiatischen Gesichtszügen stieg aus einem der Polizeiwagen aus und kam herüber. Er trug Zivilkleidung: Jeans, ein weißes Poloshirt und eine knallgelbe wasserabweisende Jacke. *Als hätte er sich zum Ausgehen rausgeputzt*, dachte Geraint.

»Kein Wunder, so wie sich alle auf mich gestürzt haben«, erwiderte er. Dann hustete er, würgte erneut und spuckte auf den Boden, die Hände nach wie vor hinter dem Rücken gefesselt.

Der Beamte kam näher und sah ihm herausfordernd in die Augen. Geraint dachte, er würde ihn schlagen. Stattdessen zückte der Mann seinen Polizeiausweis.

»Ich bin Detective Chief Inspector Henry Ko. Geraint Jones, ich verhafte Sie wegen Mordes an Simon Kendal …«

»Was zum …«, brachte Geraint entsetzt hervor.

»Sie müssen nichts sagen, aber alles, was Sie sagen, kann vor Gericht verwendet werden«, fuhr Ko fort.

»Ich will einen Anwalt«, verlangte Geraint.

»Den bekommen Sie … Abführen. Aber setzt ihn nicht in mein Auto«, fügte Ko hinzu.

Die uniformierten Beamten brachten Geraint weg, und er wurde in den nächstbesten Streifenwagen verfrachtet.

11

Kate setzte Tristan bei ihm zu Hause ab. Sie vereinbarten, sich am nächsten Tag zu treffen und in Verbindung zu bleiben, falls es weitere Neuigkeiten über Geraint gäbe.

Kate lebte in einem großen, alten, zweigeschossigen Haus am Ende einer Straße, die entlang des Rands der Klippen verlief. Es lag ein paar Kilometer außerhalb von Ashdean in einem kleinen Weiler namens Thurlow Bay.

Neben Kates Haus befand sich ein Surfshop, der im Sommer den nahen Campingplatz betreute. Betrieben wurde er von Myra, ihrer Freundin und Sponsorin bei den Anonymen Alkoholikern. Sie war Mitte sechzig, hatte faltige, olivfarbene Haut und trug ihr blond gefärbtes kurzes Haar am liebsten nach hinten gekämmt.

Kate bezeichnete ihr Haus gerne als gemütlich und wohnlich – Jake hingegen nannte es *großmütterlich*. Die Möbel im Wohnzimmer waren schon ziemlich in die Jahre gekommen, und die Wände säumten Bücherregale, vollgestopft mit wissenschaftlichen Werken und Romanen. An einer Wand stand ein altes Klavier. Das Haus war Kate von der Universität zur Verfügung gestellt worden, und sie wohnte bereits seit acht Jahren darin. Am besten gefiel ihr das Wohnzimmer mit der Fensterreihe, die eine Aussicht über die Klippen und auf das Meer bot. Die Küche mit ihren Arbeitsplatten aus hellem Holz und weiß gestrichenen Schränken mutete etwas moderner an als der Rest des Hauses.

Kate verstaute ihre Einkäufe in der Küche, dann öffnete sie den Kühlschrank. Im obersten Fach bewahrte sie immer einen Krug Eistee auf. Sie holte ein Trinkglas heraus, füllte es halb mit Eis und goss den gesüßten Eistee darüber. Als Nächstes schnitt sie eine Zitrone auf und fügte ihrem Drink eine Scheibe hinzu. Den Eistee so zuzubereiten bot ihr dasselbe Ritual wie ein Cocktail, nur ohne Alkohol. Die Anonymen Alkoholiker hielten zwar nichts von Hilfsmitteln oder Ersatzritualen jeglicher Art, doch Kate hatte festgestellt, dass es für sie funktionierte. Es half ihr, trocken zu bleiben.

Sie trank einen ausgiebigen Schluck des kalten, süßen Tees und holte ihr Handy hervor. Sollte sie Lyn anrufen? Es war kurz vor fünf Uhr nachmittags. Der Zelthering als mögliche Mordwaffe kam ihr wieder in den Sinn. Falls Geraint einen Zelthaken benutzt hatte, um auf Simon einzustechen und ihn zu töten – wo war der Haken abgeblieben? Sie dachte an den Stausee und den Tag zurück, an dem sie mit Jake zum Tauchen dort gewesen war. Der See hatte den Eindruck vermittelt, bodenlos zu sein. Die Dunkelheit hatte sich schier endlos über die Reichweite ihrer Lampe hinaus erstreckt.

Kate schickte Jake eine kurze Nachricht, in der sie ihn fragte, ob sie später noch skypen würden. Sie wartete ein paar Minuten. Als keine Antwort eintraf, öffnete sie den Kühlschrank erneut und füllte das Glas auf.

Was würde sie nicht für einen Whiskey geben. Einen Jack Daniel's mit Cola. Das rauchige Aroma von Whiskey, vermischt mit der Süße einer kalten, prickelnden Cola.

Kate trank einen Schluck aus dem frisch aufgefüllten Glas.

Nein, ist nicht dasselbe. Problematisch daran, trocken geworden zu sein, war das stete, unterschwellige Gefühl, man könnte sich hin und wieder einen kleinen Drink genehmigen, ohne rückfällig zu werden.

Sie setzte sich an den Tisch und zündete sich eine Zigarette an. Kaufte sie Geraint die Nummer des melancholischen walisischen Schlitzohrs ab? War das gespielt? Kate wünschte, sie könnte sich im Revier an einen Schreibtisch setzen und auf

HOLMES zugreifen, die Polizeidatenbank. Mit wenigen Eingaben könnte sie herausfinden, ob die Behörden den Verbleib der Campingausrüstung kannten und sie als Beweismittel beschlagnahmt hatten.

Es klopfte an der Hintertür, die kurz danach aufschwang. Das Tosen des Meers unter den Klippen drang lauter herein, und der Wind wehte in die Küche, brachte die am Kühlschrank klebenden Zettel und Bilder zum Flattern.

»Ich hab bei dir Licht gesehen«, sagte Myra und schloss die Tür hinter sich. Sie schlüpfte aus ihren Gummistiefeln und stellte sie auf das Zeitungspapier, das Kate neben der Tür für solche Zwecke ausgelegt hatte. »Wie ich sehe, bist du auf Eistee«, merkte sie an, zog die Wachsjacke aus und hängte sie über einen Stuhl. Darunter präsentierte sie sich im typischen Myra-Stil: alte, ausgebeulte Jeans, Def-Leppard-T-Shirt. Durch ein Loch in der flauschigen rosa Socke am linken Fuß lugte der große Zeh. Die dunkelblaue Socke am rechten Fuß erwies sich als weniger fadenscheinig.

»Ich würde glatt morden für einen Whiskey Cola. Wirklich, wirklich morden«, gestand Kate.

»Und ich könnte glatt einen Doppelmord für ein Newcastle Brown Ale mit einem Schuss Teacher's begehen«, erwiderte Myra, ging zum Wasserkocher und schaltete ihn ein. »Und ich kann auf sechsundzwanzig Jahre Trockenheit zurückblicken.«

Kate lehnte sich vor und ließ den Kopf auf den Tisch sinken. Myra kam herüber und klopfte ihr auf den Rücken.

»Du kennst die Routine. Hinhocken. Zähne zusammenbeißen. Stell dir vor, du hast richtig tollen Sex«, sagte sie.

»Ich hasse das.«

»Was? Richtig tollen Sex?«

»Nein, den hat es schon länger nicht mehr gegeben. Das Verlangen.«

»Zähne zusammenbeißen, Zähne zusammenbeißen und

noch mal Zähne zusammenbeißen«, erwiderte Myra und rieb Kate den Rücken. »Ich mach uns mal einen Tee, meine Liebe, und dann werfen wir hemmungslos Schokokekse ein. Rede mit mir. Was hat das Verlangen ausgelöst?«, fragte Myra und holte die Teekanne aus dem Schrank.

»Es geht um diesen Jungen, der unlängst gestorben ist, Simon. Die Polizei glaubt jetzt, sein bester Freund hätte ihn umgebracht.«

»Und was glaubst du?«

»Ich denke, es wäre möglich, aber es erscheint mir ein bisschen zu bequem.«

»Bequem für wen?«

»Das ist die große Frage.«

12

Als Tristan zu Hause eintraf, hörte er seine Schwester Sarah im vorderen Zimmer mit ihrem Verlobten Gary reden. Er hatte gehofft, die Wohnung für sich allein zu haben, um nach dem Treffen mit Geraint in Ruhe nachdenken zu können.

Der Flur führte in ein kleines Wohnzimmer. Praktisch überall, auch auf den Möbeln, stapelten sich Kisten mit Alkohol aus Duty-Free-Shops.

Sarah und Gary saßen am Esstisch in der Ecke und arbeiteten am Sitzplan für ihre Hochzeit. Im Hintergrund lief der Fernseher.

»Hi, Tris. Macht's dir was aus, wenn meine Freundin Georgina von der Arbeit am Tisch neben dir sitzt?«, fragte Sarah und schaute vom Plan auf.

»Schon in Ordnung«, antwortete Tristan. Er zog das Handy und die Brieftasche aus der Hose und legte beides in die Schale auf dem Kaminsims.

»Hi, wie geht's?«, begrüßte er Gary.

»Kann nicht meckern. Immerhin darf ich den Rest meines Lebens mit der da verbringen«, erwiderte Gary und beugte sich Sarah für einen Kuss zu. Sie schob ihn weg und kritzelte etwas auf den Sitzplan.

»Okay. Ich trage Georgina vorläufig mal mit Bleistift ein. Nur für den Fall«, verkündete sie. Tristan verschwand in die kleine Küche und holte eine Dose Cola aus dem Kühlschrank.

»Für welchen Fall?«, fragte er, als er ins Wohnzimmer zurückkam.

»Für den Fall, dass du doch noch beschließt, jemanden mitzubringen«, erwiderte Sarah, lehnte sich zurück, band ihren

Pferdeschwanz neu und ließ zu, dass Gary ihr einen Schmatz auf die Wange drückte.

»Was ist mit Kate?«

»Ich will nicht, dass diese Frau als besserer Platzhalter kommt«, fauchte Sarah.

»Kate wäre kein besserer Platzhalter. Sie ist meine Chefin und Freundin.«

»Tristan. Diese Hochzeit kostet siebenundzwanzig fünfzig plus Mehrwertsteuer – pro Gedeck«, erklärte Sarah und tippte mit dem Bleistift auf den Sitzplan. »Wir sind äußerst großzügig und bieten außerdem eine kostenlose Bar«, fügte sie hinzu und deutete auf die Kisten, die sich überall im Zimmer stapelten.

»Kate trinkt nicht«, gab Tristan zurück.

»Mag sein, aber sie wird Aufmerksamkeit erregen … Darren von der Arbeit ist geradezu besessen von True-Crime-Büchern. Noch dazu könnten die Leute dich für ihren Lustknaben halten.«

»Ich bin nicht ihr Lustknabe.«

»Ich will aber nicht den gesamten Empfang damit verbringen, die Leute darüber aufzuklären. Ich will, dass sie mich in meinem Kleid bewundern – das übrigens auch nicht gerade billig ist und das ich nicht zweimal tragen kann.«

Gary sah Tristan an und zog etwas hilflos die Augenbrauen hoch. Mit vierzig war er fünfzehn Jahre älter als Sarah. Als sich Sarah und Gary kennengelernt hatten, waren bei ihm schon erste graue Strähnen sichtbar gewesen. Mittlerweile hatte er wieder durchgehend dunkles Haar. Zudem hatte er sich angewöhnt, Schuhe mit etwas dickeren Absätzen zu tragen. Gary war einen Kopf kleiner als Sarah.

»Ich geh duschen«, kündigte Tristan an.

»Du musst den Tauchsieder einschalten«, rief Sarah ihm hinterher, als er die Treppe hinaufging. Tristan hörte Gary murmeln, dass sie sich beruhigen sollte.

»Nein, Gary. Es ist meine *Hochzeit*, da gehe ich keine Kompromisse ein!«

Als Tristan zwanzig Minuten später nach unten zurückkehrte, hatten Sarah und Gary die Hochzeitsunterlagen weggeräumt, saßen auf dem Sofa und sahen fern. Erwartungsvoll schauten sie ihn an. Sarah grinste.

»Was ist?«, fragte Tristan und zwängte sich an den Kisten vorbei in die Küche, um sich etwas zu essen zu holen.

»Dein Telefon hat geklingelt, während du unter der Dusche warst«, sagte Sarah.

»Kate?«, fragte Tristan und hoffte auf Neuigkeiten.

Kurz verzog Sarah das Gesicht.

»Nein. Es war nicht Kate. Ich hab die Nummer nicht erkannt, also bin ich rangegangen. Ich dachte mir, es könnte was Wichtiges sein … Es war *Magdalena*.«

»Oh. Richtig«, sagte Tristan und erinnerte sich, dass sie angekündigt hatte, sie würde anrufen.

»Sie klingt sehr italienisch.«

»Weil sie Italienerin ist.«

»Sie wollte wissen, ob du sie wegen der Verabredung zum Kaffee zurückrufen kannst.« Mittlerweile wirkte Sarah beinah ekstatisch vor Freude.

»Okay, danke.«

»Wer ist sie? Und wo habt ihr euch kennengelernt? Ist es was Ernstes? Ist sie attraktiv? Geklungen hat sie jedenfalls attraktiv, stimmt's, Gary?«

»Ich hab sie gar nicht gehört, weil du mit ihr telefoniert hast, nicht ich«, erwiderte Gary.

Sarah warf ihm einen Blick zu.

»Vertrau mir, Gary. Sie *hat* attraktiv geklungen. Und Tristan ist auch attraktiv. Als seine Schwester darf ich das sagen. Also ist nur zu erwarten, dass sich jemand zu ihm hingezogen fühlt, der genauso attraktiv ist.«

Gary grinste.

»Danke«, sagte er.

»Was? Wofür?«

»Na ja, demzufolge … Du bist attraktiv, also muss *ich* auch attraktiv sein …«

Sarah ignorierte ihn und wandte sich wieder Tristan zu.

»Erzähl uns von Magdalena.«

»Sie ist eine Professorin bei der Arbeit und hat mich nach meiner Nummer gefragt«, sagte Tristan.

»Professorin! Ruf sie sofort zurück«, verlangte Sarah und streckte Tristan das Telefon hin.

»Kann ich wenigstens noch meinen Tee austrinken?« Es ärgerte ihn, dass sich Sarah in seine Angelegenheiten einmischte.

»Als Frau kann ich dir sagen, dass ich's nicht leiden kann, wenn Männer Spielchen treiben. Gary hat nie Spielchen mit mir getrieben, stimmt's, Gary?« Als Gary den Mund zu einer Erwiderung öffnete, scrollte sie bereits durch Tristans Telefon. »Ich hab ihr gesagt, du würdest zurückrufen. Hier. Es klingelt schon.«

Tristan schnappte sich sein Telefon und beendete den Anruf. »Herrgott noch mal! Halt dich da raus, Sarah.«

Damit verließ er das Zimmer, schlüpfte in seine Schuhe und holte seine Jacke aus dem Flur. Dann ging er durch die Haustür hinaus und schloss sie hinter sich. Unter dem Vordach blieb er stehen. Mittlerweile war es entlang der Küste kalt und dunkel. Vom Meer wehte der Wind herein. Er wählte Magdalenas Nummer und legte die Hand über das Handy. Es klingelte ein paar Mal, bevor sie ranging.

»Hi. Danke für den Rückruf«, meldete sie sich. »Ist deine Schwester immer so *gründlich*, wenn sie an dein Telefon geht?«

»Tut mir leid deswegen. Ich war unter der Dusche«, erwiderte er.

Eine Pause entstand. Tristan wollte sie gerade nach dem

Shadow Sands Stausee fragen, als sie sagte: »Ich weiß, ich hab Starbucks vorgeschlagen. Aber hättest du auch Lust, ins Kino zu gehen? Ich bin ein echter Fan von David Lynch. Im *Commodore* läuft am Sonntagabend *Eraserhead*.«

»Ja, das wäre toll«, erwiderte Tristan.

»Schick mir deine Adresse. Ich hol dich um halb acht ab«, sagte Magdalena und legte auf.

Verunsichert starrte Tristan eine Weile auf sein Handy. Damit war es ein offizielles Date.

Er überquerte die Straße und ging hinunter zum Strand. Manchmal fühlte er sich sehr einsam, wenn er unter Menschen war, die ihre Empfindungen nicht verstecken mussten. Sarah und Gary trieben ihn manchmal in den Wahnsinn, aber er beneidete sie darum, dass sie kein Blatt vor den Mund nahmen. Tristan schlenderte den dunklen Strand entlang, lauschte den Wellen auf dem Kies und genoss es, sich in der Dunkelheit abseits der Straßenlaternen zu verlieren.

Als er das andere Ende des Strands erreicht hatte, klingelte wieder sein Handy. Diesmal war es Kate.

»Tris, bist du zu Hause?«, fragte sie.

»Nein. Warum?«

»Auf ITV laufen gerade die Lokalnachrichten. Sie bringen einen Bericht darüber, dass Geraint wegen Mord an Simon Kendal verhaftet wurde.«

Tristan versprach Kate, gleich zurückzurufen, und eilte zu dem schmierigen Café am Ende der Strandpromenade, wo immer der Fernseher lief. Zum Glück war es gerade nur spärlich besucht. Er bestellte eine Tasse Tee und ein Sandwich mit Speck und bat den Kellner, den Kanal auf ITV zu wechseln.

Der Sender zeigte gerade, wie Geraint in Handschellen aus einem Streifenwagen ins Revier in Exeter gebracht wurde. Ein Foto von Simon Kendal bei einem seiner Schwimmwettbewerbe wurde eingeblendet.

»Die Polizei hat den zwanzigjährigen Geraint Jones im Zusammenhang mit dem Mord an Simon Kendal verhaftet und Eigentum beschlagnahmt, das mutmaßlich mit der Tat in Verbindung steht.« An der Stelle wurde gezeigt, wie Beamte mit Campingausrüstung durch die Eingangstür eines Wohnblocks kamen. Eine Nahaufnahme von Zelthaken in einer transparenten Plastiktüte wurde eingeblendet. »Außerdem wurde eine Jacke sichergestellt, die vermutlich Blutspuren vom Opfer enthält. Simon Kendal und Geraint Jones waren in der Nacht des 27. August auf dem Campingplatz von Shadow Sands zelten. Von dort verschwand Simon Kendal. Seine Leiche wurde später im Shadow Sands Stausee gefunden.«

Im Bericht wurden Archivaufnahmen des menschenleeren Campingplatzes und des Stausees aus der Sicht des Kraftwerks gezeigt. Die Nachrichten endeten damit, dass ein Reporter vor dem Revier in Exeter eine Nummer bekanntgab, unter der sich die Öffentlichkeit mit sachdienlichen Informationen melden konnte.

»Den Bericht haben sie ja unheimlich schnell zusammengestellt«, meinte Tristan.

»In der Tat«, stimmte ihm Kate am anderen Ende der Leitung zu. »Wer immer ihn verhaftet hat, wollte der Öffentlichkeit bewusst eine Menge an Informationen zuspielen.«

»Kommt ziemlich belastend rüber«, fand Tristan. Der Kellner brachte ihm sein Sandwich, doch plötzlich verspürte er keinen Hunger mehr. »Zelthaken in einer Plastiktüte, unübersehbar an der Fernsehkamera vorbeigetragen. Glaubst du, sie haben diese Jacke, die noch Simons Blut am Ärmel hat?«

»Davon ist auszugehen, wenn die Polizei die Medien schon über Blut auf Geraints Kleidung informiert hat«, erwiderte Kate.

»Wie funktioniert das bei der Polizei? Müssen die Details eines Falls nicht vertraulich behandelt werden?«

»So was lässt man vorsätzlich durchsickern. Die Polizei benutzt die Presse, um das Bild des Falls zu prägen.«

»Braucht man bei Mordfällen denn ein bestimmtes Bild? Ich dachte, dabei geht es um Fakten«, erwiderte Tristan.

»Sollte es auch. Aber irgendwas stinkt hier gewaltig. Zuerst stuft man Simons Tod überhastet als Unfall ein. Dann bringe ich Alan Hexham dazu, sich den Obduktionsbericht anzusehen, er entdeckt etwas Merkwürdiges, und plötzlich ist der Fall als Morduntersuchung in den Medien … Man hat bewusst dafür gesorgt, dass die Nachrichtenkamera die Bilder der Zelthaken eingefangen hat, der potenziellen Mordwaffe. Ich bin sicher, man setzt darauf, dass sich jemand wie Geraint mit nur spärlichen Mitteln keine anständige Rechtsvertretung leisten kann.«

»Wenn Geraint die Zelthaken in einer Plastiktüte bei sich zu Hause hatte …«

»Dann sollte forensisches Material erhalten geblieben sein, es sei denn, sie wurden gereinigt«, beendete Kate den Satz.

»Lyn ist bestimmt zufrieden. Immerhin hat man die Todesursache von Unfall in Mord geändert. Das wollte sie ja«, meinte Tristan.

»Ich weiß. Aber ich will nicht, dass wir ihr Geld nehmen. Meiner Meinung nach ist der Fall noch lange nicht gelöst. Es haben sich nur noch mehr Fragen aufgetan«, sagte Kate.

Nachdem Tristan das Gespräch beendet hatte, starrte er nachdenklich ins Leere. Wie glücklich er sich doch im Vergleich zu Geraint schätzen konnte. Das relativierte seine eigenen Probleme. Wie musste es wohl sein, unter Mordverdacht zu stehen?

Der Gedanke ließ ihn schaudern.

13

Am Sonntagmorgen stand Kate früh auf, schlüpfte in ihren Badeanzug, verließ das Haus durch die Küchentür und bahnte sich den Weg die Klippen hinunter zum morgendlichen Schwimmen. Es war frisch an dem Tag. Die Sonne schimmerte golden durch eine niedrige Wolkenbank und zauberte auf das Wasser ein Funkeln wie von Diamanten.

Mit dem Schwimmen im Meer hatte Kate angefangen, nachdem sie gelesen hatte, dass es gegen Depressionen helfen konnte. Anfangs hatte es Mut erfordert, das ganze Jahr über zu schwimmen, aber wie sich herausgestellt hatte, besaß das kalte Wasser ein gewisses Suchtpotenzial. Das erfrischende Gefühl, wenn sie es nach dem Schwimmen verließ, blieb fast den ganzen Tag erhalten.

Sie watete in die wogende Brandung und tauchte kopfüber in eine brechende Welle. Das kalte Wasser weckte sie vollends. Sie schwamm ein paar Minuten hinaus, dann hielt sie inne und ließ sich auf der Oberfläche treiben, genoss die wogende Bewegung. Ihr Haar breitete sich fächerförmig aus, und sie spürte das leichte Ziehen an den Wurzeln. Mit untergetauchten Ohren lauschte sie den seltsamen Geräuschen unter Wasser, dem leisen Widerhall des Sogs der Brandung auf den Felsen.

Kate verspürte im Meer solche Freiheit. Plötzlich musste sie an Simon Kendal denken. Wann hatte er mit dem Schwimmen angefangen? Hatte auch er dieses Freiheitsgefühl empfunden? Die Freude daran, zu seinen eigenen Bedingungen im Wasser zu sein, zu schwimmen, innezuhalten und sich treiben zu lassen? Geraint hatte ihnen erzählt, dass Simon die frühmorgendlichen Trainingseinheiten zuletzt gehasst und sich im Pool gefangen gefühlt hatte. Wie hatte er es noch mal genannt? *Ein Betonloch voller Chlor?*

Kate hatte noch nie davon gehört, dass ein Sportler ein Schwimmbecken so abschätzig beschrieb. Der Fall beunruhigte sie – nicht nur wegen Simons Tod, sondern auch, weil man Geraint als Hauptverdächtigen verhaftet hatte. Er hatte so viel Zuneigung und brüderliche Liebe für Simon vermittelt. Was hätte Geraint davon gehabt, ihn umzubringen? Gewalt manifestierte sich auf verschiedenste Weise. Wenn sie mit einem unkontrollierten Wutausbruch auftrat, fiel sie chaotisch und ungeplant aus. Wie Geraints Schlägereien in Kneipen und Bars, wenn er sich verteidigte. Wäre Simons Leiche mit mehreren Messerstichen auf dem Campingplatz oder im Wald gefunden worden, Kate wäre eher geneigt gewesen, Geraint als Täter in Betracht zu ziehen. Aber wie war Simon mitten im Wasser gelandet, so weit weg vom Campinggelände? Wenn Geraint ihn mit einem Zelthaken erstochen hatte, wo war dann die Blutspur zum See? Es gab keinen direkten Weg vom Campingplatz zum Wasser – den versperrte ein hoher Zaun mit Stacheldraht. Wie sollte Simon mit einer Stichwunde über den Zaun geklettert sein? Noch dazu, ohne die typischen Schnitte und Kratzer vom Stacheldraht davonzutragen?

Als Kate ins Haus zurückkehrte, klingelte ihr Telefon. Noch in ihr Handtuch gewickelt eilte sie hin, um ranzugehen. Es war Lyn Kendal.

»Kate. Danke«, sagte sie aufgeregt. »So schnell hätte ich nicht mit einem Ergebnis gerechnet. Ich bin aufrichtig beeindruckt.«

»Man hat Geraint verhaftet. Jetzt hat man sechsundneunzig Stunden, um ihn offiziell anzuklagen«, erwiderte Kate.

»Das hat man schon. Ich habe es gerade erfahren.«

»Hat die Polizei dich angerufen?«

»Ja. Ein gewisser Henry Ko hat sich bei mir gemeldet … Hast du gewusst, dass Geraint, dieser Mistkerl, *auf Bewährung* ist, weil er einen Kerl in einem Club angegriffen hat?« Kate ließ sich auf der Sofalehne nieder, immer noch in ihr Handtuch gewickelt. Sie spürte, wie sich ihr Herz zusammenzog. »Und das nur, weil der Typ angefangen hatte, sich mit Geraints Ex-Freundin zu treffen«, fuhr Lyn fort. »Hast du das gewusst?«

»Nein.«

»Ich auch nicht. Simon hat nie etwas davon erwähnt. Wer weiß, wozu Geraint alles fähig ist? Mich hat immer beunruhigt, dass Simon in … falsche Kreise geraten könnte.« Lyn begann zu schluchzen.

Kate versuchte, ihre Gedanken zu ordnen.

»Lyn. Bei dem Fall passt so vieles nicht zusammen.«

»Henry hat gesagt, du hättest ein Problem bei Simons Obduktion aufgezeigt. Und das hat dann zu den neuen Beweisen geführt, zu dem, äh, dem Zelthering als Mordwaffe …« Wieder fing sie zu weinen an.

»Ja. Hast du Henry Ko eigentlich gesagt, dass du mich gebeten hast, den Fall zu untersuchen?«

»Nein. Hab ich nicht.«

»Hat Henry Ko dir sonst noch irgendwelche Informationen gegeben? Konnte man zum Beispiel schon nachweisen, dass so ein Zelthering die Mordwaffe gewesen ist?«

»Er hat gesagt, dass die gesamte beschlagnahmte Campingausrüstung auf DNA-Proben untersucht wird … Ich bin einfach wahnsinnig erleichtert, dass die Polizei endlich ihre verdammte Arbeit macht. Ich wollte dich nur anrufen, um mich zu bedanken«, brachte Lyn schluchzend hervor. »Können wir in ein paar Tagen noch mal reden? Das ist alles ziemlich viel auf einmal. Ich brauche ein bisschen Zeit.«

»Ja. Sicher«, erwiderte Kate.

Nachdem Lyn das Gespräch beendet hatte, saß Kate noch eine Weile da.

Alan Hexham musste mit Henry darüber gesprochen haben, dass sich Kate mit Simons Tod beschäftigte. Alan war ein geradliniger Typ. Er hatte Kate in der Vergangenheit mehrfach seine Hilfe angeboten. Aber letztlich galt seine Loyalität seinem Job und den Behörden. Kate rechnete damit, demnächst einen Anruf von Henry Ko zu erhalten. Die Polizei konnte es nicht leiden, wenn Privatermittler herumschnüffelten.

Sie schaute aus dem Fenster. Mittlerweile verhüllte die niedrige Wolkenbank die Sonne, und über dem Meer bildete sich Nebel.

Kate schauderte. Die Kälte war ihr in die Knochen gesickert. Sie ging nach oben und genehmigte sich eine ausgiebige heiße Dusche.

14

Magdalena Rossi schob ihre gelbe Vespa durch den schmalen gefliesten Flur der Wohnung, die sie sich mit zwei Doktoranden teilte, dann weiter durch die Haustür hinaus und auf die Straße.

Ihre Wohnung lag in einer ruhigen Gegend hoch über der Küste. Ihr knallroter Mantel, die blaue Jeans und die grünen Wanderschuhe aus Lackleder hoben sich bunt vom Hintergrund der grauen Häuser mit Kieselrauputz ab. Magdalena setzte den Sturzhelm mit verspiegeltem Visier auf, schwang das Bein über den Sitz und stieß sich mit dem Fuß ab. Sie ließ die Vespa im Leerlauf den steilen Hügel zur Küste hinunterrollen und genoss den Rausch der Geschwindigkeit.

Unten lehnte sie sich in die Kurve, als die Straße scharf nach rechts auf die Promenade bog. Erst auf halber Strecke den Strand entlang hielt sie neben einer mit Brettern vernagelten Eisdiele an, um den Motor zu starten. Von Tristan fehlte jede Spur, als sie an seiner Wohnung vorbeifuhr. Ihr Magen flatterte ein wenig vor Aufregung über das bevorstehende Date. Der Mann war eine Augenweide. Unheimlich sexy. Sie hatte ihren Mitbewohnern Liam und Alissa ein Foto von ihm gezeigt, und beide gaben ihr recht.

Magdalena verdrängte die Gedanken an Tristan vorerst und konzentrierte sich stattdessen auf ihren Ausflug. Am vergangenen Abend war Küstennebel vorhergesagt worden, was sich als zutreffend erwies – die Luft fühlte sich dicht und feucht an, und draußen auf dem Meer bildeten sich Nebelbänke, durch die das ferne Dröhnen eines Nebelhorns drang.

Ihr Projekt hatte mit dem Bauern begonnen, der den riesigen Fußabdruck gefunden hatte. Nach dem Besuch bei ihm, um Fotos zu schießen, hatten sie zusammen im örtlichen Pub zu Mittag gegessen und sich weiter unterhalten. Durch den Bauern kam sie mit den Einheimischen ins Gespräch über die Bestie von Bodmin Moor, danach wandte sich die Unterhaltung lokalen Legenden zu. Zwei der Bardamen erzählten ihr von einem jungen Mann und einer jungen Frau aus einem Kinderheim, die beide auf demselben Straßenabschnitt nach Ashdean verschwunden waren – im Nebel. Eine der beiden Bardamen hatte Magdalena die Telefonnummer einer dritten Frau gegeben, die mehr über die potenziellen Entführungen erzählen konnte. Aber trotz mehrerer hinterlassenen Nachrichten hatte Magdalena bisher keinen Rückruf erhalten.

Eine der Bardamen hatte außerdem eine eigene Geschichte über den Nebel zum Besten gegeben.

Er kommt aus dem Nichts, fällt über einen her, raubt einem die Orientierung und lässt blinde Panik ausbrechen, hatte sie gesagt. Die Frau schilderte, wie sie an einem kalten Junitag draußen an den Klippen Brombeeren gepflückt hatte, als aus dem Nichts dichter Nebel aufzog. Eine Stunde lang war sie blind und verloren herumgeirrt. Dabei wäre sie beinah von den Klippen gestürzt.

Das sollte der Ausgangspunkt für Magdalenas Forschungsprojekt werden – sie konnte die Geschichte als Beweis dafür nutzen, dass hier kein Nebelphantom für das Verschwinden der Menschen verantwortlich zeichnete. Die Vermissten konnten sich irgendwo verlaufen haben oder abgestürzt sein. Entlang der Küste erstreckten sich diverse Wanderwege und Felder, und es gab hier reichlich Stellen, an denen man in die Tiefe fallen und ein vorzeitiges Ende finden konnte. An diesem Tag hatte sie vor, gute Fotos vom Nebel zu schießen, wie er vom Meer an Land kroch. Insgeheim hegte Magdalena die Hoffnung, die Überreste eines der Opfer zu finden. Vielleicht würde sie auf einen Knochenhaufen stoßen, versteckt in einem

Graben oder einer Felsspalte, noch mit Fetzen der Kleidung vom Tag des Verschwindens.

Magdalena nahm die A1328 entlang der Küste, die Ashdean mit Exeter verband, und schon bald lösten Felder und Bäume die Häuser und Geschäfte ab.

Die Klippen lagen zu ihrer Linken, versteckt hinter einer dichten Baumreihe, mit für den Winter frisch gepflügten Feldern davor. Als sie einen Schotterweg passierte, der zwischen zwei Äckern verlief, verlangsamte sie die Fahrt. Nebel wallte von den Klippen herauf und kam ihr den Weg entlang entgegen.

Magdalena wendete und bog auf den Feldweg. Ein Traktor hatte darin breite Reifenspuren hinterlassen. Erleichtert stellte sie fest, dass es sich gut über den Schlamm fahren ließ, der sich glatt und seidig zu perfekten Rillen verdichtet hatte.

Magdalena hatte die Formulierung »wallender Nebel« bisher immer für albern gehalten. An diesem Tag jedoch kam ihr der Nebel tatsächlich so entgegen – wallend, wogend, als wäre er als riesige Masse ausgeschüttet worden, die den Feldweg entlangschwappte. Die sich kräuselnden Schwaden wirkten wie gespenstische Finger. Es war, als hätte sie eine lebendige Masse vor sich, die sich den Weg zu ihr ertastete.

Magdalena schaltete den Motor aus und hievte die Vespa auf den Ständer. Sie kramte in ihrer Tasche nach der Kamera, als die Nebelwand schneller zu werden schien und sie mit weißer Kälte umhüllte. Magdalena atmete den leicht salzigen Geschmack der Schwaden ein, die sich nass auf der Zunge anfühlten. Sie spürte, wie die Feuchtigkeit ihr Haar und ihre Wimpern benetzte.

Magdalena war eine praktisch veranlagte Frau. Sie glaubte nicht an Legenden, nahm sie stattdessen immer mit messerscharfer Logik auseinander. Gespenster, Kobolde, Fabelwesen, die gab es nicht. Und dennoch: Als sie von der Nebelmasse umhüllt wurde, die sich als so dicht erwies, dass sie nur wenige Schritte weit sehen konnte, geriet sie in Panik. Die Vespa wollte nicht anspringen. Der Motor röchelte und stotterte mit einem weinerlich klingenden Geräusch. Der Nebel wälzte sich weiter vorwärts, vergrub Magdalena tiefer in sich.

Das ist nur kondensiertes Wasser, sagte sie sich.

Endlich erwachte die Vespa mit Gebrüll zum Leben, und sie rollte los. Gut dreißig Sekunden lang fuhr sie und musste sich dabei an den Reifenspuren orientieren, um auf dem Weg zu bleiben. Dann gelangte sie aus der dichten weißen Wand plötzlich wieder auf die Felder. Ausläufer der Schwaden streckten sich wie gespenstische Finger nach ihr.

Sie fuhr noch eine halbe Minute mit Vollgas weiter, bevor sie langsamer wurde und schließlich anhielt. Ihr Herz hämmerte wild in der Brust, ihr Atem raste. Sie parkte die Vespa, stieg den grasbewachsenen Wegrand hinauf und knipste einige Aufnahmen des in ihre Richtung vorrückenden Nebels.

Neben dem grasigen Wegrand ging es hinter wucherndem, abgestorbenem Schilf und Stechginster hinab in einen Graben. Magdalena teilte das Gestrüpp und spähte hinunter. Der Graben erwies sich als tief, und in den Schatten konnte sie nur ölig-schwarzes Wasser ausmachen.

Wenn ich da runterfiele, könnte ich ertrinken. Oder selbst wenn ich mir nur einen Knochen breche – würde mich irgendjemand rufen hören? Ich bin hier mitten im Nirgendwo. Das Gestrüpp würde mich verschlingen … Könnte irgendwo da unten eine tote Frau oder ein toter Mann liegen? Eine arme Seele, die versehentlich im Nebel gestolpert ist? Eine Leiche, die langsam im Schlamm verrottet?

Sie schoss einige Bilder von dem Graben, stellte das Objektiv scharf und bemerkte dabei, dass sich im Wasser etwas bewegte. Neugierig beugte sie sich näher. Plötzlich setzten wilde Flügelschläge ein, und sie schrie erschrocken auf, als eine Ente zwischen dem Schilf hervorflog, dem Himmel entgegen.

Magdalena setzte sich auf den Boden. Das trockene Schilf pikte sie durch ihre Jeans. Ihre Jacke war warm, aber der Nebel hatte eine dichte Feuchtigkeitsschicht auf ihrem Haar hinterlassen, die bis zur Kopfhaut durchgesickert war. Da sie Hunger hatte, trotz der warmen Jacke allmählich fror und ihr noch der Schreck im Nacken saß, beschloss sie, zurück nach Ashdean zu fahren.

Am Ende des Feldwegs bog sie wieder auf die Straße. Der Nebel löste sich allmählich auf und ließ dunstige Luft zurück. Ein Stück weiter entlang der Straße parkte ein cremefarbener Volvo. Dreck verkrustete das an einem Hinterrad aufgebockte Fahrzeug.

Ein alter Mann hievte einen Ersatzreifen aus dem Kofferraum. Als Magdalena mit dem Roller an ihm vorbeifuhr, sah sie, dass er eine weite blaue Cordhose, Stiefel und eine an den Ellbogen abgewetzte Tweedjacke trug. Ein Schopf grauer Haare lugte unter einer flachen Mütze hervor. Er hatte einen buschigen grauen Bart und eine Brille mit dickem Gestell.

Im Rückspiegel beobachtete sie, wie sich der alte Mann mit dem Reifen plagte. Mehrfach ließ er ihn fallen. Schließlich blieb er stehen und presste sich die Hand in den Rücken. Magdalena hielt sich für klug und umsichtig, aber sie stammte aus einer Kleinstadt in Norditalien, wo älteren Menschen großer Respekt entgegengebracht wurde. Was würde ihre Mutter sagen, wenn sie diesen betagten Mann am Straßenrand sich selbst überließe? Sie warf einen weiteren Blick in den Spiegel.

»Nein, nein, nein«, murmelte Magdalena bei sich. Sie verlangsamte die Fahrt, wendete und rollte zurück.

»Kann ich Ihnen helfen?«, fragte sie den alten Mann, als sie auf Höhe des Autos gelangte. Sie klappte das Visier ihres Helms hoch. Der Greis atmete schwer und setzte den Reifen auf dem der Straße zugewandten Hinterradkasten ab.

»Oh, das ist sehr nett«, meinte er mit ausgeprägt kornischem Akzent. »Ich ...« Er verstummte, um Luft zu holen. Sein Atem klang abgehackt. »Ich muss den Reifen auf die andere Seite bekommen. Bin wohl über eine Glasscherbe oder einen Nagel gerollt.«

Der alte Mann ließ das Reserverad fallen, das in dem Moment auf die Straße rollte, als sich ein Lastwagen näherte. Der Fahrer musste bremsen und dem auf der Straße zum Liegen gekommenen Rad ausweichen. Zornig drückte er auf die Hupe. Der Lastwagen wirbelte Staub auf, als er an ihnen vorbeiraste.

Magdalena parkte die Vespa hinter dem Volvo, nahm ihren Helm ab und hängte ihn über den Lenker. Unter einem Hinterrad des Autos befand sich ein kleiner Wagenheber. Magdalena holte das schwere Reserverad von der Straße und kehrte damit zu dem alten Mann zurück.

»Bitte. Auf die Seite rüber«, sagte er und deutete zum Hinterrad am Seitenstreifen. »Danke«, fügte er hinzu und folgte ihr. »Hier hab ich den Schraubenschlüssel.« Er holte einen Drehmomentschlüssel und einen Lappen aus dem offenen Kofferraum.

Der Volvo stand direkt neben dem hohen Gras, das einen Graben säumte. Der Seitenspiegel auf der Fahrerseite ragte zwischen Straße und Graben ins Gras und versperrte Magdalena den Weg nach vorn. Zwischen ihr und der Vespa befand sich der Mann. Durch die schmutzigen Scheiben des Autos sah sie, dass alte Decken die Rückbank verhüllten.

»Warten Sie, ich gehe beiseite, damit Sie an den Reifen rankommen«, schlug Magdalena vor und wollte sich an ihm vorbeizwängen. Da stellte sich der alte Mann ihr in den Weg. Plötzlich erschien er ihr größer, und ihr fiel auf, wie breit er gebaut war. Die Augen über der großen Knollennase und der dicken Brille hatten eine eigenartige Farbe.

»Feierst du gern?«, fragte er. Seine Stimme klang plötzlich völlig anders, aalglatt und akzentfrei.

»Was?«, gab Magdalena verdutzt zurück.

Er schlug ihr hart ins Gesicht und packte die Kamera am Riemen, als ihr Kopf nach hinten schnellte. Alles verschwamm. Sie brauchte einen Moment, um zu erkennen, dass er den Kameragurt um den Dachgepäckträger des Volvo wickelte. Der Riemen zog sich um ihren Hals zusammen.

»Nein!«, stieß sie hervor, aber ihr Mund fühlte sich breiig, taub und voller Blut an.

»Feierst du gern?«, wiederholte er und hielt ihr ein kleines braunes Fläschchen unter die Nase. Ein chemischer Geruch überwältigte sie und schien in ihrem Hinterkopf zu explodieren. Ein Kribbeln ging durch ihr Blut, und ihre Beine knickten ein. Der Kameragurt bremste ihren Fall, indem er sich unter ihrem Kinn verfing und sie würgte.

Es fühlte sich wie eine außerkörperliche Erfahrung an, als Magdalena beobachtete, wie der alte Mann seelenruhig ihre Vespa in den Graben stieß. Das Gestrüpp schien den Motorroller zu verschlucken. Magdalena baumelte am Hals. Der Kameragurt spannte sich um ihre Kehle, und ihre Füße scharrten unter ihr, als sie versuchte, auf dem Boden Halt zu finden und aufrecht zu stehen.

Der Mann kam zurück und schob sein Gesicht dicht vor ihres.

»Willst du die Sterne berühren?«, säuselte er mit leiser Stimme. Seine Augen wiesen eine seltsame, violett-blaue Farbe auf. Wieder hielt er ihr das Fläschchen unter die Nase. Magdalena nahm eine weitere Explosion im Kopf wahr, das Gefühl zu fallen, und danach nur noch Dunkelheit.

15

Als Kate am Montag zur Arbeit zurückkehrte, fühlte sie sich niedergeschlagen. Die beiden letzten Tage hatte sie morgens als Erstes die Nachrichten gelesen, aber es kam nichts mehr über die Mordanklage gegen Geraint oder darüber, wie die Polizei mit dem Fall vorankam.

Vorträge und Besprechungen füllten die Tage dermaßen aus, dass sich erst am Dienstagnachmittag die Gelegenheit ergab, mit Tristan zu sprechen. Sie stiegen gerade die Treppe zu ihrem Büro in einem der Türme des Universitätsgebäudes hinauf, als zwei männliche Stimmen zu ihnen herunterdrangen, die sich in leisem Ton unterhielten.

»Wer ist da in deinem Büro?«, fragte Tristan.

Kate schüttelte den Kopf, überholte ihn und eilte um die letzte Biegung der Treppe. Die Tür zu ihrem Büro stand einen Spalt offen. Als sie eintrat, fand sie DCI Henry Ko an ihrem Schreibtisch sitzend vor, wo er ihre Unterlagen begutachtete. Ein älterer, korpulenter Mann mit Hängebacken hielt ein Buch aus Kates Regal in der Hand. Er trug einen zerknitterten, schlechtsitzenden Anzug.

»Kann ich Ihnen helfen?«, fragte Kate und sah von einem Mann zum anderen. Gleich darauf erschien Tristan hinter ihr.

»Sie? Nein«, erwiderte Henry. »Wir wollen mit Tristan sprechen.« Er stand von Kates Schreibtisch auf. Der andere Beamte stellte das Buch zurück ins Regal. »Ich bin DCI Henry Ko. Das ist DI Merton …« Beide zückten ihren Dienstausweis. Kate drehte sich zu Tristan um und sah den erschrockenen, verwirrten Ausdruck in seinem Gesicht. »Wo ist Magdalena Rossi, Tristan?«

»Wer?«, fragte Kate.

»Professor Magdalena Rossi. Sie arbeitet hier. Ich dachte, das wüssten Sie, *Professor* Marshall«, sagte Henry.

»Sie ist Gastprofessorin. Hält Vorlesungen in Philosophie und Religion«, wandte sich Tristan erklärend an Kate.

»Wann haben Sie die Frau zuletzt gesehen?«, wollte Henry wissen.

»Letzte Woche. Am Freitag. Ich habe technische Ausrüstung in ihr Büro geliefert«, antwortete Tristan.

»Und Sie haben am Samstag mit ihr telefoniert und wollten sich Sonntagabend mit ihr treffen«, meldete sich DI Merton erstmals zu Wort.

»Sie ist nicht aufgetaucht«, sagte Tristan. Kate beobachtete das Geschehen, gleichermaßen verwirrt darüber, dass sich die Polizei für eine Gastprofessorin interessierte, als auch darüber, dass Tristan mit ihr verabredet gewesen war.

»Was hat das damit zu tun, dass Sie ohne Durchsuchungsbefehl in meinem Büro herumschnüffeln?«, fragte Kate. Henry öffnete den Mund, um zu protestieren. »Wenn Sie meinen Kram durchwühlen wollen, sollten Sie einen Durchsuchungsbefehl haben.«

»Jemand von der Verwaltung unten hat uns hierhergeführt«, rechtfertigte sich Henry. »Magdalena Rossi wurde gestern Nachmittag als vermisst gemeldet. Sie ist am Sonntag aufgebrochen und seither nicht zurückgekommen. Ihr Assistent war der Einzige, mit dem sich Professor Rossi in der Zwischenzeit treffen wollte.«

»Sie wollte am Sonntagabend um sieben zu mir nach Hause kommen. Wir wollten ins Kino. Aber sie ist nicht aufgekreuzt«, beteuerte Tristan. Kate bemerkte, dass er zu zittern begann.

»Wo waren Sie zwischen Sonntag um dreizehn Uhr und Montag um neun Uhr morgens?«, wollte Henry wissen.

»Am Sonntagmorgen war ich mit meiner Schwester und ihrem Verlobten zu Hause. Nach dem Mittagessen war ich im Fitnessstudio. Am Nachmittag haben uns die Caterer zu Hause besucht.«

»Die Caterer?«

»Meine Schwester heiratet in ein paar Wochen. Sie waren da, um uns ein Degustationsmenü zu bringen. Danach habe ich mich für das Treffen mit Magdalena umgezogen, aber sie ist nicht gekommen.«

»Haben Sie Professor Rossi angerufen? Oder bei ihr zu Hause vorbeigeschaut, um herauszufinden warum Sie von ihr versetzt wurden?«, fragte DI Merton.

»Ich habe sie ein paar Mal angerufen, aber immer nur die Mailbox erreicht. Letzten Endes bin ich mit meiner Schwester und ihrem Verlobten Pizza essen gegangen.«

»In welchen Pizzaschuppen?«, wollte Merton wissen.

»Dafür gibt es ein Wort, es heißt *Pizzeria*«, warf Kate ein.

Er ignorierte sie. »Wo waren Sie?«

»*Frankie's & Benny's* in der Hauptstraße«, antwortete Tristan.

»Wann?«, hakte Henry nach.

»Um acht oder vielleicht kurz danach.«

»Was haben Sie bestellt?«, verlangte DI Merton zu erfahren. Forsch trat er näher an Tristan heran, musste dann aber zu ihm aufschauen, weil er deutlich kleiner war.

»Ich hatte … eine scharfe italienische Pizza.«

»Was ist mit ihren beiden Begleitern?«, feuerte DI Merton hinterher.

»Ich kann mich nicht erinnern. *Quattro Formaggi*, glaube ich. Sarah dürfte die Quittung noch haben …«

»Das reicht«, ging Kate dazwischen. »Ist das etwa Ihre Strategie? Und was, wenn Tristan sich nicht erinnern kann, wer welches Essen bestellt hat? Wollen Sie ihn dann verhaften?«

»Mich verhaften?«, fragte Tristan ungläubig.

Henry trat einen Schritt zurück und verschränkte die Arme vor der Brust. Er wechselte einen Blick mit DI Merton.

»Das müssen wir alles überprüfen«, erklärte er.

»Sollte nicht allzu schwierig sein«, meinte Kate. »Tristan war erst mit seiner Schwester zusammen, dann im Fitnessstudio. Danach hatten sie die Caterer zu Besuch, und am Abend waren sie im Restaurant. Jede Menge Zeugen und Überwachungskameras, auf die Sie zurückgreifen können. Wo genau ist Professor Rossi verschwunden?«

»Wenn wir das wüssten, würde sie nicht als vermisst gelten«, konterte DI Merton patzig.

Kate verdrehte entnervt die Augen. »Hat sie irgendjemandem gesagt, wohin sie wollte?«

»Sie hat einer Mitbewohnerin erzählt, dass sie einen Ausflug unternehmen würde, um entlang der A1328 Fotos zu schießen«, rückte Merton heraus.

»Verläuft nicht ein Teil der A1328 zwischen den Klippen und dem Shadow Sands Stausee?« Kate sah unwillkürlich den Streckenabschnitt vor sich und musste an Simon Kendal denken. »Haben Ihre Beamten dort schon nach ihr gesucht?«

»Wir kämmen gerade das Ufer ab, und auf dem Stausee patrouillieren regelmäßig Wartungsboote«, gab Henry zurück.

»Ein Wartungsboot kann nur einen auf dem Wasser treibenden Körper finden. Wie Sie sich bestimmt erinnern, habe ich Simon Kendals Leiche tief unter Wasser entdeckt«, erwiderte Kate. »Was hatte Magdalena dabei, als sie verschwunden ist?«

»Sie hat das Haus mit ihrer Kamera, ihrer Handtasche und ihrem Handy verlassen und ist mit ihrem Moped gefahren. Sind Sie sicher, dass Magdalena nicht bei Ihnen zu Hause vorbeigekommen ist, Tristan?«, bohrte Henry nach.

Kate gefiel sein anklagender Ton nicht. »Tristan hat Ihnen bereits geschildert, was er am Sonntag gemacht hat. Sollten Sie Ihre Zeit nicht besser dafür nutzen, sein Alibi zu bestätigen?«, fragte sie Henry. »Wo Sie den Tod von Simon Kendal vorschnell als Unfall eingestuft haben, nur um danach zurückrudern zu müssen. Professor Rossi könnte im Moor einen Unfall gehabt haben. Sie könnte in den Stausee gefallen sein. Oder sie ist einfach aus freien Stücken abgereist. Tristan kann beweisen, wo er zum Zeitpunkt ihres Verschwindens war. Wenn Sie noch mal mit ihm reden wollen, müssen Sie schon vorher anrufen und einen Termin vereinbaren. Ich bin sicher, er ist Ihnen dann in Anwesenheit seines Anwalts gern behilflich.«

Damit ging sie zur offenen Tür ihres Büros und gab den Beamten zu verstehen, dass sie verschwinden sollten.

»Nur so aus Interesse: Wird gegen Geraint Jones Anklage wegen Mord an Simon Kendal erhoben?«, fragte sie Henry, als er an ihr vorbeiging.

»Ja«, antwortete er.

»Viel Glück dabei zu beweisen, wie Simon und Geraint über einen Zaun mit Stacheldrahtkrone vom Campingplatz ins Wasser geschwebt sind.«

Henry starrte sie eindringlich an.

»Wir werden wahrscheinlich noch mal mit Ihnen reden wollen«, kündigte er schließlich an und zeigte mit seinem Notizbuch auf Tristan. DI Merton nickte ihnen zu und folgte Henry hinaus.

Kate schloss die Tür. Tristan ließ sich auf das kleine Sofa unter dem Fenster plumpsen.

»Was hast du damit gemeint, *in Anwesenheit eines Anwalts?*«, fragte er.

»Ich wollte sie nur daran erinnern, dass sie mehr als eine Vermutung brauchen, um dich zu belästigen.«

»Hält die Polizei mich für einen Verdächtigen?«

»Verdächtig welcher Tat?«, gab Kate zurück. »Die wissen ja noch nicht mal, ob sie tatsächlich vermisst wird oder einfach abgereist ist. Es gibt keine Leiche!«

»Ich bin vorbestraft, wie du weißt«, sagte Tristan.

»Du hast eine Verwarnung, weil du als betrunkener Jugendlicher die Scheibe eines abgestellten Autos eingeschlagen hast. Das ist etwas anderes als Bewährung wegen Körperverletzung bei einer Schlägerei in einer Disco, falls du darauf hinauswillst«, erklärte Kate. »Sag mal, was läuft da eigentlich zwischen dir und dieser Magdalena – Professor Rossi?«

Tristan schilderte, wie er sie kennengelernt hatte. Dabei erwähnte er das Projekt über Mythen und Legenden, an dem sie arbeitete, und beschrieb ihr späteres Telefonat. Kate sorgte sich zwar um Tristan, doch gleichzeitig regte sich in ihrem Hinterkopf eine gewisse Neugier. Wieder war der Shadow Sands Stausee ins Spiel gekommen.

»Warum hast du nichts davon erwähnt?«, fragte sie. »Ich meine davon, dass sie an einem Projekt gearbeitet hat, das mit dem Stausee zu tun hat?«

»Ich wusste nicht, dass ihr Projekt direkt mit dem Stausee in Verbindung steht. Sie hatte an der Wand in ihrem Büro eine Karte von der Umgebung, aber auch viel anderes Zeug über Mythen und Legenden. Ich wollte sie bei unserem Kinobesuch ausführlicher dazu befragen.«

»Wo ist ihr Büro?«, wollte Kate wissen.

»Auf der anderen Seite des Gebäudes. Oberste Etage«, antwortete Tristan.

»Kannst du mir die Karte zeigen?«

Tristan sah Kate an. »Ihr Büro wird versperrt sein, falls nicht gerade die Polizei dort ist.«

»Aber du hast doch die Schlüssel, oder? Für die Lieferung und Abholung von Ausrüstung«, sagte Kate.

Im Gang vor Magdalenas Büro herrschte Stille. Kate bemühte sich, nicht so zu wirken, als würde sie »Schmiere stehen«, während Tristan an einem großen Bund nach dem richtigen

Schlüssel suchte. Durch ein Oberlichtfenster in der Tür erkannte Kate, dass im Büro kein Licht brannte.

»Gefunden. Der ist es«, sagte Tristan, während er den Schlüssel im Schloss drehte und die Tür öffnete. Er ging voraus und schaltete das Licht ein. Kate folgte ihm und schloss die Tür hinter sich.

Draußen schwand bereits das Tageslicht. Der Schein der Leuchtstoffröhren schimmerte auf den polierten Holzmöbeln und verlieh der Aussicht auf das Meer und den Himmel einen dunkelblauen Anstrich. Kate sah sich um. Der Raum ähnelte den Büros der meisten ihrer Kollegen, abgesehen von der kleinen Kaffeemaschine in der Ecke. Die meisten Professoren nutzten ihre Kaffeepausen gern als Vorwand, das Büro zu verlassen. Sie fragte sich, ob Magdalena schüchtern war oder noch keinen ihrer Kollegen besser kennengelernt hatte.

»Da ist das Projekt«, sagte Tristan und deutete auf die Pinnwand aus Kork. Kate betrachtete die Fotos, die Zeitungsausschnitte und die Karte des Shadow Sands Stausees.

»Und du sagst, sie hat den Stausee nicht erwähnt?«, hakte Kate nach.

»Nein. Ich habe sie danach gefragt, aber sie hat gemeint, sie würde sich auf die umliegende Umgebung konzentrieren. Sie war bei einem Bauern in der Nähe von Chagford, der auf seinem Grundstück diesen Fußabdruck im Schlamm gefunden hat«, erwiderte er und zeigte auf das entsprechende Foto. »Dann waren sie zusammen im Pub. Dort ist sie mit ein paar jungen Frauen aus der Gegend ins Gespräch gekommen. Die haben ihr Geschichten von jungen Leuten erzählt, die im Nebel entlang der A1328 verschwunden sind …«

»Die am Stausee vorbeiführt«, ergänzte Kate mit einem weiteren Blick auf die Karte. Sie griff nach oben, löste sie von der Pinnwand und überprüfte die Rückseite. Leer. »Hat sie dir irgendwelche Namen genannt? Von dem Bauern oder den Frauen im Pub?«

»Nein.«

Kate sah sich im restlichen Büro um, dann durchforstete sie die Mappen, die sich auf dem Schreibtisch stapelten, und sah auch unter die große Schreibunterlage auf dem Tisch. Tristan trat zu ihr.

»Irgendwas gefunden?«

»Die Mappen enthalten alle nur Kursarbeiten der Studenten«, sagte sie. In den drei Schubladen des Schreibtischs fand sie lediglich Büromaterial und ein paar Liebesromane auf Italienisch. Kate betrachtete den Computer. Mit Sicherheit war er kennwortgeschützt, so wie ihrer. Die meisten Professoren brachten außerdem noch ihren eigenen Laptop von zu Hause mit. »Siehst du irgendwo so was wie Haftnotizen oder Zettelchen?«

»Nein.«

»Hat sie dir gesagt, wo sie wohnt?«

»Nein, aber das steht sicher im Personalverzeichnis.«

Kate sah auf die Armbanduhr.

»Stimmt. Dann lass uns mal bei ihr zu Hause klingeln.«

Kate machte noch rasch ein paar Fotos von der Pinnwand, und Tristan schnappte sich den Wagen mit dem Diaprojektor.

»Falls jemand fragt, bin ich reingegangen, um den zu holen«, erklärte er.

»Das Nebelphantom, das junge Frauen entführt«, las Kate von der Pinnwand ab.

»Und am Sonntag hat dichter Nebel geherrscht«, steuerte Tristan bei.

»Was für ein beunruhigender Zufall«, sagte Kate und verspürte einen Schauder.

16

Es war dunkel und äußerst kalt, als sie an Magdalenas Haus eintrafen. Ein großer Australier kam an die Tür, der typische Surfertyp mit schulterlangem blondem Haar. Er trug trotz des kalten Wetters nur Boardshorts und ein T-Shirt. Außerdem wirkte sein Blick ein wenig trüb, als wäre er gerade erst aufgewacht.

»Hi. Wir sind Kollegen von Magdalena«, erklärte Kate. Sie zeigten ihm ihre beiden Universitätsausweise. »Tut uns leid, was passiert ist. Wir sind hier, um herauszufinden, wer sich um ihre Forschungsunterlagen und Bücher kümmert.«

Kate wusste, dass sie sich damit weit aus dem Fenster lehnten, vielleicht auch eine Grenze überschritten. Aber sie suchten ja schließlich nur nach Einzelheiten über die Personen, mit denen Magdalena über das Nebelphantom gesprochen hatte.

»Ja. Ist schon heftig. Magdalena ist so 'ne nette junge Frau. Die Polizei war auch unlängst da«, verriet der Mann. »Sind Sie von der Polizei?«

»Nein. Wir arbeiten mit Magdalena an der Universität zusammen«, erinnerte ihn Kate.

»Stimmt. Tut mir leid. Hab meine Kontaktlinsen nicht drin. Die Polizei war da und hat einen Haufen von ihrem Zeug mitgenommen.«

»Haben die Beamten ihre Namen gesagt?«, fragte Tristan.

»Haben sie zwar, aber ich kann mich nicht erinnern. Jedenfalls war so ein asiatisch aussehender Typ dabei. Der war ziemlich süß.«

»Wie heißen Sie?«

»Ich bin Liam.«

»Was genau haben sie mitgenommen?«, fragte Kate.

»Laptop, Lehrbücher, Forschungsunterlagen. Sie haben sich sogar einen Teil ihrer Klamotten gekrallt. Ihr halber Kleiderschrank ist leer, und sie hatte von Haus aus nicht viel.«

»Hat man Sie etwas unterschreiben lassen?«

Er schüttelte den Kopf. »Die haben nur alle ihre Abzeichen gezückt und waren keine halbe Stunde später wieder weg … Meinen Sie, dass man sie entführt hat?«, fragte er.

»Das weiß niemand. Hat sich Magdalena irgendwie seltsam verhalten, bevor sie gegangen ist?«, erkundigte sich Kate.

»Ich hab sie an dem Tag gar nicht gesehen, weil ich bis abends im Bett gelegen hab. Irgendwann hab ich sie ihren Roller den Gang runterschieben gehört, keine Ahnung, wann genau. Alissa, unsere andere Mitbewohnerin, kann ich leider nicht fragen, die ist schon seit ein paar Tagen unterwegs. Überhaupt kenne ich Magdalena eigentlich nicht besonders gut. Wir führen beide unser eigenes Leben. Aber wir kommen miteinander aus. Ich hoffe echt, dass sie nicht verletzt ist. Glauben Sie, es war irgendein Irrer?«

»Dürfen wir reinkommen und nachsehen, ob die Kursarbeiten ihrer Studenten noch hier liegen?« Kate fühlte sich schäbig bei der Lüge.

»Gern. Nur zu.« Er trat beiseite, um sie ins Haus zu lassen. »Ich geh duschen. Ziehen Sie nachher einfach die Tür zu.«

Magdalenas Zimmer erwies sich als groß, mit einer beeindruckenden Aussicht auf die Küste und Thurlow Bay. Ansonsten war es recht normal: Es enthielt ein Doppelbett, einen Kleiderschrank und einen Schreibtisch mit integrierten Regalen. Auf dem Tisch lag noch das Netzgerät des Laptops. Die Bücherregale hatte man geleert. Kate registrierte eine Staublinie, wo die Bücher gestanden hatten.

»Kann die Polizei einfach Zeug mitnehmen, wenn jemand vermisst wird?«, fragte Tristan.

»Ja. Die Beamten können Gegenstände beschlagnahmen, wenn sie als Beweismittel gebraucht werden, aber normalerweise müssen sie protokolliert werden«, antwortete Kate. »In diesem Fall klingt es allerdings eher so, als hätte Henry Ko einfach angeklopft, seinen Polizeiausweis vorgezeigt und sich eine Ladung Kram geschnappt.«

»Warum haben die ihre Bücher mitgenommen?«, hakte Tristan nach.

»Wer weiß, was auf den Regalen gestanden hat. Vielleicht waren es ja auch persönliche Aufzeichnungen, Tagebücher und so. Und ihren Laptop haben sie auch abgegriffen«, fügte Kate hinzu. Ihre Zuversicht, noch etwas Persönliches zu finden, sank deutlich.

Sie gingen zurück nach unten, und Kate warf einen Blick ins Wohnzimmer. Abgesehen von einem großen Fernseher und sechs verteilt herumstehenden Sitzsäcken enthielt es keine Möbel. Als Nächstes sahen sie sich in der Küche um.

»Hier ist alles so sauber. Sogar die Herdplatten«, bemerkte Tristan. Kate warf ihm einen Blick zu. »Das ist jetzt keine für die Untersuchung relevante Beobachtung. Nur eine allgemeine Feststellung«, fügte er hinzu.

Kate fiel der Kühlschrank auf. Magnete und Speisekarten zum Bestellen übersäten die Tür. Versteckt dazwischen hing eine Haftnotiz mit zwei Namen und Telefonnummern. Der erste Name lautete Barry Lewis, der zweite Kirstie Newett. Kate schoss mit dem Handy ein Foto der Notiz. Dann googelte sie »Barry Lewis«.

»Okay. Ich glaube, das ist unser Bauer aus der Gegend.« Kate zeigte Tristan die Suchergebnisse. Es waren vier Einträge, und der dritte verwies auf den Besitzer der Fairview Farm am Rand von Dartmoor.

»Kirstie Newett ist ein ziemlich verbreiteter Name. Siebzehn Facebook-Profile und jede Menge Treffer bei der Google-

Suche«, verkündete Tristan, der parallel auf seinem Telefon recherchierte.

Sie hörten, wie die Badezimmertür geöffnet wurde. Kate ging zum Fuß der Treppe.

»Hallo? Liam?«

Er spähte über das Geländer herunter. Sein langes Haar war nass, und er trug nur ein Handtuch um die Taille.

»Ja?«

»Entschuldigung. Hat Magdalena mal eine Frau namens Kirstie Newett erwähnt?«

»Ne.«

Tristan stellte sich neben Kate an die Treppe und schaute nach oben.

»Was ist mit einem Projekt über lokale Mythen und Legenden?«, fragte Kate.

»Ja, das schon. Sie war ein bisschen nervös, weil sie sich mit diesem Einheimischen treffen wollte, einem Bauern, der irgendeinen schrägen Fußabdruck gefunden hatte.«

»Barry Lewis?«, kam von Tristan.

»Genau. Sie hat ihn tagsüber besucht, aber dann sind sie ins Pub gegangen, und sie hat mich angerufen. Wollte sich nur mal zwischendurch melden. Sie hat gesagt, dort wären lauter Spinner.«

»Wann war das?«

»In der ersten Oktoberwoche. Ich hab ihr angeboten hinzukommen. Aber sie hat mich später noch mal aus dem Pub angerufen und gesagt, dass alles in Ordnung ist. Und sie ist später ja auch nach Hause gekommen … Damals.« Seine Gesichtszüge fielen in sich zusammen.

»Liam, erinnern Sie sich an den Namen des Pubs?«, fragte Kate.

Er hob die Hand und fuhr sich mit den Fingern durchs nasse Haar.

»Irgendwas mit *Old*. Das *Old* … Nein … *Wild Oak*, in der Nähe von Chagford.«

»Danke. Hier ist meine Telefonnummer, falls Ihnen noch etwas einfällt.« Kate stieg die Treppe ein paar Stufen hinauf und hielt ihm einen Zettel entgegen.

Liam griff danach. »Sollte ich nicht die Polizei anrufen, falls mir zu Magdalenas Verschwinden noch irgendwas einfällt?«, fragte er.

»Wir sind nur besorgt um Magdalena.«

»Besorgte Kollegen«, fügte Tristan hinzu.

»Wollte die Polizei ein Alibi von Ihnen?«, fragte Kate.

»Ja. Ich hatte Sonntag und Montag einen Kerl da. Er hat sich für mich verbürgt«, erwiderte Liam mit einem verlegenen Grinsen.

Als sie sich wieder draußen auf der Straße befanden, wehte vom Meer der Wind herauf.

Kate sah auf die Armbanduhr.

»Mist. Ich hab in zehn Minuten ein Treffen der Anonymen Alkoholiker, und dann will Jake mit mir skypen … Kann ich dich später anrufen?«

»Sicher«, erwiderte Tristan.

»Geht's dir gut? Mach dir wegen der Polizei keine Sorgen.«

Tristan nickte, wirkte jedoch noch immer etwas nervös.

»Polizisten wie Henry Ko sind mir schon oft untergekommen«, versuchte Kate, ihn zu beruhigen. »Sie wollen mit dämlichem Macho-Gehabe kompensieren, dass sie ihren Job nicht besonders gut beherrschen. Ist ja nicht so, als hättest du etwas mit Magdalenas Verschwinden zu tun … Soll ich dich zu Hause absetzen?«

»Nein. Danke. Ich geh zu Fuß. Ist nicht weit. Ich brauche noch etwas frische Luft«, sagte er.

»Okay. Ich rufe dich später wegen der Namen an.«

Kate stieg ins Auto und beobachtete, wie Tristan zum Ende der Straße schlenderte und dann zur Küste hin abbog. Es schien ihm nicht gut zu gehen. Er ließ die Schultern hängen, und er hatte ungewöhnlich distanziert gewirkt. Sie würde ihn im Auge behalten müssen. Seufzend startete sie den Motor und fuhr los zu ihrem Treffen der Anonymen Alkoholiker.

17

Als Tristan nach Hause kam, sank seine Stimmung beim Anblick von Gary und Sarah auf dem kleinen Sofa im Wohnzimmer. Mit laut aufgedrehtem Ton sahen sie sich die Quizsendung *Eggheads* an.

»Hi, Tris. In der Küche sind noch ein paar Stücke Pizza übrig«, sagte Sarah, ohne den Blick vom Fernseher zu lösen.

Er bahnte sich einen Weg um die Kisten mit zollfreiem Alkohol herum in die Küche. Auf der Arbeitsplatte lag ein Pizzakarton von der Eigenmarke des Supermarkts, und auf dem Blech harrten ein paar lasch wirkende Stücke ihres Schicksals. Für Tristan gab es kaum etwas Deprimierenderes als Tiefkühlpizza. Und warum stand überhaupt *Italienisch* auf der Verpackung? Woher sonst sollte Pizza stammen? Lustlos legte er ein paar Stücke in die Mikrowelle. Er konnte hören, wie Gary und Sarah irgendetwas leise besprachen. Puh, was gäbe er für ein wenig Ruhe, um ungestört nachdenken zu können! Aber in sechs Wochen würden Sarah und Gary endlich verheiratet sein und in ihrer eigenen Wohnung leben. Dann würde Gary nicht mehr ständig hier herumhängen.

Als die Mikrowelle fertig war, legte er die Pizzastücke auf einen Teller, holte eine Dose Cola aus dem Kühlschrank und ging ins Wohnzimmer. Den kleinen Esstisch in der Ecke übersäten Unterlagen für die Hochzeit. Im Fernsehen lief der Abspann von *Eggheads*.

»Mach mir keine Pizzaflecken auf den Hochzeitsplan«, mahnte Sarah. Tristan stellte den Teller auf den Stuhl und schob das Papier zu einem Stapel zusammen. Dann setzte er sich und begann zu essen.

»Wir hatten heute Besuch von der Polizei. In der Bank«, sagte Sarah. Sie und ihr Verlobter sahen Tristan von ihrem Platz auf dem Sofa aus aufmerksam an.

Oh Mist, dachte Tristan. Hätte er sich ja denken können, dass sich die Polizei mit ihr in Verbindung setzen würde.

»Die wollten von uns die Bestätigung, dass wir alle am Sonntagabend essen gegangen sind.«

»Was wir natürlich bestätigt haben«, fügte Gary hinzu.

»Warum hast du uns nicht gesagt, dass diese Magdalena als vermisst gemeldet wurde?«, fragte Sarah.

»Ich hab's erst vor ein paar Stunden erfahren, als die Polizei in der Uni aufgekreuzt ist, um mit mir zu reden«, antwortete Tristan. Gary schaltete den Fernseher auf die Frühabendnachrichten von ITV um.

»Die haben gesagt, sie wollte am Sonntag einen Ausflug mit dem Motorroller unternehmen und ist nicht mehr nach Hause gekommen …«

»Da, es ist in den Nachrichten«, warf Gary ein. Er regelte die Lautstärke höher, und sie sahen sich den Bericht an.

»Seht nur, ihre Mutter und ihr Vater sind aus Italien eingeflogen«, sagte Sarah. »Sind Italiener nicht immer unheimlich gut gekleidet? Die müssen über sechzig sein. Und trotzdem so makellos rausgeputzt!«

Bei einer Pressekonferenz der Polizei von Devon und Cornwall sah man eine Frau und einen Mann, beide klein und dunkelhaarig. Sie saßen mit zwei uniformierten Polizeibeamten hinter einem langen Tisch. Beide wirkten erschüttert. Ein Bild von Magdalena in einem Weingarten wurde eingeblendet. Sie trug ein langes rotes Kleid und lächelte. Das volle dunkle Haar hing ihr über die gebräunten Schultern.

»Was für ein hübsches junges Ding. Schade, dass es nicht mit eurem Date geklappt hat, bevor sie verschwunden ist«, meinte Gary.

»Das ist echt unsensibel«, warf Sarah ihm vor.

»Nur eine Anmerkung.«

»Eine, die keiner braucht.«

Tristan kaute auf seinem Stück Tiefkühlpizza. Der Appetit war ihm vergangen, und er zitterte. Das alles kroch ihm entschieden zu sehr unter die Haut. Und war viel zu real.

Zusammen verfolgten sie die Pressekonferenz, bei der die Polizei den zeitlichen Ablauf der Nacht und des Tags vor Magdalenas Verschwinden skizzierte. Dann wurde körniges Bildmaterial einer Überwachungskamera gezeigt, aufgenommen in den frühen Stunden des Montagmorgens in der Jenner Street, die Magdalenas Straße kreuzte. Eine Abfolge von Bildern im Zeitraffer zwischen 01:00 und 04:30 Uhr drehte Tristan förmlich den Magen um. Man sah einen großen jungen Mann, der die menschenleere Straße zwischen 01:00 und 01:15 Uhr zweimal auf- und abging und später um 04:30 Uhr noch einmal auftauchte.

»Sieht nach dir aus, Tris«, scherzte Gary.

Tristan verschluckte sich an einem Bissen trockener Pizza. Er spürte, wie ihm alle Farbe aus dem Gesicht entwich.

»Tris? Bist du das in der Jenner Street?«, fragte Sarah.

»Äh, nein«, antwortete er und hustete.

»Wo ist die Fernbedienung?« Sarah schnappte sie sich von Gary und unterbrach den Livestream, um zu der Stelle zurückzuspulen, an der die Bilder der Überwachungskamera abliefen.

»Sarah …« Tristan geriet allmählich in Panik. Er spürte, wie ihm die Pizza durch den Magen kroch. Mittlerweile stand seine Schwester mitten im Zimmer und starrte auf den Fernseher.

»Tristan. Das ist dein Trainingsanzug. Der schwarze mit den roten, grünen und blauen Streifen … und deine weiß-rot-blaue Adidas-Mütze, die du aus den USA hast. Das hattest du an, als wir am Sonntagabend zum Pizzaessen gegangen sind.« Sarah spulte erneut zurück. »Das ist sogar dein Gang.«

»Was meinst du mit ›Gang‹?« Gary stand auf und stellte sich neben sie.

»Na, die Art, wie Tristan geht. Seine Körpersprache.« Sie ließ den Fernsehbericht weiterlaufen. Unten im Bild wurde blinkend ein Aufruf um Informationen mit einer Telefonnummer eingeblendet. »Was hat das zu bedeuten, Tris?«, fragte Sarah und drehte sich zu ihm um. Tristan spürte, wie seine Beine zu zittern begannen. Ihm war nicht bewusst gewesen, dass es in der Jenner Street eine Überwachungskamera gab. Sarah und Gary starrten ihn an, und ihm fielen keine geeigneten Worte ein. »Jetzt sag schon was! Wie zum Teufel kommst du auf die Aufzeichnung einer Überwachungskamera der Polizei …«

»Das ist keine Polizeikamera«, widersprach Tristan und hörte, wie brüchig seine Stimme klang. »Sie ist in der Jenner Street.«

»Die Bilder sind in den verdammten Nachrichten! Wenn ich dich erkannt habe, dann bestimmt auch jemand anders!«

»Ich bin nur spazieren gegangen«, sagte er. »Konnte nicht schlafen.«

»Tristan. Die Polizei war in der Bank! Ich habe denen erzählt, dass wir Sonntagabend zum Essen gegangen sind und du danach die ganze Nacht bis Montagmorgen da warst. Die Aussage habe ich *unterschrieben*!«

»Darum hab ich dich nicht gebeten«, erwiderte Tristan. Er dachte daran, wie Geraint von der Polizei behandelt und mit fadenscheinigen Beweisen verhaftet worden war. Angst breitete sich in ihm aus.

»Ich könnte bei der Arbeit einen Meineid geleistet haben!«

»Sarah, Liebes, du hast nicht unter Eid gestanden«, warf Gary ein und griff nach ihrer Hand. »Ich bin der stellvertretende Filialleiter. Ich kann …«

»Welcher normale Mensch steht mitten in der Nacht auf und geht einfach so spazieren, noch dazu im Oktober?«

Sarah und Gary hatten sich Tristan genähert, und die Wände des beengten, winzigen Wohnzimmers schienen ihn zu erdrücken.

»Weißt du was, Sarah? Offenbar bist ja du der einzige *normale* Mensch auf der Welt. Du urteilst einfach über jeden.«

»Jetzt mach mal halblang, Kumpel, das reicht«, verteidigte Gary seine Verlobte.

»Oder was?«, gab Tristan herausfordernd zurück und stand auf. Er war einen Kopf größer als Gary und konnte auf ihn hinabschauen. Auf der kahlen Stelle des älteren Mannes spiegelte sich glänzend das Licht der Deckenbeleuchtung.

»Das reicht! Ihr setzt euch jetzt beide wieder hin. *Setzen!*«, befahl Sarah. Gary kehrte gehorsam zum Sofa zurück und nahm Platz. »Tristan!«

Er verdrehte die Augen.

»Tristan«, fuhr sie fort, »du musst die Nummer anrufen oder zur Polizei gehen und erklären, was du gemacht hast. Ich glaube keinen Moment, dass du irgendwas mit der Sache zu tun hast. Aber warum hast du uns dazu gebracht zu lügen?«

»Die werden wissen wollen, was du dreieinhalb Stunden lang in der Nähe der Jenner Street gemacht hast«, warf Gary ein. Sarahs Mund klappte auf, als ihr zu dämmern schien, dass er nicht bloß durch die Jenner Street gegangen war, sondern sich dort länger aufgehalten hatte.

»Was *hast* du eigentlich dreieinhalb Stunden lang mitten in der Nacht in der Jenner Street gemacht?«, wollte Sarah wissen. »Und warum bist du *drei Mal* durch Magdalenas Straße gegangen?«

Beide sahen ihn an, als wäre er zu einer schrecklichen Tat wie Entführung oder gar Mord fähig. Tristan spürte, wie sich ihm der Magen mit der Pizza darin umdrehte. Er stürmte aus dem Wohnzimmer und die Treppe hinauf und schaffte es gerade noch rechtzeitig ins Badezimmer. Würgend und hustend klammerte er sich an der Toilettenschüssel fest, als ihm schwarz vor Augen wurde. Ein Klopfen ertönte von der Tür.

»Äh, Kumpel, Gary hier … Kumpel. Alles in Ordnung?«

»Nein.«

Eine Pause entstand, und Tristan konnte Garys Atemgeräusche durch die dünne Tür hören.

»Sarah hat mich gebeten, dir zu sagen, du sollst wieder runter ins Wohnzimmer kommen. Sie will einfach nur wissen, was los ist. Wir stehen hinter dir, Kumpel.«

Tristan spülte die Toilette, rappelte sich auf die Beine, riss die Tür auf, schob sich an Gary vorbei und ging die Treppe hinunter zurück ins Wohnzimmer.

»Sarah …«, begann er.

Sie kam aus der Küche und wischte sich die Hände ab. Mittlerweile wirkte sie verängstigt. »Was?«

Er öffnete den Mund, doch in dem Moment erschien Gary an der Wohnzimmertür.

»Hör mal, Tris … Kumpel. Ich hoffe, du nimmst es mir nicht übel, wenn ich das sage, aber du verhältst dich für meinen Geschmack ein bisschen verrückt.« Gary hob beschwichtigend die Hände. »Sarah, vielleicht solltest du heute bei mir übernachten, bis sich Tristan beruhigt hat.«

»Kann ich eine Minute allein mit meiner Schwester reden?«

»Ehrlich gesagt fühle ich mich nicht ganz wohl bei dem Gedanken«, erwiderte Gary.

Da reichte es Tristan. Er wollte es zuerst seiner Schwester erklären – allerdings ohne den verdammten Gary, der ständig präsent zu sein schien. Ständig war er im Weg, dieser nervtötende Idiot. Als Tristan den Mund zum Sprechen öffnete, fielen ihm keine Worte ein. Also schnappte er sich stattdessen seine Jacke, verließ das Haus und schlug die Tür hinter sich zu. Mit Tränen in den Augen setzte er sich gegen den heulenden Wind die Küstenstraße entlang in Bewegung.

18

Als Kate eine Stunde später das Treffen der Anonymen Alkoholiker verließ, fand sie eine Nachricht von Jake vor, in der stand, dass er ins Kino eingeladen worden war und Skype auf einen anderen Tag verschieben wollte. Es war bereits das zweite Mal, dass er einen geplanten Videochat mit ihr absagte.

Es herrschte grausiges Wetter, und sie konnte nicht behaupten, sich auf das kalte, leere Haus zu freuen, das sie erwartete. Unterwegs bemerkte Kate einen jungen Mann, der auf der Ufermauer in Höhe des Universitätsgebäudes saß. Als sie ihn passierte, brandete eine Welle wuchtig gegen die Mauer. Ein Wasserstrahl schoss etwa sechs Meter neben dem jungen Mann hoch, und erstaunt sah sie, dass es sich um Tristan handelte.

Was macht der denn da? Sie hielt am Straßenrand und eilte zu ihm. Eine weitere Welle brach sich an der Mauer und ließ Gischt hochspritzen, die ihn durchnässte. Zum felsigen Strand ging es tief hinunter.

»Tristan! Was zum Teufel machst du hier?«, rief sie. Er drehte den Kopf. Es dauerte einen Moment, bis er sie erkannte. »Bist du betrunken?« Sie sah, wie eine weitere pechschwarze Welle unten auf die Ufermauer zurollte. Diesmal wurden sie beide durchnässt, als die Welle heftig gegen den Beton klatschte. Kate zog Tristan rückwärts von der Mauer und hielt ihn aufrecht. Seine Hände fühlten sich eisig an. Triefnass standen sie beide da. »Tristan! Was ist los?« Sein Gesicht verzog sich mit einem Mal zu einer verzweifelten Grimasse, und er begann zu schluchzen, so heftig, dass sein ganzer Körper davon durchgeschüttelt wurde. Es verblüffte und verstörte Kate, ihn so zu sehen. »Scht, schon gut«, sagte sie und lehnte sich vor, um ihn zu umarmen. Eine weitere Welle prallte gegen die Mauer und bespritzte sie mit Gischt. »Komm mit. Mein Auto steht da drüben.«

Er taumelte schluchzend neben ihr her, blieb stumm neben dem Wagen stehen. Sie half ihm hinein und griff sich von der Rückbank ein paar alte Decken. Eine Weile saßen sie nur da, während sich sein Schniefen allmählich legte.

»Die Sache mit Magdalena war in den Nachrichten«, begann er schließlich. Tristan erzählte ihr von den Bildern der Überwachungskamera, dann begann er zu erklären, dass er jemanden besuchen wollte. Doch dann brach er wieder zusammen.

»Warum muss es so schwierig sein? Warum bin ich nicht einfach normal?«, fragte er schluchzend. »Ich habe es nie jemandem gesagt … aber ich komme nicht mehr länger damit klar.« Er ließ den Kopf hängen, konnte Kate nicht ansehen. Seine Unterlippe bebte.

Kate ergriff seine Hand.

»Tristan. Ich glaube, ich weiß Bescheid, und es ist in Ordnung, es spielt keine Rolle«, sagte sie und drückte seine Finger. Er zitterte am ganzen Leib. »Kann es denn schlimmer werden, wenn du es laut aussprichst?«

Ein langes Schweigen folgte.

»Ich bin schwul«, stieß er schließlich mit brüchiger Stimme hervor. Er räusperte sich, bevor er es wiederholte. »Ich bin schwul.« Das Schluchzen setzte noch heftiger wieder ein.

»Das ist in Ordnung. Es ist egal. Hörst du?« Kate beugte sich zu ihm, umarmte ihn und spürte, wie seine Brust und seine Schultern vor lauter Schluchzen zuckten. »Es ist egal«, wiederholte sie, wütend darauf, dass sie in einer Welt lebten, in der sich Tristan gezwungen fühlte, wegen seiner sexuellen Orientierung so über sich zu empfinden.

Er stieß einen langen Atemzug aus, als würde er zum ersten Mal seit Monaten richtig durchatmen. Kate reichte ihm ein Taschentuch, und er putzte sich die Nase.

»Du scheinst nicht überrascht zu sein«, meinte er. Seine Augen waren immer noch gerötet, aber er wirkte inzwischen ruhiger.

»Weißt du, ich habe mir schon so meine Gedanken gemacht. Mir ist nie aufgefallen, dass du dich für irgendeine Frau interessiert hättest, und du hättest dir praktisch jede aussuchen können. Allein in der Fakultät gibt es etliche, die das linke Auge für ein Date mit dir opfern würden.«

»Meine Schwester heiratet demnächst und tut so, als wäre es ein Weltuntergang, wenn ich nicht in weiblicher Begleitung zu ihrer Hochzeit komme.«

»Könntest du nicht auch einen Mann mitbringen?«

Tristan sah sie an.

»Das würde sie mir nie verzeihen.«

»Tristan. Ich will wirklich nicht schlecht über Sarah reden, aber es geht hier um dein Leben. Um dich, so wie du bist.«

»Kate, sie ist kein schlechter Mensch, nur anders. Sie *denkt* anders.«

»Genau wie du, genau wie ich. Wir sind alle verschieden. Das ist der Lauf der Welt … Wann ist dir denn bewusst geworden, dass du auf Kerle stehst?«

»Als ich dreizehn war, habe ich den Film *Ghost* gesehen. Am Anfang ist da diese Szene, in der Patrick Swayze und der Freund beide mit nacktem Oberkörper zu sehen sind, als sie für Demi Moore diese Mauer einreißen … Ich hab in meiner Jugend nie Homosexuelle kennengelernt, und laut meiner Familie und meinen alten Freunden ist es nicht so toll, schwul zu sein.«

»Tristan, es gibt auf der Welt Millionen von homosexuellen Menschen. Und das ist völlig normal. Es macht mich wahnsinnig, dass du überhaupt das Gefühl hast, mir groß mitteilen zu müssen, dass du Männer bevorzugst! Das ist so ein Schwachsinn … Also, du wolltest dich mit einem Mann treffen und bist dabei von der Überwachungskamera erfasst worden?«

Er nickte.

»Ich bin am Tag davor diesem Typen begegnet, der mit seinem Hund am Strand spazieren war, und wir sind ins Gespräch gekommen. Wir haben die Nummern ausgetauscht, und er hat mich zu sich nach Hause eingeladen, verstehst du?«

Kate nickte.

»Ich hab die Wohnung gegen ein Uhr nachts verlassen und bin bis zu seiner Tür marschiert. Dort hat mich der Mut verlassen. Also bin ich um den Block gegangen und noch mal zurückgekommen. Beim zweiten Mal hab ich angeklopft, und ich bin bis halb fünf geblieben. Danach bin ich nach Hause gegangen.«

»Okay. Ist er gutaussehend?«

»Sehr.«

»Wie heißt er?«

»Alex. Er ist Kunststudent. Langes dunkles Haar, wunderschöne braune Augen …«

Kate freute sich, dass Tristan das Gefühl hatte, mit ihr reden zu können.

»Wirst du ihn wiedersehen?«

»Weiß ich noch nicht.«

»Ist er geoutet?«

»Ja. Sein Mitbewohner war auch da … Aber da ist nichts gelaufen«, fügte er schnell hinzu. »Er arbeitet nachts. Als Maler. Bevor ich gegangen bin, haben wir noch alle zusammen eine Tasse Tee getrunken.«

»Die beiden müssen bei der Polizei aussagen, dass du deshalb in der Gegend gewesen bist.«

»Ich wüsste nicht, warum sie nicht … Oh Gott. Ich muss es auch Sarah sagen. Und Gary.«

»Ich denke, du wirst eine gewaltige Erleichterung verspüren, sobald du es dir bei ihnen von der Seele geredet hast.«

»Was, wenn Sarah mich dann hasst oder es ihr nicht gefällt?«

»Wenn sie dich dafür hasst, ist das ihr Problem, nicht deins. Wenn sie bereit ist, einen Bruder zu verstoßen, weil er nicht in ihr Weltbild passt, dann ist es allein ihr Verlust.« Tristan starrte aus dem Fenster und nickte müde. »Du wolltest doch nicht etwa von der Mauer springen, oder?«

Er zuckte mit den Schultern. »In dem Moment hat mir die Vorstellung irgendwie gefallen, ins Meer hinausgespült zu werden. Ich hab gehört, Ertrinken kann recht friedlich sein.«

»Als ich bei der Polizei angefangen habe, war ich eine sogenannte WPC – *Woman Police Officer* –, wie man Polizistinnen damals genannt hat. Einmal wurde ich zu einem Einsatz nach West Norwood im Süden von London gerufen. Während eines gewaltigen Regenschauers hat sich ein Kind in einem Bach in der Nähe des Friedhofs herumgetrieben. Es kam zu einer plötzlichen Flutwelle, die den Jungen bis zu einem Gully mitgerissen hat. Dort hat sich sein Arm im Gitter verfangen. Der Arm ist angeschwollen, und er hat festgesteckt. Als ich ankam, stieg das Wasser unaufhörlich. Wir haben einen Krankenwagen gerufen, aber der ist nicht schnell genug eingetroffen. Ich hab vergeblich versucht, den Jungen zu befreien, und musste hilflos zusehen, wie das Wasser über seinen Kopf angestiegen ist. Ich hab auch versucht, ihn zu beatmen, aber die Strömung war zu heftig … Tris, ich konnte sein Gesicht sehen, als er ertrunken ist. Es war alles andere als friedlich. Du musst dich nicht umbringen, nur weil du dich eben zu Männern statt zu Frauen hingezogen fühlst. Verstanden?«

Tristan schwieg. Schließlich nickte er. »Was soll ich jetzt tun?«

»Du musst es deiner Schwester sagen. Und morgen müssen wir mit der Polizei reden, um die Sache mit den Bildern der Überwachungskamera zu klären. Das soll die Behörden nicht davon ablenken herauszufinden, warum Magdalena verschwunden ist.«

19

Magdalena lag in der Dunkelheit. Sie hatte keine Ahnung, wie viel Zeit vergangen war.

Als sie zum ersten Mal aufgewacht war, hatte sie gedacht, sie wäre im Krankenhaus. Das Bett, in dem sie lag, fühlte sich fest und bequem unter dem Rücken an. Während sie immer wieder abwechselnd das Bewusstsein verlor und zu sich kam, schlich sich allmählich ein unterschwelliges Unbehagen in ihren Schlaf, eine entfernte Erinnerung daran, dass … etwas nicht stimmte.

Die pechschwarze Umgebung verwirrte sie. Magdalena brauchte eine Weile, um zu begreifen, dass sie real war. Dann wurde sie von Panik überwältigt. Sie bemerkte keinen Unterschied zwischen geschlossenen und geöffneten Augen, und sie konnte auch nichts riechen. Ihre Nase war verstopft – mit Blut verkrustet. Der Mann hatte sie geschlagen. Und ihr Hals fühlte sich wund vom Kameragurt an.

»Nein!«, schrie sie laut. Ihre Stimme zu hören vermittelte ihr wenigstens ein Gefühl von Raum. »Nein! Nein! Hilfe!«, rief sie. Ihre Kehle war staubtrocken und kratzig, aber Magdalena gab nicht auf. »Hilfe! Hilfe!« Der Schall hallte um sie herum wider.

Sie streckte die Arme in die Dunkelheit aus. Auf einer Seite stieß sie auf eine Wand mit glatten Fliesen. Sie lauschte. Stille. Als sie ihren Körper abtastete, fand sie ihn unversehrt vor, abgesehen von der geschwollenen Lippe und der blutigen Nase. Sie hatte noch ihre gesamte Kleidung an, aber keine Schuhe. Das Handy steckte nicht mehr in ihrer Gesäßtasche. Auch ihre Halskette, ihre Ohrringe und ihre Uhr fehlten.

Langsam setzte sich Magdalena auf, bedacht darauf, den Kontakt zu den glatten, kalten Fliesen zu ihrer Rechten nicht zu verlieren. Mit ausgestrecktem Arm tastete sie, ob sich etwas über ihr befand.

Kalte, leere Luft umgab sie. Als sie die Beine über die Seite der Matratze schob, geriet sie in Panik, bis ihre Füße die kühle Oberfläche des Bodens berührten. Einen Moment lang hatte sie gedacht, das Bett befände sich irgendwo hoch oben, und sie würde in einen dunklen, tiefen Abgrund stürzen.

Eine lange Weile lauschte Magdalena und versuchte, in der Stille irgendetwas zu hören. Irgendwelche Hinweise darauf, wo sie sich befinden könnte. Ihr Herz wollte nicht aufhören, wie wild in der Brust zu hämmern. Die Atmung durch den Mund war laut.

Magdalena hielt sich gern für eine starke, praktisch veranlagte Frau, doch jetzt war ihr, als stünde sie kurz vor einem Nervenzusammenbruch. Mehrmals musste sie ein gewaltiges Kreischen hinunterschlucken, das sich einen Weg bahnen wollte. Sie legte sich die Handfläche aufs Brustbein und begann, rhythmisch im Takt ihres Herzschlags darauf zu klopfen. Das beruhigte sie zwar nicht, aber es hielt den Schrei davon ab, aus ihr zu entweichen.

Beim Aufstehen wurde ihr schwindlig. Sie brauchte zwei Anläufe, bis sie sich einigermaßen sicher auf den Beinen fühlte. Langsam, ganz langsam begann sie, ihre Umgebung abzutasten. Ein paar Schritte führten sie zu einer Wand.

Rechts von ihr befanden sich weitere Fliesen. An manchen Stellen erwiesen sie sich als glatt und kalt, an anderen als schmierig und klebrig. Magdalena bewegte das Gesicht näher hin, um daran zu riechen, doch ihre Nase war immer noch verstopft. Als sie mit den Händen die Wände entlang zurückfuhr, fand sie in der gegenüberliegenden Ecke ein Waschbecken und einen Wasserhahn. Als sie den Hahn aufdrehte, sprudelte zu ihrer Freude Wasser heraus. Sie ließ es rinnen, genoss das Geräusch und das Gefühl der kalten Flüssigkeit an ihren Händen. Als sie sich die Nase wusch und versuchte, die Verstopfung zu beseitigen, zuckte sie zusammen. Da sie nichts riechen konnte, fühlte sie sich doppelt blind. Schließlich gelang es ihr, ein wenig durch die Nase zu atmen, und sie nahm einen leichten Mief von Feuchtigkeit wahr.

Das Wasser schmeckte rein, also trank sie, trank; der Durst quälte sie so akut, dass sie einfach nicht aufhören konnte, obwohl es keine Gewähr dafür gab, dass es ungefährlich war. Das Wasser schoss mit starkem Druck aus dem Hahn, weshalb Magdalena vermutete, dass es direkt vom Versorgungsnetz stammen musste. Sie trocknete sich das Gesicht ab und tastete sich vorsichtig die andere Seite des Raums entlang zurück zum Bett. Der feuchte Mief hatte sich verstärkt und erinnerte mittlerweile an verrottende Pflanzen. Aber alles, was sie berührte, fühlte sich glatt und trocken an. Bei dem Bett handelte es sich um ein Kastenbett aus Sockel, Bettzeug und keinen Platz darunter. Als Magdalena anfing, sich den Weg auf der anderen Seite des Betts zu ertasten, fiel sie durch einen offenen Türrahmen.

Hart landete sie mit der Hüfte auf dem kalten, harten Boden. Auf der anderen Seite fühlte es sich feucht an, und als sie sich aufsetzte, überlegte sie, ob sie die Suche fortsetzen sollte. Sie räusperte sich, selbst erstaunt darüber, wie schnell sie sich daran gewöhnte, das Gehör zu benutzen, um ihre Umgebung zu erkunden.

Vorsichtig tastete sie sich weiter vor. Zu beiden Seiten entdeckte sie eine Wand mit nur wenigen Schritten dazwischen. Sie befand sich in einem Korridor. Die Wände fühlten sich glatt an – nicht gefliest, sondern verputzt – und an manchen Stellen klebrig. Sie durchquerte den Korridor, immer eine Hand an der Wand, bis sie auf eine Tür stieß. Knarrend ließ sie sich nach außen öffnen. Der Raum dahinter schien klein zu sein und roch nach Schimmel. Ihre Knie stießen gegen etwas Hartes und Kaltes. Als sie nach unten griff, ertasteten ihre Finger erst eine gekrümmte Schüssel, dann Wasser. Hastig zog sie die Hand zurück. Eine Toilette. Magdalena verspürte einen Anflug von Freude. Eine Toilette! Zwar ohne Klobrille, nur blankes Porzellan, trotzdem setzte sie sich darauf und erleichterte sich, fühlte sich dadurch auf Anhieb menschlicher und weniger wie ein Tier. Hoffnungsvoll tastete sie nach einer Klopapierrolle oder einem Halter, fand aber nichts dergleichen.

Wo befand sie sich nur? Und was sollte das alles? Sie tastete nach der Spülung. Ein langes Rohr an der Rückseite der Schüssel führte nach oben zu einem altmodischen Spülkasten an der Wand. Die Kette hatte man offenbar entfernt, aber Magdalena fand einen Plastikhebel, den sie erreichen konnte, wenn sie sich auf den Rand der Schüssel stellte.

Magdalena wollte ihn gerade betätigen, hielt dann aber inne. Das würde Lärm verursachen. Sie zog die Hand zurück, stieg wieder von der Schüssel und verließ den Raum. Sollte sie die Tür schließen oder offenlassen? Die Tür schwang nach außen auf. Magdalena beschloss, sie offen zu lassen, um sie einfacher wiederzufinden. Dann tastete sie weiter und stellte fest, dass der Korridor an einer Wand endete, die sich anders anfühlte. Kälter. Sie musste sie eine Weile abtasten, bevor ihr klar wurde, dass es sich um Metall handelte.

Vermutlich hatte sie die Umrisse einer kalten Stahltür mit einem Spalt in der Mitte vor sich. Türflügel, die zu den Seiten aufglitten. Magdalena zwängte eine Fingerkuppe in den Spalt zwischen den beiden Metalltüren und versuchte, sie aufzuhebeln, aber sie erwiesen sich als zu dick, zu solide.

Dann ertönte ein Brummen, und sie spürte die Vibrationen eines Rumpelns durch das Metall. Magdalena trat zurück.

Ein Aufzug.

Das Geräusch wurde lauter. Das Rumpeln drang durch den Betonboden unter ihren Füßen. Es kam auf sie zu.

Magdalena tastete nach der Wand und eilte zurück in den Korridor, als sie hörte, wie sich der Aufzug näherte. Sie rannte direkt in die offene Toilettentür. Die Tür fiel bei dem Zusammenstoß mit einem Knall zu. Magdalena spürte einen stechenden Schmerz, als ihre Nase brach, nahm Wärme und den Geschmack von Blut wahr.

Dann hörte sie, wie der Aufzug mit einem leisen Klingelton ankam. Magdalena eilte den Korridor entlang, zurück in Richtung des Zimmers mit dem Bett und dem Waschbecken. Die Türen öffneten sich mit einem surrenden Laut. Magdalenas Atem ging vor Anstrengung abgehackt, dann hustete sie und spuckte Blut. Die Laute hallten im Korridor wider. Ein Luftzug wehte aus den offenen Aufzugtüren, aber es blieb stockfinster. Plötzlich hörte sie ein Klicken, gefolgt von einem eigenartigen Geräusch. Sie hatte es schon einmal in einem Film oder in einer Fernsehsendung gehört. Eine Art mechanisches Pfeifen.

Eine Nachtsichtbrille.

Magdalenas Atmung wurde panisch, als sie sich hastig an der Wand entlangtastete. Sie hatte die Orientierung verloren und bemühte sich krampfhaft, ruhig zu bleiben, doch unwillkürlich drang ein leises Wimmern aus ihrem Mund.

Als sie die Türöffnung endlich fand, bahnte sie sich den Weg in das Zimmer und fühlte die Kante des Türrahmens entlang. Wenn es eine Tür gäbe, könnte sie sich drinnen irgendwie verbarrikadieren und die Person aussperren, die mit dem Aufzug eingetroffen war.

Aber es gab keine Tür. Sie spürte nur die kalte Wand und zwei leere Angeln. Magdalena wich ins Zimmer zurück und ließ sich auf das Bett plumpsen, als sie das leise Geräusch von Schritten hörte, die auf sie zukamen.

20

Auf Kates Drängen war Tristan in seine Wohnung zurückgekehrt und hatte Sarah und Gary erklärt, dass die Bilder der Überwachungskamera zeigten, wie er in die Jenner Street ging, um einen Mann zu treffen.

»Um einen Mann *wofür* zu treffen? Für Drogen?«, fragte Sarah. Sie saß mit vor der Brust verschränkten Armen auf dem Sofa und schaute verdutzt drein. Gary saß neben ihr, die Hände über dem vorstehenden Bauch gefaltet.

»Nein. Keine Drogen. Ich wollte zu einem Date. Na ja, es war nicht ganz ein Date. Sein Name ist Alex. Er ist Kunststudent. Ich bin zu ihm nach Hause gegangen, um, äh, Sex mit ihm zu haben. Ich bin schwul. Schon lange – nein, eher schon immer.«

Tristan steckte die zitternden Hände in die Hosentaschen. Er stand vor dem Fernseher. Beinah so, als würde er ihnen ein Gedicht aufsagen.

Sarah starrte ihn ungläubig an. Garys Augen wurden groß. Er schaute immer wieder zu seiner Verlobten, um abzuwägen, wie er reagieren sollte. Ein Moment verging. Dann stand Sarah ruhig auf, ging in die Küche und schloss die Tür hinter sich.

»Bist du sicher, Kumpel?«, fragte Gary. »Du *wirkst* nicht schwul.« Tristan konnte förmlich sehen, wie sich die Rädchen in Garys Kopf drehten, während er Erinnerungen an ihren Umgang miteinander durchging und sie nach Hinweisen auf homosexuelles Verhalten durchforstete. »Ich dachte, du hättest ein Date mit der Frau vereinbart, die verschwunden ist. Sie hat dich angerufen.«

»Ja. Sie wollte mit mir ausgehen. Ich hätte nicht zusagen sollen.«

»Aber du hast nichts mit ihrem Verschwinden zu tun?«

»Nein. Gar nichts.«

»Na, das ist doch schon mal was«, meinte Gary. Dann schaute er besorgt zur geschlossenen Küchentür. Sie hörten, wie Sarah dahinter geräuschvoll hantierte und offenbar das Geschirr wegräumte. »Du solltest mit ihr reden.«

Tristan nickte. Er holte tief Luft, öffnete die Tür, betrat die Küche und schloss die Tür hinter sich. Sarah stand am Spülbecken und schrubbte zornig mit einem Scheuerschwamm einen schmutzigen Kochtopf.

»Hast du denn gar nichts zu sagen?«, fragte Tristan seine Schwester.

»Ich kann einfach nicht verstehen, warum du dein Leben wegwerfen willst«, erwiderte sie, spülte den Topf aus und knallte ihn auf das Abtropfbrett.

»Wie meinst du das?«

»Du hast einen sehr guten Job mit einer endgehaltsabhängigen Rentenversicherung. Du stehst kurz davor, die Hypothek für die Wohnung hier zu übernehmen, und die Polizei hat dich wegen einer verschwundenen Frau im Verdacht«, erklärte Sarah.

»Darum geht es hier nicht.«

»Du hast schon eine Vorstrafe. Und an mich hast du überhaupt nicht gedacht. Im Wesentlichen habe ich für dich die Polizei belogen. Gott weiß, was als Nächstes passiert. Ich hab mir den Allerwertesten aufgerissen, um es zu etwas zu bringen.«

Tristan starrte auf den Rücken seiner Schwester, während sie wieder zornig das Geschirr schrubbte.

»Es tut mir leid. Das lässt sich in Ordnung bringen. Du hast ja nichts davon gewusst, dass ich später noch mal das Haus verlassen habe. Das sage ich der Polizei.«

»Machst du das oft? Schleichst du dich regelmäßig nachts

raus, um …« Sie verstummte, drehte sich zu ihrem Bruder um und sah ihn bohrend an.

»Ab und zu«, gestand Tristan und wünschte, im Boden würde sich ein Loch auftun und ihn verschlingen.

»Macht es dich glücklich? Dich so zu verhalten?«

»Was bedeutet für dich, glücklich zu sein?«

»Eine Familie zu haben! Häuslich zu werden!«

»Ich will keine Kinder.«

»Wer soll dann den Familiennamen weiterführen?«

»Na, wir Harpers sind wohl kaum eine glanzvolle Dynastie! Dad hat sich aus dem Staub gemacht, als wir klein waren. Gott weiß, wo er ist. Und Ma war es wichtiger, sich zuzudröhnen, als sich um ihre zwei Kinder zu kümmern.«

»Wag es ja nicht, so über Mama zu reden!«, fauchte Sarah, immer noch mit dem Scheuerschwamm in der Hand. Sie schäumte vor Wut. Tränen glitzerten in ihren Augen. »Sie war psychisch krank. Und wenn dann noch Drogen dazukommen …«

»Sarah. Wir reden hier nicht von Ma. Ich habe dir etwas über mich erzählt. Ja, ich bin schwul. Und ich möchte nur, dass du mich so lieb hast und akzeptierst, wie ich bin.«

»Ich werde dich immer lieben, Tristan. Aber erwarte von mir nicht, dass ich es akzeptiere. Ich habe das *Recht*, es nicht zu akzeptieren …«

Tristan spürte Tränen in den Augen und wischte sie weg. Sarah sah ihn erneut an, bevor sie den Blick wieder abwandte. »Dein Timing ist echt hervorragend«, fügte sie mit einem freudlosen Lachen hinzu. »Was werden die Leute auf meiner Hochzeit sagen, wenn du stockschwul auftauchst?«

»Bei der Hochzeit geht es um dich und Gary.«

»Nein. Es wird sich alles um *dich* drehen. Der ganze Tag wird dafür draufgehen, den Leuten zu erklären, was mit *dir* los ist.«

»Was mit mir los ist? Sarah, ich bin immer noch derselbe Mensch. Und deine Reaktion sagt mehr über dich aus als über mich.«

»Ach, jetzt bin ich also homophob?«, rief Sarah schrill.

»Ich weiß nicht. Klingt ganz so.«

»Du wählst ein Leben, das dich niemals glücklich machen wird!«

»Mir ist mein Leben allemal lieber als deins«, schoss er zurück und bereute die Worte sofort.

Sarah warf mehrere Teller so wuchtig ins Spülbecken, dass sie zerbrachen. Dann begann sie, die noch heilen Teller abzuwaschen. Dazwischen zog sie Porzellanscherben heraus.

»Die arme junge Frau könnte irgendwo in einem Graben liegen oder einem Vergewaltiger zum Opfer gefallen sein …«, murmelte Sarah vor sich hin. »Ich frage mich, was Magdalena denken würde, wenn sie wüsste, dass du weiß Gott was mit einem anderen Mann getrieben hast. Du gehst gleich morgen zur Polizei und erklärst dort, was du getan hast und dass du mich angelogen hast.«

»Ich hab dich nicht angelogen.«

»Du hast mir was vorgegaukelt.«

»Nein, hab ich nicht. Ich bin nachts ausgegangen. Ich hab es dir nur nicht gesagt. Du hast Annahmen getroffen.«

»Anscheinend habe ich viel Gutes über dich nur angenommen.«

Tristan seufzte. Das führte zu nichts. Er hatte gehofft, er würde es Sarah erklären können, und sie würde es verstehen. Es brach ihm das Herz, wie weit sie sich voneinander entfernt hatten.

»Ich übernachte die nächsten paar Tage bei Kate«, verkündete er.

»Oh, klar. Ich dachte mir schon, dass irgendwie *sie* die Finger im Spiel haben würde«, zischte Sarah.

»Ich hab dich lieb, Sarah, hörst du?«, sagte er.

Sie verharrte mit dem Rücken zu ihm und hantierte weiter geräuschvoll mit dem Geschirr.

Tristan verließ die Küche und schloss die Tür. Gary lag auf dem Sofa und schaute mit einem Auge zum Fernseher.

»Hör zu, Tris. Sarah ist nicht homophob. Sie liebt die bunten Becher, die sie am Christopher Street Day immer bei Costa Coffee haben. Einen hat sie ausgewaschen und für ihren Tee zur Arbeit mitgenommen. Den hat sie so oft gewaschen, dass er sich am Ende aufgelöst hat.«

Tristan sah Gary an und wusste ehrlich nicht, wie er darauf reagieren sollte.

»Ich glaube, Sarah braucht dich jetzt«, meinte er schließlich. »Das mit ihrer Aussage kläre ich mit der Polizei.«

Gary nickte. Damit ging Tristan und packte eine Tasche. Er sah beide nicht mehr, als er das Haus verließ. Kate wartete draußen im Auto auf ihn.

»Geht's dir gut?«, fragte sie ihn, als er einstieg.

Er nickte, denn er hatte das Gefühl, als hätte sich eine gewaltige Last von seiner Brust gehoben. Das Atmen fiel ihm leichter.

»Was ist mit Sarah?«

»Keine Ahnung. Ich muss ihr wohl etwas Zeit lassen«, antwortete er.

21

Der Mann trat mit einer Nachtsichtbrille aus dem Aufzug. Der Korridor und die beiden Türöffnungen zeichneten sich grünstichig durch die Linsen ab. Es überraschte ihn, Magdalena im Gang zu sehen. Sie hatte sich schneller herausgewagt als viele andere seiner Opfer. Es war erst ihr zweiter voller Tag.

Er beobachtete, wie sie die Flucht ergriff, gegen die offene Tür krachte und sich benommen wieder aufrappelte. Der ausdruckslose Blick in ihren durch die Dunkelheit blinden Augen begeisterte ihn. Die Augen selbst zeichneten sich durch die Nachtsichtbrille schwarz ab, die Pupillen darin als helle weiße Punkte.

Sie konnte es nicht sehen, aber sie hinterließ einen Blutfleck an der Ecke der Toilettentür. Eine Ergänzung zu den Blutspuren seiner anderen Opfer, die bereits Wände und Türen zierten. Blutspritzer wie Graffiti. Er liebte es, wie sie sich grün leuchtend durch die Brille abzeichneten.

Er hielt sich zurück und sah zu, wie die Frau sich linkisch im Zickzack den Weg durch den Korridor ertastete. Woran lag es, dass die von ihm gefangenen jungen Männer immer versuchten, es an ihm vorbei in den Aufzug zu schaffen, während so gut wie alle Frauen in Richtung der Sackgasse rannten, die das Zimmer darstellte? Wie die strunzdummen Protagonistinnen in Horrorfilmen, die schreiend an der offenen Haustür vorbei nach oben rannten, wenn das Monster sie jagte.

Er folgte Magdalena in das Zimmer am Ende des Korridors und beobachtete, wie sie sich vom Bett aufrappelte, auf das sie geplumpst war, und sich in die Ecke zurückzog. Dort verharrte sie wie ein gehetztes Tier und starrte in die undurchdringliche Schwärze.

Er war süchtig nach der Angst in ihren Augen. So viele Frauen verbargen ihre Emotionen. Er wusste nie, was sie dachten. Das hasste er an ihnen. Die Miststücke versuchten immer, ihn zu übervorteilen. Hier in seinem Verlies jedoch verkörperte er das Monster und konnte ungefiltert beobachten, wie verängstigt sie waren.

In der Hand hielt er einen Besen. Er hatte den Kopf gegen den eines Spielzeugbesens ausgetauscht. Die Borsten waren länger und weicher. Es erregte ihn, dass etwas so Albernes in der Dunkelheit ihre Sinne dermaßen durcheinanderbringen konnte. Langsam bewegte er sich auf die Frau zu.

»Wer sind Sie?«, fragte sie in die Dunkelheit. Sie besaß ein wunderschönes Gesicht – allerdings war die markante Nase gebrochen. Blut lief ihr über die Zähne und das Kinn. Sie spuckte es auf den Boden. »Bitte. Warum machen Sie das?«

Gott, was stellen die nur immer für dämliche Fragen! Als würde er ihnen seine Pläne erklären und ihnen seinen Namen nennen. Er unterdrückte ein Lachen und streckte den Besenstiel aus, ließ die Borsten leicht ihr Gesicht berühren.

Sie schrie auf und wehrte ihn ab, schlug sich dabei selbst ins Gesicht. Rasch zog er den Besen außer Reichweite zurück, während sie mit den Händen in großen Bögen durch die Luft schlug und krallte.

»Lassen Sie mich in Ruhe!«, brüllte sie. »Bitte!«

Regungslos stand er da und beobachtete, wie sie die Augen öffnete, den Kopf schieflegte und angestrengt versuchte, etwas zu sehen. Wieder streckte sie die Arme aus und schwenkte sie vor sich durch die Luft. Seine Opfer zu beobachten fühlte sich an, als wäre er bei einer Tierschau. Ihnen wurde alles genommen. Jedes Verstellen, jede Heuchelei. Sie verloren keine Gedanken mehr daran, wie man sie wahrnahm, wenn sie flennten, heulten und sich nicht selten anschissen. Sie wollten nur überleben.

Nach einer weiteren Minute hob er den Besen an und strich mit den Borsten erneut über ihr Gesicht.

Plötzlich schrie Magdalena auf und stürmte auf ihn zu. Damit überraschte sie ihn zwar, aber er war gewappnet. Er schwang den Besen nach oben weg, drehte sich nach rechts, um ihr auszuweichen, und streckte gleichzeitig den Fuß aus. Durch die Geschwindigkeit und den eigenen Schwung stolperte sie und stürzte, schlug mit einem grässlichen, dumpfen Laut auf dem Boden auf, schlitterte gegen den Betonsockel des Betts und schlug sich hart den Kopf an. Dann lag sie still.

Nein, bitte sei nicht tot, nicht jetzt schon, dachte er und ging näher hin, beschrieb einen Bogen um ihre auf dem Boden liegende Gestalt. Vorsichtig streckte er den Besenstiel aus und stupste sie an der Hüfte. Sie rührte sich nicht. Er setzte den Besen am weichen Gewebe zwischen ihren Pobacken an und drückte ihn kräftig hinein. Da stöhnte sie, bewegte sich aber immer noch nicht.

Sie war mit dem Haar quer über dem Gesicht gelandet. Er schob den Vorhang mit dem Besenstiel beiseite und wischte die Mähne über ihre Schulter. Ihre Augen waren geschlossen. Sie hatte eine Platzwunde an der Stirn, wo sie gegen die Bettkante geknallt war. Das Blut, das ihr dunkelgrün über das Gesicht lief, vermischte sich mit jenem, das bereits gerann und beim Atmen aus ihren Nasenlöchern blubberte.

Gut. Sie atmet.

Äußerst vorsichtig kniete er sich hin und legte zwei Finger an ihren Hals. Ihre Haut fühlte sich weich an und wirkte durch das Nachtsichtgerät so rein und weiß. Wie Elfenbein. Er nahm einen kräftigen, gleichmäßigen Puls wahr. Kurz streichelte er ihren langen Hals, dann zog er die Finger zurück, erleichtert darüber, dass sie noch lebte.

Es war erst der zweite Tag, an dem er sie hier hatte. Er wollte noch viel mehr Spaß mit ihr haben.

22

Am nächsten Morgen fuhr Kate mit Tristan zur Polizeistation in Exeter und wartete auf dem Parkplatz auf ihn. Auf der Straße vor dem Gebäude herrschte reger Verkehr. Gerade mal eine halbe Stunde verging, bis sie Tristan durch den Haupteingang herauskommen sah. Seine Miene ließ sich schwer deuten, als er die Straße überquerte.

»Alles in Ordnung?«, fragte sie, als er die Tür öffnete.

»Ja. Ich habe mit einer Beamtin in Zivil geredet, DC Finch. Sie schien Bescheid zu wissen und hat eine kurze Aussage aufgenommen. Dann hat sie Alex und Steve angerufen. Sie haben bestätigt, dass ich in den frühen Morgenstunden am Montag bei ihnen war. Ich hab die Nummer des Caterers für Sarahs Hochzeit angegeben und die Zeiten, von wann bis wann ich mit Sarah und Gary in der Pizzeria war. Sie hat gemeint, es wäre kein Problem, dass Sarah fälschlicherweise ausgesagt hat, ich wäre zu Hause gewesen, wenn ich das Haus ohne ihr Wissen verlassen habe. Die Frau war sehr nett.«

»Hast du auch Henry Ko gesehen?«

»Nein. Und ich hatte den Eindruck, dass ihn die uniformierten Beamten für einen Trottel halten.«

»Warum?«

»Ich hab nebenbei erwähnt, dass Henry bei dir im Büro war und ziemlich aggressiv aufgetreten ist. DC Finch hat dazu scherzhaft gemeint, Henry hätte sich zu viele Folgen von *Das A-Team* reingezogen.« Kate lächelte. Tristan fuhr fort. »Sie hat auch gesagt, dass die Polizei mit Liam gesprochen hat, Magdalenas Mitbewohner. Er hat angegeben, dass er Magdalena am Sonntag irgendwann am Vormittag ihren Motorroller durch den Flur schieben gehört hat und dass sie nicht zurück nach Hause gekommen ist. Das heißt, man geht jetzt davon aus, dass sie am Sonntagvormittag verschwunden sein muss.«

»Das ist gut«, befand Kate.

»Ja. Ist es. Lässt den Streit, den ich mit Sarah hatte, nur umso lächerlicher erscheinen.«

Sie machten sich auf den Heimweg. Kate wollte Tristan nicht dazu drängen, über den vergangenen Abend zu reden. Er hatte in ihrem Gästezimmer geschlafen, und sie würde einfach abwarten, was er als Nächstes tun wollte. Es freute Kate, dass sie gesellig schweigen konnten, ohne zwanghaft irgendwelches belangloses Zeug von sich geben zu müssen.

Auf dem ruhigen Abschnitt der Landstraße ein paar Kilometer vor Ashdean parkte eine Ansammlung von Fahrzeugen auf dem grasbewachsenen Seitenstreifen. Als sie näher kamen, verlangsamte Kate die Fahrt.

Zwei Polizeiautos flankierten ein Bergungsfahrzeug. Henry Ko stand mit zwei uniformierten Beamten am Seitenstreifen und beobachtete, wie eine schlammverschmierte gelbe Vespa mit einem Kran aus dem Graben gehoben wurde. Weiter vorn wurde der Graben gerade von einem weiteren Polizisten abgesperrt.

»Das ist Magdalenas Motorroller«, sagte Tristan.

Kate steuerte auf Henrys Höhe, blieb stehen und ließ das Fenster herunter. Er winkte sie weiter, bevor er bemerkte, um wen es sich handelte. Dann trat er ans Fenster.

»Meine diensthabende Beamtin hat mir gemeldet, dass Sie auf dem Revier gewesen sind«, sagte er. Der Mann sah aus, als hätte er nicht geschlafen. Seine Großspurigkeit hatte sich in Luft aufgelöst.

»Ja. Und das ist Magdalena Rossis Motorroller«, teilte Tristan ihm mit. Die Vespa wurde mittlerweile auf die Ladefläche des Bergungsfahrzeugs gehievt.

»Ja. Wir haben gerade das Kennzeichen überprüft«, bestätigte Henry.

Der Kran setzte den Motorroller surrend ab, und zwei Polizisten begannen, ihn mit Plastikplanen abzudecken. Das kleine Fahrzeug sah bemitleidenswert aus – Schlamm überzog es, am Lenker hatte sich Gras verfangen.

»Was ist mit Magdalena? Haben Sie ihre Leiche gefunden?«, fragte Kate und beobachtete, wie die Polizisten in den Graben spähten und die Absperrung errichteten.

»Nein«, antwortete Henry. »Ein Bauer wollte den Graben ausbaggern. Dabei hat er den Motorroller gefunden … Und jetzt fahren Sie bitte weiter. Wir müssen die Straße für die Spurensicherung sperren.«

Kate und Tristan fuhren weiter Richtung Ashdean. Durch die Heckscheibe beobachtete Kate, wie das Bergungsfahrzeug mit dem Motorroller und die Ansammlung der Polizisten hinter ihnen zurückblieben.

»Mist. Das bedeutet, sie ist wirklich verschwunden«, sagte Tristan. Kate nickte. Ein Teil von ihr hatte gehofft, Magdalena würde einfach nur zu den Menschen gehören, die eines Tages spontan beschlossen, ein neues Leben zu beginnen.

Wenig später erreichten sie die Kuppe einer Anhöhe und konnten unten den Shadow Sands Stausee und das Kraftwerk sehen. Auf der rechten Straßenseite passierten sie ein langes, niedriges Gebäude aus rotem Ziegelstein mit Bogenfenstern und Säuleneingang. Es sah aus, als wäre es ein einst ein majestätisches Bauwerk gewesen. Inzwischen fehlten dem Dach jedoch an einem Ende mehrere Ziegel, die Reihen der Bogenfenster waren mit Brettern vernagelt, und den Parkplatz vor dem Haus überwucherte braunes Unkraut.

»War das nicht mal ein Nachtclub?«, fragte Kate.

»Ja. Das *Hedley House*. Eine echt trashige Bude. Die Polizei musste früher oft wegen Schlägereien anrücken.«

»Bist du mal dort gewesen?«

»Ab und zu, ja«, antwortete Tristan. »Bis es vor ungefähr anderthalb Jahren geschlossen wurde.«

»Sieht nach einem alten Gebäude aus«, meinte Kate und betrachtete es im Rückspiegel. Ein Vogelschwarm kam aus einem großen Loch im Dach hervor und erhob sich in die Lüfte.

»Ja, ich glaube, es war irgendwann mal ein Herrenhaus«, erwiderte Tristan.

Die Straße verlief direkt am Stausee vorbei. Die Sonne brach zwischen den Wolken hervor. Ein Lichtstrahl fiel mitten auf das Gewässer und erhellte das umliegende Moor mit stahlgrauem Licht. Sie passierten eine Hinweistafel, auf der stand: *Ashdean 4 Kilometer*. Die Straße erstreckte sich für einen längeren Abschnitt geradeaus. Im Innenspiegel konnte Kate immer noch den mit Brettern vernagelten ehemaligen Nachtclub sehen. Verlassene Gebäude verursachten ihr immer ein unheimliches Gefühl, vor allem an einer so abgelegenen Straße.

»Wie sind die Jugendlichen früher zum *Hedley House* gekommen? Gibt es einen Bus?«

»Es hat einen gegeben, aber der fuhr nur bis zehn Uhr abends. Oft haben einen die Eltern und oder ältere Freunde nach Hause gebracht. Auch die Taxis haben an den Wochenenden ein Vermögen verdient … Obwohl manche Besucher zu Fuß nach Hause marschiert sind.«

»Von der Disco nach Ashdean sind es wahrscheinlich um die fünf Kilometer«, sagte Kate nachdenklich. »Hat man nie Geschichten von Teenagern gehört, die auf dem Heimweg verschwunden sind?«

»Nein. Ein Mädchen wurde mal vergewaltigt. Ich weiß noch, dass die Lokalzeitung über den Fall berichtet hat, aber man hat den Täter erwischt. Und er ist ins Gefängnis gewandert.«

»Wann war das?«

»Keine Ahnung. Vor fünf, sechs Jahren.«

»Erinnerst du dich an seinen Namen?«

»Nein. Aber ich weiß noch, dass er zu zehn Jahren verurteilt wurde. Es war ein ziemlich brutaler Angriff. Danach sind nicht mehr ganz so viele Mädchen zu Fuß nach Hause gegangen.«

Sie erreichten das Ende des Stausees, wo der Fowey zusammen mit einigen anderen Bächen in das Gewässer mündete. Hinter dem Hügel tauchten die Randbezirke von Ashdean auf.

Kates Gedanken kehrten zum *Hedley House* zurück, das so nah am Stausee lag. In vielerlei Hinsicht hielt sie sich für mutig, aber sie würde nicht spätnachts diesen einsamen Straßenabschnitt entlangmarschieren wollen.

»Hast du nach der Vorlesung noch viel zu tun?«, fragte Kate.

»Nein. Um ehrlich zu sein, könnte ich ein bisschen Ablenkung gebrauchen«, erwiderte Tristan.

»Ich will diesem Pub einen Besuch abstatten, dem *Wild Oak*. Vielleicht treffe ich dort ja auf die Barfrauen. Die, mit denen Magdalena gesprochen hat. Ich würde mir gern anhören, was sie ihr erzählt haben und was sie über die Frau wissen, deren Nummer Magdalena auf dem Zettel notiert hatte.«

23

»Ja, Magdalena war auf ein Getränk mit Barry Lewis von der Fairview Farm hier«, bestätigte Rachel, eine der Bardamen im *Wild Oak*. Trotz des kalten Wetters trug sie ein schmuddeliges, kurzes weißes T-Shirt, einen kurzen Rock und Flipflops. Das kurze, rot gefärbte Haar trug sie zurückgegelt. »Sie hat über ihr Projekt gesprochen, und ich hab ihr von zwei Bekannten von mir erzählt, die im Nebel verschwunden sind.«

Rachel stellte eine kleine Cola und eine Tasse Kaffee auf die Theke vor Kate und Tristan. Das *Wild Oak* befand sich knapp zehn Kilometer von Ashdean entfernt am Rand eines winzigen Dorfs namens Pasterton, dem offenen Moor zugewandt. Durch die Fenster konnte man kilometerweit sehen, aber im heruntergekommenen Gastraum herrschte dennoch Düsternis. Es war ein ruhiger Nachmittag. Ein paar ältere Männer lehnten an der Theke, auf einem Fernseher in der Ecke lief ein Pferderennen.

»Wie sind Sie mit Magdalena ins Gespräch gekommen?«, fragte Kate.

»Barry hat eines Morgens diesen großen Pfotenabdruck auf seinem Grundstück gefunden und ein Foto davon auf Facebook gepostet. Hat eine Menge Likes bekommen. Sogar die Zeitung hat es abgedruckt. Magdalena hat mit ihm Kontakt aufgenommen, weil sie an einem Projekt über die Legenden von Devon und Cornwall gearbeitet hat«, erklärte Rachel.

»Ist Barry von hier?«, fragte Tristan.

»Ja. Netter Kerl. Stammgast. Äh, das macht vier zwanzig«, sagte Rachel und deutete auf ihre Getränke auf der Theke. Kate fiel auf, wie die Frau Tristan beäugte, als er das Portemonnaie aus der Tasche zog.

»Rechne noch einen Drink für dich selbst dazu«, lud Tristan sie ein.

»Danke. Dann sind es sechs zwanzig.«

Rachel nahm den Schein entgegen und reichte Tristan sein Wechselgeld. Dann schob sie ein Cocktailglas unter einen Bacardi-Spender. Auf einem handgeschriebenen, mit sich ablösendem Klebeband befestigten Schild stand: *£ 1 je Kurzer oder Double-Bouble.*

»Wir versuchen herauszufinden, was mit Magdalena passiert ist«, sagte Kate. »Können wir uns hinsetzen und reden?«

Rachel musterte sie beide kurz, bevor sie nickte. Sie ging zu einer Tür im hinteren Bereich des Pubs.

»Doris! Ich mach jetzt Pause!«, rief sie. Kate und Tristan folgten ihr zu einem niedrigen Tisch mit Rauchglasplatte am anderen Ende der Bar. In der Mitte unter dem Glas war ein Bildschirm in den Tisch eingebaut, auf dem eine uralte, flackernde Version von PAC-MAN lief. Rachel ging zu einem Stecker und zog ihn heraus, dann setzten sie sich.

»Warum hat Barry Sie nach vermissten Personen aus der Gegend gefragt?«, wollte Kate wissen.

»Hat er nicht. Als Magdalena an die Theke gekommen ist, hat sie mich gefragt, ob ich je etwas Unheimliches gesehen hätte, zum Beispiel ungewöhnlich große Tiere oder Geister. Ich hab ihr von den zwei Bekannten erzählt, die bei Nebel verschwunden sind«, sagte Rachel.

»Könnten Sie uns das auch erzählen?«

Rachel nickte. »Kennen Sie *Hedley House*? Die alte Disco an der Hauptstraße?«

»Ja«, antwortete Kate.

»Ich bin ein paar Mal dort gewesen, als ich jünger war«, fügte Tristan hinzu.

»Bis vor ein paar Jahren, bevor ich mein kleines Mädchen bekommen hab, bin ich regelmäßig hingegangen … Da war dieser Typ, der immer am Freitag dort war. Er hatte einen merkwürdigen Namen, Ulrich. Älter als ich damals, neunzehn oder zwanzig, glaube ich. Er war Deutscher und hat alle möglichen Jobs angenommen, als Maler und so. Zu der Zeit war er schon seit ein paar Jahren hier. Ein eigenartiger Kauz. Jedenfalls ist er immer für ein paar Drinks ins *Hedley House* gekommen. Immer allein. Hat gern geplaudert. Ist nie unangenehm geworden, egal, wie viel er intus hatte. Und dann war er eines Freitags nicht da. Aufgefallen ist es mir eigentlich nur wegen Darren, einem Kumpel von mir. Ulrich war zu der Zeit gerade dabei, in Darrens Wohnung eine neue Toilette einzubauen. Er hatte die alte am Freitag herausgerissen und sollte am Samstag die neue installieren, ist aber nicht aufgetaucht. Darren wurde stinksauer. Verständlich, so ganz ohne Klo zu Hause. Außerdem hatte er Ulrich vorab fünfhundert Pfund bezahlt. Er ist zu Ulrich gefahren, aber der war nicht da … Darren ist ein bisschen streitlustig und war überzeugt davon, dass Ulrich ihn abzocken wollte. Also ist er mit ein paar Freunden später noch mal zu Ulrich nach Hause gefahren und hat die Tür aufgebrochen. Ulrichs gesamtes Zeug war noch da: Kleidung, Schuhe, Essen im Kühlschrank. Der Fernseher ist gelaufen. Auf dem Nachttisch hat sogar ein Glas Wasser neben ein paar Schmerztabletten gestanden. Wenn ich mal um die Häuser ziehe, habe ich immer Wasser und Schmerztabletten für die Rückkehr bereit.«

Tristan nickte. »Hab ich früher auch gemacht«, warf er ein.

»Wurde Ulrich als vermisst gemeldet?«, fragte Kate.

»Das hat Darren gemacht. Er hat die Polizei verständigt. Man hat seine Aussage aufgenommen und niedergeschrieben, aber kein allzu großes Interesse an dem Fall gezeigt.«

»Wann war das?«

Darüber musste Rachel erst nachdenken.

»2008 … Oktober 2008, um Halloween herum.«

»Wissen Sie noch seinen Nachnamen?«, fragte Tristan.

»Ja, Ulrich Mazur.« Sie buchstabierte ihnen den Nachnamen.

»Was ist passiert, nachdem die Polizei eingeschaltet wurde?«, fragte Kate.

»Wir haben danach nie wieder was von ihm gehört und denken immer noch, dass er sich vielleicht einfach aus dem Staub gemacht hat. Klempnerarbeit wird bar bezahlt, und wir haben später erfahren, dass er auch von mehreren anderen Leuten im Voraus Geld für künftige Arbeit bekommen hatte.«

Kate bemerkte, wie eine ältere Frau durch die Tür hinter der Theke kam. Sie trug Jeans und einen hübschen Pullover und sah aus, als wäre sie gerade erst aufgewacht – tatsächlich richtete sie sich rasch das kurze lockige Haar in einem kleinen Spiegel. Dann begrüßte sie die älteren Männer und nahm eine Bestellung für Nachschub an Bier auf.

»Wie sind Sie darauf gekommen, Ulrichs Verschwinden mit dem Nebel in Verbindung zu bringen?«, fragte Kate und richtete die Aufmerksamkeit wieder auf Rachel.

»Zu der Zeit noch gar nicht. Ein Jahr später hab ich ein Mädchen namens Sally-Ann Cobbs kennengelernt. Sehr jung. War gerade erst aus dem örtlichen Kinderheim rausgeworfen worden.«

»Warum hat man sie rausgeworfen?«, fragte Tristan dazwischen.

»Sie wurde sechzehn«, antwortete Rachel. »In dem Alter werden so ziemlich alle vor die Tür gesetzt. Sie hat einen Job als Putzfrau beim *Harlequin* ergattert und sich irgendwo eine kleine Wohnung besorgt. Weiß nicht mehr, wo.«

»Ist das *Harlequin* das Einkaufszentrum in Exeter?«, fragte Kate.

»Genau. Und es ist beschissen«, fügte Rachel hinzu.

»Ist wirklich ein bisschen heruntergekommen«, pflichtete Tristan ihr bei.

»Was ist mit Sally-Ann passiert?«, fragte Kate und trank den letzten Schluck ihres Kaffees.

»Sally-Ann hab ich auch öfter im *Hedley House* gesehen. Eines Freitags war sie betrunken und hatte sich auf diesen Kerl eingelassen, der sie mit nach Hause nehmen wollte. Gegen Ende der Nacht war sie hackedicht, und ich weiß noch, wie die beiden an der Taxischlange vor der Disco gestritten haben.«

»War er gewalttätig?«

»Nein. Aber Sally-Ann. Sie hat ihm eine schallende Ohrfeige verpasst und ist in die Nacht davongestürmt. Sie haben die Gegend um den Schuppen ja gesehen. Um die abgelegene Straße herum gibt's nur Felder und Moorland. Das war das letzte Mal, dass sie jemand gesehen hat.«

Ein Kribbeln breitete sich in Kates Nacken aus. »Hat jemand sie als vermisst gemeldet?«, fragte sie.

»Ich. Hat aber wieder einige Zeit gedauert, bis ich gemerkt habe, dass sie verschwunden war. Ich hab eine der Frauen gekannt, mit denen Sally-Ann im *Harlequin* zusammengearbeitet hat. Die hat mir erzählt, dass Sally-Ann seit fünf Tagen nicht mehr zur Arbeit erschienen ist. Ich wusste, dass Sally-Anns Miete fällig war, weil sie mir ihre Geldsorgen gebeichtet hatte. Also bin ich zu ihr nach Hause. Der Vermieter war gerade in der Wohnung und dabei, ihr ganzes Zeug rauszuwerfen.«

»Wie lange war sie zu dem Zeitpunkt mit der Miete im Rückstand?«, wollte Kate wissen.

»Eine Woche.«

»Dann ist das nicht legal.«

»Es war eine zwielichtige Bude. Solche Vermieter können tun und lassen, was sie wollen. Sally-Anns Sachen waren alle noch da. Fotos, Kleidung, Essen. Sie hatte eben erst ihr Zählerguthaben für Strom und Gas aufgefüllt. Neben dem Bett lag noch ihre silberne Sankt-Christophorus-Kette. Die hatte sie als Kind von ihrer Mutter kurz vor deren Tod bekommen …«

Rachel fingerte an ihrem Hals und zog eine silberne Halskette mit einem Anhänger des heiligen Christophorus heraus. »Das ist sie. Der Arsch von einem Vermieter war mit haufenweise schwarzen Säcken da und wollte ihr ganzes Zeug für die Müllabfuhr rausstellen. Nur ihre wenigen Wertgegenstände hätte er sicher eingesackt und verkauft. Ich hab mitgenommen, so viel ich konnte, weil ich mir dachte, ich könnte es ihr zurückgeben, wenn sie wieder auftaucht. Ist sie aber nie …«

»Haben Sie auch mit der Polizei gesprochen?«, fragte Tristan.

»Ja. Die Cops waren da, haben mit mir geredet und mir gesagt, sie würden Sally-Ann auf die Vermisstenliste setzen … aber was nützt das, wenn keiner da ist, der einen vermisst?«

»Können Sie sich noch erinnern, wann Sally-Ann verschwunden ist?«

»Ja, das war im November 2009.«

Rachel zog ein speckiges Taschentuch hervor und wischte sich über die Augen.

»Tut mir leid«, sagte Kate. »Wie kommen Sie in dem Fall auf die Verbindung mit dem Nebel?«

»In der Nacht, in der Sally-Ann vom Club davongestürmt ist, hat dichter Nebel geherrscht. Und mir ist eingefallen, wann ich Ulrich zum letzten Mal gesehen hatte, nämlich als ich mich mit meinen Freunden in ein gemeinsames Taxi gequetscht hatte und wir von der Disco zurück nach Ashdean gefahren sind. Auch da hat dichter Nebel geherrscht, und wir sind an Ulrich vorbeigefahren. Wir haben sogar angehalten, aber der Taxifahrer hat gemeint, er hätte keinen Platz mehr. Also sind wir weitergefahren und haben ihn zu Fuß gehen lassen. Er war ein netter Kerl.«

Sie trank einen weiteren Schluck von ihrem Bacardi. Kate erkannte Schuldgefühle in Rachels Gesicht.

»Letztes Jahr hat diese junge Frau namens Kirstie Newett

hier angefangen. Sie war ein bisschen …« Rachel zuckte mit den Schultern.

»Ein bisschen was?«, hakte Kate nach. Sie erinnerte sich an die Haftnotiz an Magdalenas Kühlschrank, erwähnte sie aber nicht, sondern ließ Rachel weiterreden.

»Ein bisschen verlogen. Dumme, sinnlose Lügen. Hat zum einen so gesagt, zum anderem das Gegenteil. Sie hat uns erzählt, sie hätte ein neues Auto, was nicht gestimmt hat. Sie hat uns erzählt, sie hätte ein Haus gekauft, obwohl sie in Wirklichkeit nur eine Einzimmerwohnung besaß. Trotzdem hatte ich nichts gegen sie. Dann haben in einer gemeinsamen Schicht plötzlich dreißig Pfund der Einnahmen gefehlt. Doris hatte kurz davor eine Überwachungskamera über der Kasse installiert, und auf der war zu sehen, dass Kirstie das Geld genommen hatte. Doris hat sie sofort rausgeworfen … Das war gegen Mittag. Als ich an dem Abend mit dem Auto nach Hause gefahren bin, hab ich Kirstie an der Bushaltestelle mit einer Flasche Cider gesehen. Da hatte ich Mitleid mit ihr. Ich hab angeboten, sie mitzunehmen, und sie direkt gefragt, warum sie es getan hatte. Sie hat gesagt, sie wäre pleite, es wäre ein dummer Fehler gewesen. Als ich sie zu Hause abgesetzt hab, da hat sie mich noch auf einen Drink eingeladen. So sind wir ins Gespräch gekommen. Dabei hat sich herausgestellt, dass sie früher auch ins *Hedley House* gegangen ist. Und dann erzählt sie mir auf einmal, wie sie in einer Nacht ihr ganzes Geld verprasst hatte und sich kein Taxi nach Hause leisten konnte. Also ist sie zu Fuß losmarschiert. Im Nebel. Auf halbem Weg zurück nach Ashdean hat auf dem Rastplatz ein Auto gestanden. Ein alter Kerl hat das Fenster heruntergelassen und sie gefragt, ob sie mitfahren will. Sie ist völlig breit, trägt nur einen knappen Fetzen, und es ist eiskalt, also nimmt sie das Angebot an. Kaum ist sie ins Auto gestiegen, lässt er sie an irgendeiner Droge schnüffeln und schlägt sie. Irgendwann später wacht sie auf und ist mutterseelenallein in völliger Dunkelheit. Mehrere Tage lang hält er sie in einem Keller gefangen, dann greift er sie an, würgt sie, und sie wird ohnmächtig. Sie hat behauptet, sie wäre auf dem Rücksitz eines Autos am Shadow Sands Stausee aufgewacht – der Kerl hätte sie ins Wasser werfen wollen! Sie hätte sich gegen ihn gewehrt und wäre ihm davongeschwommen.«

»Haben Sie ihr geglaubt?«, fragte Kate.

»Nein.«

»Hat es Kirstie der Polizei gemeldet?«, hakte Kate nach.

»Ja. Sie hat mir erzählt, dass sie auf der anderen Seite des Stausees ein Auto angehalten hat. Der Fahrer war Polizist. Er hat sie ins Krankenhaus gebracht. Danach wurde sie in eine psychiatrische Anstalt eingewiesen.«

»Hat sie erwähnt, zu welchem Teil des Stausees der Mann sie gebracht hat? Er ist ja ziemlich groß«, warf Tristan ein.

Rachel überlegte kurz.

»Ja, sie hat den Campingplatz erwähnt, denn da war ein großes Schild in der Nähe der Stelle, an der er geparkt hatte und wo sie aufgewacht ist. Deshalb wusste sie, wo sie war … Aber vergessen Sie nicht: Sie war als Lügnerin bekannt, und ich hab was mit ihr getrunken. Danach bin ich gegangen, und das war's. Ich hab sie noch ein paar Mal gesehen und gegrüßt, aber mich nie wieder privat mit ihr getroffen.«

»Wie sind Sie später darauf gekommen, dass sie die Wahrheit gesagt haben könnte?«, fragte Kate.

»Na ja, das war erst vor ein paar Wochen, als Magdalena mit Barry hier war. Sie war so eine nette Frau. Gebildet. Hat gesagt, dass sie an einer Studie über moderne Legenden arbeitet, über merkwürdige Begebenheiten aus der Gegend. Also hab ich Ulrich, Sally-Ann, Kirstie und den Nebel erwähnt, und dabei hat sich in meinem Kopf alles zusammengefügt. Ich weiß, dass Kirstie von Ulrichs und Sally-Anns Verschwinden gehört haben könnte, aber ich kann mich nicht erinnern, sie zu der Zeit im *Hedley House* gesehen zu haben. Magdalena hat mich nach Kirsties Telefonnummer gefragt. Ich hatte sie noch im Handy gespeichert und hab sie ihr gegeben. Außerdem wollte Magdalena alles über den Straßenabschnitt in der Nähe vom *Hedley House* und der Umgebung wissen. Und dann kommt in den Nachrichten, dass sie ausgerechnet an dem Tag verschwindet, an dem dichter Nebel herrscht«, sagte Rachel. »Das kann doch alles kein Zufall mehr sein, oder?«

24

Nachdem Kate und Tristan das Pub verlassen hatten, saßen sie einige Minuten lang schweigend im Auto und lauschten dem Geräusch des Regens, der auf die Scheiben prasselte.

»Großer Gott«, sagte Tristan schließlich.

»Da haben wir die Verbindung zum Campingplatz. Kirstie ist auf dem Campingplatz aufgewacht«, sagte Kate. »Simon Kendal wurde auf dem Campingplatz angegriffen und ist im Wasser gelandet. Wer immer dahintersteckt – könnte es sein, dass der Täter Menschen entführt und ihre Leichen im Stausee versenkt? Konkret Ulrich und Sally-Ann?«

»Dann würde es einen Sinn ergeben, warum Simon im Wasser geendet hat. Wenn er nachts spazieren gegangen ist, könnte er auf der anderen Seite des Stausees angegriffen worden sein. Vielleicht hat er sich gewehrt oder wurde ins Wasser geworfen. Daraus bin ich einfach nicht schlau geworden – wie er auf der anderen Seite des Zauns gelandet ist.«

»Was, wenn Magdalena auch im Stausee gelandet ist? Wenn man Leichen versenken will, wäre es sinnvoll, sie zu beschweren, vor allem, wenn man bedenkt, wie tief der Stausee ist. Sonst würden die Leichen irgendwann an die Oberfläche treiben«, sagte Kate. »Und dann ist da noch dieser Nachtclub, das *Hedley House*.«

Mühsam versuchte sie, die einzelnen Teile zusammenzufügen, doch davon bekam sie Kopfschmerzen.

Es ging auf drei Uhr nachmittags zu, und das Tageslicht wurde bereits schwächer. »Ich will mir den Stausee und den Campingplatz mal genauer ansehen.«

Auf dem Rückweg zum Shadow Sands Stausee führte

die Straße sie in einer großen Schleife dort vorbei, wo der Fowey das künstliche Gewässer speiste, und vorbei auch an der Stelle, an der Kate und Jake tauchen gewesen waren. Kate wurde langsamer, als sie das Besucherzentrum passierten, das sich neben dem Kraftwerk befand. Es handelte sich um ein großes Bauwerk in Form eines Schiffes, umgeben von einer gepflegten Landschaft mit Blick auf das Wasser.

»Hier hat sich Geraint an dem Tag, an dem Simon verschwunden ist, einen Kaffee geholt und sein Handy aufgeladen«, sagte Tristan.

In den riesigen Bullaugenfenstern, die das Gebäude säumten, brannte Licht, aber an diesem grauen Tag erwies sich der Parkplatz als leer.

Das Kraftwerk grenzte an das Besucherzentrum und war ein kastenförmiger Bau mit einer riesigen Kuppel an jeder Seite. Eine befahrbare Brücke spannte sich über die Stelle, an der das Wasser durch die Turbinen floss, und endete an einem kleinen Rastplatz am Straßenrand. Das Dröhnen der Turbinen war bereits durch die Scheiben sehr laut und schwoll geradezu ohrenbetäubend an, als sie aus dem Auto stiegen.

Sie gingen auf das Ende der Brücke hinaus, die über dem Betondamm verlief.

»Stell dir vor, du fällst da runter!«, rief Tristan, als sie auf der anderen Seite des Damms in den tiefen Abgrund hinabblickten. Die Staumauer wies ein starkes Gefälle auf, und weit unten strömte trübes Wasser aus zwei riesigen Schleusentoren in einen breiten Betonkanal. Der Kanal beförderte das Wasser mehrere Hundert Meter weit und wurde dann zu einem reißenden Fluss, der sich in das umliegende Waldgebiet erstreckte.

Sie stiegen wieder ins Auto und fuhren über den Rest der Brücke, die sich einen knappen halben Kilometer über die gewaltige Staumauer spannte. Der Campingplatz lag ein Stück weiter an einer ruhigen Landstraße. Nur ein kleines Hinweisschild zeigte auf eine Lücke im Wald. Ein von Bäumen gesäumter Feldweg schlängelte sich zurück in Richtung des Stausees.

Der Campingplatz bestand aus einer von rauem Gras und Gestrüpp bewachsenen, zum Stausee hin abschüssigen Fläche von vielleicht hundert Quadratmetern. Am oberen Ende befand sich ein kleines, mit Brettern vernageltes Toilettenhäuschen, das an Bäume und Moorlandschaft grenzte.

»Hat Geraint gesagt, ob sie ein Feuer angezündet haben?«, fragte Tristan und betrachtete mehrere Brandspuren im Gras.

»Ich glaube nicht. Er hat erzählt, sie hätten einen kleinen Gaskocher dabeigehabt. Allerdings scheinen sie ihn nicht benutzt zu haben – es gab ja kalte Bohnen und Schokolade zum Abendessen«, erwiderte Kate.

»Was könnte Simon in der Nacht veranlasst haben aufzustehen?«

»Vielleicht musste er auf die Toilette. Oder er wollte jemanden anrufen.«

»Ich frage mich, ob die Polizei weiß, wo sein Handy ist«, sagte Tristan.

Sie gingen hinunter zu dem drei Meter hohen Metallzaun, der das Ufer des Stausees abgrenzte. Er war dick und stabil, mit einem Abschluss aus Stacheldraht. Dahinter führte ein etwa zehn Meter breiter Streifen aus Schlamm und Unrat zum Wasser, das an ihnen vorbei in Richtung des Kraftwerks floss. Es war grau und kalt. Das Licht schwand zusehends, und Nieselregen hing in der Luft.

»Der Zaun ist grundsolide«, stellte Kate fest, als sie daran rüttelte.

Sie sah auf die Armbanduhr. Mittlerweile hatten sie Sonnenuntergang. Ein Schauder lief ihr über den Rücken.

»Ganz schön unheimlich hier. Stell dir vor, du musst aufs

Klo, wachst mitten in der Nacht auf und musst rüber zu dem Toilettenhäuschen.«

Beide schauten hin. Das kleine Gebäude lag neben dem Feldweg und einer Reihe von Kiefern.

Sie steuerten darauf zu. Tristan holte sein Handy heraus und schaltete die Taschenlampe ein. Kate drückte gegen die Eingangstür. Nach einem Schubs öffnete sie sich quietschend. Es gab drei Kabinen, eine davon ohne Tür, und eine Reihe Waschbecken, verdreckt und mit Laub verstopft. Hoch an der hinteren Wand befand sich ein kleines, mit Brettern vernageltes Fenster aus Sicherheitsglas. Der Wind pfiff durch einen Spalt im Holz und wehte raschelnde Blätter über den Fliesenboden.

»Mieft genau, wie ich es erwartet habe.« Tristan zog den Kragen seines Pullovers hoch und bedeckte damit Mund und Nase. Kate folgte seinem Beispiel. Sie gingen an den ersten beiden Kabinen vorbei. Tristan leuchtete mit dem Handy hinein. Die erste Toilettenschüssel war zertrümmert, und es sah so aus, als wäre darin ein Feuer angezündet worden. Bei der zweiten Kabine hing die Tür halb von den Angeln. Vogelkot bedeckte den Boden und den Spülkasten. Die letzte Tür war geschlossen.

Ein Geräusch ließ Tristan und Kate erstarren. Es klang wie ein Schnarchen. Sie traten einen Schritt von der Tür zurück, doch sie reichte ohne Spalt darunter bis zum Boden.

Kate streckte die Hand aus, legte sie auf den Griff und drehte ihn – ohne Erfolg. Sie rüttelte daran.

»Haut ab«, rief eine männliche, schlaftrunken klingende Stimme.

Tristan und Kate zuckten heftig zusammen.

Scheiße, formten Tristans Lippen, als er von der Tür zurücktrat. Kate fragte sich, wer zum Teufel diese Toilette mitten im Nirgendwo an einem dunklen Oktoberabend benutzen würde.

»HAUT VERDAMMT NOCH MAL AB!«, brüllte die Stimme, und die Tür erzitterte, als würde von innen dagegengetreten.

Tristan befand sich bereits am Ausgang.

»Kate! Los jetzt!«, drängte er.

»Nein, komm zurück und bring die Taschenlampe mit!«

»Was?«, zischte Tristan ungläubig.

Kate war zwar mulmig zumute, aber logisch betrachtet konnte es sich nur um einen Obdachlosen handeln – der vielleicht etwas gesehen hatte. Sie zog eine kleine Sprühdose Pfefferspray aus der Tasche und zeigte sie Tristan. Pfefferspray war nicht unbedingt legal, trotzdem trug sie es immer bei sich. Tristan entspannte sich etwas, als er die Sprühdose sah. Kate brachte sie vor sich in Anschlag.

»Hallo. Ich bin Kate, und ich bin hier mit, äh, Tristan. Wir sind vom örtlichen Obdachlosenheim«, log sie.

Eine lange Pause entstand.

»Ich hab jedes Recht, hier zu sein. Ich versuch gerade zu schlafen«, erwiderte die Stimme.

Kate entspannte sich ein wenig. Was für ein armer Kerl, dass er in einem ekelhaften Toilettenhäuschen Unterschlupf suchen musste!

»Okay. Schon gut. Wir sind nur hier, um nach Ihnen zu sehen«, behauptete sie. Kate wechselte das Pfefferspray in die andere Hand, kramte in ihrer Handtasche und holte eine Flasche Wasser und einen Schokoriegel heraus. Beides hatte sie an der Tankstelle gekauft, als sie unterwegs zum Auftanken angehalten hatten. Auch einen Zwanzig-Pfund-Schein kramte sie hervor. Tristan stand mittlerweile wieder neben ihr.

»Wie heißen Sie?«, fragte Kate.

»Geht Sie nichts an!«

»Ich habe hier ein bisschen Essen und zwanzig Pfund … Können Sie die Tür aufmachen, damit ich es Ihnen geben kann?«

»Lassen Sie es draußen!«, gab die Stimme zurück. Der Mann hatte einen deutlich kornischen Akzent.

»Ich will hier draußen keinen Zwanzig-Pfund-Schein liegen lassen. Nicht dass den noch jemand anders wegnimmt«, entgegnete Kate.

Nach einer Weile ertönte ein Rascheln, dann ein Krachen wie von einem Stock auf dem Betonboden. Die Tür erzitterte. Es folgte ein Klirren, bevor sie aufschwang.

Kate verbarg das Pfefferspray schnell in der Handfläche. Ein Mann unbestimmten Alters lag auf dem Boden zwischen der Toilettenschüssel und der Wand. Er war dermaßen verdreckt, dass sein Gesicht eine orangefarbene Schattierung angenommen hatte. Der Mann hatte einen langen, verfilzten Bart und schulterlanges Haar, das er entweder zu einem Pferdeschwanz zurückgebunden oder nach hinten zusammengeknotet hatte – Kate konnte es nicht erkennen. Er trug etliche Kleidungsschichten, alle schmutzig und speckig, darüber einen zerrissenen Mantel. Mühsam stützte er sich auf einen Ellbogen und schaute blinzelnd zu ihnen hoch. In der Hand hielt er eine zerbrochene Flasche, die er ihnen als halbherzige Verteidigung entgegenstreckte.

»Wir wollen Ihnen nichts tun«, beruhigte ihn Kate.

Sie konnte nur einen seiner Füße mit einem braunen, abgewetzten Schuh sehen. Lange, dreckige Zehennägel lugten durch das löchrige Leder hervor. Dann bemerkte sie, dass im anderen Hosenbein am Knie ein Knoten prangte. Der Rest des Beins fehlte. Auf dem geschlossenen Toilettendeckel lag ein kleines Tuch ausgebreitet. Darauf befanden sich eine zerknüllte Zigarettenpackung, eine Schachtel Streichhölzer, drei Zwiebeln und ein kleines rotes Taschenmesser, verschmiert mit getrocknetem Schlamm.

»Tut mir leid, Sie zu stören«, sagte Kate. Kaum hatten die Worte ihren Mund verlassen, hörten sie sich dumm an. »Ich bin Kate, und das ist Tristan.«

»Das haben Sie schon gesagt!«, rief der alte Mann und

zuckte zusammen, als ihm die Taschenlampe ins Gesicht leuchtete.

Tristan senkte das Handy.

»Sorry, Kumpel, ich wollte dich nicht blenden«, entschuldigte er sich.

»Hier.« Kate hielt ihm die Wasserflasche und den Schokoriegel hin. Er schnappte sich beides und drehte es in den Händen, bevor er es ordentlich auf den Toilettendeckel legte.

Kate hatte recht gehabt. Der Mann war ein Obdachloser und hielt sich womöglich regelmäßig hier auf. Vielleicht hatte er etwas gesehen, als Simon und Geraint auf dem Campingplatz gewesen waren.

Sie ging in die Hocke und streckte ihm den Zwanzig-Pfund-Schein entgegen. Als er ihn nehmen wollte, zog sie ihn außer Reichweite zurück.

»Schlafen Sie oft hier?«

»Manchmal.«

»Ist hier auf dem Campingplatz viel los?«

»Nie. Nur in der Nacht ist es oft ein Kommen und Gehen …«

»Wie meinen Sie das?«

»Kids, die zum Saufen herkommen, Füchse und so 'n Lieferwagen. Der fährt immer runter zum Wasser«, sagte er.

»Was für ein Lieferwagen? Wann? Können Sie ihn beschreiben?«

»Ein weißer Lieferwagen … Weiß nicht genau. Ich versuch nur zu schlafen«, sagte der alte Mann.

»Kommt der Lieferwagen am Tag oder in der Nacht?«, fragte Kate und hielt den Zwanzig-Pfund-Schein näher zu dem Landstreicher.

»Ich bin nur nachts hier. Und kümmere mich um meinen eigenen Kram.«

»Das ist ein hübsches Taschenmesser«, merkte Tristan an.

Es glitzerte im Strahl der Taschenlampe, und Kate bemerkte eine Inschrift darauf. Sie streckte die Hand danach aus.

»Das gehört mir. Hab's gefunden«, erklärte der alte Mann und wollte es von der Toilettenschüssel nehmen.

»Ich gebe Ihnen diesen Zwanziger nur, wenn ich es mir ansehen darf«, sagte Kate. Der Obdachlose beäugte das Geld und ließ Kate das Taschenmesser ergreifen. Tristan rückte näher, um einen Blick darauf zu werfen.

Als Kate das Messer in den Händen drehte, erinnerte sie sich, dass ihr Bruder ein ähnliches gehabt hatte, mit dem er zu seinen Pfadfindertreffen gegangen war. Die winzige Klinge eignete sich höchstens, um Schnur durchzuschneiden oder einen Apfel zu schälen. Kate fingerte daran herum, bis es ihr gelang, die Klinge herauszuklappen. Wie beim Taschenmesser ihres Bruders war sie klein und hatte eine stumpfe Schneide. Den Griff verkrustete Schlamm. Sie rieb ihn weg. Darunter kam eine Gravur in winzigen Buchstaben zum Vorschein.

Für Simon zum zwölften Geburtstag.

Tristan und Kate wechselten einen Blick. Er hob das Handy an und schoss ein Foto davon.

»Wo haben Sie das gefunden?«, fragte Kate den Mann.

»Im Schlamm am Wasser. Was am Wasser rumliegt, hat jemand verloren oder weggeschmissen, also ist es kein Diebstahl! Es gehört mir. MIR!«

»Sie lügen. Da ist ein hoher Zaun, der den Campingplatz vom See trennt«, sagte Kate. Der Mann hatte den Blick nach wie vor auf den Zwanziger zwischen ihren Fingern geheftet.

»Man kann durch den Zaun rüber! Am Weg!«

»Wo?«

»Weiter vorn in Richtung Kraftwerk. Dort hab ich's im Schlamm gefunden. Sehen Sie nicht den scheiß Schlamm da drauf?«, rief der Obdachlose.

»Haben Sie irgendjemanden am Wasser gesehen, als Sie es gefunden haben?«, wollte Kate wissen.

»Ich geh da nicht runter, wenn ich irgendwelche Leute sehe. Sie patrouillieren mit Booten auf dem Wasser. Ich mag keine Leute. Menschen sind grausam.« Plötzlich streckte der Mann mit überraschender Geschwindigkeit den Arm vor und schnappte sich von Kate sowohl das Messer als auch den Zwanzig-Pfund-Schein. Er ließ beides in seinem Mantel verschwinden und packte wieder die zerbrochene Flasche mit den spitzen Zacken. »JETZT RAUS HIER, HÖRT IHR? RAUS!«, brüllte er und fuchtelte mit seiner improvisierten Waffe.

Kate und Tristan wichen aus der Toilettenkabine zurück. Der alte Mann knallte die Tür zu. Ein Klicken ertönte, als das Schloss gedreht wurde. Kate klopfte an die Tür, bekam aber keine Antwort mehr. Sie klopfte erneut und bat ihn inständig, die Tür wieder zu öffnen. Er reagierte nicht.

Schließlich verließen Kate und Tristan das Toilettenhäuschen. Als sie nach draußen traten, atmeten sie erleichtert den Geschmack der frischen Luft ein. Mittlerweile war es dunkel geworden, und es regnete stärker.

»Wir müssen bestätigen, dass Simon ein Taschenmesser hatte«, sagte Kate.

»Und wir sollten uns den Zaun ansehen«, ergänzte Tristan.

Sie setzten ihre Kapuzen auf und durchquerten die Wiese zurück zum Zaun. Die Turbinen des Kraftwerks schienen in höherer Tonlage zu brummen, und auf der anderen Seite rauschte das Wasser schneller vorbei.

Sie fanden zwischen den Bäumen eine Lücke, die nach rechts in Richtung des Kraftwerks abzweigte. Beide mussten die Taschenlampen ihrer Handys einschalten. Die Lücke führte zu einem schmalen Pfad. Das Dröhnen der Turbinen wurde lauter, und Kate entdeckte Reifenspuren im weichen Gras. Der hohe Zaun setzte sich links von ihnen fort.

Nach ein paar Hundert Metern verbreiterte sich der Weg zu einem Platz mit unebenem Untergrund, und im Umkreis von mehreren Metern gab es keine Bäume, nur den kahlen Metallzaun.

Sie gingen nah hin und begannen, den Zaun mit den Taschenlampen ihrer Handys zu untersuchen. Als Kate die Finger in die moosige Erde steckte, wo das Zaunpaneel auf den Boden traf, entdeckte sie ein kleines, am Paneel befestigtes Metallstück, eingehakt in einem kleinen Loch unten im Zaunpfosten.

»Hey, hier ist was«, sagte sie.

Tristan kam zu ihr. Eine Weile fingerten und zogen sie an dem Metallstück. Plötzlich sprang der Haken heraus, und das gesamte untere Paneel des Zauns löste sich. Sie konnten es anheben, wodurch eine Lücke von einem halben Meter entstand. Beide kauerten sich hin und krabbelten durch.

Auf der anderen Seite befanden sich ein moosbewachsenes Ufer und einige Bäume, zwischen denen ein Trampelpfad hinunter zum Wasser führte.

Sie kamen am schlammigen Ufer des Stausees heraus, wo der wechselnde Wasserstand jede Menge Müll ausgespuckt hatte.

»Der Mann hat gesagt, er hätte das Taschenmesser hier im Schlamm gefunden«, meinte Tristan.

»Wenn dem so ist, woher hat er von dem Trick mit dem Zaun gewusst?«, fragte Kate.

»Simon oder der Obdachlose?«

»Beide«, erwiderte Kate nachdenklich.

Sie schaute hinauf zu den beiden riesigen Kuppelgebäuden, in denen die Wasserkraftturbinen untergebracht waren. Die roten Lichter gingen synchron an und aus, um Flugzeuge zu warnen.

»Also, noch mal von vorn: Simon steht in der Nacht auf, verlässt das Zelt und geht spazieren …«, begann Tristan.

»Es ist dunkel. Und verdammt unheimlich. Er ist allein. Durcheinander. Er hat das Taschenmesser, aber das alberne kleine Ding ist bloß ein besseres Spielzeug. Vielleicht hat er auch einen der spitzen Zelthaken aus Metall mitgenommen, um sich schützen zu können und sich sicher zu fühlen«, spann Kate weiter.

»Er geht also hier runter und findet irgendwie eine Lücke im Zaun, um ans Wasser zu gelangen«, steuerte Tristan bei.

»Was, wenn jemand hier war und etwas am Zaun gemacht hat? Und Simon denjenigen gesehen hat?«, schlug Kate vor.

»Du meinst, er hat jemanden erschreckt, und der hat ihn angegriffen? Und am Ende wird Simon mit dem Zelthaken erstochen?«

»Ja.«

»Und wobei könnte Simon jemanden erschreckt haben?«, fragte Tristan.

Kate trat schweigend ans Ufer. Mittlerweile war es stockdunkel. Nur die Lichter des Kraftwerks spiegelten sich auf dem tiefschwarzen Wasser, das in Richtung der Turbinen strömte. So sehr sie auch nachdachte, sie kam doch nur zu einem Schluss.

»Am logischsten scheint mir im Moment zu sein, dass Geraint irgendwie beteiligt gewesen ist. Geraint und Simon hatten einen Streit, sind dabei im Wasser gelandet, und Simon hat versucht zu entkommen. Wenn er hier ins Wasser gegangen wäre, hätte er ganz schön gegen die Strömung ankämpfen müssen«, meinte sie zögernd. »Wäre Simon schwer verletzt gewesen, dann wäre er in Richtung der Turbinen gezogen worden. Du siehst ja, wie das Wasser zu den Schleusentoren gesaugt wird.«

Tristan nickte.

»Simon wäre bestimmt quer durch den Stausee auf die andere Seite geschwommen. Selbst wenn er anfangs die Orientierung verloren hätte, er hätte den nächstgelegenen Landepunkt anvisiert«, sagte Tristan und deutete zu den Bäumen direkt vor ihnen am gegenüberliegenden Ufer des Sees.

»Aber er ist über anderthalb Kilometer in die andere Richtung geschwommen, weg vom Kraftwerk. Das Adrenalin hätte ihn eine Weile befeuern können. Er schwimmt also vor etwas davon. Logisch wäre ein Boot. Und ein Boot hat ihn überfahren … Ich habe immer noch Mühe, mir vorzustellen, dass Geraint ihn angegriffen hat. Wir müssen noch mal mit dem Obdachlosen reden. Er hat gesagt, er hätte einen Lieferwagen gesehen, aber es könnte auch ein Boot involviert gewesen sein. Er könnte in der Nacht von Simons Tod entweder Simon oder Geraint gesehen haben«, sagte Kate.

25

Der Regen hörte auf, als Kate und Tristan zum Campingplatz zurückkehrten. Sie steuerten wieder das Toilettenhäuschen an und gingen hinein, aber inzwischen war die letzte Kabine leer, der Obdachlose verschwunden.

»Wie lange waren wir da unten?«, fragte Kate. »Ich fand, er hätte ausgesehen, als hätte er sich für die Nacht eingerichtet.«

»Die Verpackung des Schokoriegels hat er dagelassen, aber sein ganzes Zeug ist weg«, stellte Tristan fest, als er mit der Taschenlampe in die Kabine leuchtete.

»Wohin könnte er gegangen sein? Hier ist sonst kilometerweit nichts. Wir müssen ihn finden«, sagte Kate.

Von draußen ertönte das Brummen eines Automotors, und durch den Spalt der Bretter über dem Fenster oben an der Wand erhellten Scheinwerfer die winzige Toilettenkabine. Ein Fahrzeug kam draußen zum Stehen, aber der Motor lief weiter.

Kate sah Tristan an. Dann hallte ein ohrenbetäubender Schuss durch den kleinen Raum, und sie packte Tristan am Arm.

»Was zum …« In ihren Ohren klingelte es. Beide zuckten heftig zusammen, als ein weiterer Schuss fiel.

»Also gut! Sofort rauskommen!«, brüllte eine Männerstimme mit kornischem Akzent.

»Wer sind Sie?«, brüllte Kate zurück.

»Kommen Sie raus! Sie befinden sich unbefugt auf Privatbesitz«, sagte die Stimme. Die Autorität und Überzeugung darin ließen Kate vermuten, dass es sich um einen Polizisten handelte. »Raus jetzt! Zwingen Sie mich nicht reinzukommen!«

Kate trat zur Tür und verkündete, wer sie waren.

»Wir sind Dozenten an der Universität, keine Junkies oder Obdachlosen! Wir kennen unsere Rechte in Bezug auf Schusswaffen ...« Kate fürchtete, sie könnten versehentlich angeschossen werden.

Einen Moment lang herrschte Stille, dann hörten sie das Klicken eines Gewehrmagazins, das geöffnet wurde, gefolgt vom Klirren verbrauchter Patronenhülsen, die ausgeworfen wurden.

Kate nickte Tristan zu. Vorsichtig bewegten sie sich aus der Toilette ins grelle Licht der Scheinwerfer.

Kate hob die Hand, um die Augen abzuschirmen. Sie sichtete einen älter wirkenden Mann, eher klein, bekleidet mit Schießausrüstung und einer langen Wachsjacke. Seine Hängebacken ließen ihn wie Mitte sechzig wirken, obwohl sein streng gescheiteltes Haar tiefschwarz war. Breitbeinig stand er da, die aufgeklappte Waffe in der Armbeuge. Hinter ihm stand mit laufendem Motor ein schlammbespritzter alter Land Rover. »Was haben Sie hier unerlaubt verloren?«, fragte er und musterte sie von oben bis unten.

»Das ist öffentliches Gelände«, gab Kate zurück. Tristan hielt die Hände in die Luft gestreckt. Sie warf ihm einen Blick zu, und er ließ sie an die Seiten sinken.

»Der Campingplatz schon, aber wir haben einen Anruf vom Kraftwerk bekommen, dass sich zwei Personen am Ufer in der Nähe der Schleusentore herumtreiben. Das ist Privateigentum, und dort ist es sehr gefährlich. Sie hätten reinfallen können.«

Kate wollte etwas entgegnen, doch er fuhr nahtlos fort:

»Ihre Sicherheit ist mir scheißegal. Aber wenn Sie reinfallen und in den Turbinen enden, gäbe das ein übles Schlamassel, und wir müssten die Anlage abschalten.«

»Arbeiten Sie im Kraftwerk?«, fragte Kate. »Kann ich einen Ausweis sehen?«

Die Hintertür des Land Rover öffnete sich, und eine ältere Dame stieg aus. Sie erwies sich als erstaunlich groß, ragte genauso hoch auf wie Tristan. Die Frau trug einen plissierten Schottenrock, Gummistiefel von Barbour, eine Wachsjacke und ein Kopftuch. Auf den scharf geschnittenen Zügen prangte eine dicke Schicht Schminke.

»Wer sind Sie? Was Sie gemacht haben, war widerrechtliches Betreten. Darauf steht ein Bußgeld von zweitausend Pfund. Haben Sie zweitausend Pfund zu viel?«, fragte sie und zeigte anklagend mit einem Finger erst auf den Stausee, dann auf Kate und Tristan.

»Da drin hat ein alter Mann geschlafen«, sagte Kate.

»Was?« Die Frau verengte die Augen.

»Er hat gesagt, er wäre hungrig, und er wollte schlafen«, fügte Tristan hinzu. »Wir haben ihm einen Schokoriegel gegeben.«

»Wie heißen Sie?«

»Das ist öffentliches Gelände. Wir müssen Ihnen unsere Namen nicht sagen«, entgegnete Kate. Sie war jedes Mal entsetzt, wie arrogant sich viele wohlhabende und privilegierte Menschen aufführten.

»Sie haben sowohl mein Land als auch Regierungsbesitz unbefugt betreten. Das Kraftwerk erfüllt eine wichtige Funktion als öffentliches Versorgungsunternehmen. Und jetzt verpissen Sie sich, bevor wir Sie erschießen und Ihren Verwandten das Bußgeld in Rechnung stellen.«

»Ich bin Privatdetektivin. Mein Name ist Kate Marshall, und das ist mein Mitarbeiter Tristan Harper. Wir untersuchen den Tod von Simon Kendal. Seine Leiche wurde im August im Stausee gefunden.«

Das schien bei der Frau Wirkung zu erzielen.

»Richtig. Eine sehr traurige Angelegenheit. Aber darum kümmert sich die Polizei.«

»Wir untersuchen auch das Verschwinden einer anderen Frau, einer Professorin. Sie wurde zuletzt in der Nähe des Stausees gesehen. Darf ich fragen, ob die Polizei den Stausee nach ihr abgesucht hat?«

»Wer sind Sie noch mal?«, hakte die Frau nach und kam auf sie zu.

»Kate Marshall.«

Die Frau nahm dem Mann die Waffe ab.

»Hören Sie mir gut zu«, begann sie vorsichtig. Der Mann kramte in der Jackentasche und reichte ihr eine Schrotpatrone, die sie geschickt ins Lager einlegte. »Dies ist meine letzte Warnung. Wenn wir Sie noch einmal bei unbefugtem Betreten erwischen, rufen wir die Polizei und lassen Sie strafrechtlich verfolgen.« Der Mann reichte ihr eine zweite Patrone, die sie ebenfalls in die Waffe lud, bevor sie den Lauf zuklappte. »Habe ich mich klar ausgedrückt?« Sie gab dem Mann die Flinte zurück. Dann ging sie wieder zum Auto, stieg diesmal auf der Beifahrerseite ein und schloss die Tür.

»Ist das Ihr Auto?«, fragte der Mann und deutete mit dem Kopf auf Kates Ford.

»Ja.«

»Steigen Sie ein. Los.« Er richtete die Waffe auf sie.

»Eine Schusswaffe auf uns zu richten ist praktisch ein tätlicher Angriff«, klärte Kate ihn auf.

»Dann hüpfen Sie mal lieber schnell rein, bevor ich praktisch den Abzug drücke«, warnte er.

Tristan sah Kate an und bemühte sich, nicht verängstigt zu wirken. Sie gingen zu ihrem Auto hinüber und stiegen ein. Kate sah, dass der Mann den Lauf der Waffe sinken ließ, sie aber weiterhin beobachtete, als sie den Motor startete und losfuhr.

»Mein Gott«, stieß Tristan hervor und berührte zitternd sein Gesicht. »Dürfen die das?«

»Nein, aber es steht unser Wort gegen ihres.« Sie schaute in den Innenspiegel, wo die Bäume den Land Rover verdeckten. »Ich würde zu gern wissen, warum sie aufgekreuzt sind. Gibt's hier etwa keinen richtigen Sicherheitsdienst, der so etwas überprüfen würde?« Sie sah Tristan an. »Geht's dir gut?«

»Ja. Ich hab bloß noch nie aus nächster Nähe gehört, wie eine waschechte Schusswaffe abgefeuert wird«, gestand Tristan.

Motorgebrüll ertönte, und plötzlich tauchte der Land Rover auf dem Feldweg hinter ihnen auf, näherte sich ihnen rasant. Erst im letzten Moment, als sich die Motorhaube des anderen Fahrzeugs knapp hinter ihrer Stoßstange befand, bremste der Fahrer ab. Kate konnte im Spiegel seine grimmige Miene und die Umrisse der alten Frau auf dem verschatteten Beifahrersitz ausmachen.

Tristan schaute nervös zurück. »Lass sie überholen, Kate.«

Sie erreichten die Hauptstraße. Kate blieb ruhig und bog ab. Sie rechnete damit, dass der Land Rover an ihnen vorbeiziehen würde. Stattdessen blieb er sehr dicht hinter ihnen, berührte beinah ihre Stoßstange.

»Was soll das werden?«, fragte Tristan, als Kate die Fahrt verlangsamte und der Mann hinter ihnen die eigene Geschwindigkeit daran anpasste. Der Land Rover hatte das Fernlicht eingeschaltet, und Kate musste gegen das grelle, blendende Licht die Augen zusammenkneifen.

»Die wollen uns einschüchtern«, gab sie zurück.

Mehrere Minuten lang folgten sie im Schneckentempo den gewundenen Straßen. Kates Herz pochte wie wild. Als sie ein breites Tor auf der rechten Seite passierten, bog der Land Rover plötzlich in die Einfahrt, und sie wurden in Dunkelheit getaucht.

»Wo sind sie hin?«, fragte Tristan. Kate bremste, wendete, fuhr zurück zu dem Doppeltor und hielt davor an. »Vorsicht«, warnte Tristan.

Weit vorn konnte Kate die Rücklichter des Land Rover ausmachen, als er die Kuppe eines steilen Hügels erreichte. Dahinter zeichneten sich die Umrisse eines großen Gebäudes ab.

»Kannst du erkennen, was da auf dem Tor steht?«, fragte Kate.

»*Allways Manor House*«, erwiderte Tristan, der das Schild mit zusammengekniffenen Augen betrachtete.

26

»Meinst du, wir können das Foto verbessern?«, fragte Kate mit Tristans iPhone in der Hand. Es handelte sich um das Bild, das er von dem Taschenmesser in der Campingtoilette aufgenommen hatte. Tristan war es peinlich, und es ärgerte ihn, dass sich das Licht auf dem Metall gespiegelt hatte und die eingravierte Inschrift dadurch verschwommen war.

»Ich hab es schon verbessert«, gestand er, während er Gemüse für ein Pfannengericht hackte. Sie waren wieder bei Kate zu Hause. Als Dank dafür, dass er bei ihr übernachten durfte, hatte er angeboten, das Abendessen zu kochen. »Tut mir leid, dass ich das Foto vermasselt habe.«

»Ist nicht deine Schuld«, gab Kate zurück, legte sein iPhone weg und griff nach ihrem Handy. »Ich kläre das mit Lyn Kendal.« Sie wählte Lyns Nummer. Das Telefon zwischen Ohr und Schulter geklemmt öffnete sie den Kühlschrank. Tristan sah, dass er ziemlich spärlich bestückt war. Im obersten Fach stand ein großer Krug Eistee neben einer Untertasse mit Zitronenscheiben und ein paar Käsestücken. »Ich bin auf ihrer Mailbox gelandet.«

Kate legte auf und füllte ein Glas mit Eis aus einem Beutel im Tiefkühlfach. Tristan machte sich daran, eine rote Paprika zu hacken. Dabei beobachtete er, wie konzentriert sie das Glas vollschenkte, bevor sie es mit einer Zitronenscheibe garnierte. Sie trank einen ausgiebigen Schluck, schloss die Augen und seufzte. Als sie die Lider öffnete, schaute er schnell weg.

»Entschuldige. Meine Manieren. Möchtest du auch was zu trinken?«

»Hast du eine Cola?«, fragte er, während er die geschnittenen roten Paprika vom Schneidebrett in die Pfanne kippte. Ein angenehmes Zischen ertönte, gefolgt von einem köstlichen Geruch, und er rührte um. Sein Magen knurrte.

»Ja, hab ich. Jake scheint in dem Zeug zu baden, deshalb hab ich immer einen ganzen Vorrat davon.« Sie öffnete den Kühlschrank wieder und holte eine Cola aus dem untersten Schubfach.

»Warum hast du Lyn keine Nachricht hinterlassen?«, fragte Tristan, als er die Dose aufriss.

»Nachrichten können ignoriert werden oder eine Vorwarnung sein. Ich möchte ihr die Frage direkt stellen und hören, wie sie reagiert. Eine alte Gewohnheit. Bei der Polizei habe ich gelernt, dass es am besten ist, mit den Leuten zu reden …«

Kates Telefon klingelte.

»Ah, das ist Jake. Entschuldige mich bitte.«

Sie nahm ihr Getränk mit ins Wohnzimmer und setzte sich auf einen der Stühle am Fenster. Nach diesem seltsamen, langen Tag fühlte es sich eigenartig an, gemeinsam mit ihr heimzukommen. Tristan wusste, dass er letztlich in seine eigene Wohnung zurückkehren und sich Sarah stellen musste. Kate war toll, aber sie verbrachten so schon reichlich Zeit miteinander, und er wollte ihr nicht im Weg sein. Jetzt musste sie zum Telefonieren extra in ein anderes Zimmer gehen, und trotzdem schnappte er noch ungewollt ein paar Gesprächsfetzen ihrer Unterhaltung auf.

»Ich dachte, es wäre fix, dass du in den Semesterferien kommst. Die fangen nächste Woche an, Schatz. Das würde ich schon gern wissen, damit ich mich vorbereiten und entsprechend einkaufen kann.«

Tristan schnitt schnell ein paar Champignons in Scheiben und warf sie in die Pfanne, in der das Essen bereits vor sich hin köchelte. Er sah sich suchend um. Als Nächstes waren die

Nudeln dran. Aber Kate telefonierte noch, und es widerstrebte ihm, einfach in ihren Schränken zu stöbern.

Also regelte er die Hitze unter der Pfanne runter und setzte sich an den Tisch. Er klappte seinen Laptop auf und rief die Website der für vermisste Personen zuständigen Abteilung der Polizei auf, der sogenannten UK Missing Persons Unit. Er schlug sein Notizbuch auf, überprüfte seine Notizen und tippte »Ulrich Mazur« in das Suchfeld ein. Das Ergebnis kam prompt mit einem Foto. Ulrich erwies sich als gutaussehender Mann mit rotblondem Haar, blaugrauen Augen und einem breiten, runden Gesicht mit hohen slawischen Wangenknochen. Er lächelte – ein breites, herzliches Lächeln mit perfekten weißen Zähnen. Auf dem Bild trug er ein dunkles T-Shirt und sah sehr dünn aus. Unter der Vermisstenmeldung stand seine Beschreibung mit Daten. Bei einer Körpergröße von 1,80 wog er 70 Kilogramm.

Tristan bekam mit, dass Kate am Telefon mittlerweile mit jemand anderem redete. Das Gespräch schien etwas hitziger zu werden, und sie wiederholte mehrfach: *»Ich weiß, Ma. Es war nicht meine Schuld, hörst du?«*

Kates Küche schloss offen ans Wohnzimmer an. Tristan überlegte, ob er mit dem Laptop nach oben gehen sollte, aber er wollte das Essen nicht unbeaufsichtigt lassen. Also blieb er und widmete sich dem zweiten Namen, den Rachel ihnen genannt hatte. Er tippte »Sally-Ann Cobbs«. Ein Ausweisfoto, das beinah so wirkte, als wäre es unter Zwang entstanden, wurde am Bildschirm angezeigt. Sally-Ann sah darauf sehr zierlich aus und zog eine Grimasse. Sie hatte mattbraunes Haar, ein Mausgesicht und Akne auf den Wangen. Bei ihrem Verschwinden war sie siebzehn Jahre alt gewesen. Ihm fiel ein, was Rachel darüber gesagt hatte, dass Sally-Ann mit sechzehn Jahren das Kinderheim verlassen und sich allein in der Welt durchschlagen musste. Dabei dachte er unwillkürlich an

Sarah und sich selbst. Beim Tod ihrer Mutter war er fünfzehn gewesen, Sarah achtzehn. Wäre es nur wenige Jahre früher passiert, hätte man sie beide in ein Heim gesteckt. Ein Zischen vom Herd her riss ihn aus seinen Gedanken. Er stand auf und ging hinüber, um das Essen umzurühren.

Kate hatte ihr Gespräch beendet und kam zurück in die Küche. Seufzend ging sie zum Kühlschrank und füllte ihr Glas auf. Tristan fragte sich, ob er ihr zur Last fiel.

»Hör mal, morgen kannst du mich wieder los sein. Ich muss sowieso nach Hause, mir gehen die sauberen Sachen aus«, sagte er.

»Nein, du kannst ruhig bleiben. Ich hab zwei Gästezimmer, und ich bin eh nicht mehr sicher, ob Jake in den Semesterferien überhaupt kommt … Er trifft sich jetzt mit einem Therapeuten. Einer der Lehrer an seiner Schule hat davon erfahren, dass wir Simon Kendals Leiche im Stausee gefunden haben. Jetzt ist die Schule der Meinung, er sollte mit jemandem darüber reden«, erklärte Kate.

»Das ist gut, oder?«

»Schon, ja. Aber anscheinend besteht der Therapeut darauf, dass Jake regelmäßig zu den Sitzungen kommt, die immer mittwochs sind. Was bedeutet, dass er mich nicht wie geplant für eine Woche besuchen kann. Außerdem hat Jake Freunde gefunden, mit denen er was unternehmen will.« Kate stellte ihren Eistee ab und rieb sich die Augen. »Wer weiß? Vielleicht benutzt er den Therapeuten auch nur als Ausrede, um nicht herzukommen …«

Tristan merkte, dass bei Kate eine Menge Emotionen unter der Oberfläche brodelten, was ihre Beziehung zu Jake anging. Seine eigene Mutter hatte wegen Alkohol und Drogen einen Großteil seiner Kindheit verpasst. Soweit er wusste, war Kate trocken geworden, als Jake noch sehr klein war, aber ihre Mutter hatte sich geweigert, ihr das Sorgerecht für Jake zurückzugeben. Es war eine komplizierte Situation, und er wusste nicht alles. Aber Kate war eine anständige Frau, die ihr Leben aus eigener Kraft auf die Reihe gebracht hatte. Sie verdiente es, ihren Sohn zu sehen.

»Das Essen ist fertig«, verkündete Tristan.

»Riecht wunderbar.« Kate schien dankbar für den Themenwechsel zu sein.

»Ich hab Ulrich und Sally-Ann gefunden«, sagte Tristan und deutete zum Laptop, während er das Pfannengericht auf zwei tiefe Teller verteilte.

Kate betrachtete die Bilder.

»Diese Fotos, die sie für vermisste Personen verwenden, die gehen mir echt immer unter die Haut«, gestand Kate. »Als sie aufgenommen wurden, hätte niemand gedacht, dass die Polizei sie irgendwann mal für einen Aufruf oder zum Gedenken verwenden würde …« Sie starrte einen Moment länger auf den Bildschirm. »Ich war mir schon sicher, dass Rachel die Wahrheit gesagt hat, aber hier haben wir die offizielle Bestätigung.«

Sie setzten sich an den Tisch.

»Willst du immer noch mit dieser Kirstie reden?«, fragte Tristan.

»Ja. Nach dem Essen versuche ich noch mal, sie anzurufen. Wäre interessant, sie zum Reden zu bringen und zu sehen, mit was für weiteren Einzelheiten sie herausrückt. Sofern sie nicht lügt … Morgen haben wir nur einen halben Tag, das weiß ich, danach ist Reading Week. Hast du Lust, online ein wenig über den Shadow Sands Stausee und das *Hedley House* zu recherchieren? Außerdem will ich herausfinden, ob es noch mehr Geschichten über vermisste Personen gibt. Und ich will wissen, wer die Frau mit dem Schrotflinten-Fahrer war.«

27

Magdalena hatte auf dem Betonboden immer wieder das Bewusstsein verloren, doch jetzt war sie wach. Ihre Nase und ihr Kopf pochten vor Schmerzen.

Sie versuchte, auf ihren Herzschlag zu hören, um abzuschätzen, wie viel Zeit verging, doch jedes Mal, wenn sie bis zwanzig mitgezählt hatte, kam sie vor Hunger und Erschöpfung durcheinander. Irgendwann wurden die Kopfschmerzen heftiger, und Magdalena konnte nicht mehr durch die Nase atmen. Sie setzte sich auf und lehnte sich an die Kante des Betonbetts. Ihre Füße und Beine fühlten sich taub an. Sie verlagerte das Gewicht von einer Seite zur anderen und kämpfte gegen die panische Angst an, gelähmt zu sein. Doch schließlich kehrte das Gefühl in ihre Beine zurück.

Normalerweise wurde ihr vom Stechen und Kribbeln übel, wenn eine eingeschlafene Gliedmaße wieder zum Leben erwachte, doch das war ihr ausnahmsweise egal. Sie rappelte sich auf und wankte zum Waschbecken, wusch sich behutsam das Gesicht und befreite zumindest ein Nasenloch. Sie trank. Und trank. Das köstliche kalte Wasser schärfte ihren Verstand. Als sie den Hahn zudrehte, herrschte wieder Stille im Raum. Angestrengt lauschte sie auf irgendwelche Geräusche von oben. Sie versuchte, das Pochen ihres Herzens und die Laute ihrer Mundatmung auszublenden.

Ein paar Mal schien Zugluft über ihr nasses Gesicht zu wehen, und sie zuckte zusammen, streckte die Hand aus, weil sie dachte, der Mann wäre bei ihr im Raum.

Magdalena fühlte umher, krallte durch die Luft vor ihr, neben ihr, entdeckte aber nichts und niemanden. Sie ging zurück in den Korridor, tastete die Wände und die Umgebung ab, untersuchte noch einmal die kleine Toilette und gelangte schließlich wieder zu den Aufzugtüren. Sie fühlten sich kalt an. Magdalena legte das Ohr daran und lauschte.

Nichts.

Sie schob die Fingernägel in den Spalt zwischen den Türen, dann zog und drückte sie so verbissen, dass einer der Nägel bis weit ins Nagelbett abbrach.

Ein gequälter Aufschrei entfuhr ihr, bevor sie sich den Finger in den Mund steckte. Der Nagel hing halb vom Finger. Die scharfe Kante stand eingerollt vom Nagelbett ab, das zu bluten begann.

Magdalena fing an zu weinen. Was würde sie im Augenblick nicht für eine Nagelschere geben. Sie kaute auf dem Nagel herum und schaffte es, die Hälfte davon abzubeißen, dennoch blieb ein Niednagel zurück. Sie rutschte an den Stahltüren entlang hinab und setzte sich auf den Betonboden.

Ihr fiel eine schreckliche Geschichte ein, die ihre Freundin Gabriela von der Universität ihr erzählt hatte. Gabriela war eines Nachts auf dem Heimweg von der Bibliothek attackiert worden. Sie war durch eine angenehme, begrünte Gegend gegangen, als ein älterer Mann in Joggingaufmachung angehalten und sie nach dem Weg gefragt hatte. Er war recht attraktiv und wirkte höflich und normal. Aber kaum hatte er ihre Aufmerksamkeit erlangt, stürzte er sich auf sie und schleifte sie in eine schmale Gasse zwischen ein paar Häusern.

Magdalena hatte nie verstanden, warum sich Gabriela nicht gewehrt hatte. Und wenn sie ehrlich sein wollte, hatte sie ihre Freundin dafür verurteilt, dass sie sich von dem Mann vergewaltigen ließ, ohne größeren Widerstand zu leisten.

Ich habe ihn machen lassen. Habe ihn … machen lassen. Die Worte hatte Magdalena als so schrecklich empfunden. Nun befand sie sich selbst in einer grauenhaften Lage, von der sie wusste, sie würde sie nicht überleben. Wenn dieser Mann ihr das Leben nehmen wollte – würde sie ihn machen lassen, was er wollte, bevor er sie tötete? Würde er sie dann weniger verletzen?

Ihr Vater hatte Magdalena und ihre Schwester immer dazu ermutigt, sich zu verteidigen, sollten sie je in einen Kampf verwickelt werden. Aber ihr Vater war mit Brüdern aufgewachsen. Er dachte wie ein Mann. Ihr Vater hatte sich immer einen Sohn als Ergänzung der Familie gewünscht. Jungs brachte man bei zu kämpfen. Aber sollte man Mädchen deshalb beibringen, sich einfach tot zu stellen? Magdalena war immer eine Kämpfernatur gewesen, doch die grauenhafte, furchterregende Lage, in der sie sich befand, ließ sie anders denken. Wie konnte sie Gabriela verurteilen, obwohl ihre Freundin nur versucht hatte zu überleben?

Zuvor war Adrenalin durch ihre Adern geströmt. Plötzlich schien es zu versiegen, und sie fühlte sich ausgelaugt. Tatsächlich hatte sie sich noch nie so müde gefühlt. Sie lehnte sich mit dem Rücken an die Wand und drückte sich an die Stelle, wo die Mauer auf den Boden traf.

Schlaf nicht ein! Du darfst nicht schlafen!, rief eine eindringliche Stimme in ihrem Kopf. Aber sie atmete ein und aus und wurde von einem Gefühl der Wärme überflutet.

Magdalena erwachte frierend und war mit einem Mal hellwach. Sie schluckte und spürte Sabber seitlich am Mund. Ein leises Geräusch ließ sie den Atem anhalten. Es kam aus dem Raum. Magdalena streckte die Hände aus. Sie lag auf dem Bett … Wie war sie auf das Bett gelangt?

Ein Schuh scharrte auf dem Boden. Ein kurzes Einatmen. Das Geräusch, wenn jemand schluckt. Hatte *sie* gerade geschluckt? Nein. Es war jemand anders. Stand der Mann über ihr? Oder befand er sich weiter weg und beobachtete sie aus einem Winkel des Raums?

Vor ihrem geistigen Auge erschien das Gesicht ihres Vaters. Die Dunkelheit war so undurchdringlich, dass sie selbst dann Dinge in ihrem Geist sehen konnte, wenn sie die Augen öffnete. Nutzlos schaute sie in der Finsternis hin und her.

Steck nie den Daumen in die Faust, wenn du jemanden schlägst!, warnte ihr Vater.

Dann sah sie Gabriela, die schlaff in jener Gasse lag, wie Magdalena es sich so oft vorgestellt hatte. Mit dem Vergewaltiger auf ihr. Die Augen weit aufgerissen, umgeben von einer sich ausweitenden Blutlache, während er zustieß.

Magdalena schloss die nutzlos blinzelnden Augen und wappnete sich für einen Kampf. Sie spürte nicht, wie er sich ihr näherte, aber sie nahm wieder einen schwachen chemischen Geruch wahr.

»Willst du die Sterne berühren?«, sagte eine Stimme unmittelbar neben ihrem Ohr.

Als Magdalena erschrocken nach Luft schnappte, atmete sie die Chemikalie ein und spürte das Fläschchen unter ihrer Nase. Das Bett schien sie zu verschlingen, und sie bekam nichts mehr mit.

28

Nach den Vorträgen am Vormittag nahmen Kate und Tristan etwas zu essen mit in ihr Büro und begannen, den Shadow Sands Stausee online zu recherchieren. Dabei stellten sie fest, dass er Teil eines größeren Areals mit Land und Gebäuden war, das der Adelsfamilie Baker gehörte. Als die Familie in den 1940er Jahren in Schulden schlitterte, bestand ihre Lösung darin, den durch ihren Besitz fließenden Fowey aufzustauen und eine Talsperre zur Erzeugung von Strom aus Wasserkraft zu bauen. Im Jahr 1953 wurden sechs Dörfer und das umliegende Ackerland geflutet, um den Damm und das Kraftwerk zu errichten.

Außerdem fanden sie heraus, dass die Frau, die am Vortag auf dem Campingplatz aufgetaucht war, Silvia Baker hieß und mit ihren zweiundachtzig Jahren die älteste noch lebende Nachfahrin der Familie Baker verkörperte. Zusammen mit ihren Neffen Thomas, einundfünfzig, und Stephen, zweiundvierzig, sowie ihrer vierzigjährigen Nichte Dana war sie Eigentümerin der Shadow Sands Corporation. Den Namen des Mannes mit der Schrotflinte konnten sie nicht in Erfahrung bringen.

Sie hatten »Ulrich Mazur« und »Sally-Ann Cobbs« zusammen mit »Shadow Sands Stausee« als Suchbegriff gegoogelt, aber keine Ergebnisse erhalten, die sie irgendwie mit dem See in Verbindung brachten. Stattdessen fand Kate im Internet eine Menge über eine lokale Protestgruppe namens Right to Roam Alliance. In der letzten Stunde hatten sie sich die Suchergebnisse durchgesehen.

»Diese Allianz scheint es auf die Familie Baker abgesehen zu haben«, sagte Kate. »Es gibt dazu jede Menge Einträge – Proteste und Petitionen gegen das Wasserkraftwerk, weil es die Umwelt schädigt. Außerdem scheint es einen langjährigen Streit über mehrere öffentliche Fußwege zu geben, die über das Anwesen und neben dem Stausee verlaufen. Anscheinend hat Silvia Baker vor zwei Jahren einigen Wanderern auf dem Fußweg in der Nähe ihres Hauses, Allways Manor, ihre Rottweiler auf den Hals gehetzt. Das Gericht hat sie zu einer Geldstrafe verurteilt, und die Hunde mussten eingeschläfert werden.«

»Die armen Tiere«, meinte Tristan. »Übrigens, die Right to Roam Alliance hat einen eigenen YouTube-Kanal. Da ist ein Nachrichtenbericht aus dem Jahr 1991 über Leichen, die im Wasser gefunden wurden.«

Kate setzte sich zu Tristan aufs Sofa. Er klickte auf ein Video mit dem Titel *Dritte Leiche im Shadow Sands Stausee gefunden 03/03/1991*.

Es handelte sich um einen Bericht der Lokalnachrichten. *Ein Bericht von Penny Layton* hieß es am oberen Bildschirmrand. Eine junge Journalistin mit blauer, wetterfester Jacke stand auf der Wiese des Campingplatzes. Zu ihrer Linken befand sich das Toilettenhäuschen, das 1991 noch deutlich neuer und sauberer ausgesehen hatte. Die Wolken hingen tief am Himmel. Draußen auf dem Wasser hievte gerade ein Bergungsteam in einem Boot mit einer Winde einen Leichensack aus dem Wasser.

»Die Leiche einer jungen Frau wurde während einer Routinepatrouille von einem der Wartungsmitarbeiter entdeckt, die den Stausee regelmäßig kontrollieren«, berichtete Penny. »Die Shadow Sands Corporation steht seit einigen Monaten unter Druck, die Nordseite des Stausees einzuzäunen. Es handelt sich um die dritte Leiche in drei Jahren – vor zwei Jahren fand man eine junge Frau, und letzten Sommer ertrank der neunjährige Peter Fishwick, während er mit seiner Familie zum Zelten hier war.«

»Sieh mal. Das ist noch aus der Zeit, bevor der Zaun am Wasser aufgestellt wurde«, merkte Kate an.

Es folgte ein Schnitt auf Penny Layton vor einem Pub auf dem Land. Die Reporterin eilte auf eine deutlich jünger aussehende Silvia Baker zu, die in einen Land Rover steigen wollte. Silvia trug einen weinroten Mantel mit passendem Pelzbesatz. Das kastanienbraune Haar hatte sie zu einem strengen Dutt zusammengesteckt. Die Tür wurde ihr von demselben bulligen Mann aufgehalten, der Kate und Tristan mit der Schrotflinte bedroht hatte.

Silvia wirkte unbehaglich, als Penny ihr ein Mikrofon unter die Nase hielt.

»Silvia Baker, können Sie einen Kommentar zu der Leiche abgeben, die im Stausee gefunden wurde?«

»Ich bedauere zutiefst, dass diese junge Frau ertrunken ist«, sagte sie.

»Die Polizei hat die Todesursache noch nicht bestätigt«, erwiderte Penny.

»Richtig. Aber etwas anderes kann ich mir nicht vorstellen …«

»Das ist die dritte Leiche, die in drei Jahren im Stausee gefunden wurde …«

»Wir kooperieren jedenfalls auf allen Ebenen mit den Behörden. Mehr kann ich dazu nicht sagen.«

»Die Right to Roam Alliance hat sich wiederholt dafür eingesetzt, dass die Nordseite des Stausees eingezäunt wird. Übernimmt die Shadow Sands Corporation die Verantwortung für den Tod der jungen Frau, falls die Todesursache als Ertrinken eingestuft wird?«

Silvias Nasenflügel blähten sich.

»Wir kämpfen seit vielen Jahren dafür, den Campingplatz an einen sichereren Ort zu verlegen. Aber es gibt dafür ein öffentliches Wegerecht, und die Öffentlichkeit scheint darauf zu bestehen, es zu nutzen. Und wer darauf besteht, es zu nutzen, der muss auch Verantwortung für die eigene Sicherheit übernehmen. Es ist eine sehr deutliche Beschilderung vorhanden, die untersagt, ins Wasser zu gehen …«

»Da verliert sie gerade die Beherrschung«, kommentierte Tristan.

»Die Menschen müssen Verantwortung für die eigene Sicherheit übernehmen!«, rief Silvia in dem Video abermals.

»Wollen Sie damit sagen, sie sind selbst schuld? War es Peter Fishwicks Schuld, dass er ertrunken ist? Er war neun Jahre alt.«

Der Fahrer mit dem schwarzen Haar half Silvia hinten in den Wagen, dann legte er die Hand über das Kameraobjektiv.

Das Video endete abrupt.

»Moment«, sagte Kate, griff sich ihren Computer und googelte. »Mal sehen, Peter Fishwick … Sein Tod *wurde* später als Unfalltod durch Ertrinken eingestuft. Der arme Junge.«

»Da ist noch ein Video, zwei Jahre später datiert.« Tristan zeigte in den YouTube-Suchergebnissen darauf. Es hieß *Shadow Sands Stausee Gerichtsverfahren 06/07/1993*.

Kate klickte auf den Link.

Das Video begann vor dem Amtsgericht in Exeter. Silvia Baker kam aus dem Gebäude und stapfte die Stufen zu ihrem Auto herab. Derselbe Mann mit dem schwarzen Haar öffnete ihr die Tür. Die Kamera holte sie ein, als sie sich auf dem Rücksitz des Autos niederließ. Sie streckte die Hand aus, schob das Objektiv weg und schlug die Tür zu.

Der Fahrer stieg hastig ein, und das Auto fuhr mit quietschenden Reifen davon, vorbei an einer Gruppe von Demonstranten, die selbstgemachte Schilder schwenkten: *Macht Shadow Sands sicher! Schützt unsre Wegerechte! Wir haben ein Recht auf freies Wandern!*

Penny Layton wurde vor den Demonstranten und mit dem Gerichtsgebäude im Hintergrund gezeigt.

»Nach einem langwierigen Gerichtsverfahren verlor die

Shadow Sands Corporation ihre letzte Berufung und wurde angewiesen, einen drei Kilometer langen Zaun um die Nordseite des Stausees zu errichten«, sagte sie. »Man geht von Rechts- und Baukosten in der Größenordnung von drei Millionen Pfund aus. BBC *Spotlight* erhielt heute Zugang zu dem Projekt und konnte einen Blick auf den Schwerlastzaun werfen, der entlang der Nordseite des Stausees aufgestellt wird. Die Geschwister Baker haben heute sogar mit angepackt!«

Es folgte ein Schnitt zu Penny Layton, die neben zwei Männern und einer Frau stand. Sie sahen aus wie Mitte zwanzig, trugen alle Jeans, schwere Stiefel und verdächtig sauber aussehende Warnwesten.

»Lord Baker, wenn ich mit Ihnen anfangen darf«, sagte Penny Layton zu dem ersten jungen Mann. Er war groß und schlank und trug das dunkle Haar zur Seite gescheitelt.

»Bitte nennen Sie mich Thomas«, erwiderte er verlegen. Seine Ausdrucksweise klang gewählt.

»Thomas. In den vergangenen fünf Jahren sind drei Menschen in dem Stausee ertrunken. Warum hat es so lange gedauert, diesen Zaun zu errichten?«

»Wir setzen uns schon lange dafür ein, dass diese Seite des Stausees für die Öffentlichkeit gesperrt wird«, erklärte Thomas. »Sie wird selten genutzt, aber es gibt eine kleine Anzahl von Menschen, die darauf bestehen, dass er für freies Wegerecht offen bleiben muss«, fügte er hinzu. Er schien ein ernster junger Mann zu sein und senkte den Blick zu Boden. Offenbar war ihm die auf ihn gerichtete Kamera unangenehm.

»Penny. Wenn ich etwas einwerfen darf …«, meldete sich der junge Mann neben ihm zu Wort. Penny schwenkte das Mikrofon zu ihm. Er war äußerst attraktiv, hatte blondes Haar und eine etwas geckenhafte Frisur. »Ich bin der jüngere Baker, Stephen. Der Ersatzerbe sozusagen … Wir errichten hier einen äußerst starken Zaun für die Sicherheit der Öffentlichkeit. Die

Right to Roam Alliance hat sich wirklich ungeheuerlich verhalten. Unsere Familie ist zur Zielscheibe hasserfüllter Drohungen und aller möglichen Verunglimpfungen geworden. Ich dachte immer, Wanderer und Spaziergänger wären nette Leute, dabei sind sie genauso schlimm wie Terroristen!«

»Wir sollten uns auf das Positive konzentrieren«, ergriff Dana Baker das Wort und beugte sich zum Mikrofon, um ihren Bruder zum Schweigen zu bringen. Sie war zierlich und hatte einen blonden Bubikopf. »Es hat uns zutiefst beunruhigt, dass die Right to Roam Alliance diesen Fall vor Gericht so lange hingezogen hat. Diese Unfälle hätten vermieden werden können. Aber heute setzen wir einen positiven Schritt hin zu einem Ort, den die Öffentlichkeit gefahrlos genießen kann.«

Im Bericht wurde eine Reihe von Videos eingeblendet, die verschiedene Demonstranten mit Transparenten und T-Shirts der Right to Roam Alliance zeigten. Im ersten schrien und tobten sie wegen Pferden bei einer örtlichen Jagd. Im zweiten protestierten sie vor dem Gericht in Exeter. Im letzten Video sah man eine Gruppe von Demonstranten auf dem Campingplatz. Sie ließen ein riesiges Floß aus Holz ins Wasser, auf dem sich irgendein Material türmte. Johlend zündeten sie das Material an, und das brennende Floß wurde von der Strömung in Richtung der Wasserkraftturbine gezogen, bis es in der Schleuse verschwand.

»Wir haben die Right to Roam Alliance kontaktiert, die jedoch zu keiner Stellungnahme bereit war«, schloss Penny Layton ihren Bericht ab.

Kate und Tristan schwiegen einen Moment lang.

»Wir müssen die Namen der beiden Frauen herausfinden, deren Leichen man im Stausee gefunden hat«, sagte Kate schließlich. »Die erste Frau muss 1989 entdeckt worden sein. Der Junge ist im Sommer 1990 ertrunken, und in dem Video sieht es so aus, als wäre die Leiche der Frau am 3. März 1991 aus dem Stausee gebogen worden.«

»Wir haben also Magdalena, die in der Nähe des Stausees verschwunden ist«, sagte Tristan. »Das war einen knappen halben Kilometer vom Wasser entfernt und steht demnach nicht direkt mit dem See in Verbindung. Dann haben wir Simon Kendal, den du letzten August gefunden hast. Ulrich Mazur ist im Oktober 2008 auf dem Heimweg vom *Hedley House* verschwunden, Sally-Ann Cobbs im November 2009.«

»Sieben Personen und vier Leichen. Oder drei. Ich habe das Gefühl, dass hinter dem Tod dieses neunjährigen Jungen etwas anderes steckt. Er dürfte eher versehentlich ertrunken sein. Wir müssen es herausfinden«, meinte Kate.

»Besteht eine Verbindung zwischen ihnen? Oder wollen wir nur eine Verbindung sehen?«, stellte Tristan zur Diskussion.

»Statistisch gesehen könnte es rund um einen Stausee schon zu Unfällen kommen, vor allem bei Nebel«, räumte Kate ein. »Leute, die auf der Straße entlanggehen, könnten sich bei schlechter Sicht verirren, ins Wasser fallen und ertrinken. Aber wenn der Stausee regelmäßig von Wartungsbooten kontrolliert wird, warum sollten sie die Leichen dann nicht finden? Wird ein Körper nicht beschwert, dann treibt er auf dem Wasser …« Auf dem Schreibtisch klingelte Kates Handy. Sie griff hinüber und warf einen Blick auf das Display. Dann sah sie Tristan an. »Es ist Kirstie. Die junge Frau aus dem Pub, die erzählt hat, sie wäre entführt worden.«

29

Kate hatte mit Kirstie Newett für Freitagabend ein Treffen in einem Starbucks in Frome Crawford vereinbart, einem Ortsteil am Rand von Exeter. Als Kate ankam, saß Kirstie bereits an einem ruhigen Tisch in der Ecke. Sie hob sich von den Studenten ab, die an ihren Laptops arbeiteten. Von dem Gespräch mit Rachel im *Wild Oak* wusste Kate, dass Kirstie Mitte zwanzig war, aber sie sah älter aus. Sie trug schwarze Leggings, schmuddelige weiße Turnschuhe und eine hellblaue Fleecejacke mit pelzgefütterter Kapuze. Das blonde Haar hatte sie aus der breiten, hohen, glänzenden Stirn zurückgekämmt. Es ließ ein paar Zentimeter nachwachsendes Schwarz erkennen.

»Danke, dass Sie sich mit mir treffen«, sagte Kate, als sie es sich mit ihren Getränken gemütlich gemacht hatten. »Was hat Sie dazu bewogen, mit mir zu reden?«

»Rachel vom *Wild Oak* hat mich angerufen. Sie hat mir erzählt, was los ist«, erwiderte Kirstie. »Und ich habe Sie gegoogelt. Hab gelesen, was man online über Sie findet. Wie sich alle gegen Sie gewandt haben, nachdem Sie herausgefunden hatten, dass Ihr Boss bei der Polizei dieser Serienmörder war. Sie haben es schwer gehabt.«

»Ich bin immer noch besser dran als die meisten Menschen«, erwiderte Kate.

»Niemand hat mir geglaubt, was mir passiert ist. Ich dachte mir, wenn ich mit Ihnen rede, habe ich vielleicht das Gefühl, nicht verrückt zu sein.«

Kate nickte.

»Sind Sie eine richtige Privatdetektivin?«

»Ich mache das nebenbei. Stört es Sie, wenn ich mir Notizen mache?«

»Nein, schon okay«, sagte Kirstie. Sie stellte immer wieder kurz Blickkontakt her und schaute dann weg. Außerdem wippte sie unablässig nervös mit einem Bein. Kate fragte sich, ob sie auf irgendwelchen Drogen war. Aber Kirsties Pupillen wirkten normal, und Kate konnte keinen Alkohol an ihr riechen. Stattdessen verströmte sie einen muffigen Geruch von alten Körperausdünstungen und Zigarettenrauch.

»Können wir mit dem Datum anfangen, an dem es passiert ist, falls Sie sich daran erinnern?«, fragte Kate.

»Ich bin in der Nacht damals im *Hedley House* gewesen. Das war Ende September 2009«, begann Kirstie. »Ich hab zu der Zeit im *Wild Oak* gearbeitet und nebenbei noch Leuten die Nägel gemacht, Sie wissen schon, von zu Hause aus. Davor hatte ich jahrelang irgendwelche lausigen Jobs, aber zumindest hatte ich irgendwann genug gespart, um mir eine Ausrüstung zu kaufen. Man braucht eine UV-Lampe, den ganzen Nagellack plus Zubehör. Da kommt eine Menge zusammen. Als ich damit angefangen habe, war ich arbeitslos und dachte mir, ich könnte einfach Nägel machen und mir mit der Zeit einen Kundenstamm aufbauen. Aber irgendein Miststück hat mich beim Arbeitsamt angeschwärzt, und mir wurden die Leistungen gekürzt. Als das passiert ist, bin ich ins *Hedley House* gegangen. Ich bin die ganze Nacht geblieben und war am Ende sturzbetrunken.«

»Waren Sie mit irgendjemandem zusammen dort?«

Kirstie schüttelte den Kopf.

»Die Mädels von der Arbeit haben gesagt, sie würden an dem Abend da sein, und ich dachte, ich würde sie dort sehen. War auch so … Aber bis zum Ende der Nacht hatten sich alle entweder einen Kerl geangelt oder waren schon nach Hause gegangen. Ich hatte noch einen Fünfer in der Tasche und habe

Zigaretten gebraucht. Also hab ich beschlossen, zu Fuß nach Hause zu gehen – ich hab damals in Ashdean gewohnt.«

»Hatten Sie das davor schon mal gemacht?«

»Ab und zu, ja. Haben viele im Sommer gemacht, wenn es heiß war. War sonst auch immer lustig, weil meistens eine ganze Gruppe zurück nach Ashdean gedackelt ist. Aber in der Nacht war es echt kalt für September. Ich war also zu Fuß auf der Straße unterwegs. Einige Autos sind an mir vorbeigefahren, aber niemand hat angehalten. Dann ist dieser Nebel aufgekommen. Ich bin so auf der Straße gelaufen, dass mich der entgegenkommende Verkehr sehen konnte, halt wie man es machen soll. Aber ich musste auf den Seitenstreifen ausweichen, weil der Nebel so dicht wurde, dass die Autos langsam an mir vorbeigekrochen sind. Dann hat eines angehalten.«

»Wo?«

»Ich weiß nicht. An irgendeinem Rastplatz.«

»Waren Sie bereits am Shadow Sands Stausee vorbei?«

»Ich denke schon. Aber ich war sternhagelvoll, und es war unheimlich nebelig. Bin auch ein paar Mal hingefallen und wäre fast im Graben gelandet. Und dann stand da dieses Auto am Straßenrand.«

»Was für ein Auto war es?«

»Ein heller Kombi. Drinnen hat Licht gebrannt, und auf dem Fahrersitz war ein alter Mann. Er hat das Fenster runtergelassen und schien sehr nett zu sein. Ein Einheimischer, hatte den richtigen Akzent dafür. Er hat mich gefragt, ob ich verrückt wäre, zu Fuß zu gehen. Mir war eiskalt – ich hatte nur einen knappen Rock und ein Oberteil an. Keine Jacke. Ich weiß noch, wie angenehm es im Auto war, als er das Fenster runtergelassen hat – die warme Luft ist mir entgegengeweht.«

»Wie genau hat er ausgesehen?«

»Er hatte eine flache Mütze auf. Darunter haben etliche graue Haare hervorgelugt, als wären sie zu lang geworden und müssten dringend wieder mal geschnitten werden. Und er hatte eine große Nase, wie ein Zwerg. Buschiger Bart und Schnurrbart. Eine dicke Brille, durch die seine Augen groß gewirkt haben. Und die Augen hatten eine merkwürdige Farbe, so ein bläuliches Violett …«

Sie verrückte ihren Stuhl ein wenig, senkte den Blick auf den Tisch und fingerte an ihrem Kaffeebecher aus Pappe.

»Alles in Ordnung? Sollen wir aufhören?«, fragte Kate.

Kirstie sah sich im Starbucks um. Die Gäste wurden allmählich weniger. Nur noch ein paar Studenten blieben und arbeiteten mit aufgesetzten Kopfhörern an ihren Laptops.

»Nein. Mir geht's gut.«

»Was ist dann passiert?«

»Er hat gefragt, wohin ich will und ob er mich mitnehmen soll. Dabei hat er einfach nur alt und tattrig gewirkt, nett halt. Ich hab ihm eine falsche Adresse genannt, weil ich besonders schlau sein wollte – damit er mich ein paar Straßen von meiner Wohnung entfernt absetzt. Dann bin ich neben ihm eingestiegen und hab die Tür zugemacht. Er hat alle Türen verriegelt. Ungefähr eine halbe Minute lang war er still. Ich werde nie vergessen, wie er sich mir danach zugedreht hat. Seine Stimme hat völlig anders geklungen, als er gefragt hat: ›Willst du die Sterne berühren?‹ Plötzlich hat er sich zu mir herübergelehnt und mir eine kleine Flasche unter die Nase gehalten. Er hat mich am Hinterkopf festgehalten und mich gezwungen, daran zu riechen.«

»Was glauben Sie, was es war? Poppers?«

»Nein. Etwas Stärkeres. PCP, Angel Dust. Ich war ja schon betrunken, und dadurch hatte ich auf einmal das Gefühl zu fliegen. Alles ist an mir vorbeigerast, und ich muss wohl ohnmächtig geworden sein. Später bin ich in irgendeinem Raum aufgewacht.«

»Wo?«

»Weiß ich nicht. Es war stockfinster …«, sagte sie. Ihr Bein wippte schneller, ihre Finger zitterten.

»Ist schon gut«, sagte Kate und ergriff ihre Hände. Kirstie zog sie rasch zurück. Dabei rutschte einer ihrer Ärmel hoch, und Kate erhaschte einen Blick auf Narben quer über das Handgelenk. Hastig zog Kirstie den Ärmel wieder herunter.

»Waren Sie schon mal an einem Ort, der so dunkel war, dass es keinen Unterschied gemacht hat, ob Sie die Augen offen oder geschlossen hatten? Es war einfach nur pechschwarz. Man konnte nicht das Geringste sehen. Wirklich gar nichts.«

Kate dachte an einen Schulausflug nach Frankreich zurück. Damals hatten sie eine Höhle besucht, und ihr Führer hatte für ein paar Sekunden das Licht ausgeschaltet. Sie erinnerte sich noch lebhaft daran, welche Angst sie in dieser kurzen Zeit pechschwarzer Finsternis ausgestanden hatte.

»Ja.«

»In dem Raum stand ein Bett, und in der Ecke war ein Waschbecken mit funktionierendem Wasser. Ich hab aus dem Hahn getrunken. Außerdem waren da noch ein Korridor und ein paar andere Räume, glaube ich. Gesehen hab ich sie nie. Ich hab mich nur durch die Gegend getastet.«

»Wie lange waren Sie dort?«

»Keine Ahnung. Tage. Am Ende des Gangs war ein Aufzug.«

»Woher wussten Sie, dass es ein Aufzug war?«

»Ich konnte dieses Geräusch hören, das Aufzüge verursachen. Und irgendwann, als ich mich gerade wieder durch die Umgebung getastet habe, kam der Aufzug runter, und die Türen sind aufgegangen …« Kirstie hielt kurz inne, um tief durchzuatmen. »In der Dunkelheit kam ein Mann aus dem Aufzug«, fuhr sie schließlich fort.

»Sind Sie sicher, dass es ein Mann war?«

»Er hat wie ein Mann gerochen.«

»Ein unangenehmer Geruch?«, hakte Kate nach.

Kirstie nickte.

»Verschwitzt. Alter Schweiß.«

»Hat er Ihnen wehgetan?«

»Am Anfang nicht. Ich bin weggerannt. Dabei bin ich gestürzt und hab mich verletzt. Und dann … hat er mich gejagt.«

»Sie gejagt?«

»Er hat mich beobachtet, ist mir gefolgt. Ein paar Mal konnte ich fühlen, wie er mich berührt hat … Ich habe es zugelassen … Dachte mir, das würde ihn vielleicht davon abhalten, mir wehzutun.«

»Wie lange hat das gedauert?«

»Hat sich wie Stunden angefühlt. Dann musste ich wieder an der Droge schnüffeln, an der Chemikalie, und als ich aufgewacht bin, war er weg.«

»Wie oft hat er das gemacht?«

»Ich weiß nicht, vielleicht drei-, viermal.«

»Im Verlauf von mehreren Tagen oder Stunden?« Kate vermutete, dass der Mann seine Opfer einige Tage lang festhielt.

»Ich weiß nicht. Angefühlt hat es sich nach Tagen.«

»Wie sind Sie entkommen?«

»Gar nicht. Ich wurde echt krank, hatte Fieber und Halluzinationen. Dann hat er mich gewürgt. Ich erinnere mich nicht mehr an alles, aber er hat mich in eine Ecke gedrängt, mich an der Kehle gepackt und zugedrückt, bis ich das Bewusstsein verloren habe. Keine Ahnung, ob er mich für tot gehalten hat. Jedenfalls bin ich später in einem Auto aufgewacht. Es war Nacht, die Scheiben im Auto waren alle beschlagen, und ich war in ein Laken eingewickelt. Irgendwie hab ich es aus dem Auto geschafft. Ich weiß noch, dass da ein Hinweisschild für den Shadow Sands Campingplatz war. Und dieses dröhnende Geräusch vom Kraftwerk. Er war draußen und hat mich ins Wasser gejagt …«

»Wie hat der Mann ausgesehen? War es derselbe, der Sie mitgenommen hat?«

»Ich weiß es nicht. Meine Kehle war so geschwollen. Mir waren Blutgefäße in den Augen geplatzt. Alles war verschwommen. Ich hab ihn nur als Umriss wahrgenommen, weder groß noch klein. Ich bin einfach ins Wasser gerannt und drauflos geschwommen.«

»Sind Sie vom Auto zum Wasser gelaufen? Waren da Bäume zwischen Ihnen und dem Wasser?«

»Da war ein Zaun mit einem Loch drin.«

»Ist er Ihnen zum Wasser gefolgt?«

»Ja, aber ich bin weit hinausgeschwommen. Dann hab ich das Geräusch eines Bootsmotors gehört. Das Wasser war richtig kalt, aber die Luft warm. Dadurch ist dieser Dampf oder Nebel von der Oberfläche aufgestiegen. Der Anblick war wunderschön … Und es klingt vielleicht dumm, aber deswegen wollte ich weiterleben. Es hat in mir den Wunsch geweckt, die Sonne wieder aufgehen zu sehen und ihre Wärme im Gesicht zu spüren. Also bin ich weitergeschwommen, bis zur anderen Seite. Ich konnte hören, wie das Boot immer näher kam, aber der Nebel wurde dichter und hat mich versteckt.

Ich war überrascht, als ich das Ufer auf der anderen Seite erreicht habe. Da war eine Stelle, an der die Äste der Bäume so tief herabhingen, dass sie sogar das Wasser berührten. Ich hab mich an einem festgehalten und bin dort geblieben. Keine Ahnung, wie lange. Ich konnte das Motorboot eine Weile hin und her fahren hören. Irgendwann wurde es still. Da bin ich aus dem Wasser gestiegen und durch den Wald gelaufen. Als ich an der Straße angekommen bin, hab ich ein Auto angehalten … Das war ein Fehler. Fast so schlimm wie das Einsteigen in das Auto im Nebel.«

»Warum?«

»Der Fahrer war ein Polizist. Außer Dienst.«

»Können Sie sich an seinen Namen erinnern?«, fragte Kate.

»Ja. Arron Ko.«

Kate erstarrte mit dem Kaffeebecher in der Hand. »Sind Sie sicher, dass er so geheißen hat?«

»Ja. Er war Asiate. Ich erinnere mich genau an den eigenartigen Namen. Er hat sein Abzeichen vorgezeigt, als wir im Krankenhaus angekommen sind. Die Ärzte schienen zu wissen, wer er war. Er hat dafür gesorgt, dass mich sofort jemand untersucht hat. Ich war entsetzt, als ich mich im Spiegel gesehen habe. Da waren grausige Blutergüsse um meinen Hals. Meine Augen waren fast rot, weil mir so viele der Blutgefäße darin geplatzt waren. Ich hatte eine Niereninfektion. Der Arzt hat mir zugehört, war freundlich und hat ein paar Tests gemacht. Dann wurde ich auf eine Station gebracht und in ein Bett verfrachtet. Da bin ich eingeschlafen.«

An der Stelle fing Kirstie an zu weinen und wischte sich mit Servietten die Augen ab.

»Ich weiß nicht, wie lange ich geschlafen habe, aber als ich am nächsten Tag aufgewacht bin, hat mich eine Krankenschwester zum Waschen gebracht und mir saubere Klamotten gegeben. Dann hat man mich in einen Krankenwagen verfrachtet und mir gesagt, dass ich in die Geschlossene eingewiesen werde. Die Ärzte hatten mich als wahnhaft diagnostiziert … Ich wollte wegrennen, hab geschrien und gebrüllt, so gut ich konnte. Meine Kehle war völlig im Eimer. Dann haben sie mich in eine Zwangsjacke gesteckt und mir eine Spritze gegeben.«

»Haben Sie den Polizisten noch mal wiedergesehen?«

»Nein. Ich bin in einer Nervenklinik aufgewacht. Eine geschlossene Anstalt in der Nähe von Birmingham. Sie haben mich mit Medikamenten vollgepumpt, und da ist bei mir der Faden gerissen.«

»Wie lange waren Sie in der geschlossenen Anstalt?«

»Fast vier Monate. Bei meiner Rückkehr hatte ich meine

Wohnung verloren. Man hat mich in einer Pension untergebracht, bis man eine Sozialwohnung für mich auftreiben konnte.«

Einen Moment lang wusste Kate nicht, was sie sagen sollte. Sie war verblüfft, dass die junge Frau Arron Kos Namen genannt hatte.

»Hat es je einen offiziellen Polizeibericht mit Ihren Anschuldigungen gegeben?«

»Das weiß ich nicht.«

»Sind Sie noch mal zur Polizei gegangen und haben Anzeige erstattet?« Kirstie lehnte sich zurück.

»Haben Sie eigentlich zugehört, was ich Ihnen gerade erzählt habe? Ein Mann hat mich eingesperrt und unter Drogen gesetzt, und niemand wollte mir glauben. Das hat mir irgendein verdammter Bulle angetan. Ich hab alles verloren. Glauben Sie ernsthaft, ich wäre zurück zum Revier getrabt, um dort eine beschissene Anzeige zu erstatten?«

»Tut mir leid, Sie haben recht. Das war eine dumme Frage«, räumte Kate ein.

Kirstie schüttelte den Kopf und starrte kurz auf den Tisch.

»Glauben Sie mir?«, fragte sie und schaute herausfordernd zu Kate auf.

»Ja, das tue ich.«

Kirstie nickte.

»Gut. Denn es ist alles wahr … Diese junge Frau, Magdalena. Sie ist vor fünf Tagen verschwunden, oder?«

»Ja.«

»Als mich der Polizist ins Krankenhaus gebracht hat, hab ich erfahren, dass zehn Tage vergangen waren, seit mich der Mann im Nebel betäubt hatte. Er hat mich zehn Tage bei sich behalten. Suchen Sie nach der Frau?«

Kate war nicht darauf vorbereitet, dass die Unterhaltung so schnell auf Magdalena übergehen würde.

»Ich wusste nicht, dass Sie so lange gefangen gehalten worden sind.«

Kirstie beugte sich vor und ergriff Kates Hand.

»Versprechen Sie mir, dass Sie diese Magdalena finden. Ich bin von so vielen Männern im Stich gelassen worden – von Polizisten, Sozialarbeitern, Ärzten … So oft habe ich daran gedacht, einfach alles zu beenden. Vielleicht habe ich es deshalb nicht getan, weil mir vorherbestimmt war, mit Ihnen zu reden und Ihnen meine Geschichte zu erzählen.«

Kate nickte.

»Also versprechen Sie es?«, bohrte Kirstie nach.

»Ich verspreche es«, sagte Kate. Und hoffte, sie würde es halten können.

30

Nachdem Kate das Büro verlassen hatte, um sich mit Kirstie zu treffen, erhielt Tristan eine Textnachricht von Sarah:

Ich wohne bis zur Hochzeit bei Gary.

Kein einleitendes »Hallo«, kein »Bis dann« am Schluss, keine Smileys. Die Unversöhnlichkeit in ihrer Nachricht missfiel ihm zwar, aber vielleicht würde ihnen beiden ein bisschen Abstand guttun. Er verließ das Büro und kehrte nach Hause zurück, schlüpfte in seine Joggingklamotten und brach zu einem Lauf entlang der Küste auf, vorbei an der Spielhalle und raus aus Ashdean. Vom Laufen bekam er immer den Kopf frei.

Zurück zu Hause duschte er ausgiebig, zog sich an und bereitete sich Spaghetti auf Toast zu. Er setzte sich damit ins Wohnzimmer und genoss die Stille. Dann holte er seinen Laptop und begann mit der Suche nach den Namen der beiden jungen Frauen, die man 1989 und 1991 im Stausee treibend gefunden hatte. Nach einiger Recherche fand er sie: Fiona Harvey und Becky Chard. Beide stammten aus armen Verhältnissen. Fiona wurde in der Zeitung als arbeitslos beschrieben und war in einem Kinderheim aufgewachsen. Auch Becky war zum Zeitpunkt ihres Verschwindens arbeitslos gewesen und stammte aus einem alleinerziehenden Elternhaus.

Tristan erstellte eine Liste aller Opfer, sowohl der vermissten als auch der gefundenen. Er fing mit Magdalena an und arbeitete sich in der Zeit nach hinten.

Er war noch mit der Liste beschäftigt, als Kate anrief, um

ihm mitzuteilen, dass sie das Treffen mit Kirstie beendet hatte und gerade zurück nach Ashdean fuhr. Er fragte, ob sie zum Essen vorbeikommen wollte, und fügte hinzu, dass Sarah nicht da sein würde.

Als Kate bei Tristan zu Hause eintraf, bereitete er ihr einen Tee und Toast zu. »Was ist mit den Kisten?«, fragte sie, als sie sich mit dem Teller auf das Sofa setzte.

»Zollfreier Alkohol für Sarahs Hochzeit … Oh. Mist. Stört dich das?«

Tristan sah, wie Kate die Kisten mit Smirnoff Wodka und Teacher's Whisky beinah sehnsüchtig betrachtete.

»Hast du Eistee da?«, fragte sie.

»Ich müsste noch eine Flasche Lipton haben«, sagte er und eilte in die Küche. Er füllte Eis in ein Saftglas und goss Eistee ein. Dann fügte er noch eine Scheibe Zitrone hinzu, wie er es bei Kate zu Hause beobachtet hatte. Sie wirkte erleichtert und dankbar, als er ihr das Glas brachte.

»Du bist ein Engel«, sagte sie, bevor sie einen ausgiebigen Schluck trank.

Während sie ihren Toast aß, erzählte sie ihm Kirsties Geschichte.

»Arron Ko? Großer Gott«, entfuhr es Tristan. »Glaubst du, sie irrt sich?«

»Wie viele ältere asiatische Polizisten kann es in Devon und Cornwall geben? Inzwischen vielleicht ein paar mehr, aber das liegt schon ein paar Jahre zurück«, erwiderte Kate.

»Bedeutet das, wir können Henry Ko nicht vertrauen?«

»Ja.«

»Und dieser Kerl hat Kirstie zehn Tage lang in völliger Dunkelheit eingesperrt?«, fragte Tristan nach.

Kate nickte und trank mehr von ihrem Eistee.

»Magdalena ist seit fünf Tagen verschwunden«, sagte sie.

»Glaubst du, diese Kirstie sagt die Wahrheit?«

»Ich habe schon mit vielen Verbrechern und vielen Opfer von Verbrechen gesprochen. Wenn sie gelogen hat, dann unglaublich gut.«

»Aber denk dran, was Rachel aus dem Pub gesagt hat: Sie *ist* eine gute Lügnerin.«

»Aber das ist etwas anderes, als zu behaupten, dass man ein neues Auto hat … Ist noch Eistee da?«, fragte Kate.

Tristan nahm ihr Glas entgegen und füllte es auf. Als er zurück ins Wohnzimmer kam, betrachtete sie gerade die Liste, die er erstellt hatte.

- *Magdalena Rossi – (Professorin) verschwunden am 14.10.2012*
- *Simon Kendal – (Student) Leiche im Stausee gefunden am 30.08.2012*
- *Sally-Ann Cobbs – (Reinigungskraft) verschwunden Ende November 2009*
- *Ulrich Mazur – (Gelegenheitsarbeiter) verschwunden zwischen 20. und 31. Oktober 2008*
- *Fiona Harvey – (arbeitslos) Leiche im Stausee gefunden am 03.03.1991*
- *Peter Fishwick – (9 Jahre alt) tagsüber ertrunken im Stausee, Vater hat versucht, ihn wiederzubeleben, August 1990*
- *Becky Chard – (arbeitslos) Leiche im Stausee gefunden am 11.11.1989*

Kate nahm das Glas Eistee von Tristan entgegen, stürzte die Hälfte in einem Zug hinunter, schloss kurz die Augen und atmete dann tief ein. Ihre Hände zitterten.

»Alles in Ordnung?«, fragte er.

Kate öffnete die Augen.

»Ja. Ich glaube, ich bin einfach nur müde, ausgelaugt …«

Kate betrachtete erneut die Liste. »Peter Fishwick können wir wohl verwerfen. Sein Tod war ein schrecklicher Unfall. Er ist vor den Augen seiner Eltern ertrunken …« Tristan strich Peter Fishwick von der Liste. »Simons Tod ist zu schnell für den Unbekannten gegangen, der diese Leute entführt, falls das dahintersteckt. Ich habe seine Leiche zwei Tage nach seinem Verschwinden gefunden. Da war er erst seit rund einem Tag oder etwas länger tot, also fällt er aus dem Muster.«

»Was ist das Muster?«

Kate umklammerte ihr Glas mit beiden Händen und holte tief Luft. »Einkommensschwache, arbeitslose Personen mit wenig oder gar keiner Familie. Personen, die praktisch niemand vermisst …«

»Aber das Muster passt nicht zu Magdalena. Sie ist Dozentin, gut situiert. Und wenn es der Täter auf einen bestimmten Typ abgesehen hat, dann müsste er seine Opfer davor erst kennenlernen. Magdalena ist neu in Ashdean … Ich habe über den Bauern nachgedacht, Barry Lewis, der den Pfotenabdruck auf Facebook gepostet hat. Ich hab ihn recherchiert. Er ist erst seit achtzehn Monaten in Großbritannien. Davor hatte er eine Farm in Auckland.«

Kate nickte. Sie wollte einen weiteren Schluck trinken, doch das Glas war bereits leer.

»Bleib sitzen«, sagte Tristan. »Ich hole dir Nachschub.«

Tristan nahm ihr Glas entgegen und ging in die Küche. Er wollte kein Drama daraus machen, dass Kate so heftig zitterte, aber es beunruhigte ihn. Erlebte sie gerade eine Art Entzug? War sie rückfällig geworden? Er bereitete ihr einen weiteren Eistee zu und brachte ihn ihr.

»Ich fürchte, mir ist das Eis ausgegangen«, entschuldigte er sich.

Kate saß mit zurückgelegtem Kopf auf dem Sofa und rieb sich die Augen.

»Ich glaube, ich bin bloß müde und hab niedrigen Blutzucker«, meinte sie. »Wäre ein Glücksfall, wenn es der Bauer wäre. Dann könnten wir den Fall lösen, Magdalena finden und … Ich weiß auch nicht … weitermachen.«

Weitermachen womit?, dachte Tristan. Aus seiner Sicht hatte Kates Gespräch mit Kirstie ihnen einen Durchbruch verschafft. Immerhin hatte die Frau den Namen Arron Ko genannt und somit einen hochrangigen Polizeibeamten ins Spiel gebracht.

»Ich habe noch mehr recherchiert, während du mit Kirstie zusammen warst«, sagte er verhalten.

»Gut. Was hast du herausgefunden?«, fragte Kate und trank einen weiteren ausgiebigen Schluck Eistee.

»Ich habe mir diese Right to Roam Alliance angesehen. Soweit ich das beurteilen kann, haben die sich aufgelöst. Aber der Kopf dahinter, Ted Clough, hat *auch* beim Shadow Sands Stausee gearbeitet. Er war für die Wartungsboote zuständig. Vor ein paar Jahren wurde er gefeuert. Danach hat er das Unternehmen wegen unrechtmäßiger Kündigung verklagt und den Prozess verloren. Ich denke, wir sollten versuchen, mit ihm zu reden. Vielleicht hat er irgendetwas gesehen, als er noch am Stausee gearbeitet hat.«

Kate nickte und rieb sich die Augen.

Tristan fand, dass sie unheimlich blass aussah. »Ich kann ihm eine Nachricht schicken. Er ist auf Facebook«, schlug er vor.

»Ja. Ist einen Versuch wert«, meinte Kate. Sie stellte das Glas ab und sammelte ihre Sachen ein.

»Kate. Alles in Ordnung?«

»Ja. Ich denke, ich brauche einfach ein bisschen Schlaf«, erwiderte sie. »Schick ihm eine Nachricht, ich rufe dich morgen früh an. Nach einem Nickerchen bin ich sicher wieder in Form. Gute Arbeit«, fügte sie noch hinzu, bevor sie ging.

Kate verließ Tristans Haus und fuhr die Küste entlang. Der Wind wehte heftig vom Meer herein, und Kate musste die Scheibenwischer einschalten, um die Gischt zu bekämpfen.

Für die Fahrt nach Hause folgte sie normalerweise der Strandpromenade, die dann in die Landstraße stadtauswärts überging. Als sie das Ende der Promenade erreichte, ertappte sie sich dabei, nach rechts zu blinken. Die Straße verlief zurück auf die Hauptstraße, und Kate wurde langsamer, als sie an den Studentenkneipen und Nachtclubs vorbeifuhr. Es war Freitagabend, und in den hell erleuchteten Lokalen herrschte Hochbetrieb. Die bunten Lichter spiegelten sich in der Gischt an den Rändern ihrer Windschutzscheibe. Das Dröhnen von Musik drang gedämpft ins Auto. Kate sah Gruppen lachender Studenten entlang der Hauptstraße, herausgeputzt für eine vergnügliche Nacht.

Die Liste der Namen hatte etwas in Kate losgetreten. Sie hatte sie dazu gebracht, sich zu fragen, was zum Teufel sie hier eigentlich tat. Kate dachte an das Versprechen, das sie Kirstie gegeben hatte – das Versprechen, Magdalena zu finden. Warum hatte sie das getan? Wurde sie allmählich weich im Kopf? Als Polizistin hätte sie ein solches Versprechen *niemals* abgegeben.

Kate erreichte eine auf Grün geschaltete Ampel, aber eine Gruppe junger Frauen wartete darauf, die Straße zu überqueren. Also hielt Kate an und beobachtete, wie sie auf hohen Absätzen vor ihrem Auto über die Kreuzung stöckelten. Eine der Frauen hatte langes dunkles Haar, in der Mitte gescheitelt, eine andere kurzes blondes Haar, eine dritte eine rote Mähne. Kate beneidete sie um ihre Sorglosigkeit.

Die Dunkelhaarige drehte sich auf dem Weg über die Straße um, sah Kate an und winkte ihr zum Dank. Kate nickte und lächelte.

Als ein Auto hinter ihr hupte, fuhr sie wieder an. Sie hätte nicht noch bei Tristan vorbeischauen sollen, wo sie sich nach dem Gespräch mit Kirstie eh schon so erschöpft gefühlt hatte. Die Liste und all die Kisten mit Alkohol hatten etwas in ihr ausgelöst.

Für wen hältst du dich eigentlich?, sagte eine innere Stimme zu ihr. *Das hast du längst hinter dir gelassen. Du bist keine Polizistin mehr. Vor zwei Jahren, als der Zeitpunkt richtig gewesen wäre, hattest du nicht den Mumm, es als Privatdetektivin zu versuchen … Jake ist praktisch erwachsen. Der Zug ist abgefahren. Von einem Opfer wurde gerade ein hochrangiger Polizeibeamter als verdächtig bezeichnet. Du weißt doch noch, wie es ausgegangen ist, als du das letzte Mal einen krummen Bullen zu Fall bringen wolltest …*

Die Semesterferien haben begonnen.

Du musst morgen früh nicht aufstehen, Kate. Oder übermorgen oder überübermorgen.

Na los, gönn dir einen richtigen Drink. Du verdienst ein bisschen Vergnügen im Leben.

Du hast versucht, eine gute Mutter zu sein. Hast versucht, hart zu arbeiten und erfolgreich zu sein, aber es hat nicht geklappt.

Du hast es zumindest versucht.

Na los, jetzt genehmige dir endlich einen verdammten Drink!

Und ehe sich Kate versah, bog sie schon auf den kleinen Parkplatz neben dem *Oak Cask*, einem der älteren Pubs am oberen Ende der Hauptstraße.

Nach dem Haupteingang folgte eine Innentür aus gesprungenem Sicherheitsglas. Der Gastraum wirkte mit seinem klebrigen Teppichboden und den ausgebleichten Holztischen ziemlich heruntergekommen. Das Lokal erwies sich als etwa halb voll, hauptsächlich Einheimische und Gewohnheitstrinker. Kate steuerte auf die Bar zu. Ihr Körper schien auf Autopilot zu laufen. Das *Oak Cask* war bei den Studenten nicht sonderlich beliebt, deshalb war an der Theke genug Platz. Sie ließ sich auf einem Hocker nieder.

»Was darf ich Ihnen bringen?«, fragte die Barkeeperin, eine junge Frau mit gepiercter Nase und kurzem, grün gefärbtem Haar. Kate öffnete den Mund und holte tief Luft. »Ich sagte, was kann ich Ihnen bringen?«, wiederholte die Frau deutlich ungeduldiger. Ein älterer Mann am anderen Ende der Theke stieß einen Pfiff aus und hielt einen Zehn-Pfund-Schein hoch.

»Jack Daniel's. Pur. Einen Doppelten, bitte. Mit viel Eis und einer Scheibe Limette«, hörte sich Kate sagen.

Bevor sie darüber nachdenken konnte, wurde das kleine Glas mit karamellfarbener Flüssigkeit bereits vor ihr auf der Theke abgestellt. Das Eis darin klirrte. Der alte Mann pfiff erneut.

»Los, Süße, schwing die Titten und komm in die Gänge«, forderte er die Barkeeperin auf.

Kate atmete gedehnt aus, legte die Hände um das Glas voll Whiskey und hob es an.

31

Magdalena döste. Es fühlte sich an, als wäre sie tief unter Wasser, warm und geborgen, während der Sturm, die Realität ihrer Gefangenschaft, über ihr an der Oberfläche tobte.

Sie träumte von ihrer Heimat Italien, von dem kleinen Dorf am Comer See, in dem ihre eng verbundene Familie lebte. Was ihre Mutter und ihr Vater wohl gerade machten? Und ihre jüngere Schwester?

Wieder und wieder dachte sie an die letzte Nacht vor ihrer Abreise nach England und den Streit zwischen ihrer Mutter und ihrer Großmutter vor dem offenen Koffer. Ihre *nonna* hatte darauf bestanden, ein schweres Nudelholz und ein Holzgestell zum Trocknen von Nudeln einzupacken. Die besten italienischen Köche benutzten keine Nudelmaschine, sondern ein Nudelholz.

Die Erinnerung daran lief erneut vor Magdalenas innerem Auge ab.

Ihre Mutter hatte das Nudelholz immer wieder herausgenommen und erklärt, dass Magdalena nicht unbeschränkt Platz hätte und für den Koffer eine Gewichtsobergrenze gälte. Ihre *nonna* hatte es immer wieder hineingelegt. Und Magdalena gab lieber nicht zu, dass sie in England getrocknete Nudeln kaufen würde.

Sie sah wieder alles vor sich: Ihre Sachen lagen auf der Bettdecke mit dem Kornblumenmuster neben dem Koffer zum Packen bereit: ihre Kleidung, Gummistiefel für Strandspaziergänge, ihre Bücher, der Laptop, mehrere Packungen ihrer Lieblingspralinen von Baci. *Baci* – das bedeutete »Küsse«. In der weichen Mitte befand sich eine Haselnuss. Und in jedem mit blauer und silberner Folie verpacktem Stück versteckte sich ein Zettelchen mit einer von der Herstellerfirma gedruckten »Liebesbotschaft«.

Während sich Magdalena alle Details ins Gedächtnis rief, pochte und schmerzte ihr Kopf noch von ihrem Zusammenstoß mit der Seite des Betts. Sie hatte davon eine Platzwunde am Haaransatz davongetragen. Auch ihre Atemgeräusche hörte sie. Doch die pulsierenden Schmerzen und die Atmung blieben getrennt von den Erinnerungen, die in ihrem Inneren fortlebten. Das Pochen fühlte sich an wie von einem Hammer, der einen Nagel in etwas schlug. Magdalena verweilte währenddessen tief unter der Oberfläche und beobachtete ihre Mutter und ihre *nonna*, wie sie sich über den Koffer zankten, gestikulierten und mit den Händen fuchtelten. Das Nudelholz wanderte weiter abwechselnd in den Koffer und wieder heraus.

Magdalenas kleine Schwester Chiara saß neben ihr am Fußende des Betts und ließ die Beinchen mit weißen Sandalen an den Füßen baumeln. Chiara war sechs Jahre alt und wunderschön in ihrem leuchtend gelben Trägerkleid. Während sich die Schlacht um das Nudelholz fortsetzte, lächelte Chiara, ließ die kleinen Finger über die Bettdecke zu einer Packung Baci-Pralinen wandern und zog sie zu sich. Dann rutschte sie vom Bett auf den Teppich und verschwand außer Sicht. Magdalena folgte ihr zum Ende des Betts und spähte zu Chiara hinunter, die auf dem Teppich saß und an der Packung zerrte. Plötzlich riss die Tüte auf, und die Pralinen verteilten sich über den Boden.

Kaum hatten ihre Mutter und ihre *nonna* das Chaos bemerkt, begannen sie, die Pralinen aufzuheben. Der Erinnerungsfilm lief ohne Ton ab. Magdalena konnte ihre Stimmen nicht hören, nur die Geräusche der eigenen schweren Atmung.

Chiara saß auf dem Teppich. Sie schälte die Folie von einer der Baci-Pralinen und hielt sie Magdalena hin. Dabei bemerkte Magdalena den winzigen Papierstreifen, der unter der Folie der Praline hervorlugte. Sie zupfte ihn heraus. In kleinen, schwarzen Buchstaben stand darauf:

Willst du die Sterne berühren?

Ruckartig wurde Magdalena zurück in die Gegenwart gerissen. Sie hörte, wie sie tief einatmete, als würde sie auftauchen, um nach Luft zu schnappen. Schlagartig befand sie sich wieder in der kalten Dunkelheit und lag auf dem Bett. Kopfschmerzen plagten sie. Ein Geräusch wie von einem Fuß, der über den Boden schrammte, ließ sie den Atem anhalten. Sie spürte eine Präsenz in der Dunkelheit.

Dann nahm sie abgehackte Atmung über sich wahr. Der Mann befand sich im Zimmer und stand über ihr.

Magdalena presste die Augen zu. Sie drückte die Beine zusammen und zog die Schultern hoch, versuchte, sich zu verschließen.

Er atmete weiter.

»Bitte tun Sie mir nicht weh«, flehte sie. Ihre Stimme klang so schwach, so matt.

Die fremden Atemgeräusche kamen näher, senkten sich auf ihre Höhe.

»Willst du die Sterne berühren?«, fragte die Stimme. Sie klang gebildet, aalglatt. Ölig.

Magdalenas Kopf wurde von hinten gepackt.

»Nein, nein«, stieß sie hervor und wollte sich zu einer Kugel zusammenrollen, aber ein starker chemischer Geruch tauchte unter ihrer Nase auf. Es bedurfte nur eines kleinen Atemzugs, schon spürte sie, wie die Wirkung der Droge einsetzte. In der Finsternis fühlte es sich noch schrecklicher an als neben dem Auto mit der vermeintlichen Panne, wo ihr der Mann das Fläschchen auch unter die Nase gehalten hatte.

Ihr Körper schien in Höchstgeschwindigkeit zu rasen, obwohl sie außerstande war, sich zu bewegen. Magdalena spürte, wie der Mann auf sie kletterte. Und während sich um sie herum alles drehte und das Blut laut durch ihre Ohren rauschte, begannen kalte, klamme Hände, ihre Jeans aufzuknöpfen.

32

Kates Handy klingelte in dem Moment in ihrer Handtasche, als das Whiskeyglas ihre Lippen berühren wollte. Das Geräusch riss sie abrupt aus ihrer Trance. Sie stellte das Glas ab und kramte das Telefon hervor.

Tristan.

»Kannst du gerade sprechen?«, fragte er.

»Ja«, erwiderte sie und starrte dabei auf das Whiskeyglas.

»Dieser alte Kerl, Ted Clough, hat mir auf Facebook zurückgeschrieben. Er sagt, er kann mit uns reden …«

»Ja?«

»Er will sich sofort treffen. Er hat geschrieben, er wäre krank und eine Nachteule. Ich weiß, es ist spät, aber er meint, er hätte einige ziemlich belastende Informationen über die Familie Baker.«

Kate holte tief Luft und schob das Whiskeyglas von sich. »Willst du dich jetzt mit ihm treffen?«, fragte sie.

»Ich sitze hier allein in der Wohnung, und meine Gedanken machen mich fertig. Also ja. Aber ich weiß, dass du müde bist.«

»Nein. Ich könnte auch Ablenkung gebrauchen«, erwiderte Kate. »Ich komme und hole dich ab.«

Damit verließ sie das Pub, entsetzt darüber, wie knapp sie davorgestanden hatte, rückfällig zu werden.

Ted Clough lebte nicht weit von Ashdean entfernt an der Küstenstraße nach Westen. Als sich Kate und Tristan der kleinen Farm näherten, zog sich dichter Nebel zusammen. Undurchdringlicher Wald säumte den Feldweg.

Als sie um eine scharfe Kurve bogen, trat Kate auf die Bremse. Der Nebel hatte sich gerade noch rechtzeitig geteilt und den Blick auf die Gestalt eines älteren Mannes freigegeben, der neben dem Feldweg stand. Er trug eine lange Jacke und eine flache Mütze, aus der wirres Haar hervorlugte. In der Hand hielt er eine Sauerstoffflasche. Ein Schlauch verlief unter der Nase vorbei um sein Gesicht herum. Kate ließ ihr Fenster herunter.

»Hallo? Sie sind Mr Clough?«

»Ja. Bitte nennen Sie mich Ted«, sagte er mit flachen Atemzügen.

»Hi. Ich habe Sie über Facebook angeschrieben«, sagte Tristan und beugte sich vor.

Ted fuhr sich mit der Zunge über die vergilbten Zähne und keuchte kurzatmig. Kate hatte Mühe, sein Alter abzuschätzen. Vielleicht Mitte sechzig.

»Fahren Sie durch das Tor«, sagte er und zeigte in die Richtung. »Ich hab mein Auto hier. Folgen Sie mir hinauf.«

»Danke«, gab Kate zurück.

Der Wagen schlingerte und holperte, als sie den Feldweg verließen und durch das Tor auf eine Fahrspur durch dichten Wald rollten, durch den Nebel in vereinzelten Schwaden waberte. Das Tor kreischte bedrohlich, als es hinter ihnen geschlossen wurde.

»Der Mann sieht aus, als würde er aus dem letzten Loch pfeifen«, merkte Tristan an und beobachtete durchs Fenster, wie Ted langsam mit seiner Sauerstoffflasche zu einem schlammverschmierten kleinen roten Auto ging und einstieg.

Er fuhr los, und sie folgten ihm den langen, gewundenen Weg hinauf, bis ein kleines Haus in Sicht kam, in dem hinter dem Fenster im Erdgeschoss Licht brannte. Sie parkten an der Hintertür, die in eine Stiefelkammer und danach in eine kleine, unordentliche Küche führte, erhellt von schummriger

Deckenbeleuchtung. Auf jeder Fläche – dem Kühlschrank, dem Küchentisch, den Stühlen – tummelten sich Katzen, und auf dem Boden standen mehrere halbvolle Schüsseln mit angegrautem Katzenfutter herum.

»Möchten Sie eine Tasse Tee?«, erkundigte sich Ted.

»Bitte«, erwiderte Kate. Sie sehnte sich immer noch nach einem richtigen Drink, aber das Verlangen ließ allmählich nach.

Ted stellte seine Sauerstoffflasche auf dem Boden ab. Der Schlauch war lang genug, dass er sich zwischen Kühlschrank und Wasserkocher hin und her bewegen konnte. Tristan warf Kate einen Blick zu, als der Mann den Kühlschrank öffnete, und sie sahen, dass er nur Milch und Dosen mit Katzenfutter enthielt.

»Danke, dass Sie uns zu einer so ungewöhnlichen Zeit noch empfangen«, sagte Kate.

»Ich kann nachts ohnehin nicht schlafen. Zeit ist für mich alles und nichts«, erklärte er und verstummte, um Luft zu holen, während er eine Flasche Milch aus dem Kühlschrank nahm.

»Sind Sie sicher, dass wir Ihnen nicht helfen sollen?«, fragte Kate.

»Ich bin heikel bei meinem Tee. Und da mir nur noch wenig Zeit bleibt, will ich, dass jede Tasse genau richtig wird«, sagte er. Der Mann bemerkte, wie sie ihn ansahen. »Lungenkrebs. Man gibt mir noch einen Monat, vielleicht auch weniger.«

»Tut mir leid«, drückte Kate ihr Mitgefühl aus.

Tristan nickte. »Ja, mir auch.«

»Ihr Mitleid will ich nicht. Ich habe Ihnen einiges zu erzählen«, entgegnete er. Kate wollte nachhaken, aber sie ließen ihn erst in Ruhe den Tee zubereiten.

Als er fertig war, folgten sie Ted einen engen, von Büchern gesäumten Korridor entlang. In der Stille tickten Uhren. Die

Luft fühlte sich feucht an, und alles schien von einer Staubschicht bedeckt zu sein. Das Arbeitszimmer des Mannes beherrschten weitere Bücherregale und Aktenschränke. Ted hob eine Katze von einem Sessel am Schreibtisch. Er schnippte mit den Fingern in Richtung eines Sofas, von dem zwei weitere räudige Katzen sprangen und eine üppige Menge an Haaren zurückließen. Kate und Tristan setzten sich.

»Womit soll ich anfangen?«, fragte Ted, als er wieder zu Atem gekommen war.

»Wir haben Sie online gefunden, weil Sie Mitglied der Right to Roam Alliance waren«, lieferte Kate ihm einen Einstieg.

»Richtig. Ich bin aus der Gegend. Damals in den 1950ern war das Stauseeprojekt umstritten. Sechs Dörfer wurden geflutet – Dörfer, die es seit Hunderten von Jahren gegeben hatte. Die Familie Baker ließ die Menschen zwangsumsiedeln. Öffentliche Wegerechte verschwanden über Nacht und mussten rund um den Stausee neu festgelegt werden. Ich habe erst Jahre später mitgemischt, als die Bakers den Leuten verbieten wollten, im Umkreis von anderthalb Kilometern zum Stausee spazieren zu gehen. Das ist uraltes Moorland, an dem sich die Menschen seit Jahrhunderten erfreut haben. Es war Landraub, schlicht und einfach. Wir hatten durch den Stausee schon so viel verloren, dass wir einfach dagegen ankämpfen mussten.«

»Aber Sie haben auch für die Bakers im Kraftwerk gearbeitet, oder? War das nicht ein Interessenkonflikt?«, fragte Kate.

»War es nicht, weil die Right to Roam Alliance damals eine friedliche Kampagne war. Hässlich wurde die Angelegenheit erst in den letzten Jahren, und da bin ich ausgestiegen.«

»Und beim Stausee wurden Sie entlassen?«

Ted lehnte sich zurück, trank einen Schluck von seinem Tee und holte Luft. »Ja.« Er schaute zwischen Kate und Tristan hin und her. Zum ersten Mal schien das Gespräch ihm unangenehm zu sein.

»Was war dort Ihre Aufgabe?«

»Instandhaltung der Wasserwege. Wir sind mit einem Boot rausgefahren und haben sichergestellt, dass sich im Wasser keine Hindernisse befunden haben. Große Bäume, tote Schafe und Kühe.«

»Leichen?«

Er nahm einen flachen Atemzug und hustete.

»Ich wurde zwar gefeuert, hatte aber davor schon nicht übel Lust, den Job hinzuschmeißen. Weil ich wegen einer Leiche, die wir im Wasser gefunden hatten, eigentlich nicht lügen wollte, aber trotzdem dazu verdonnert wurde. Wenn ich den Job damals nicht so dringend gebraucht hätte …«

»Wer hat von Ihnen verlangt zu lügen?«

»Der Geschäftsführer, Robbie Huber. Ist inzwischen tot.«

»Altersschwäche?«

»Nein. Autounfall. Aber dazu komme ich gleich noch. Zu der Leiche: Ich war eines Morgens Anfang März mit dem Boot unterwegs, als wir eine junge Frau tot im Wasser gefunden haben. War ein wunderschöner Tag. Einer dieser Morgen, an denen alles still ist und man die Narzissen am Rand des Stausees im Wasser gespiegelt sehen kann. Beinah hätten wir sie überfahren. Sie war von Gasen gewaltig aufgedunsen. So was Entsetzliches hatte ich bis dahin noch nie gesehen. Haben Sie schon mal erlebt, wie groß ein menschlicher Körper durch Verwesung werden kann? Ich dachte, es wäre ein Tier. Der Körper war nackt. Die Beine waren teilweise in Stoffbahnen gewickelt. Die Arme waren mit einem Seil gefesselt, die Beine auch. Die Wunden konnte man gerade noch erkennen. Überall im Gesicht, am Bauch und an den Brüsten waren Schnitte und Kratzer.«

Kate und Tristan wechselten einen Blick.

»Haben Sie die Leiche vielleicht mit dem Boot überfahren?«

»Nein. Sie hat vor uns getrieben wie ein halb aus dem Wasser ragender Ballon.«

»Und das war, sagten Sie, im März 1991?«, hakte Tristan nach.

»Ja. Ich hab damals in der Wartungsmannschaft mit einem anderen Kerl zusammengearbeitet. Ivan Coomes. Ist inzwischen auch verstorben.«

»Woran?«

»Altersschwäche. Herzinfarkt. Ivan war mein Vorgesetzter. Wir wurden beide dazu angehalten, es so darzustellen, als hätten wir die Leiche an der Mündung des Stausees über drei Kilometer weiter oben gefunden. Wo der Fowey in den Stausee fließt. Dort gibt es ein Schleusentor, das man öffnen und schließen kann. Wir sollten aussagen, dass wir die Leiche dort oben gefunden hätten.«

»Wer hat Sie dazu aufgefordert?«, fragte Kate.

»Ein Mann namens … Dylan Robertson.« Ted rutschte unbehaglich auf seinem Sessel herum.

»Was war oder ist seine Aufgabe am Stausee?«, wollte Tristan wissen.

»Ihn gibt es immer noch. Er ist überall und tut alles, was Silvia Baker von ihm verlangt. Arbeitet auch als ihr Chauffeur.«

»Dann hatten wir bereits eine Auseinandersetzung mit ihm«, warf Kate ein. Kurz erklärte sie, wie er sie mit einer Schrotflinte bedroht hatte.

»Er hätte die Schrotflinte auf Sie abgefeuert, daran besteht für mich kein Zweifel«, sagte Ted.

»Und dieser Dylan wollte Sie zu der Aussage nötigen, Sie hätten die Leiche am Schleusentor gefunden? Wo sind Sie denn in Wirklichkeit darauf gestoßen?«

»Zig Hundert Meter davon entfernt. Silvia Baker ist das

Oberhaupt der Familie. Sie zieht die Fäden. Dylan dient ihr überall als Augen und Ohren. Er hat gemeint, wir müssten lügen, weil der Stausee Probleme hätte. Die Bakers waren damals in Verhandlung mit einem ausländischen Investor über einen Verkauf. Eine verdächtige Leiche im Wasser so nah bei den Turbinen hätte eine Schließung bedingt und das Geschäft vereitelt. Wenn wir meldeten, sie wäre am Schleusentor des Zulaufs gefunden worden, dann wäre sie im Fowey gewesen. Und das hieß, die Leiche könnte flussabwärts geschwemmt worden sein. Der Fowey erstreckt sich bis hinauf in die Cotswolds. Also haben wir die Leiche den Stausee hinaufgeschleppt und auf die andere Seite des Schleusentors gehievt. Es war ekelhaft. Der Körper war derart stark verwest … Wir mussten natürlich auch noch die Fesseln abnehmen … Der Tod wurde als Unfall eingestuft … als schlichtes Unglück. Ertrunken.«

»Wurde die Leiche identifiziert?«

»Ja. Hat ein paar Wochen gedauert, bis man sie anhand ihres Zahnstatus identifizieren konnte. Ich habe es nur zufällig mitbekommen, weil in einem winzigen Artikel der Lokalzeitung ihr Name genannt wurde … Ich habe ihn hier.«

Er ging zu einer Schublade und holte ein altes Schulheft heraus. Dabei musste er eine Pause einlegen, um Luft zu schnappen. Dann blätterte er darin, bis er auf einen winzigen Ausschnitt aus einer Zeitung stieß, datiert mit 16. Mai 1991. Er reichte Kate das aufgeschlagene Heft.

Eine vor zwei Monaten im Shadow Sands Stausee in der Nähe von Ashdean gefundene Leiche wurde nun als Fiona Harvey identifiziert, eine junge Frau aus der Gegend.

Laut Polizei wird ihr Tod zwar als ungeklärt behandelt, es gibt aber keine Anzeichen auf verdächtige Umstände.

»Die Lüge abgedruckt zu sehen hat mich tief erschüttert«, kommentierte Ted. »Hat mich dazu gebracht, die Welt in Frage zu stellen. Niemand bei der Arbeit wollte darüber reden. Ich hab versucht, Dylan darauf anzusprechen, aber er hat mir gedroht. Hat gesagt, ich sollte schweigen, sonst würde ich meinen Job verlieren, er würde mich umbringen ... Zu meiner Schande habe ich geschwiegen.«

»Erinnern Sie sich an den Polizisten, der mit dem Fall betraut war?«, fragte Kate.

»Arron Ko.«

Tristan und Kate wechselten einen Blick.

»Arron Ko. Chief Constable?«, hakte Kate nach. Sie kramte ihr Handy aus der Handtasche und rief den Bericht über den Ruhestand von Arron Ko auf. Dann zeigte sie Ted das Foto.

»Ja. Das ist er.«

»Sein Sohn Henry ist inzwischen DCI. Er untersucht den Tod von Simon Kendal. Die Leiche habe ich im August gefunden.«

Ted fing an zu lachen, was rasch in ein Husten umschlug.

»Sie beide sollten besser vorsichtig sein. Lässt sich ja nicht übersehen, wie das schon seit Jahren läuft. Die Familie Baker kehrt solche Dinge gern unter den Teppich«, sagte Ted.

»Sie glauben, Arron Ko wurde von der Familie bestochen?«

»Natürlich! Er ist gut mit Silvia Baker befreundet. Die beiden kennen sich seit Jahren.«

»Verdammt«, rutschte es Kate heraus. »Was ist mit der zweiten *inoffiziellen* Leiche, die gefunden wurde?«

»Davon hab ich erst erfahren, als wir 1991 die junge Frau entdeckt haben. 1989 war ein Boot auf dem Stausee unterwegs, und man dachte, es hätte sich in einer alten Angelschnur verfangen. Hat sich angefühlt, als würde das Boot ein mächtiges Gewicht schleppen. Tatsächlich war es die Leiche einer weiteren jungen Frau. Eingewickelt in ein Leichentuch – so zumindest hat es ausgesehen.«

»Wo ist das passiert?«, fragte Tristan.

»Robbie, der auf dem Boot war, hat gesagt, es wäre in der Mitte des Stausees passiert. Aber es wurde ihm aufgetragen, zu berichten, dass sich die Leiche am Schleusentor verfangen hätte. Identifiziert wurde sie wiederum ein paar Monate später anhand des Zahnstatus.«

Tristan kramte den Zettel mit seiner Liste hervor. »Becky Chard, gefunden am 11. November 1989?«

Ted nickte.

»Hat die Polizei den See nach der Entdeckung der Leichen durchsucht? Wurden Taucher ins Wasser geschickt oder Suchgeräte eingesetzt?«, fragte Kate.

»Nein. Davon hätte ich erfahren … Robbie wurde dasselbe eingetrichtert wie uns. Er sollte Stillschweigen bewahren, abgesehen davon, dass er gegenüber der Polizei angeben sollte, die Leiche wäre am Schleusentor des Zulaufs gefunden worden. Von dem Leichentuch sollte er nichts erwähnen. Beim ersten Mal hat Robbie mitgespielt. Aber als sich nach der zweiten Leiche, die wir gefunden haben, herumgesprochen hat, dass sie auch noch gefesselt gewesen war, da ist er völlig ausgeflippt. Hat gesagt, er wolle nicht der Lüge bezichtigt werden. Also ist er zur Polizei gegangen. Hat dort alles ausgeplaudert. Später hat er gesagt, man hätte ihm zugehört und ihn ersucht, in ein paar Tagen noch einmal für eine offizielle Aussage zu kommen. Da dachten wir alle, Dylans Kartenhaus würde in sich zusammenfallen. Und ich war auch bereit, mit der Polizei zu reden …« Er beugte sich vor und drehte einen Regler an der Sauerstoffflasche, bevor er tief Luft holte. »Zwei Tage später hatte Robbie einen Autounfall. Hat die Kontrolle verloren und ist gegen einen Baum gerast. Er war auf der Stelle tot.«

»Gott«, hauchte Kate.

»Bremsversagen … Hat uns allen bei der Arbeit eine Heidenangst eingejagt. Und wir waren alle um unseren Lebensunterhalt besorgt. Wir hatten Kinder zu versorgen und Rechnungen zu bezahlen. Und so wurde die Sache begraben.«

»Warum wurden Sie gefeuert?«

»Nicht wegen irgendetwas Noblem wie dafür, dass ich die Wahrheit gesagt hätte. Mein Knie ist zwischen zwei Wartungsbooten zerquetscht worden. Ein Arzt hat mich ermutigt, eine Entschädigung zu fordern. Ich habe nicht viel verlangt, trotzdem hat es den Bakers nicht gefallen. Also haben sie mich rausgeschmissen.«

»Wann war das?«

»Vor zwölf Jahren, kurz vor der Jahrtausendwende.«

»Und warum reden Sie jetzt mit uns?«

»Meine Lunge ist im Arsch. Mir bleibt nicht mehr viel Zeit. Meine Frau ist tot. Meine beiden Söhne leben in Australien. Und vielleicht muss ich mir ja auch einfach die Schuldgefühle von der Seele reden. Ich habe keine Beweise, nur was ich Ihnen erzähle, was ich mit eigenen Augen gesehen habe.«

»Betreibt die gesamte Familie das Kraftwerk?«, fragte Kate.

»Sie machen sich dort zwar nicht die Hände schmutzig, haben aber überall das Sagen. Dana, Silvias Nichte, leitet die Kunstgalerie im Besucherzentrum. Sie scheint noch am normalsten und liebenswertesten zu sein. Thomas ist der aktuelle Lord Baker, obwohl er den Titel im Berufsleben nicht verwendet. Er wohnt in Carlton Manor, ganz in der Nähe von Silvia. Das ursprüngliche Herrenhaus von Shadow Sands wurde in den 1950er Jahren abgerissen, um die Erbschaftssteuer zu vermeiden. Er hat eine Frau, keine Kinder. Stephen Baker ist das schwarze Schaf. Er hat sich von der Familie losgesagt. Ist vor ein paar Jahren nach Amerika gegangen. Dort hat er eine Amerikanerin kennengelernt und geheiratet, die Silvia nicht gebilligt hat. Sie haben einen Haufen Kinder. Er betreibt einen noblen Laden für Kochgeschirr in Frome Crawford. Bevor er sich mit der Familie zerstritten hat, war er der Betreiber des *Hedley House*.«

»Des *Hedley House*?«, hakte Kate nach.

»Ja. Ist ein altes Herrenhaus auf dem Gelände von Shadow Sands. Vor ein paar Jahren wurde es in eine Diskothek umgebaut, dann wurde der Betrieb zu teuer. Vor einer Weile hat die Familie verlautbart, sie würde Wohnungen daraus machen.«

Kate und Tristan schilderten in knappen Worten ihre Seite der Geschichte und ihre Theorie, wie die Todesfälle, die vermissten Personen, Kirsties Schilderungen und Magdalenas Verschwinden zusammenpassten.

»Da bin ich doch glatt froh, dass ich nicht mehr lange auf dieser Welt bin«, sagte Ted, die Liste der mutmaßlichen Opfer in der Hand. Er wirkte erschöpft und verängstigt. Außerdem hustete er mittlerweile praktisch ununterbrochen.

Kate sah auf die Armbanduhr. Es war kurz vor ein Uhr nachts.

»Also lebt die gesamte Familie Baker in der Nähe?«, fragte sie.

»Ja. Alle haben große Häuser. Dana in Exeter. Silvia und Dylan leben beide in Allways Manor – er hat dort eine eigene Unterkunft … Thomas und seine Frau wohnen auf demselben Grundstück, in Carlton Manor. Stephen und seine Familie leben über ihrem Laden in Frome Crawford.«

Eine Zeit lang betrachtete er stumm die Liste. Seine Hände zitterten dabei. Er war schon blass gewesen, als Kate und Tristan angekommen waren. Mittlerweile war sein Gesicht kreidebleich. Er schüttelte den Kopf.

»Haben Sie … das … schon … vielen Leuten … gezeigt?«, fragte er stockend und hustete erneut.

»Nein«, antwortete Kate. »Sie sind bisher der Einzige.«

Ted wurde von einem qualvollen Hustenanfall durchgeschüttelt. Betreten warteten sie, bis er sich gefangen hatte.

»Bitte … Ich denke, das reicht. Ich muss ein wenig schlafen«, sagte er.

Als Kate und Tristan aus Teds Einfahrt rollten und auf die Küstenstraße bogen, herrschte Vollmond, der ihnen eine wunderschöne Aussicht auf das Meer bescherte. Kurz hielten sie an und ließen das auf dem ruhigen Wasser funkelnde Mondlicht auf sich wirken.

»Glaubst du, der Täter ist jemand aus der Familie Baker?«, fragte Tristan.

»Ich weiß nur, dass mich die Verbindung zum *Hedley House* in höchste Alarmbereitschaft versetzt hat. Und der Umstand, dass Arron Ko darin verwickelt gewesen sein könnte. Was in weiterer Folge bedeutet, dass vielleicht auch Henry Ko die Finger im Spiel hat«, meinte Kate.

»Wer immer es ist, er bräuchte einen Keller oder eine Art Verlies. Diese großen alten Häuser könnten so etwas haben«, sagte Tristan.

»Findest du, dass sich Ted verändert hat, als wir ihm die Liste gezeigt haben?«

»Er hat verängstigt gewirkt. Aber er ist ein Todgeweihter mit Geheimnissen. Da hätte ich auch Angst.«

»Angst wovor?«, fragte Kate.

»Er hat sich jahrelang vor Konsequenzen gefürchtet. Deshalb hat er bisher nicht darüber geredet. Die Familie Baker ist einflussreich. Der Polizeichef ist in die Sache verwickelt. Es gibt kaum etwas Beängstigenderes, als sich korrupte Polizisten zum Feind zu machen.«

»Ich will noch mal mit ihm reden«, sagte Kate. »Rufen wir ihn morgen an.«

Tristan nickte, und sie fuhren zurück nach Ashdean.

Nachdem Kate und Tristan das Haus verlassen hatten, eilte Ted nach oben ins Bad, wo ihn ein langer, schmerzhafter Hustenanfall überkam, der damit endete, dass er über der Toilette hing und Blut erbrach.

Als sich der Anfall legte, setzte er sich auf den Badezimmerboden. Seine Lieblingskatze, eine graue Siam-Kreuzung namens Liberty, erschien an der Tür, kam herüber, schlängelte sich zwischen seinen Beinen hindurch und schnurrte. Ted blickte in Libertys leuchtend grüne Augen. Sie schienen ihm direkt in die Seele zu schauen und ihn zu trösten. Ein beruhigendes Schnurren ertönte, als vier weitere seiner Katzen die Treppe heraufstiegen und ins Badezimmer kamen, sich um seine Beine wanden, die Nasen an seine Handfläche schmiegten, als wollten sie ihn trösten, und ihre warmen, pelzigen Seiten an ihm rieben. Ted wusste, dass er allein sterben würde, aber plötzlich packte ihn Angst um seine Katzen. Er wusste, wie skrupellos die Familie Baker sein konnte, und er hatte in seinem Testament Anweisungen hinterlassen, wie seine Katzen ein neues Zuhause finden sollten. Aber was, wenn diese Drecksbande sich an seinen Katzen rächte? Die Tiere waren die einzigen Gefährten, die Ted auf der Welt noch hatte.

»Warum habe ich bloß mit denen geredet? Warum? Es tut mir leid, so leid. Sie werden euch nicht wehtun. Ich lasse nicht zu, dass euch irgendjemand wehtut«, wimmerte Ted und vergrub das Gesicht am weichen Hals der Katze. Schließlich rappelte er sich vom Badezimmerboden auf und schleppte sich zum Telefon in der Diele.

Mit bleiernen, zitternden Händen ergriff er es und wählte eine Nummer. Die Stimme, die sich meldete, besaß immer noch die Fähigkeit, ihm vor Angst das Blut in den Adern gefrieren zu lassen.

»Ich wollte … wollte nur Bescheid geben … Ich hatte heute

Nacht Besuch von Privatdetektiven …« Er hustete und atmete rasselnd durch. »Sie haben mich nach den Ertrunkenen im Stausee gefragt. Ich hab versucht, sie von der Fährte abzubringen, aber ich glaube, sie sind kurz davor herauszufinden, wer es ist.«

33

Kate gelang es, ein paar Stunden zu schlafen. Kurz nach acht wachte sie auf. Sie ging hinunter zum Strand und schwamm ausgiebig. Als sie in die Küche zurückkehrte, klingelte es an der Haustür. Es war Tristan. Er hatte Eiersandwiches aus dem Café in der Nähe seines Hauses dabei.

»Entschuldige, bin ich zu früh dran?«, fragte er.

»Nein, komm nur rein«, sagte sie.

Er folgte ihr in die Küche.

»Alles in Ordnung?«, erkundigte er sich, als er ihre besorgte Miene bemerkte. Er setzte sich an den Küchentisch, und sie reichte ihm Teller.

»Wenn man Ted Clough und Kirstie Newett glauben kann – und ich denke, das tue ich –, dann wird diese Untersuchung allmählich gefährlich«, sagte Kate, während sie den Gasherd einschaltete. Sie füllte den Teekessel.

»Was auch bedeutet, dass wir der Wahrheit näher kommen«, erwiderte Tristan. Er schälte das fettige Papier von einem mehligen weißen Sandwichbrötchen und biss hinein.

»Tris, ich erwarte nicht, dass du mir ins Feuer folgst. Du bist jung, hast noch dein ganzes Leben vor dir, und ich weiß nicht, was wir da eigentlich tun. Ich bin keine Polizistin mehr. Wir sind keine Detektive, wir arbeiten mit niemandem zusammen …«

»Du vergisst, dass jemand aus unserer Universität vermisst wird. Und *wir* könnten sie finden.«

»Ja, aber wenn Arron Ko und andere Polizisten darin verwickelt sind, korrupte Polizisten … Na ja, du weißt, was mir das letzte Mal passiert ist, als ich herausgefunden habe, dass ein Polizist gleichzeitig auch ein Verbrecher war.« Kate zog den Pullover hoch und zeigte Tristan die hässliche lange Narbe quer über ihren Bauch. »Das war Peter Conway. Ein Polizist, der um jeden Preis sein Geheimnis bewahren wollte …«

Tristan hörte auf zu kauen und hatte sichtlich Mühe zu schlucken. Kate zog den Pullover wieder runter.

»Tut mir leid, dass ich es so deutlich veranschauliche, aber das ist wirklich wichtig. Arron Ko ist ein hochrangiger Beamter im Ruhestand … Dass er in die Sache verwickelt sein könnte, jagt mir eine Heidenangst ein.«

»Kate. Ich habe so weit mitgemacht, also werde ich jetzt nicht kneifen. Und wäre es nicht erst recht wichtig weiterzumachen, wenn die Polizei, die in der Sache ermittelt, den Fall gar nicht wirklich aufklären will? Was ist, wenn wir herausfinden können, was mit Magdalena passiert ist? Und denk nur an all die jungen Leute, die keine Angehörigen hatten, die um sie trauerten oder nach ihnen suchten.«

»Wir können aber nicht gut losziehen und einfach an die Tür der Familie Baker klopfen … Und wir können auch nicht ins Polizeirevier stürmen und verlangen, Henry Kos Computerdateien zu sehen. Ich weiß nicht …«

»Was ist mit Varia Campbell?«, schlug Tristan vor. »Sie war fünfzehn Jahre lang DCI in diesem Bezirk. Inzwischen ist sie nach London gezogen. Sie könnte bereit sein, mit uns zu reden.«

Kate hielt mit der Hand am Teekessel inne.

Detective Chief Inspector Varia Campbell hatte gegen den Nachahmungstäter des Nine Elms Cannibal ermittelt und war Kate und Tristan dankbar gewesen, als sie den Fall geklärt hatten. Damals hatte Varia gemeint, dass sie ihnen etwas schuldete und sie anrufen sollten, wenn sie je ihre Hilfe bräuchten.

»Als Varia gesagt hat, wir sollten uns bei ihr melden, wenn wir mal ihre Hilfe bräuchten, hatte sie wahrscheinlich einen

Strafzettel wegen Falschparkens oder so im Sinn«, meinte Kate.

»Als sie nach London gegangen ist, wurde sie befördert. Bestimmt hat sie Zugang zu Informationen«, erwiderte Tristan hartnäckig. »Sie kann uns vielleicht etwas über Arron Ko sagen. Und wer weiß, vielleicht hat sie sogar Lust, mit uns einen schwierigen Fall wie diesen zu lösen.«

Kate gefiel sein Enthusiasmus. Er war geradezu ansteckend.

»Vielleicht nimmt sie nicht mal meinen Anruf entgegen«, sagte sie.

»Wenn nicht, dann rufe ich sie an. Unter dem Strich ist es ja nur ein Anruf. Wir haben nichts zu verlieren«, meinte Tristan. »Und wir sind keine Spinner – wir haben den Fall damals gelöst, als sie es nicht konnte. Das muss doch auch etwas zählen.«

Sie beendeten ihr Frühstück, und Kate ging kurz unter die Dusche. Als sie zurück nach unten kam, schalteten sie das Handy auf laut und riefen bei Varia im Büro an.

»Welchem Umstand verdanke ich das Vergnügen?«, fragte sie nach den üblichen Begrüßungsfloskeln.

»Hätten Sie ein paar Minuten Zeit? Wir haben Ihnen was zu erzählen.«

Gemeinsam schilderten Kate und Tristan den Sachverhalt, so knapp und schnell sie konnten. Danach war es für eine Weile auf beiden Seiten der Leitung still.

»Das klingt zwar alles sehr beunruhigend«, sagte Varia schließlich, »aber wie Sie wissen, bin ich jetzt Polizistin in London. Devon und Cornwall sind nicht mehr mein Bezirk.«

»Verraten Sie uns, warum Sie Devon und Cornwall verlassen haben?«, fragte Kate.

»Chief Constable Arron Ko ist in den Ruhestand gegangen. Er wollte eigentlich nicht, aber er hatte nun mal das Höchstalter für einen Beamten im aktiven Dienst erreicht. Gleichzeitig wurde mir ein großzügiges Umzugspaket samt Beförderung angeboten. Ich wusste, ich hatte es verdient, unabhängig davon, warum Arron ein paar Strippen gezogen hat …«

»Und sein Sohn Henry hat Ihre Rolle als DCI übernommen?«

»Ja. Aber ich möchte noch mal betonen, dass ich mir die Beförderung verdient hatte, und einer farbigen Frau bieten sich solche Chancen selten.«

»Wie gut haben Sie Arron Ko gekannt?«

»Er war unser großer Boss. Ich habe nur ein paar Mal mit ihm gesprochen. Ich hatte nie direkt mit ihm zu tun, aber als Chief Constable hatte er eine Menge Einfluss.«

»Was glauben Sie, warum er gerade Sie für die Beförderung ausgewählt hat?«, fragte Kate.

»Keine Ahnung. Ich habe wahrlich nicht als einzige DCI von Exeter aus gearbeitet – aber ich war die Beste.«

»Er wollte nicht, dass Sie seinen Sohn in den Schatten stellen.«

»M-hm. Und wenn ich zynisch sein wollte, würde ich sagen, die Beförderung einer farbigen Frau dürfte seinem Ansehen in der obersten Führungsetage auch nicht gerade geschadet haben«, erwiderte Varia.

»Na schön, und was wissen Sie über den Shadow Sands Stausee?«, fragte Kate.

»Mir war bekannt, dass die Familie Baker Hauptgesellschafter des Projekts und durchaus umstritten ist. Aber in Devon und Cornwall kursiert eine Menge Geld. Dort leben etliche Reiche, die ziemlich umstritten sind. Wie Sie wissen, umfasst der Bezirk ein riesiges Gebiet. Der weitläufige Küstenstreifen wirft seine eigenen Probleme auf. Damals hat Drogenschmuggel viel von meiner Zeit in Anspruch genommen.«

»Wurden Sie je davor gewarnt, den Stausee von Shadow Sands abzusuchen?«, fragte Tristan.

»Nein. Aber ich hatte auch keinen Grund dazu. Ich habe dort von 1998 bis 2012 gearbeitet. Damals gab es keine Meldungen über irgendwelche Mordopfer, die im Stausee gefunden wurden.«

»Wir haben die genauen Daten der Leichen, die 1989 und 1991 im Stausee gefunden wurden, beide bestätigt von unserem Zeugen Ted Clough. Er widerspricht den offiziellen Berichten, wonach es sich um Unfälle gehandelt hat. Was wäre, wenn wir eine offizielle Aussage von ihm bekommen?«, fragte Kate.

»Dann müsste die Polizei handeln, Kate. Als ehemalige Polizistin wissen Sie das. Dafür müsste Ted Clough nur eine von ihm unterschriebene Aussage an einen Polizeibeamten aus Ihrem Bezirk überreichen. Das würde für die Polizei reichen, um die Todesfälle zu untersuchen«, sagte Varia.

»Würde es auch dafür reichen, dass die Polizei eine großflächige Suche im Stausee durchführt?«, hakte Tristan nach.

»Sie haben die Ungereimtheiten mit den Vermissten in der Gegend ja aufgelistet. Aber der Stausee ist ein Regierungsprojekt. Man bräuchte schon zwingende Beweise, um einen Fall zu eröffnen.«

»Glauben Sie, Henry Ko hat den Posten bekommen, um für seinen Vater die Drecksarbeit fortzusetzen?«, fragte Tristan.

»Dafür gibt es keine Beweise, Tristan. Vitamin B kommt überall zum Einsatz. Henry Ko wurde unmittelbar nach Hendon zum Detective befördert. Er wurde nach Nord-London geschickt, ist dort aber mit seinem DCI aneinandergeraten. Danach wurde er hierher nach West End Central versetzt.«

»Gibt es in seiner Akte irgendwelche Auffälligkeiten?«, fragte Kate.

»Müsste ich nachsehen, aber die Kollegen, mit denen

ich gesprochen habe, halten ihn für einen bestenfalls durchschnittlichen Ermittler. Ein bisschen ›na ja‹, um es so auszudrücken. Im Anschluss daran hat er in Devon und Cornwall meinen früheren Posten übernommen. Sie wissen doch noch, wie das ist, Kate. Korruption ist offiziell zwar verpönt, aber es gibt trotzdem immer Mittel und Wege, die Rädchen zu schmieren. Man muss mit den Reichen und Mächtigen zusammenarbeiten, ohne sich zu kompromittieren. Vielleicht ist genau das beim Shadow Sands Stausee passiert. Das Projekt ist eine Menge wert, sowohl für die Familie als auch für die Regierung, die einen beträchtlichen Anteil besitzt.«

»Wenn wir Ted Clough dazu bringen, offiziell zu Protokoll zu geben, dass die Todesursache bei diesen beiden jungen Frauen nicht korrekt ist, könnte das dazu führen, dass auch anderen Aspekten unserer Untersuchung nachgegangen wird. Könnten wir mit Ihrer Unterstützung rechnen, falls wir das hinbekommen?«, fragte Kate.

»Ich bin keine Beamtin in Ihrem Bezirk.«

»Aber Sie könnten ein gutes Wort für uns einlegen. Wenn wir mit einer Aussage von Ted Clough zur Polizei gehen und es dort tatsächlich einen korrupten Bullen gibt, der sie zu vertuschen versucht, dann war's das.«

Am anderen Ende der Leitung herrschte für einen Moment Schweigen.

»Na schön. Melden Sie sich, wenn Sie die offizielle Aussage haben. Ich kann Hebel in Bewegung setzen, um die Sache an höhere Stelle zu befördern, aber mehr verspreche ich nicht. Das ist alles.«

34

Kate rief Ted Clough direkt nach dem Telefonat mit Varia an und fragte ihn, ob er bereit wäre, seine Geschichte offiziell zu Protokoll zu geben. Einen Moment lang war die Leitung nur noch von rasselnden Atemgeräuschen erfüllt, und Kate fürchtete schon, er würde auflegen.

»Heute hab ich ziemlich viel zu tun«, sagte er schließlich ausweichend.

»Ted. Das ist viel verlangt, dessen bin ich mir bewusst«, sagte Kate. »Aber wenn Sie offiziell aussagen, dass die Leichen von Fiona Harvey und Becky Chard in der Mitte des Wassers gefunden wurden und gefesselt waren, *muss* die Polizei die Fälle neu aufrollen. Damit hätten die Behörden genug in der Hand, um Silvia Bakers Chauffeur Dylan zu verhören und den Stausee zu durchsuchen.«

Wieder entstand eine Pause, während Ted vor sich hin keuchte. Im Hintergrund hörte man das Bellen eines Hunds.

»Heute habe ich meine Termine im Krankenhaus«, erklärte er schließlich. »Die darf ich nicht verpassen.«

»Na schön. Was ist danach?«, fragte Kate. »Ted. Ich glaube, Magdalena Rossi wird irgendwo gefangen gehalten. Es ist sechs Tage her, seit sie verschwunden ist. Kirstie Newett hat mir erzählt, dass sie zehn Tage lang gefangen gehalten wurde, bevor der Täter versucht hat, sie umzubringen … Ted, bitte. Tun Sie das Richtige …«

Erneut schwieg Ted, atmete nur schwer. Kate warf Tristan einen Blick zu, der neben ihr auf dem Sofa saß. Sie bemühte sich, ruhig zu bleiben, aber das Zögern des Mannes trieb sie in den Wahnsinn. Hatte er nicht gesagt, dass er in einem Monat tot sein würde? Er könnte noch so viel Gutes bewirken, wenn er den letzten Teil seines Lebens nutzte, um mit der Wahrheit an die Öffentlichkeit zu gehen.

»Die Polizei ist daran beteiligt, das alles zu vertuschen«, sagte Ted schließlich. »Was bringt es also, mit den Behörden zu reden?«

»Ich habe einen Kontakt bei der Polizei in London. Die Frau war früher Detective Chief Inspector in Devon und Cornwall. Sie ist sauber und definitiv nicht korrupt, und sie hat zugesagt, dafür zu sorgen, dass Ihre Aussage ganz nach oben wandert, damit sie untersucht werden *muss*«, beteuerte Kate. Tristan sah sie mit besorgter Miene an. Das stimmte zwar nicht ganz, aber die Uhr tickte. »Ted, bitte. Vier junge Frauen und zwei junge Männer werden entweder vermisst oder sind einen brutalen Tod gestorben, und Kirstie Newett ist von ihrer Tortur dauerhaft traumatisiert. Wenn wir den Täter nicht aufhalten, wird es immer so weitergehen. Noch mehr Tote, noch mehr Opfer.«

»Ja! Ja, schon gut«, sagte er und begann so laut zu husten, dass Kate das Handy vom Ohr weghalten musste. »Heute Abend«, fügte er hinzu, als er sich gefangen hatte, »um sechs. Ich bin heute Abend um sechs bereit.«

Damit legte er auf.

»Er klingt zwar ziemlich verängstigt, aber er wird es tun«, meinte Kate.

»Wir müssen sicherstellen, dass der Beamte, der die Aussage entgegennimmt, nicht zum Dunstkreis von Henry und Arron Ko gehört«, meinte Tristan.

Kate rief Varia erneut an und teilte ihr mit, dass sich Ted zu einer offiziellen Aussage bereiterklärt hatte.

»Varia schickt heute Abend eine Kollegin zu Ted nach Hause. DCI Della Street. Sie arbeitet hauptsächlich mit der Hafenpolizei zusammen«, berichtete Kate, nachdem sie aufgelegt hatte. »Ich habe nachgefragt, ob wir auch dabei sein können, und sie meint, das sei in Ordnung.«

»Glaubst du, er will uns dabeihaben?«

»Ist mir egal, was er will. Er muss diese verdammte Aussage machen, und wenn ich dabei neben ihm Wache stehe.«

»Er liegt im Sterben«, merkte Tristan an.

»Umso mehr Grund, es zu tun«, gab Kate zurück und stand auf. Sie sah auf ihre Armbanduhr. Es war erst zehn Uhr. »Wir haben noch acht Stunden Zeit. Die dürfen wir nicht verschwenden«, meinte sie und dachte dabei an Magdalena. »Ich unternehme noch einen Versuch bei Alan Hexham. Wäre nützlich, die Obduktionsberichte für Fiona Harvey und Becky Chard in die Finger zu bekommen. Wenn sie beide gefangen gehalten wurden wie Kirstie, bevor sie im Stausee gelandet sind, müssten ihre Leichen Anzeichen von Unterernährung aufgewiesen haben.«

»Willst du ins Leichenschauhaus nach Exeter fahren und sehen, ob du mit ihm reden kannst?«, fragte Tristan.

»Nein. Ist effizienter, wenn ich ihn anrufe. Außerdem würde ich mir gern einen Eindruck von Dana Baker und Stephen Baker verschaffen. Dana leitet das Besucherzentrum am Stausee, Stephen hat dieses Kochgeschirrgeschäft. Das bedeutet, wir können mühelos an sie heran«, sagt Kate. »Dana verbringt ihre Arbeitstage damit, auf den verdammten Stausee zu schauen. Und Gott weiß, was für Aufgaben sie als Gesellschafterin noch hat.«

»Was ist mit Stephen?«

»Wenn er das schwarze Schaf der Familie ist, könnte er bereit sein auszupacken. Außerdem will ich mehr über Silvia Bakers Chauffeur herausfinden. Laut Ted ist er ja deutlich mehr als nur ihr Chauffeur … Allerdings hat er eine Schrotflinte und offenbar keine Skrupel, sie zu benutzen. Ich denke, wir müssen bei ihm deshalb etwas subtiler vorgehen.«

»Und was ist mit Thomas Baker?«

»Weiß ich noch nicht. Wir müssen mehr darüber herausfinden, wie er agiert.«

»Werden wir dadurch nicht zu Stalkern?«

»Nein, Dana und Stephen arbeiten ja beide an öffentlichen Orten. Als Polizistin habe ich gern auf das Überraschungselement gesetzt. Wir haben zwar keinerlei Handhabe, sie zu zwingen, mit uns zu reden oder unsere Fragen zu beantworten. Aber wenn wir hingehen und sie in Verlegenheit bringen, könnte es interessant sein zu beobachten, wie sie reagieren.«

35

»Sieht aus wie ein riesiges, am Ufer vertäutes Schiff«, sagte Tristan, als sie auf den Parkplatz des Besucherzentrums von Shadow Sands rollten. Das imposante Gebäude aus Glas und Stahl wies tatsächlich die Form eines Boots auf, vier Stockwerke hoch. Gepflegte Rasenflächen umgaben das Bauwerk, verziert mit Statuen, einige protzig modern, andere eher traditionell. Während große Teile des Geländes um den Stausee herum trostlos und verwahrlost, beinah unheimlich wirkten, fühlte sich dieser Bereich belebt und einladend an.

Der Parkplatz war diesmal halb voll. Im hinteren Bereich parkten sechs Reisebusse. Aus einem weiteren am Haupteingang stieg gerade eine Gruppe japanischer Touristen aus. Als Kate und Tristan aus ihrem Auto stiegen, nahmen sie das leise Dröhnen der Turbinen wahr. Sie gingen zur gegenüberliegenden Mauer des Parkplatzes. Von dort konnten sie die Brücke und den steilen Abgrund zum Wasser sehen, das unten aus der Staumauer hervorschoss.

Von dort stieg eine flüchtige Gischt auf und zauberte einen Regenbogen in die Luft. Sie konnten auch sehen, wo sich der Fluss in Richtung der Hügel fortsetzte, bevor er neben einer Erhebung in der Landschaft verschwand.

Kate und Tristan stellten sich hinter einer Gruppe Japanerinnen mit Strohhüten an der Kasse an, bezahlten den Eintritt und gingen durch das Drehkreuz. Sie betraten einen weitläufigen, luftigen Raum, der angefüllt war mit Skulpturen, Drucken und einer Ausstellung von Glas- und Kristallstücken. In regelmäßigen Abständen boten große runde Fenster eine Aussicht auf den Stausee und vermittelten das Gefühl, man befände sich an Bord eines Schiffes. Aus dieser Perspektive wirkte das Wasser ganz anders als sonst, ruhig und friedlich.

Kate fragte einen Mitarbeiter, wo sie Dana Baker finden könnten. Sie folgten den Anweisungen, durch den Ausstellungsraum hindurch, am Café vorbei, mit Blick auf das Wasser und ein großes weißes Bootshaus, aus dem gerade ein Boot fuhr.

Sie erreichten das Büro. Kate wollte gerade an die Tür klopfen, als von drinnen hitzige Stimmen zu ihnen drangen. Tristan zog eine Augenbraue hoch, und sie lauschten.

»Du kannst ihm nicht ständig alles gratis geben, nur weil er dein Bruder ist«, schimpfte eine männliche Stimme mit überdeutlichem Cockney-Akzent. »Er ist reich. Wenn er will, dass wir eine Veranstaltung ausrichten, kann er dafür zahlen. Wir sind doch keine verdammte Wohltätigkeitsorganisation!«

»Rein rechtlich gesehen *sind* wir eine«, widersprach eine Frau.

»Komm mir nicht schlau, Dana.«

»Geht ja nicht anders. Hör zu, das ist eine *Familienverpflichtung*. Ich mache das jedes Jahr, und die Gäste spenden immer große Summen. Es findet statt, ob es dir passt oder nicht!«

»Familie. Ihr seid wie die Mafia, haltet immer zusammen.«

Plötzlich öffnete sich die Tür. Kate und Tristan traten einen Schritt zurück. Ein attraktiver Mann Mitte fünfzig mit kurzem grauem Haar, Brille und elegantem Anzug schob sich an ihnen vorbei und stapfte in Richtung des Cafés davon.

Das Büro war erstaunlich klein und verjüngte sich zur vorderen Seite, dort, wo der Bug des schiffsförmigen Gebäudes lag. Licht flutete den Raum durch Fenster auf beiden Seiten. Eine Frau fingerte nervös an etwas auf ihrem Schreibtisch. Sie trug ein schickes Kleid, vermutlich Haute Couture – weit, schwarz, im Schürzenstil –, und dazu Holzschuhe mit dicken Sohlen. Das pflaumenfarbene Haar hatte sie zu einem makellosen, glänzenden Bubikopf gestylt. Sie trug eine Brille mit dickem weißem Gestell und eine Menge protzigen Schmuck. Diese Dana Baker sah völlig anders aus als die ungepflegte, blonde junge Frau, die Kate und Tristan in dem YouTube-Video gesehen hatten.

»Hallo. Bitte kommen Sie herein«, sagte sie, um Fassung bemüht.

Kate wollte gerade mit einer vorbereiteten Ansprache über die Ermittlungen zum Tod von Simon Kendal beginnen, als Dana hinzufügte: »Kann ich Ihnen nach der langen Reise einen Kaffee anbieten?«

Da wurde Kate klar, dass Dana sie für jemand anderen hielt. Für jemanden, den sie erwartete. Kate forderte Tristan mit einem subtilen Blick auf mitzuspielen.

»Kaffee wäre wunderbar«, sagte Kate.

»Ja. Milch und Zucker, bitte.« Tristan schloss die Tür hinter ihnen.

»Bitte. Setzen Sie sich«, lud Dana sie ein und deutete auf ein großes pinkfarbenes Sofa unter dem Fenster, das zur Straße wies.

Tristan sah Kate an, als wollte er sagen: *Verraten wir ihr, wer wir sind?* Kate nickte ihm zu.

Dana ging zum Telefon und orderte Kaffee.

»Wir konnten nicht umhin, den Wortwechsel gerade mit anzuhören. War ganz schön hitzig«, meinte Kate, als Dana den Hörer auflegte.

»Ja. So was kann passieren, wenn man Geschäft und Vergnügen vermischt und mit dem Lebensgefährten zusammenarbeitet. Ich dachte, Sie hätten schon mit Harrison gesprochen … Über das Finanzierungspaket?« Argwöhnisch verengte sie die Augen. »Sind Sie Callie Prince?«, fragte sie mit einem Blick in ihren Terminkalender. »Von der Kulturstiftung?«

Eine lange Pause entstand. Kate wusste, dass sie die Karten auf den Tisch legen mussten. »Nein. Ich bin Kate Marshall,

Privatdetektivin. Das ist mein Mitarbeiter Tristan Harper. Wir untersuchen den Tod von Simon Kendal.« Sie sah, wie sich Danas Körper versteifte.

»Ich wurde nicht darüber informiert, dass die Polizei kommen würde. Normalerweise werde ich vorher angerufen.«

»Wir arbeiten als Privatdetektive … Warum sollte die Polizei Sie vorher anrufen?«

Dana setzte sich mit versteinerter Miene an den Schreibtisch.

»Ziemlich unaufrichtig von Ihnen, so zu tun, als wären Sie von der Kulturstiftung«, meinte sie und ignorierte Kates Frage.

»Das haben Sie angenommen; ich habe Sie nur nicht korrigiert«, entgegnete Kate.

»Ich habe Ihnen nichts zu sagen.«

»Ich habe Sie noch gar nichts gefragt. Na ja, doch: Ich habe Sie gefragt, warum die Polizei Sie vor einem Besuch anrufen sollte.« Kate zog eine Augenbraue hoch.

»Meine Familie kennt mehrere hochrangige Polizeibeamte privat«, erwiderte die Frau. »Jetzt muss ich Sie bitten zu gehen, ich erwarte …«

»Sie haben hier eine hervorragende Aussicht auf den Stausee«, fiel Kate ihr ins Wort und deutete auf das große Fenster, das zum Wasser wies. »Da sehen Sie bestimmt eine Menge.«

»Eine Menge wovon?«

»Zum Beispiel die Bergung von Simon Kendals Leiche, nachdem er ertrunken war. Oder die Polizei bei den anschließenden Ermittlungen.«

»Der junge Mann war zelten, nicht wahr?«

»Ja.«

»Und die Polizei verdächtigt seinen Freund?«

»Ja«, bestätigte Kate.

»Was glauben Sie?«, wollte Dana wissen. Die Frage schien aufrichtig zu sein.

»Wir haben da unsere Bedenken. Zum Beispiel fragen wir uns, wie Simon im Wasser gelandet ist. Außerdem war er Leistungsschwimmer.«

»O Gott, Sie sind doch nicht etwa von dieser schrecklichen Allianz für Wegerechte, oder?«

»Nein. Dylan, der Mitarbeiter Ihrer Tante: Welche Rolle nimmt er in der Firma ein?«

Dana wirkte überrascht über diese Wendung.

»Dylan ist schon seit vielen Jahren bei meiner Tante Silvia. Er ist ihr Chauffeur. Und beschützt sie. Das musste er über die Jahre auch schon mehrmals. Wegen dieser Irren von der Protestbewegung. Einer der umstrittenen Wege verläuft direkt an ihrem Haus vorbei. Haben Sie gewusst, dass jemand von dieser Gruppe bei ihr eingebrochen ist und sie mit einem Messer bedroht hat?«

»Wurde sie verletzt?«

»Nein. Dylan hat ihn erschossen.«

»Er hat den Eindringling *getötet?*«, fragte Tristan ungläubig.

»Ja, in Notwehr, was völlig legal ist. Der Mann hätte meine Tante umgebracht, wenn Dylan sie nicht verteidigt hätte.«

»Dylan hat uns vor drei Tagen mit einer Schrotflinte bedroht, als wir auf dem Campingplatz waren«, berichtete Kate.

»Wie gesagt, er hat einen ausgeprägten Beschützerinstinkt in Hinblick auf meine Tante. Und seine Schrotflinte ist legal registriert.«

»Aber es ist illegal, damit jemanden einfach so zu bedrohen, der sich auf öffentlichem Grund und Boden befindet«, konterte Kate.

»Hören Sie, wenn Sie hier sind, um …«

»Was ist mit dem *Hedley House*?«, feuerte Kate ansatzlos die nächste Frage ab. »Hat Dylan dort gearbeitet?«

»Im Nachtclub? Ja, er war für das Türpersonal zuständig.«

»Er war Türsteher in dem Nachtclub?«

»Ich denke schon, ja. Mit den Einheimischen gab es regelmäßig Probleme.«

»Ist Arron Ko ein Freund Ihrer Familie?«

»Ja, er und meine Tante sind schon seit ihrer Jugend befreundet. Ich verstehe nicht, was diese Fragen …«

»Henry Ko. Ist er auch ein Freund der Familie?«

»Natürlich, er ist Arrons Sohn. Hören Sie, ich muss diese Fragen nicht beantworten. Wir waren auch gar nicht hier, als Simon Kendal ertrunken ist.«

»Wir?«

»Harrison und ich waren in meiner Villa«, präzisierte Dana.

Ein Klopfen ertönte an der Tür, und Harrison öffnete sie. Er stand mit einer dunkelhaarigen Frau in einem Mantel mit Hahnentrittmuster am Eingang.

»Dana, das ist Callie Prince … Wir haben einen Termin reserviert.«

»Meine Zeit ist sehr knapp bemessen«, sagte Callie.

»Die beiden wollten gerade gehen«, erwiderte Dana. Sie wirkte erschüttert von den Fragen.

Kate und Tristan kehrten auf den Parkplatz zurück.

»Was denkst du?«, fragte Kate.

»Ich weiß nicht«, erwiderte Tristan. »Ich finde es schwierig, das Verhalten von vornehmen Leuten zu deuten. Die Frau scheint ein bisschen schwer von Begriff zu sein.«

»Das muss nichts bedeuten«, erwiderte Kate. »Eigentlich wollte ich sie ja auf die anderen Vermissten ansprechen, aber ich will Teds Aussage nicht gefährden. Allerdings ist Dylan gerade sehr interessant geworden. Er scheint in allem die Finger drin zu haben, was mit dem Schutz der Familie Baker zu tun hat.«

36

Kate und Tristan fuhren zum Hubble Cook Shop, der Stephen Baker gehörte und sich in einem kleinen Dorf namens Frome Crawford befand, ein paar Kilometer von Ashdean entfernt. Der Shop lag an einer Einkaufsstraße mit hochpreisigen Geschäften, darunter ein altmodischer Metzger, eine Bäckerei und eine etwas heruntergekommen wirkende Drogerie.

Sie stellten Kates Auto auf einem kleinen kostenpflichtigen Parkplatz gegenüber ab und überquerten die Straße. Trotz des Nieselregens und der länger werdenden Schatten hatte der Kochgeschirrladen eine Auslage mit eleganten silbrigen Töpfen und Pfannen draußen auf der Straße.

Das Schaufenster mit Halloween-Motiv wies die überzeugende Kulisse einer Farm in der Prärie samt Scheune und Getreidesilo auf. Im Hintergrund drehte sich langsam eine dünne Windmühle aus Holz, neben der Reihen mit echtem Mais wuchsen. Dazwischen mimten orangefarbene Bräter von Le Creuset die Kürbisse, während Küchengeräte und Bratpfannen als Räder und ein Brotbackautomat als Motor einen Traktor bildeten. Im Schaufenster erschien ein kleiner Junge mit hellblonder Topffrisur. Er trug einen roten Pullover und Jeans und hielt einen Teddybären in der Hand.

»Du lieber Himmel. Das sieht ja aus wie eine Szene aus *Kinder des Zorns*«, sagte Tristan.

Eine Frau mit langem blondem Haar kam durch die Vordertür herausgerannt. »Truman? Truman!«, rief sie und schaute suchend in beide Richtungen der Straße.

Ihr Akzent klang amerikanisch. Sie trug ein enges Yoga-Outfit und Turnschuhe und besaß eine beneidenswerte Figur.

»Suchen Sie nach ihm?«, fragte Kate und zeigte auf den kleinen Jungen, der sie unbedarft aus dem Schaufenster anstarrte.

»Ja. Gott sei Dank!«, rief sie und eilte zurück hinein.

Kate und Tristan folgten ihr in den beengten Laden, der jedoch eine gemütliche Atmosphäre ausstrahlte. Töpfe, Pfannen und Porzellan stapelten sich in bunten Auslagen. Der kleine Junge hatte sich einen Plastikmaiskolben aus dem Schaufenster gegriffen und wollte ihn essen. Die Frau trat in die Auslage.

»Truman, Schatz, tu das nicht. Komm und spiel mit deinem Bruder und deiner Schwester«, sagte sie und hob ihn hoch. Truman drehte den Kopf Kate und Tristan zu und beobachtete sie mit ernster Miene, als die Frau ihn in den vorderen Bereich des Ladens trug.

Kate und Tristan folgten ihnen durch die überladenen Gänge. Die Kasse befand sich ganz hinten auf einem breiten Holztisch, umgeben von hoch aufgetürmten Kisten.

Ein Mann, der Anfang vierzig zu sein schien, saß hinter dem Tisch und las eine Ausgabe des *Guardian*, die nackten Füße auf die Kante hochgelegt. Er hatte rotblonde Bartstoppeln auf den Wangen, schulterlanges blondes Haar und trug Jeans und ein schwarzes Metallica-T-Shirt.

»Kann ich Ihnen helfen?«, fragte er und lächelte ihnen zu. Kate konnte die Familienähnlichkeit mit Dana erkennen.

»Hi. Sind Sie Stephen Baker?«, fragte Kate.

»Ja. Der bin ich«, bestätigte er und schaute zwischen ihnen hin und her. Die Frau nahm den kleinen Jungen durch eine Tür hinter der Kasse mit. Sie hörten, wie sie die Stimme erhob.

»Schau dir dieses Durcheinander an! Ich rede mit dir, Banksy!«, sagte sie. Auf ein schepperndes Krachen folgte ein Schrei.

»Suchen Sie etwas Bestimmtes?«, erkundigte sich Stephen, den der Tumult hinter ihm nicht aus der Ruhe zu bringen schien.

Als Kate zu einer Antwort ansetzte, stürmten kreischend ein anderer blonder Junge und ein Mädchen, beide älter als das erste Kind, durch die Tür. Die Frau verfolgte die zwei quer durch den Laden.

»Banksy! Tallulah! Mami ist stinksauer!«

»Nicht rennen!«, rief Stephen halbherzig mit einem Lächeln hinter ihnen her. »Entschuldigung, was wollten Sie?«, fragte er und wandte die Aufmerksamkeit wieder seinen Besuchern zu.

»Wir sind Privatdetektive und untersuchen den Tod von Simon Kendal am Shadow Sands Stausee.«

Er verzog das Gesicht zu einer Grimasse.

»Herrje. Ja. Davon hab ich gehört«, sagte Stephen, zog das Haar zu einem Pferdeschwanz zusammen und befestigte es mit einem Gummiband. »Der arme Junge.«

»Ich bin Kate Marshall, und das ist mein Mitarbeiter Tristan Harper. Können wir mit Ihnen reden?«

»Warum?«

»Wir wissen, dass Sie Anteile an der Firma besitzen, und wollten Sie über den Stausee befragen.«

»Er ist groß und nass, das ist so ziemlich alles, was ich weiß. Ich habe das Familienunternehmen vor mehreren Jahren verlassen«, sagte er.

»Sie haben auch den Nachtclub *Hedley House* betrieben. Und wir glauben, dass mehrere junge Leute, die das Lokal besucht haben, jetzt in der Datenbank vermisster Personen sind«, fügte Kate hinzu.

Bei dieser zweiten Information wirkte Stephen aufrichtig besorgt. »Sie werden vermisst?«

»Ja. Eine junge Frau und ein Mann sind nach einer Nacht im *Hedley House* verschwunden.«

»Sagen Sie, möchten Sie etwas zu trinken? Mein Büro ist hinten.«

»Danke«, erwiderte Kate. Vorne aus dem Laden ertönte ein Scheppern, und die Frau schimpfte erneut mit den Kindern.

»Jassy. Ich gehe mal eben nach hinten ins Büro«, kündigte Stephen an. »Hier entlang«, sagte er zu seinen Besuchern und führte sie durch die Tür hinter der Kasse.

Stephens kleines Büro beherrschten alte Holzmöbel und ein Haufen LEGO-Steine mitten auf dem Boden. Er räumte einige Spielsachen von einem durchhängenden Sofa und bedeutete Kate und Tristan, darauf Platz zu nehmen.

»Tee oder Kaffee?«, erkundigte er sich. »Ich habe diese Maschine«, erklärte er und deutete auf eine Kapselkaffeemaschine an der Ecke des Schreibtischs.

»Kaffee«, antwortete Kate.

»Ich auch, danke«, sagte Tristan.

Sie ließen sich auf dem Sofa nieder.

»Wir haben gerade mit Ihrer Schwester Dana im Besucherzentrum gesprochen.«

»Haben Sie auch den ach so attraktiven Harrison kennengelernt?«, fragte Stephen und legte frische Kapseln in die Maschine ein.

»Ja.«

»Dana liebt es ein bisschen rau. Auf Cockney steht sie. Ray Winstone hat mal die Galerie besucht, da ist ihr *richtig* einer abgegangen.«

Eine Pause entstand. Kate wusste nicht, was sie darauf erwidern sollte. Als Stephen mit dem Kaffee fertig war, reichte er ihnen jeweils eine kleine Tasse.

»Ich habe die Leiche von Simon Kendal gefunden«, sagte Kate.

»Scheiße«, kommentierte Stephen und klatschte sich in einer übertrieben mitfühlenden Geste auf die Brust. »Das muss furchtbar für Sie gewesen sein.« Er kauerte sich auf die Schreibtischkante.

»Ich war mit meinem Sohn tauchen.«

»Keine Ahnung, warum die Leute so gern im Stausee tauchen. Es ist total trüb und düster.«

»An dem Tag hat raue See geherrscht. Außerdem wollte mein Sohn die versunkenen Gebäude sehen.«

»Und, haben Sie das?«

Kate nickte und trank einen Schluck von ihrem Kaffee. »Die Kirche. Der Wasserstand war sehr niedrig.«

»Ja. War ein trockener Sommer … stimmt. Tja, Scheiße. Wie kann ich Ihnen helfen?«

»Dylan. Der Mitarbeiter Ihrer Tante. Er ist für die Wartungsboote zuständig.«

»Tatsächlich?«, fragte Stephen und wirkte aufrichtig verblüfft.

»Ja. Er war auch Rausschmeißer im *Hedley House*.«

»Ach so. Sie meinen die Boote auf dem Stausee … Ich dachte, Sie reden von Bootswartung. Unsere Familie besitzt eine Jacht und noch ein paar Segelboote, die wir in den Norfolk Broads benutzen.«

»Neigt Dylan zu Gewalt? War er als Türsteher schwierig?«, wollte Kate wissen. Sie war sich nicht sicher, ob Stephen wirklich so ahnungslos war, wie er tat.

»Nein. Sie wissen ja, wie kitschige Kleinstadtdiscos so sind. Ich will ehrlich sein: *Hedley House* war eine Goldgrube, aber kein toller Arbeitsplatz. Es hat ständig Ärger gegeben. Wir haben einen harten Mistkerl wie Dylan gebraucht, um für Ordnung zu sorgen.«

»Zwei Personen sind nach einer Nacht in der Disco verschwunden. 2008 ein Mann namens Ulrich Mazur, 2009 eine junge Frau namens Sally-Ann Cobbs. Beide wurden als vermisst gemeldet. Ist die Polizei deswegen je im Nachtclub gewesen?«

»Wow. Nein. Nicht dass ich mich erinnern könnte. Vermisst? Du meine Güte.«

»Ja. Sie wollten spätnachts zu Fuß nach Hause gehen und sind einfach verschwunden.«

»Das ist ja furchtbar.« Stephen schüttelte den Kopf und rieb sich über das stoppelige Kinn. »Vielleicht hat man Videoüberwachungsmaterial von uns angefragt, aber Kameras hatten wir nur drinnen.« Er sah auf die Armbanduhr. »Hören Sie, ich unterhalte mich zwar gern mit Ihnen, aber was hat das alles mit mir zu tun? Ich kann die arme Jassy nicht lange mit den drei Kindern allein im Laden lassen«, sagte er mit einem nervösen Lachen.

»Eine Theorie ist, dass sie das Lokal betrunken zu Fuß verlassen haben und dabei in den Stausee gefallen sein könnten«, improvisierte Kate. »Hat die Polizei je formell den Antrag gestellt, den Stausee absuchen zu dürfen?«

»Darüber weiß ich nichts. Wie gesagt, ich kann mich auch nicht daran erinnern, dass die Polizei je im *Hedley House* gewesen ist und Fragen über diese Vermissten gestellt hat. Und mit dem Kraftwerk oder dem Stausee habe ich rein gar nichts zu tun. Meine Familie war nicht damit einverstanden, dass ich Jassy geheiratet habe. Darüber müssten sie mit meinem Bruder Thomas reden, dem Gutsherrn«, sagte Stephen.

Wieder krachte es draußen, und eines der Kinder schrie. Irgendwo vor der Tür begann ein Telefon zu klingeln.

»Hätten Sie für uns eine Nummer Ihres Bruders Thomas?«, fragte Kate.

»Nein. Ich gebe seine Nummer nicht an Fremde weiter. Auf seinen Wunsch.«

Jassy tauchte an der Tür zum Büro auf und lächelte Kate und Tristan an.

»Entschuldigen Sie die Störung. Stevie, kannst du rausgehen und auf die Kinder aufpassen? Ich telefoniere gerade mit DHL wegen der Kisten«, erklärte sie.

»Ja. Wenn das dann alles wäre?«, sagte Stephen und bedeutete ihnen zu gehen.

Sie verließen das Büro, und Stephen eilte zur Vorderseite des Ladens, wo die Kinder immer noch einen Heidenlärm verursachten. Jassy telefonierte an der Kasse. Offenbar war eine Lieferung Kartons an die falsche Adresse geschickt worden.

»Nein, nicht zur Telefonvermittlung. Zu Hubble in der Hauptstraße in Frome Crawford.«

Die Frau nickte und lächelte Kate und Tristan zu, als sie an ihr vorbeigingen. Stephen war irgendwo bei den Kindern in einem anderen Gang. Als sie wieder hinaus auf die Hauptstraße traten, hatte sich der Himmel düster zugezogen.

»Was hältst du von alldem?«, fragte Tristan.

»Ich weiß nicht. Gelegentlich hat er mir nervös gewirkt, aber immerhin waren wir auch zwei Wildfremde von der Straße, die ihm Fragen gestellt haben.«

»Ist es nicht irgendwie eigenartig, dass er sich überhaupt Zeit für uns genommen hat? Wir haben ihm ja nicht gerade in Aussicht gestellt, einen sündteuren Kochtopf zu kaufen.«

Kate lächelte. »Keine Ahnung.«

Sie sah auf die Armbanduhr. Zwei Uhr nachmittags.

»Lass uns etwas essen gehen und dann langsam zu Teds Haus rüberfahren.«

37

Ted Clough kam nach einem langen Vormittag im Krankenhaus nach Hause. Man hatte ihm Medikamente verabreicht und mitgeteilt, dass sich seine Prognose verschlechtert hatte. Zwei Wochen. Er hatte noch zwei Wochen zu leben. Überrascht hatte es ihn nicht.

Im Wartezimmer des Krankenhauses war ihm durch den Kopf gegeistert, mit der Polizei zu reden. Je mehr er über die Familie Baker und darüber nachdachte, was diese Leute getan hatten, desto wütender wurde er. Er *musste* mit der Polizei reden, sein Wissen offiziell zu Protokoll geben. Alles auspacken. Er würde darum ersuchen, seinen Namen nicht zu erwähnen, während die Behörden ermittelten. Hoffentlich würde er längst tot und begraben sein, wenn die Kacke am Dampfen wäre. Er hatte bereits mit seinem Anwalt gesprochen, ihm mitgeteilt, dass es nicht mehr lange dauern würde, und darauf bestanden, dass seine Katzen entsprechend seinem Testament oberste Priorität hatten. Sie mussten versorgt werden.

Ted ging nach oben, um sich zu waschen und ordentlich anzuziehen. Das Baden hatte er aufgegeben. Seine Knie schafften es nicht mehr zuverlässig in die Wanne und wieder heraus, und er wollte nicht darin festsitzen. Eine Dusche war nie eingebaut worden, also benutzte er einen Brauseschlauch am Wasserhahn, woraus sich ein äußerst dürftiger Ersatz für eine Dusche ergab.

Es war die einzige Situation, in der er den Sauerstoffschlauch abnahm, und während er auf einer Kunststoffkiste saß und sich wusch, musste er mehrere Pausen einlegen. Allein das Heben der Arme verursachte Kurzatmigkeit und bescherte ihm einen weiteren schmerzhaften Hustenanfall. Draußen schwand allmählich das Tageslicht. Von seinem Aussichtspunkt auf der Kiste im Badezimmer konnte er durch das Fenster den Garten hinter dem Haus bis zum Wald überblicken. Er lebte an einem so abgeschiedenen Fleckchen, dass er sich nie die Mühe gemacht hatte, Milchglasscheiben einzubauen. Zwei seiner Katzen befanden sich auf der Fensterbank – eine kleine weiße, die sich gemütlich fläzte, und der riesige Kater mit dem rötlichen Fell, der ständig das Gewicht verlagerte und zappelte, um auf den rutschigen Fliesen nicht den Halt zu verlieren.

Auf der Stromleitung, die quer entlang der Rückseite des Hauses verlief, kauerten mehrere Krähen. Ted schauderte, während er wartete, dass sich der kleine Plastikkrug mit warmem Wasser füllte. Dann hob er ihn mit zittrigen Händen an und goss sich das Wasser über den Kopf. Mit der freien Hand schrubbte er gleichzeitig, um das Shampoo herauszubekommen. Er hörte, wie eine Autotür zugeworfen wurde. Die Krähen erhoben sich laut krächzend in die Luft. Wenige Augenblicke später vernahm Ted von unten Geräusche.

»Hallo?«, rief er. Stille. Dann das Knarzen der Dielen, als jemand am Fuß der Treppe eintraf. »Bist du das, Arthur?«

Der Postbote kam manchmal herein, um nach Ted zu sehen. Allerdings nie, ohne vorher anzuklopfen und dann durch die Tür zu fragen, ob er eintreten dürfte.

Hastig trocknete sich Ted das Haar und trat aus der Badewanne auf den abgewetzten Teppich. Er hörte das Knarren der Treppe, als jemand langsam die Stufen heraufstieg.

»Wer ist da?«, rief Ted, während er mit ungeschickten Fingern versuchte, sich die Schlaufe der Sauerstoffleitung über den Kopf zu ziehen. Er kämpfte gerade darum, die kleinen Luftlöcher unter der Nase anzubringen, als sich die Badezimmertür öffnete.

»Hallo, Ted«, sagte eine Stimme. Ted schaute zu dem Mann auf und sah, dass er zu seiner Winterjacke und den Stiefeln dicke schwarze Handschuhe trug.

»Was haben Sie hier verloren?«, fragte er. Der Mann trat rasch einen Schritt vor und zog mit einem Ruck an der Sauerstoffleitung. »Was? Nein!« Ted kippte nach vorn, stolperte über die eigenen Füße und landete auf dem Bauch. Die Luft wurde ihm aus der irreparabel geschädigten Lunge gepresst.

»Komm schon, steh auf«, raunte der Mann und packte Ted am Haar. Er schrie vor Schmerz, als der Mann ihn an den Haaren nackt aus dem Bad und zum Treppenabsatz schleifte.

Als Ted einen weiteren Schrei ausstoßen wollte, hatte er keine Luft mehr in der Lunge. Er spürte einen Lederhandschuh auf der nackten Haut seines Beins und wurde hochgehoben.

»Wir machen einen kleinen Ausflug«, kündigte der Mann an.

DCI Della Street hatte Kate um 16:30 Uhr angerufen und mit ihr vereinbart, sie kurz vor sechs Uhr an Teds Haus zu treffen.

Zwei Polizeiautos parkten an der Hintertür, als Kate und Tristan ankamen. Es war dunkel, und die Küchentür stand sperrangelweit offen. Eine Schar von Teds Katzen kreiste im Licht, das aus der Küche herausschien. Die Tiere miauten aufgeregt.

Die Küche sah unverändert aus, aber als sie den Flur betraten, kauerte Della Street neben der Leiche von Ted Clough am Fuß der Treppe. Er war nackt und lehnte mit der Vorderseite an der Wand. Kate erkannte auf Anhieb das gebrochene Genick – der Kopf wies in die falsche Richtung. Er trug noch den Sauerstoffschlauch um die runzlige Haut am verdrehten Hals.

»Großer Gott«, entfuhr es Tristan.

Kate scheuchte den großen roten Kater von Teds Leichnam weg, als das Tier begann, daran zu schnüffeln.

»Was ist passiert?«, fragte Kate.

»Wir sind vor fünf Minuten eingetroffen und haben ihn so gefunden«, antwortete Della. Ein junger Beamter in Uniform kam die Treppe herunter.

»Es ist niemand hier. Keine Anzeichen auf einen Einbruch«, meldete er.

»Sehen Sie sich den blauen Fleck am rechten Bein an. Das ist ein Handabdruck, und die lose Haut am Genick sieht gequetscht aus«, stellte Kate fest. »Glauben Sie, jemand hat ihn heruntergeworfen?« Sie betrachtete die blutige Delle im Verputz am Fuß der Treppe. Auf halber Höhe die Stufen hinauf lag ein dünnes, helles Badetuch, ein paar Stufen weiter Teds Sauerstoffflasche.

Kate war bereits die ersten Treppenstufen hinaufgestiegen, als aus Dellas Funkgerät die Meldung ertönte, dass Beamte unterwegs waren. Im Badezimmer herrschte Chaos – der Medizinschrank war von der Wand gerissen worden, der Inhalt lag auf dem Boden verstreut. Rasch überprüfte Kate die anderen Räume, doch sie wirkten unberührt.

Als sie nach unten zurückkehrte, traf Henry Ko gerade mit drei weiteren Beamten ein, darunter DI Merton mit seinem zerknitterten Anzug und dem genauso zerknitterten Gesicht.

»Was zum Teufel macht *sie* hier am Tatort?«, fragte Henry, als er Kate erblickte.

»Woher wissen Sie, dass hier ein Tatort ist?«, fragte Kate und schaute zwischen Henry und Merton hin und her. »Della ist erst vor fünf Minuten angekommen.«

38

Kate und Tristan wurden zu einem kleinen Begleitfahrzeug der Polizei gebracht und aufgefordert, darin zu warten.

Im Inneren gab es kein einziges Fenster, nur eine winzige Sitzecke und einen Tisch.

»Werden wir hier drin festgehalten?«, fragte Tristan. Er saß auf der Bank. Kate lief in dem kleinen Raum auf und ab. Vor der Tür des Wagens war eine Polizistin postiert.

»Fühlt sich ganz so an«, erwiderte Kate. Sie öffnete die Tür. »Wir brauchen frische Luft«, sagte sie zu der Beamtin, die draußen stand. Der Wagen der Spurensicherung war eingetroffen und parkte mit zwei weiteren Streifenwagen vor Teds Haus.

»Sie müssen da drin bleiben, damit wir den Tatort nach forensischen Beweisen durchsuchen können«, erklärte die junge Frau und fügte hinzu: »Möchten Sie eine Tasse Tee?«

»Ich könnte ein Tässchen vertragen«, sagte Tristan.

Die Polizistin kam die Stufen herauf, schloss die Tür hinter sich und begann, ihnen in einer winzigen Küchenzeile Tee zuzubereiten.

Erst eine Stunde später kam Henry Ko in den Begleitwagen, um mit ihnen zu sprechen. Er setzte sich ihnen gegenüber an den Tisch.

»Della hat mir gerade erzählt, dass sie von Superintendent Varia Campbell von der Polizei in London kontaktiert wurde«, begann er. »Sie haben arrangiert, dass Ted Clough eine offizielle Aussage über die beiden Leichen abgeben sollte, die 1989 und 1991 im Shadow Sands Stausee gefunden wurden. Warum habe ich davon nichts gewusst?«

Kate beschloss, Henry gegenüber offen zu sein und ihm zu sagen, was sie herausgefunden hatten. Von den belastenden Informationen über die Todesfälle am Stausee, von der von den Bakers angeordneten Vertuschung. Ted habe sich zu einem Treffen mit Della bereiterklärt, um sein Wissen zu Protokoll geben zu können, doch bei ihrer Ankunft sei er bereits tot gewesen.

»Er ist nicht die Treppe runtergefallen. Das war kein Unfall«, betonte Kate. »So, wie sein Kopf gegen die Wand geknallt ist, sieht es aus, als wäre er runter*geworfen* worden.«

Kate berichtete auch alles andere, was sie bisher erfahren hatten – über Magdalenas Verschwinden, über den Mord an Simon Kendal und über die anderen vermissten jungen Männer und Frauen. Henry hörte sich alles an und wirkte aufrichtig beunruhigt. Seine Stimmung schlug jedoch in Wut um, als Kate zu dem Teil gelangte, wie Kirstie Newett nach ihrem Erlebnis von Arron Ko mitgenommen worden war.

Henry stützte den Kopf auf die Hände.

»Herrgott noch mal«, entfuhr es ihm. »Kirstie Newett. Sie wird meine Familie ewig heimsuchen.«

Kate sah Tristan an, der genauso überrascht von Henrys Reaktion wirkte wie sie.

»Sie kennen Kirstie Newett?«, fragte Kate.

»Sagen wir besser, ich weiß von ihr. Ich und meine Familie.«

Henry rieb sich das Gesicht und atmete tief durch. Dann ging er zur Tür des Begleitwagens, vor dem sich mittlerweile mehrere Polizisten und das Team der Spurensicherung tummelten, und schloss sie.

»Ich erzähle Ihnen ein paar Dinge. Aber sie müssen vertraulich bleiben. Ich kann nicht zulassen, dass Sie beide Amok laufen und diese verrückten Theorien verbreiten«, sagte er. Dann nahm er wieder vor ihnen Platz.

»Das sind keine verrückten Theorien …«, widersprach Kate.

Er hob die Hand. »Bitte, lassen Sie mich erst zu Wort kommen.«

»Na schön, reden Sie«, gab Kate zurück.

»Erstens: Ich gebe Ihnen recht. Ted Cloughs Tod sieht äußerst verdächtig aus, und wir behandeln ihn dementsprechend. Er hat seltene Goldmünzen gesammelt. In den letzten drei Monaten waren wir zweimal hier draußen, nachdem er Eindringlinge auf dem Grundstück gemeldet hatte. In seinem Arbeitszimmer hatte er Goldmünzen im Wert von fast zwanzig Riesen. Einfach so in Schubladen. Ohne Schloss. Wir liegen ihm bereits seit einer halben Ewigkeit damit in den Ohren, die Sammlung besser in einem Bankschließfach zu deponieren … Und wir waren so schnell hier, weil wir in der Gegend waren und Della über Funk gehört haben. Während Sie hier gewartet haben, hat sich herausgestellt, dass tatsächlich sämtliche Goldmünzen verschwunden sind. Wir glauben, dass er einen oder mehrere Eindringlinge überrascht hat, und die haben ihn dann umgebracht.«

»Er hatte belastende Informationen, die er uns geben wollte.«

»Und Sie können sich darauf verlassen, dass ich dem nachgehen werde, Kate«, beteuerte er. Zwar wirkte er dabei aufrichtig, dennoch war sie nicht bereit, sich so einfach auf sein Wort zu verlassen.

»Was ist mit Kirstie Newett? Sie hat Ihren Vater ohne Stichwort von mir genannt.«

Wieder senkte sich ein Schatten über Henrys Züge. Er stand auf und ging zu einem der Computer im Wagen.

»Ich habe hier Zugriff auf HOLMES. Zur Erklärung zeige ich Ihnen etwas«, kündigte er an.

Er rief eine Polizeiakte auf und klickte auf »Drucken«. Stille herrschte, während er darauf wartete, dass die Seiten aus dem Drucker kamen. Tristan warf Kate einen nervösen Blick zu. Henry kehrte zum Tisch zurück.

»Das zeige ich Ihnen streng vertraulich«, warnte er und überreichte ihnen mehrere Seiten eines Polizeiberichts. Ganz oben stand *Kirstie Newett*. Während Kate die Akte durchlas, sank ihr Mut.

»Kirstie hat wohl nicht erwähnt, dass mein Vater 2010 eine einstweilige Verfügung gegen sie erwirkt hat, kurz nachdem sie aus einer geschlossenen Anstalt in Birmingham entlassen wurde, oder?«, fragte Henry leise.

»Nein«, bestätigte Kate. Sie las den Polizeibericht zu Ende und reichte ihn dann an Tristan weiter. Darin stand, dass Arron Ko sechsmal die Polizei gerufen hatte, als er Kirstie im Garten seines Hauses außerhalb von Exeter angetroffen hatte, weitere zweimal, als sie ins Haus der Familie eingebrochen war. Der letzte Vorfall hatte sich zu Weihnachten 2011 ereignet. Dabei hatte sie im Badezimmer der Familie einen Spiegel zerbrochen und sich mit den Scherben die Pulsadern aufgeschlitzt. Kate dachte an die Narben zurück, die ihr an Kirsties Handgelenk aufgefallen waren.

»Sie stalkt meinen Vater seit mehreren Jahren. Auch meine Mutter und meinen Bruder hat sie schon bedroht … Hatten Sie je einen Stalker, Kate?«, fragte Henry.

»Ja.«

»Dann wissen Sie ja selbst, wie beängstigend das sein kann. Nur durch unsere Geistesgegenwart und Erste-Hilfe-Kenntnisse konnten wir sie davor bewahren, in unserem Badezimmer zu verbluten. Ich wollte nicht, dass sie in unserem Haus stirbt und wir damit leben müssen«, sagte Henry.

»Das erklärt allerdings nicht, was Kirsties Besessenheit von Ihrem Vater ausgelöst hat«, warf Tristan ein.

Henry nickte.

»Mein Vater war praktisch das Gesicht der Polizei. Er war oft in den Nachrichten und bei *Crimewatch*-Aufrufen zu sehen. Mehrere Jahre lang hat er auch regelmäßig Schulen besucht. In Kirsties Schule war er, als sie sechzehn war. Wir glauben, dass sie ihn dort zum ersten Mal gesehen hat.«

»Was ist mit Simon Kendal?«, fragte Kate. »Warum haben Sie seinen Tod vorschnell als Unfall deklariert und sind dann zurückgerudert?«

»Ich habe seinen Tod nicht als Unfall deklariert. Ich habe mich an der Einschätzung des Gerichtsmediziners orientiert.«

»Warum wurde ein anderer Gerichtsmediziner hinzugezogen? Alan Hexham hätte die Obduktion durchführen sollen«, sagte Kate.

»Das ist richtig. In dem Fall wurde nicht Alan Hexham mit der Obduktion betraut. Die Regierung besitzt fünfzig Prozent des Shadow Sands Stausees und Wasserkraftwerks, das Strom für Millionen Menschen liefert. Da ist es nicht ungewöhnlich, dass die Regierung jemanden schickt, um einen verdächtigen Todesfall zu untersuchen – jemanden, der vielleicht eine höhere Sicherheitsfreigabe hat.«

Kate schüttelte den Kopf.

»Das klingt ziemlich weit hergeholt«, befand sie.

»Tatsächlich? Was, wenn Simon Kendal ein Terrorist gewesen wäre, der vorhatte, das Kraftwerk zu sabotieren?«

»Er war ein Student aus der Gegend.«

»Das wissen wir *jetzt*«, erwiderte Henry. »Ich weiß, es ist schon lange her, dass Sie als Polizistin gearbeitet haben, Kate. Aber man reagiert gern reflexartig auf etwas, das sich später als harmlos herausstellt.«

»Und nun, da Sie wissen, dass Simon Kendal nur ein Student war – finden Sie nicht, dass sein Tod verdächtig ist?«

»Doch«, erwiderte Henry. »Und wir haben eine Mordwaffe. Wir haben einen Zelthaken am Rand des Stausees gefunden.

Auf dem Haken waren Geraint Jones' Fingerabdrücke, und er wurde definitiv benutzt, um auf Simon einzustechen. Wir wissen, dass es Löcher im Zaun um den Stausee gibt. Diese Erkenntnis stärkt unseren Verdacht gegen Geraint Jones. Dadurch hatten sowohl Simon als auch Geraint einen nachvollziehbaren Weg zum Wasser, ohne über den Zaun klettern zu müssen.«

Kate lehnte sich auf dem winzigen, klumpigen Sitz im Wagen zurück. Alles, was Tristan und sie bisher ermittelt hatten, war praktisch entkräftet worden. Verschwendeten sie bloß ihre Zeit, indem sie Detektive spielten? Während Polizeibeamte wie Henry die Einzelheiten über Zeugen durch Polizeiakten im HOLMES-Netzwerk nachsehen konnten? Kate war immer stolz darauf gewesen, alle Informationen zu haben. Nun musste sie einsehen, dass sie über gar keine verfügte.

»Was ist mit Magdalena Rossi?«, fragte Kate. »Sie haben ihren Motorroller aus diesem Graben geborgen.«

»Ja, und der Graben führt zwanzig Meter weiter in einen Regenwasserkanal, wo wir einen ihrer Ohrringe gefunden haben«, erwiderte Henry. »Gut möglich, dass sie im Nebel mit dem Roller von der Straße abgekommen und im Graben gelandet ist. Der Kanal leitet das Wasser von den Feldern ab und ins Meer. Falls Sie sich erinnern, an dem Abend hatten wir einen gewaltigen Regenschauer. Wir gehen davon aus, dass ihre Leiche von Flutwasser mitgerissen wurde. Wir haben die Küstenwache bereits davon in Kenntnis gesetzt, dass ihre Leiche ins Meer gespült worden sein könnte. Aber wie Sie wissen, herrschen entlang der Küste in diesem Gebiet starke Strömungen und Gezeitenwechsel. Magdalenas Motorroller wurde an der Mündung des Kanals verkeilt gefunden. Aber ihre Leiche werden wir vielleicht nie finden. Obwohl wir darauf hoffen … Ihnen beiden muss klar sein, dass ich Ihnen diese Informationen vertraulich mitteile – streng vertraulich.«

Kates Verstand überschlug sich beim Versuch, eine weitere Frage oder Tatsache zu finden, die Henrys Darstellung widerlegen könnte. Es blieb nach wie vor viel ungeklärt, was die verschwundenen jungen Männer und Frauen anging – die Leichen, die Ted gefesselt im Stausee gefunden hatte und über die er lügen musste.

»Ich denke immer noch, dass Sie im Shadow Sands Stausee suchen sollten.« Kate hörte das Zittern in ihrer Stimme.

»Mit welcher Begründung?«, konterte Henry.

»Mit der Begründung, dass dort Leichen abgeladen und als Unfälle abgestempelt wurden. Es könnten noch mehr Tote auf dem Grund liegen«, sagte Kate.

»Ich kann die Stilllegung eines bedeutenden Kraftwerks und den Einsatz der Ressourcen unserer Marineeinheit nicht mit einer solch vagen Vermutung rechtfertigen. Jedenfalls nicht auf Basis des Bauchgefühls einer …« Abrupt verstummte er.

»Des Bauchgefühls von wem?«

»Des Bauchgefühls einer Amateurdetektivin, die, wenn ich ehrlich sein darf, in der Vergangenheit selbst gewisse Probleme hatte.«

»Jetzt werden Sie unhöflich«, mischte sich Tristan ein.

»Nein. Ich bin nur offen. Und direkt«, entgegnete Henry. »Und ich denke, ich muss offen zu Ihnen sein. Bevor Sie sich komplett zum Narren machen.«

Es klopfte an der Tür des Begleitwagens. Die Tür schwang auf, und DI Merton erklomm die Stufen. »Entschuldigung, Boss. Die Spurensicherung ist fast fertig. Sieht so aus, als wäre der Eindringling durch ein Fenster hinten eingestiegen. Dort haben wir Glasscherben, einen Teilabdruck eines Daumens und draußen Fußabdrücke … Außerdem haben Sie einen, äh, Besucher.«

Kate und Tristan folgten Henry aus dem Wagen.

Ein großer, schlanker Mann, vermutlich Anfang fünfzig,

sprach mit einem der uniformierten Beamten neben dem Absperrband der Polizei an der Hintertür des Hauses. Er trug einen teuren Nadelstreifenanzug, einen langen schwarzen Mantel und polierte schwarze Schuhe. Der Mann war äußerst blass und hatte einen blaustichigen Bartschatten.

»Ja, Lord Baker. Aber ich darf niemanden reinlassen, bis die Spurensicherung abgeschlossen ist«, sagte der Polizist soeben.

»Natürlich, das verstehe ich«, erwiderte der Mann. »Ah, Henry«, fügte er hinzu, als er Ko mit Kate und Tristan sah.

»Thomas«, gab Henry zurück.

»Ich bin eben vom Verwaltungsbüro informiert worden«, sagte Thomas, den Blick auf Kate und Tristan geheftet.

»Ja. Wir versuchen gerade, alles zusammenzufügen. Sieht nach einem Einbruch aus«, sagte Henry.

Kate verwirrte, warum Thomas Baker hier war. Sie musste ihn wohl finster angestarrt haben, denn er wandte sich an sie und Tristan.

»Kennen wir uns?«, fragte er. »Ich bin Thomas Baker.«

»Warum sind Sie hier?«, gab Kate zurück und ignorierte seine ausgestreckte Hand.

Seine Augen wurden schmal.

»Vielleicht könnten Sie sich erst vorstellen«, forderte er sie auf.

»Kate Marshall. Das ist mein Mitarbeiter Tristan Harper.«

»Mitarbeiter wobei?«, fragte er gebieterisch.

»Ich bin Privatdetektivin, und wir untersuchen den Tod von Simon Kendal im Stausee …«

»Kate gehört weder zu mir noch zur Polizei«, warf Henry ein.

Kate bemerkte, dass ihnen mittlerweile auch die Aufmerksamkeit der anderen uniformierten Beamten galt. »Warum sind Sie an diesem Tatort?«, wiederholte Kate ihre Frage.

Thomas verlagerte unbehaglich das Gewicht von einem

Bein aufs andere. Einen Moment lang starrte er sie stumm an. Er schien seine Worte gründlich abzuwägen.

»Ted Cloughs Haus gehört zum Shadow Sands Besitz. Er war mein Mieter«, antwortete er schließlich frostig. »Als Eigentümer des Anwesens bin ich für sämtliche Verbrechen, die auf meinem Land begangen werden, und für das Wohlergehen meiner Mieter zuständig. Reicht Ihnen das als Erklärung, Miss Marshall?«

Kate spürte, wie sich ihre Wangen unter den Blicken der Umstehenden röteten. Wie er mit ihr sprach und wie alle anderen reagierten, vermittelte ihr das Gefühl, von einem Lehrer vor der versammelten Klasse gerügt zu werden.

»Sie mögen es wohl nicht, wenn man Ihnen Fragen stellt, nicht wahr?«, konterte sie standhaft und zwang sich, ihm in die Augen zu sehen.

Thomas schaute zu Henry und setzte ein schiefes, gehässiges Lächeln auf.

»Nicht von einer Amateurdetektivin und ihrem … Handlanger«, erwiderte er und lachte leise.

Henry und die anderen Polizisten in der Nähe lachten gezwungen mit.

»Ted Clough stand kurz davor, offiziell zu Protokoll zu geben, dass er als Mitarbeiter am Stausee die direkte Anweisung erhalten hat, über zwei im Wasser gefundene Leichen zu lügen …«

Thomas' Belustigung verpuffte.

»1989 und 1991 wurden die Leichen zweier Frauen mit gefesselten Armen und Beinen gefunden. Man hat von Ted verlangt, diese Information für sich zu behalten und darüber zu lügen, wo genau die Leichen gefunden wurden …«

Thomas hob die Hand, trat näher an Kate heran und senkte die Stimme.

»Einer meiner betagten Mieter wurde nur wenige Schritte

von uns entfernt brutal überfallen, und Sie posaunen hier lauthals solch ernste und – sofern sie wahr sind – hochsensible Angelegenheiten herum. Ich fordere Sie auf, sich zu mäßigen. Und ich schlage vor, Sie geben bei DCI Henry Ko eine offizielle Aussage ab …«

»Sie hat mir die Informationen bereits gegeben«, warf Henry ein.

»Gut. Dann kann ich das ja dir überlassen, Henry. Ich vertraue darauf, dass du diese Anschuldigungen gründlich untersuchst. Wenn ich irgendwie helfen kann, kooperiere ich natürlich in jeder Hinsicht mit dir«, versicherte Thomas.

Ein Mann von der Spurensicherung erschien an der Hintertür und teilte Thomas Baker mit, dass er das Haus jetzt betreten könnte.

»Wenn Sie mich bitte entschuldigen«, sagte er, duckte sich unter dem Absperrband hindurch und verschwand im Gebäude.

Henry folgte ihm. »Sorg dafür, dass sie vom Gelände eskortiert werden«, raunte er zuvor DI Merton zu.

Kate und Tristan fuhren zurück zur Hauptstraße, dicht gefolgt von DI Merton in dessen Wagen. Am Tor hielt er an und wartete dort, bis Kate auf die Hauptstraße gebogen war.

Im Auto herrschte eine schreckliche Stille.

»Bist du wütend auf mich?«, fragte Kate schließlich.

»Nein. Ich bin nur verwirrt. Und stinksauer darüber, wie er mit dir geredet hat … Ich wünschte, ich hätte die Klappe aufgemacht und etwas gesagt«, brummte Tristan. »Was für ein eingebildeter Affenarsch.«

»Danke«, murmelte Kate.

»Henry hat mich alles in Frage stellen lassen, was wir bisher hatten … Kirstie … Geraint … die anderen Opfer«, gestand Tristan.

»Was ist mit Ted? Warum hat er uns nicht gesagt, dass sein Haus auf dem verdammten Shadow Sands Besitz steht und er es von der Familie Baker gemietet hat?«

»Das werden wir nie erfahren. Er ist tot«, merkte Tristan an.

»Ein Einbruch klingt logisch. Ist aber auch verdammt praktisch … Und Magdalena? Glaubst du *wirklich*, dass sie von der Straße abgekommen und in einen Regenwasserkanal gestürzt ist?«

Tristan rieb sich die Augen.

»Sie war schon eine wilde Fahrerin, Kate … Ich hab gesehen, wie sie mit der Vespa um die Kurven gerast ist. Und man hört immer wieder von Autos, die von der Straße abkommen und im Graben landen …«

»Scheiße!«, fluchte Kate und drosch mit der Hand aufs Lenkrad. »Wir haben unsere gesamte Theorie darauf aufgebaut, was Kirstie mir erzählt hat.«

»Meinst du, Henry könnte die Polizeiberichte gefälscht haben?«, fragte Tristan.

Kate schüttelte den Kopf. »Ich habe beobachtet, wie er sich bei HOLMES angemeldet hat, der zentralen Polizeidatenbank. Ja, die Aufzeichnungen könnten gefälscht worden sein, aber das wäre schon ein gewaltiges Risiko … Und ich konnte einen Blick auf den Bildschirm erhaschen. In der Akte waren mehrere Einträge über Berichte, von mehreren Beamten an verschiedenen Tagen. Alle über Stalking-Vergehen im Zusammenhang mit Kirstie. Um das zu vertuschen, müssten unzählige Beamte verschiedener Dienstgrade und an verschiedenen Standorten beteiligt gewesen sein.«

»Was zum Teufel machen wir jetzt?«, fragte Tristan.

»Keine Ahnung«, gestand Kate. Sie wusste nicht mehr, wem oder was sie noch glauben sollte.

39

Als Magdalena aus ihrer Betäubung aufwachte, fühlte sie sich wund und geschunden. Sie spürte etwas ekelhaft Klebriges zwischen ihren Beinen. In ihrem Kopf legte sich ein Schalter um.

Nein. Das passiert nicht noch einmal mit mir, sagte eine Stimme in ihrem Geist.

»Er wird dir das nicht noch einmal antun, hörst du?«, sagte sie laut. »Du wirst überleben.«

Magdalena sprach es auf Italienisch und dann noch einmal sicherheitshalber auf Englisch aus. Sie würde überleben. Irgendwie musste sie ihren Entführer besiegen und ihre Tortur überstehen.

Sie hatte seit Tagen nichts gegessen. Ihre Kleidung hing lose an ihr, und sie musste immer wieder die Jeans hochziehen. Aber sie hatte Zugang zu sauberem Wasser. Das würde dafür sorgen, dass sie am Leben und bei klarem Verstand blieb. Sie erinnerte sich an eine Dokumentation, die sie über die SEALs der US Navy gesehen hatte. Einer der Männer hatte bei einem Interview gemeint, Angst wäre sein ständiger Begleiter bei einer Mission. Er sagte, durch Angst entstünde eine gewaltige Menge an Adrenalin und Energie, die man sich zunutze machen, zu seinem Vorteil einsetzen konnte. Außerdem sagte er, in einer gefährlichen Umgebung müsste er immer alles geben, was er hatte, so klein und unbedeutend es auch sein mochte.

Magdalena stand vom Bett auf und begann, das Verlies erneut zu erkunden. Es war an der Zeit zu kämpfen, statt nur bang in der Dunkelheit zu kauern. Sie tastete sich den Korridor entlang, von den Aufzugtüren bis zum Zimmer mit dem Bett und dem Waschbecken. Der Bettkasten bestand aus einem harten Sockel mit eingepasster Matratze aus dünnem Schaumstoff mit einem angenähten Überzug. Das Waschbecken schien aus schwerem Porzellan zu sein und erwies sich wie der Wasserhahn als fest verschraubt. Sie bewegte die Hände über jeden Quadratzentimeter ihres Kerkers und erstellte mit den Fingerspitzen eine gedankliche Karte der Wände. Auch nach losen Fliesen suchte sie. Dabei fielen ihr zwar an einigen Stellen klebrige Rückstände auf, aber die Fliesen waren dennoch alle fest verfugt. Der Boden war glatt und kalt. Er fühlte sich nach Beton an.

Als sie zu dem kleinen Raum im Flur gelangte, der die Toilette enthielt, stählte sie die Nerven und tastete auch dort alles ab. Die Toilettenschüssel bestand wie das Waschbecken aus schwerem Porzellan und besaß keinen Sitz. Magdalena fühlte am Abflussrohr dahinter entlang, das fest in die Wand eingegipst war. *Igitt, wie klebrig.*

Ein dünnes Rohr führte von der Schüssel hinauf zu einem altmodischen Spülkasten hoch über der Toilette. Die lange Kette, die am Spülmechanismus befestigt gewesen sein musste, war entfernt worden.

Vorsichtig stieg Magdalena auf die Toilettenschüssel, balancierte mit den Füßen auf den Rändern und streckte sich nach dem Spülkasten. Der Porzellandeckel darauf stellte sich als zu schwer heraus, um ihn anzuheben. Als sie ihn zur Seite schob, kippte er, fiel und zerschellte mit einem ohrenbetäubenden Krachen auf dem Betonboden. Magdalena rutschte ab, und ihr linker Fuß platschte in die Schüssel, gefolgt vom rechten.

»Na toll«, murmelte sie. Indem sie sich an den Wänden abstützte, gelang es ihr, sich aufrecht zu halten. Sie stieg aus der Schüssel, schüttelte die nassen Füße ab und war dankbar, dass sie nach dem letzten Toilettengang gespült hatte.

Sie kletterte wieder auf die Schüssel, griff nach oben und tastete im Inneren des Spülkastens herum. Der Schwimmerhahn war fest montiert, und sie konnte nicht fühlen, ob irgendetwas anderes lose war, fand keinen anderen Mechanismus. Durch das eisige Wasser wurden ihre Hände schnell taub und nutzlos. Sie stieg zurück auf den Boden, hockte sich auf den Rand der Toilettenschüssel, trocknete die Hände an der Jeans ab und rieb sie, um sie wieder aufzuwärmen. Die Hungerattacken kehrten zurück. Sie traten in Schüben auf. Diesmal krampfte sich ihr Magen schmerzhaft zusammen, und sie krümmte sich vornüber. Magdalena biss die Zähne zusammen und wartete, bis der Anfall abklang, was er nach einigen Minuten tat.

Ihr nackter Fuß berührte den Rand des Spülkastendeckels, und sie fühlte, dass das dicke Porzellan beim Aufprall auf den Boden in mehrere Stücke zerbrochen war. Magdalena kniete sich hin und tastete vorsichtig die Teile ab. Ein Schauer freudiger Erregung durchfuhr sie, als sie auf einen Splitter mit einem scharfen, spitzen Ende stieß. Die Kante war glatt, und das Stück passte gut in ihre Handfläche.

Eine Waffe.

40

»Du solltest dich schlafen legen«, meinte Kate zu Tristan, als sie ihn wieder bei sich zu Hause absetzte. Die dunklen Ringe unter seinen Augen ließen sich nicht übersehen.

»Du auch. Morgen früh sieht alles besser aus«, erwiderte er und lehnte sich durch die offene Tür. Allerdings klang er davon nicht besonders überzeugt. »Soll ich dir gleich als Erstes morgen Frühstück vorbeibringen?«, fügte er hinzu. »Spiegelei und Speck im Brötchen?«

»Ja, dann habe ich einen Ansporn aufzustehen«, erwiderte Kate.

»Willst du noch mit reinkommen und was essen?«, fragte Tristan.

»Nein, passt schon, danke.«

Kate merkte ihm an, dass er sich um sie sorgte, wofür sie dankbar war, aber sie wollte einfach nur heim und ein wenig Zeit für sich allein.

In ihrem Haus herrschte eisige Kälte, als sie die Eingangstür öffnete. Sie zündete als Erstes ein Feuer im Kamin an, dann machte sie sich einen Toast mit Käse und trug ihn, zusammen mit einem Glas Eistee, ins dunkle Wohnzimmer. Dort starrte sie in die Flammen, während sie aß.

Es fühlte sich an, als entglitte ihr alles – der sichere Halt, den die Fakten des Falls ihr für gewöhnlich boten, der Glaube an sich selbst. Sie wollte mit Kirstie reden. Sie wollte glauben, dass Magdalena ins Meer gespült worden war. Und sie wusste, dass sie später zu ihrem Treffen der Anonymen Alkoholiker gehen sollte. Aber sie saß nur weiter vor dem Feuer. Ihre Beine und ihr Gesicht wurden heiß von den Flammen, trotzdem wurde sie die Kälte in ihrem Inneren nicht los.

Ihr Telefon piepte, als eine Textnachricht eintraf, und sie zog das Gerät aus der Jeanstasche. Von Jake. Er wollte wissen, ob sie Zeit hätte, um zu skypen. Sie schrieb zurück, dass sie in zehn Minuten bereit sein würde, und schaltete eilig das Licht im Wohnzimmer ein, räumte alte Teller und verstreutes Papier auf. Dann ging sie ins Bad, bürstete sich die Haare und spritzte sich kaltes Wasser ins Gesicht. Dabei betete sie, Jake würde gleich seinen Besuch für nächste Woche zusagen.

Kaum hatte sich Kate mit ihrem Laptop auf ihren Lieblingssessel am Fenster gesetzt, klingelte es.

Als sie den Anruf entgegennahm, öffnete sich der Videobildschirm. Jake saß auf dem Sofa neben Kates Mutter Glenda. Sie hatten bereits zu Abend gegessen, denn ihre Mutter hatte noch ihre Schürze mit der Aufschrift *I ♥ LOVE YORK CATHEDRAL* an. Jake trug ein schwarzes T-Shirt und das Haar unverändert schulterlang.

»Hi, Ma«, grüßte Jake und hob die Hand.

»Hallo, Schatz«, erwiderte Kate.

»Catherine, wir warten nur auf deinen Vater. Komm schon, Michael. Wir warten nur noch auf dich«, sagte sie und schaute an der Kamera vorbei.

»Ist alles in Ordnung?«, erkundigte sich Kate. Ihre Mutter streckte zwar manchmal bei Skype-Chats mit Jake den Kopf kurz ins Bild, nahm aber nur selten richtig daran teil, es sei denn, es gab etwas Ernstes zu besprechen. Und Kates Vater wurde ausschließlich einbezogen, wenn es um etwas *sehr* Ernstes ging.

»Wie ist das Wetter bei dir, Catherine?«, erkundigte sich ihre Mutter unbeschwert.

»Kalt. Wie zu erwarten«, antwortete Kate.

Ihr Vater schleppte sich langsam mit seinem Schopf grauer

Haare und seiner Brille an einer Goldkette um den Hals ins Bild und ließ sich schwerfällig neben Glenda aufs Sofa plumpsen. Er trug einen knallroten Pullover mit gelbem Karomuster.

»Hallo, Catherine, Liebes«, grüßte er, griff nach seiner Brille an der Kette und setzte sie auf. Mit zusammengekniffenen Augen betrachtete er den Bildschirm. »Gut siehst du aus.« Das sagte er immer. Man könnte ihr aus nächster Nähe ins Gesicht schießen, dachte Kate, und ihr Vater würde nach wie vor behaupten, sie sähe gut aus.

»Ja, ich gehe immer noch jeden Tag schwimmen«, erwiderte sie.

»Wie ich sehe, hast du ein Feuer angezündet!«

»Ja.«

»Wann hast du zuletzt den Schornstein fegen lassen?«, fragte er.

»Äh, letztes Jahr, glaube ich.«

Er gab einen missbilligenden Laut von sich.

»Dann solltest du ihn unbedingt wieder säubern lassen, Catherine. Du willst keinen Schornsteinbrand, glaub mir, das wäre ganz übel.«

»Michael, wir sind nicht hier, um über Kates Kamin zu reden«, warf Glenda ein. Jake schaute zu Glenda und Michael hinüber. Glenda nickte.

»Ma, ich muss mit dir über die Ferien reden«, begann Jake.

Jetzt kommt's, dachte Kate. *Er lässt mich hängen.* Sie trank einen Schluck von ihrem Eistee.

»Ich würde gern morgen kommen, wenn das nicht zu kurzfristig ist, und ein paar Tage bei dir bleiben.«

»Sicher, das ist kein Problem«, antwortete Kate verwirrt. Vielleicht hatte sie die Situation ja doch falsch eingeschätzt. Obwohl sie gehofft hatte, er würde die ganze Woche bleiben. Vor allem jetzt, da in ihrem Leben ein solches Durcheinander herrschte, würde ihr ein wenig Normalität guttun.

»Ma. Es gibt da etwas, das ich tun möchte. Tun muss …« Jake räusperte sich. »Du weißt, dass ich nach dem Vorfall im Sommer zu einem Therapeuten gehe.«

»Ja.«

»Er ist echt toll und hilft mir, auch andere Dinge aufzuarbeiten.«

»Was für andere Dinge?«, fragte Kate schärfer als beabsichtigt.

»Na ja, Dinge im Zusammenhang mit …« Jake schien sich äußerst unbehaglich zu fühlen und schaute zu Boden. Das lange Haar fiel ihm ins Gesicht.

»Jake, sieh deine Mutter an, wenn du mit ihr redest, und versteck dich nicht hinter deinem Haar«, rügte ihn Glenda.

»Oma! Ich versuche gerade, was zu sagen«, gab er zurück und strich sich die Haare hinter die Ohren.

Er holte tief Luft.

»Roland, also mein Therapeut, er hat mich dazu gebracht, bei den Sitzungen über meinen Vater zu reden … Ich weiß, wer er ist, und ich weiß, was er getan hat, aber ich will ihn besuchen.«

»Wen besuchen?«, hakte Kate verwirrt nach.

»Meinen Vater. Peter Conway«, erwiderte Jake.

Kate stockte der Atem. Das Rauschen der Wellen am Strand dröhnte laut durch ihre Ohren. Auf dem Bildschirm sprach Jake weiter, aber Kate konnte ihn nicht hören. Sie konnte nur sehen, wie sich sein Mund bewegte.

Dann atmete sie abrupt ein, und Jakes Stimme drang wieder klar und deutlich zu ihr durch.

»Ich hab echt ausführlich darüber nachgedacht. Und ich bin jetzt sechzehn. Rein rechtlich kann ich ihn sehen, wenn ich will …«

Die drei Gesichter auf dem Sofa sahen Kate erwartungsvoll an.

»Er wird dich nicht sehen wollen«, gab Kate schließlich zurück. Ihre Stimme klang leise, und sie hatte Mühe, die Worte herauszubekommen. Ihr Mund fühlte sich trocken an. Sie räusperte sich. »Man hat mir gesagt, dass er niemanden sehen will.«

»Peter hat bereits zugestimmt, sich mit Jake zu treffen«, warf Glenda ein und lächelte verlegen. »Wir haben uns schon mit der Klinik in Verbindung gesetzt, in der er, äh … äh …«

Kate spürte, wie jäh eine unbändige Wut auf ihre Mutter in ihr aufstieg. Nach allem, was ihre Familie durchgemacht hatte, redete sie die Dinge immer noch schön. »Untergebracht ist? Ma. Wolltest du das sagen? Weißt du, tatsächlich ist er für den Rest seines Lebens in einer forensischen Psychiatrie eingesperrt. Er ist ein mehrfacher Mörder.«

»Kate, bitte. Ich bin davon genauso wenig begeistert wie du, aber Jake hat ein Recht darauf, seinen Vater kennenzulernen.«

»Hör auf, ihn als seinen Vater zu bezeichnen!«, brüllte Kate und stand auf. »Er ist gar nichts. Ein Nichts! Nicht mehr als ein zufälliger Teil von …«

»Ma. MA!«, fiel Jake ihr ins Wort. Kate schäumte immer noch, und ihr Herz raste. »Ma, bitte. Du musst meine Entscheidung respektieren. Weißt du, ich *muss* zu ihm und ihn sehen. Ich muss einfach. Und du musst versuchen, das zu verstehen. Ich will ja nicht sein bester Freund werden …«

»Was soll das heißen, bester Freund? Er ist kein normaler Mensch, Jake, und er verhält sich auch nicht so«, sagte Kate. »Er ist ein Monster. Und ich sage das als jemand, der grundsätzlich daran glaubt, dass sich Menschen rehabilitieren können. Er hat versucht, mich umzubringen, Jake. *Zwei Mal*. Und beim zweiten Mal, als du dabei warst, ist er auch mit dir ziemlich brutal umgesprungen. Er wollte, dass du dabei zusiehst!«

»Ich weiß, Ma.«

»Was willst du damit überhaupt sagen? Dass du mir gegenüber nicht mehr loyal bist?«, fragte Kate.

»Catherine. Ich kann nachvollziehen, wie du dich fühlen musst«, schaltete sich Kates Vater ein. »Aber bring jetzt bitte nicht Loyalität ins Spiel. Jake ist gerade erst erwachsen geworden. Und er hat dich immer bedingungslos geliebt, trotz deiner Probleme in der Vergangenheit ... die wir dir nicht vorwerfen.«

»Ach – Peter Conway bekommt bei dieser Diskussion einen Persilschein, ja? Aber meine Probleme aus der Vergangenheit werden mir immer noch vorgehalten?«

Michael hob die Hände. »Kate. Wir wissen, dass es dir leidtut. Und wir sind stolz darauf, wie du dein Leben wieder in den Griff bekommst, wie du dich Tag für Tag durchbeißt. Der Junge will sich doch nur mal mit Conway unterhalten. Nur für eine Stunde. Jake hat ein Recht darauf, neugierig auf seinen biologischen Vater zu sein. Er gibt sich keinen Illusionen darüber hin, wer Peter ist und was er getan hat ...«

»Wie ich mein Leben wieder in den Griff *bekomme?*«, fragte Kate.

»Mein Fehler. Entschuldige.«

»Dad. Ich bin seit zehn Jahren trocken. Ich habe eine solide Karriere. Keine Schulden. Aber ich werde mich immer entschuldigen müssen, nicht wahr? Man wird mir nie verzeihen ... Ich muss mich ewig schlecht fühlen und bis ans Ende meiner Tage büßen. Und dieses Monster Peter Conway, der unaussprechliche Gräueltaten begangen hat, darf die Bedingungen für ein Treffen mit Jake vorschreiben? Warum katzbuckelt ihr alle vor ihm? Was sind das nur für beschissene Männerprivilegien!«

Kate spürte, wie sie allmählich durchdrehte. Am liebsten hätte sie ihren Computer durchs Fenster hinunter auf den Strand geworfen. Sie liebte Jake innig. Aber warum wollte er

Peter Conway während der kostbaren Zeit sehen, die sie in den Semesterferien zusammen haben könnten? Sie hatte jahrelang versucht wiedergutzumachen, dass sie ihm in den ersten Jahren eine schlechte Mutter gewesen war. Aber Peter Conway, der nie etwas anderes getan hatte, als Elend und Schmerz zu verursachen, wurde mit einem Besuch geehrt.

»Ma! Dir muss nichts leidtun, Ma. Niemals«, sagte Jake und lehnte sich näher zur Kamera. Kate spürte, wie sie zu weinen begann. Sie wischte eine Träne weg. »Du bist meine Mama, und ich liebe dich. Und ich weiß, dass du mich liebst. Ich weiß auch, dass Peter mir nie ein richtiger Vater sein wird.«

Kate setzte sich.

»Du fehlst mir einfach, Jake. Ich habe solche Schuldgefühle, weil ich nicht für dich da war. Ich war so viel von dir getrennt. Und jetzt wirst du erwachsen, ziehst los und führst dein eigenes Leben … So soll es ja auch sein. Aber ich habe das Gefühl, dass ich nie die Chance hatte, deine Mutter zu sein.«

Betretene Stille trat ein. Selbst unter besten Umständen waren sie keine Vorzeigefamilie.

»Ma. Ich muss mich einfach mit ihm treffen und mit ihm reden«, sagte Jake beinah flehentlich. »Seit Jahren höre ich, wie die Leute über ihn reden und hinter meinem Rücken tuscheln, dass mein Vater ein Serienmörder ist … Man hat ihn zu so einem legendären Schurken hochstilisiert, zu einem Promi. Mit dieser Last auf den Schultern muss ich durchs Leben gehen. Aber ich will keine Angst vor ihm haben. Deshalb muss ich mit ihm reden, damit er für mich real wird. Er ist nur ein Mensch.«

Ausgedehnte Stille folgte. Kate widerstrebte die Vorstellung, dass ihr Sohn Peter besuchen wollte, zwar immer noch zutiefst, aber was er gesagt hatte, beeindruckte sie. Ihre Unterlippe begann zu beben.

»Oh Catherine«, sagte Glenda. »Wir alle lieben dich. Das musst du wissen.«

»Ich muss mir ein Taschentuch holen«, sagte Kate und eilte los, um sich die Nase zu putzen. Sie atmete ein paar Mal tief durch, um sich wieder in den Griff zu bekommen.

»Okay. Bin zurück«, sagte sie und setzte sich wieder hin. »Also. Wie sieht der Plan für das Treffen mit Peter aus?«

Jake, Glenda und Michael wechselten verlegene Blicke.

»Ma, ich möchte morgen zu dir kommen. Der Besuch bei Peter ist für Montag gebucht. In Great Barwell natürlich.«

»Warum willst du den ganzen Weg hierherkommen, wenn du dann wieder so weit zurückmusst?«, fragte Kate.

Abermals entstand eine betretene Pause.

»Peter Conway hat nur zugestimmt, mich zu sehen, Ma, wenn du mitkommst.«

41

Der Mann stieg in den Lift. Es handelte sich um einen alten Lastenaufzug, grau und funktional. Bedient wurde er mit einem Schlüssel, den er in eine Öffnung an der linken Kabinenwand schob und nach rechts drehte. Die Türen schlossen sich, sperrten das Licht aus, und der Aufzug begann die rumpelnde Fahrt nach unten.

Er schob die kleine, kompakte Nachtsichtbrille, die er auf der Stirn trug, über die Augen. Mit einem mechanischen Surren schaltete sich die Optik ein, und er sah das Innere der Kabine grünstichig monochrom.

Er klappte den kleinen Revolver in seiner Hand auf und überprüfte die Patronen in der Trommel. Nachdem er sie gedreht hatte, schloss er sie mit einem Klicken wieder. *Sechs Schuss.* Die musste er weise nutzen, und man konnte leicht in Panik geraten, wenn die Dinge aus dem Ruder liefen. Man musste ruhig bleiben.

Er hatte sie seit einer Woche hier und Spaß mit ihr gehabt, viel Spaß sogar, aber allmählich wurde sie schwach. Einige hatte er länger behalten, und sie waren völlig übergeschnappt, hatten sich selbst verletzt. Eine junge Frau war plötzlich gestorben und hatte ihn damit jeglicher Höhepunkte beraubt. Eine andere hatte sich geweigert, die Toilette zu benutzen. Das hatte ihn angewidert. Er fand es besser, wenn er über ihr Ableben entschied, solange sie noch zurechnungsfähig genug waren, um Angst zu empfinden.

Sein Lieblingsteil war der Beginn, wenn er sie nur beobachtete, ihnen in der Dunkelheit folgte und ihre Furcht genüsslich auf sich wirken ließ. Er hinterließ gern Hindernisse, über die sie stolperten. Ihre Wut darüber, wenn sie fielen, ihr Zorn über den Kontrollverlust – das begeisterte ihn. Genau wie der Moment, in dem sie anfingen, mental zu bröckeln, aber noch Hoffnung hegten. Er schlug, stupste und stieß sie gern in der Dunkelheit, um ihnen die Orientierung zu rauben.

In der Vergangenheit hatte er auch ein paar Männer entführt, aber mit ihnen hatte er weniger Spaß. Sie neigten zu mehr Gegenwehr. Bei ihnen hatte er ein Messer benutzt; ihnen die Kniesehnen durchzuschneiden war nicht tödlich, hielt sie aber davon ab, sich zu sehr herumzubewegen.

Beim Sex bevorzugte er grundsätzlich die Frauen, obwohl es durchaus seinen Reiz hatte, junge Kerle zu vergewaltigen.

Für ihr Ende hatte er entschieden, eine kleine Handfeuerwaffe zu benutzen. Eine Schrotflinte streute zu sehr und verursachte so viel Schaden. Einem der Kerle hatte er in den Kopf geschossen, aber Hirnmasse richtete eine entsetzliche Sauerei an.

Langsam bewegte sich der Aufzug die zwei Stockwerke hinunter in das Kellerverlies. Technisch ging es nur eine Ebene in die Tiefe, die jedoch zwei Stockwerke umspannte und das Untergeschoss unter dicken Erdschichten völlig schalldicht von der Außenwelt abschirmte. Trotz der Tiefe hatte er sicherheitshalber oben auf der Hauptebene ein Tonbandgerät aufgestellt, um den Schall zu testen, als er das erste Mal im Keller einen Schuss abgefeuert hatte. Der Lärm war ohrenbetäubend gewesen und hatte in den beengten Verhältnissen vielfach widergehallt. Das Tonbandgerät hatte oben jedoch nur einen schwachen Knall aufgezeichnet, der bestimmt nicht nach draußen gedrungen war. Dafür war die Isolierung zu gut.

Mit einem vibrierenden Ruck kam der Aufzug zum Stehen. Der Mann drehte den Schlüssel zurück in die erste Position, und die Türen öffneten sich.

Er war nicht darauf vorbereitet, die Frau vor den Aufzugtüren stehen zu sehen, dargestellt im grünstichigen Licht, das die Nachtsichtbrille erfasste. Mittlerweile sah sie dünn und schwach aus. Ihre Wangen waren eingefallen, ihre langen Strähnen fettig.

»Da bist du ja …«, sagte sie und sah ihn direkt an. Kurz zögerte er, dann klappte er das Nachtsichtgerät hoch, wurde einen Moment lang genauso blind wie sie. Drang von irgendwoher Licht ins Verlies? Konnte sie ihn sehen? Von der Brille ging ein Surren aus, als er sie hochklappte. Es war stockdunkel.

»Ich kann dich mit den Ohren sehen«, erklärte sie mit knurrendem Unterton. Dann hörte er, wie sie in der Dunkelheit einen Schrei ausstieß. Hastig klappte er das Nachtsichtgerät wieder herunter, doch sie stürmte bereits mit etwas in der Hand auf ihn zu. Sie pflügte in ihn hinein, schlug ihm die Waffe aus der Hand, und er spürte, wie etwas durch die Haut an seiner Schulter schnitt.

Der Revolver schlitterte über den Boden, weg vom Aufzug. Sie stürzten zusammen in die Kabine und rutschten an der Wand entlang nach unten. Kreischend stach sie auf ihn ein, schlitzte durch sein Hemd. Er fühlte, wie etwas Scharfes gefährlich nah an seiner rechten Brustwarze vorbeischnitt.

Wie zum Teufel hat sie das gemacht?, dachte er. Dann schlug sie ihn wieder, diesmal gegen die Schläfe.

Er schrie auf, und sie erwischte ihn erneut an den Rippen, bevor es ihm gelang, auszutreten und sie in den Bauch zu treffen. Die Nachtsichtbrille war durch ihren Schlag verrutscht. Schnell rückte er sie zurecht. Als er die Frau abermals trat, rollte sie stöhnend aus dem Lift.

In seiner Panik steckte er den Schlüssel ins Schloss der Kabine und drehte ihn nach rechts. Während sich die Türen schlossen, beobachtete er die Frau. Und als der Lift rumpelnd zum Leben erwachte und den Weg nach oben antrat, lehnte er sich an die Kabinenwand. Atemlos zitterte er. *Lieber Himmel.* Er untersuchte sich. Das Hemd war an der Schulter und zweimal im Brustbereich aufgeschlitzt, und er blutete. Wie konnte das passieren? Sie war halb verhungert.

Er spürte, dass er weinte, was seinen Zorn nur zusätzlich schürte. Erst, als er oben ankam und sich die Türen öffneten, atmete er allmählich wieder normal.

Er trat hinaus ins schummrige Licht, setzte sich auf den Boden und hielt sich seine Wunden. Die Schulter musste wahrscheinlich genäht werden. Wie zum Teufel sollte er das erklären?

»Scheiße!«, brüllte er.

Dann wurde ihm etwas klar.

Nein, nein, nein. NEIN!

Die Waffe. Er hatte den Revolver fallen gelassen.

42

Magdalena tastete den Revolver von allen Seiten ab und drehte ihn in den Händen. Er war echt. Sie hatte zwar noch nie eine Schusswaffe in der Hand gehabt, aber dieses Stück fühlte sich durch und durch solide an. Nicht wie Plastik. Sie hatte etwas über den Boden schlittern gehört, als sie den Mann gerammt hatte, war aber von einem Messer ausgegangen. Der Gedanke, dass er mit einer Schusswaffe zu ihr wollte, ließ sie schaudern.

Ist er mit gesicherter oder ungesicherter Waffe heruntergekommen?

In ihrer Heimat trug die Polizei zwar Pistolen, aber Magdalena hatte nie miterlebt, wie ein Beamter die Waffe ziehen musste. Was für ein behütetes Leben sie geführt hatte, dachte sie. Bisher zumindest.

Magdalena fuhr mit den Fingern die Seite der Waffe entlang, fand etwas, das sie für die Sicherung hielt, und drückte darauf.

Sie hielt den Revolver hoch und von sich weg, dann übte sie geringen Druck auf den Abzug aus. Er rührte sich nicht. Sie spürte einen Widerstand, als wäre er gesperrt.

Also ist er mit entsicherter Waffe gekommen. Er wollte mich erschießen.

Sie ließ sich den Gedanken durch den Kopf gehen. Warum schockierte sie das? Immerhin hatte er sie vergewaltigt – zweimal, soweit sie es mitbekommen hatte –, und er hatte sie hier unten in der Finsternis beobachtet. Ein paar Mal, als er sich ihr genähert hatte, konnte sie hören, wie er ihren Geruch eingeatmet hatte.

Magdalena schauderte. Er war fertig mit ihr und wollte sie töten. Hätte er es schnell gemacht? Irgendwie bezweifelte sie es, und es hing wohl davon ab, wie viele Patronen er in die Waffe geladen hatte.

Es bedurfte mehrerer Anläufe, doch letztlich bekam sie die Trommel auf. Sie hielt die Waffe nach unten gerichtet und tastete herum. In der runden Trommel entdeckte sie sechs Patronen.

Ihre Gedanken überschlugen sich. Er würde zurückkommen und versuchen, sich die Waffe zu schnappen oder sie umzubringen, bevor Magdalena sie gegen ihn einsetzen konnte. Es trieb sie in den Wahnsinn, dass sie nicht das Geringste sehen konnte.

Vor ein paar Monaten hatte sie sich an der Universität ein Theaterstück über das Leben in den Schützengräben des Ersten Weltkriegs angesehen. Die Schauspieler hatten ein echtes Gewehr mit Platzpatronen benutzt. Aber als es abgefeuert wurde, war es so laut gewesen, dass die Zuschauer erschrocken aufgeschrien hatten. Und der Mündungsblitz hatte den dunklen Saal kurz erhellt.

Wenn sie den Revolver hier unten in der Finsternis abfeuerte, würde es vermutlich auch einen flüchtigen Lichtblitz geben, der ihr die Umgebung zeigen würde.

Verdammt, das ist mal eine gute Idee, dachte sie. Würde es ihr gelingen, in der winzigen Zeitspanne eines Schusses ihre Umgebung zu erkennen? *Ich habe sechs Patronen.* Es war ein so unglaublich erhebendes Gefühl, endlich einmal ein wenig Macht in der Hand zu halten, nachdem sie schier endlose Stunden und Tage in der Dunkelheit verbracht und sich ohnmächtig ausgeliefert gefühlt hatte. Beinah wollte sie die sechs Patronen nicht opfern. Magdalena konnte sie zwar nicht sehen, doch in ihrer Vorstellung waren sie silbrig. Sechs silbrige Kugeln. Sechs silbrige Chancen, sich zu schützen.

Die Wände bestanden aus Gips, die Aufzugtüren am Ende des Korridors aus schwerem Stahl. Die beste Möglichkeit schien zu sein, den Gang hinunter nach links auf die Gipswand zu feuern – von dort würde die Kugel nicht zu ihr zurückprallen.

Mit zitternder Hand hob sie den Revolver an und zielte nach links. Magdalena löste die Sicherung, riss die Augen weit auf und drückte ab.

PENG!

Der Knall erwies sich als erschreckend laut, der Rückstoß als stark, aber sie zwang sich, die Augen offen zu lassen. Für den Bruchteil einer Sekunde nahm sie den Flur vom Mündungsblitz erhellt wahr. Magdalena hatte sich so lange in durchgehender Schwärze aufgehalten, dass sich das Bild vorübergehend in ihre Netzhaut einbrannte. Blinzelnd versuchte sie, mit den Augen so viel an Information wie möglich zu erfassen, bevor das so flüchtige Licht erlosch. Es handelte sich um einen leeren Korridor. Die Tür zur kleinen Toilette befand sich auf der rechten Seite und erwies sich als grausig erbsengrün gestrichen. An der rechten Wand prangte etwas, das nach einem großen Blutfleck aussah. *O Gott.* Ihr graute beim Gedanken daran, dass sie so viel von dieser Wand mit den Fingern ertastet und sogar das Ohr an sie gelegt hatte. Es hatte also schon andere Opfer gegeben, die hier unten gestorben waren.

Doch für Angst blieb keine Zeit. Im Sekundenbruchteil jenes Lichtblitzes hatte Magdalena an der Decke über den Aufzugtüren noch etwas gesehen. Dort befand sich eine Luke.

Magdalena hatte noch fünf Patronen. Sie drehte sich um und gab einen zweiten Schuss auf die hintere Wand des Zimmers mit dem Bett und dem Waschbecken ab.

PENG!

Im Mündungsblitz sah sie flüchtig die Umrisse des Raums

und fühlte sich auf Anhieb angewidert. Die Fliesen waren schmierig von verspritztem Blut. Weitere riesige Blutflecken übersäten die Matratze in einem fächerförmigen Muster. In Magdalenas Vorstellung war der Raum weiß gewesen und das Bett sauber. Bedeutete das, sie war eine Optimistin? Dabei hatte sie sich immer für eine Pessimistin gehalten, für eine Frau, deren Glas stets halb leer war. *Vielleicht hat dir die Gefangenschaft im Verlies eines verrückten Vergewaltigers geholfen, alles andere in einem positiven Licht zu sehen*, dachte sie düster.

In dieser Richtung hatte sie im Mündungsblitz weder eine Luke in der Decke noch eine versteckte Tür gesehen.

Sie hustete, als sie den zu ihr gewehten Staub von den explodierten Fliesen einatmete. Magdalena sicherte die Waffe wieder, steckte sie unter den Bund ihrer Jeans und tastete sich den Korridor entlang in Richtung der Aufzugtüren.

Der Mann würde zurückkommen. Sie wusste zwar nicht, wie bald, aber er würde merken, dass sie die Waffe hatte. Sie hoffte, ihn schlimm genug verletzt zu haben, dass er genäht werden musste. Das würde ihr vielleicht ein wenig Zeit verschaffen.

Sie fand den Aufzug am Ende des Korridors und streckte die Arme hoch. Ihre Fingerspitzen reichten nicht bis zur Decke; im Mündungsblitz des Revolvers hatte sie gesehen, dass die Wände ziemlich hoch waren.

Wie sollte sie bloß die Luke erreichen?

43

Er erstarrte, als er den lauten Knall des ersten Schusses durch den Aufzugsschacht hallen hörte. Mit der Hand am Schlüssel stand er bereit, um wieder nach unten zu fahren. Seine Finger schwebten über dem Schlüssel. Sie hatte die Waffe bereits gefunden und abgefeuert. Was, wenn sie sich umgebracht hatte? Nein. In ihr steckte zu viel Kampfgeist, um sich einfach den Kopf wegzupusten.

Er zog den Schlüssel ab, trat aus dem Aufzug und ging zu dem Werkzeugkasten, den er neben dem Haupteingang aufbewahrte. Er nahm ein Stück Seil heraus, die Flasche mit Angel Dust und ein Brecheisen. Eingehend begutachtete er das scharfkantige, gebogene Ende der Brechstange. Er lächelte.

»Du verfluchtes Miststück. Dafür wirst du büßen«, murmelte er.

Dann ging er zurück zum Aufzug und schob den Schlüssel ins Schloss. Er sollte sofort nach unten zurückkehren. Sie tappte dort immer noch im Dunkeln. Wenn er vorbereitet war, konnte er sie trotz der Waffe überwältigen. Er würde der Schlampe auf den Schädel schlagen und ihr eine tödliche Dosis Angel Dust verpassen. Nein, er würde ihr in die Wirbelsäule stechen. Sie lähmen und ihr einen langsamen, qualvollen Tod bereiten. Er blickte auf den Schlüssel hinab. Blut.

»Scheiße, Scheiße, Scheiße«, zischte er. Weiteres Blut lief ihm unter dem Ärmel den Arm hinab. Er steckte das Brecheisen hinten in seine Jeans, ging zu seiner Tasche und kramte darin nach Taschentüchern.

Als er eine Packung fand, tupfte er damit seine Wunden ab. Er zerrte am Ärmel seines Hemds und riss ihn an der Stelle ab, an der die Frau ihn aufgeschlitzt hatte. Die untere Hälfte des Stoffs benutzte er, um die Wunde zu verbinden.

Die Vorderseite des Hemds war von Blut durchtränkt. Langsam knöpfte er es auf. Die beiden Schnitte an der Brust erwiesen sich als weniger tief, trotzdem würde er sie verarzten lassen müssen.

Er wischte sich die zitternden Hände ab und rückte die Nachtsichtbrille auf dem Kopf zurecht.

Peng.

Beim Klang eines weiteren Schusses zuckte er erneut zusammen. Das Brecheisen fiel ihm aus der Hand und landete klirrend am Boden.

Noch vier Kugeln. Was bezweckte sie mit den Schüssen? Versuchte sie, die Aufzugtüren aufzuschießen?

In seinem Kopf blitzte die Szene aus dem Film *Ring* auf, in der das unheimliche, ausgemergelte Mädchen mit den langen, nassen, triefenden Haaren aus dem Brunnen kletterte, die Ellbogen und Beine völlig verdreht. Wollte sie den leeren Aufzugsschacht hochklettern?

»Reiß dich verdammt noch mal zusammen!«, brüllte er sich an. Er bückte sich, um das Brecheisen aufzuheben. Noch mehr von seinem Blut tropfte auf den Boden. Mittlerweile sättigten zwei sich nach wie vor ausbreitende Blutflecken die Vorderseite seines Hemds. Ihm wurde schwindlig.

Er packte den Schlüssel im Schloss, bereit ihn umzudrehen. Doch dann zögerte er, zog ihn ab und steckte ihn stattdessen ins Schlüsselloch an der Wand außen. Er drehte den Schlüssel, und die Aufzugtüren schlossen sich.

Nun konnte sie nicht mehr heraus, selbst wenn sie den Schacht hochkletterte. Und wenn sie es in den Liftschacht schaffte und zu klettern anfinge, würde er den Lift nach unten fahren lassen und ihren ausgehungerten, knochigen Körper zerquetschen.

Er blickte auf seine blutverschmierten Hände hinab. Sie zitterten immer noch.

»Hört auf! Genug!«, herrschte er seine Hände an.

Er musste sich überlegen, was er als Nächstes tun sollte.

Dafür musste er sich beruhigen. Er musste zu einem Arzt. In der Zwischenzeit würde er die Frau unten schwitzen und schwächer werden lassen, und er würde mit einer Schrotflinte zurückkommen. Sobald er aus dem Aufzug stiege, würde er sie abknallen. *Scheiß auf die Sauerei.*

Er würde sich erst sicher fühlen, wenn ihr Hirn über die Wände verteilt wäre.

44

Kate und Jake trafen am Montagmorgen um neun Uhr in der psychiatrischen Klinik Great Barwell ein und meldeten sich am Tor an. Das Krankenhaus bestand aus einer weitläufigen Ansammlung viktorianischer Backsteingebäude, die sich auf dem gewaltigen, gepflegten Gelände geradezu winzig ausnahmen. Gegenüber lagen Wohnhäuser. Eine Seite der Straße sah aus wie jede andere Vorstadtgegend, auf der anderen hingegen grenzte an den Bürgersteig ein sechs Meter hoher Zaun mit Stacheldrahtkrone.

So viele Jahre lang hatte Peter Conway im Grunde Kates Leben bestimmt. Bei der Polizei in London war er ihr Vorgesetzter gewesen, hatte sie unter seine Fittiche genommen, sie befördert und ihre Karriere unterstützt. Für kurze Zeit hatten sie eine Affäre gehabt – Kate hatte schon damals gewusst, dass es ein schrecklicher Fehler war, obwohl sie ihn da noch für einen Polizisten hielt. Dann hatte sie die schockierende Entdeckung gemacht, dass er der Nine Elms Cannibal war.

Kates größter Triumph – Peter zu fassen – hatte sich zugleich als ihr größter Misserfolg erwiesen. In den Boulevardblättern schrieb sich die Geschichte praktisch von selbst. Aufstrebende Polizistin schläft mit dem Vorgesetzten, deckt ihn als Serienmörder auf und bringt als deftige Krönung sein Kind zur Welt.

Er war derjenige, dem sie an allem die Schuld gab: an ihrem Absturz, am Ende ihrer Laufbahn bei der Polizei, an ihrer Alkoholsucht und an ihrer zerrütteten Beziehung zu Jake. Kate empfand diesem Mann gegenüber so viel Wut, Angst und Hass, dass ihre Emotionen Peter Conway alias Nine Elms

Cannibal wie ein beinah mythisches Wesen erscheinen ließen. Ein Monster, das in der Dunkelheit hockte, um sie auf ewig zu quälen.

Im Pförtnerhaus saß eine Frau mit versteinerter Miene hinter einer Reihe von Überwachungsmonitoren und betrachtete eingehend körnige Bilder von der Straße und vom Zaun. Als Kate den Mund öffnete, setzte das Geheul einer Sirene ein. Die Frau, die gerade einen großen Bissen von einer Pasty genommen hatte, schwenkte einen behandschuhten Finger.

»SIRENENTEST!«, brüllte sie und schluckt den Bissen hinunter. »Haben Sie Ausweise dabei?«

Kate und Jake holten ihre Reisepässe hervor und schoben sie durch die Luke. Die Frau nahm ihre Pässe an sich, schlug sie auf und blätterte sie mit Kates Ansicht nach ziemlich fettigen Fingern durch, bis sie die Seiten mit den Fotos fand. Jakes Reisepass lief in einem Monat ab. Auf seinem Foto grinste er als dünner, schlaksiger Elfjähriger mit fehlenden Vorderzähnen in die Kamera. Die Frau setzte ein Lächeln auf. Das Geheul der Sirenen schwoll ab und verstummte schließlich.

»Bist ja inzwischen zu einem stattlichen jungen Mann herangewachsen«, merkte die Frau an.

»Heult die Sirene, wenn jemand flieht?«, fragte Jake.

»Wir testen sie jeden Montagmorgen um neun«, erklärte die Frau.

»Wir sind für einen Besuch bei Peter Conway hier«, ergriff Kate das Wort.

Bei der Frau fiel schnell der Groschen, und ihre Haltung gegenüber Jake änderte sich schlagartig. Sie setzte wieder eine versteinerte Miene auf, während sie ihre Besucherausweise ausdruckte.

»Der letzte Ernstfall, bei dem die Sirene losgegangen ist, war die Flucht deines Vaters. Er hat hier schon eine Ärztin umgebracht«, fügte sie hinzu und schob die Pässe über die

Theke zurück. »Geht da rüber zum Haupttor, dort erwartet euch jemand.«

Schweigend marschierten sie auf den Haupteingang zu. Das Krankenhaus beherbergte einige der gefährlichsten Kriminellen von Großbritannien, aber das wunderschön gepflegte Gelände wirkte auf den ersten Blick recht friedlich. Die einzigen Hinweise auf die Insassen lieferten der hohe Zaun und die in regelmäßigen Abständen verteilten Wachtürme, in denen bewaffnete Wärter die Umgebung aufmerksam beobachteten.

»Die Ärztin, die er getötet hat: Er hat ihr die Kehle mit einer selbstgebastelten Waffe aufgeschlitzt, oder?«, brach Jake das Schweigen.

»Ja. Ihr Name war Meredith. Sie hatte einen Ehemann und einen kleinen Jungen«, erwiderte Kate. Sie fand es immer am besten, die Wahrheit zu sagen.

»Ma, ich hab ein bisschen Angst«, gestand Jake.

»Ein bisschen?«, gab Kate zurück. »Ich würde mir schwere Sorgen machen, wenn du keine Angst hättest … Aber er wird hinter einer dicken Glasscheibe sein. Er kann dich nicht mal anfassen.«

Das alles erschien ihr verrückt. Wie sollte ein Besuch bei diesem Monster Jake helfen, seine Vergangenheit zu ergründen? Schweigend gingen sie weiter, bis sie den Haupteingang erreichten.

Peter Conway hatte eine Bedingung gestellt: Kate musste zuerst reingehen und ihn eine Stunde lang besuchen. Danach würde er sich mit Jake treffen. Kate war am Tag zuvor zu ihren Eltern in Whitstable gefahren. Sie hatten sich ausführlich über die Vergangenheit und die Bedeutung von Jakes Treffen mit Peter unterhalten. Glenda hatte dabei etwas gesagt, das Kate im Gedächtnis geblieben war.

»Du musst Peter Conway seinen Mythos nehmen, Catherine. Für dein eigenes Seelenheil und für das von Jake. Er mag viel sein – ein Monster, Jakes Vater, der Grund, warum unsere Familie auseinandergerissen wurde –, aber er ist letztlich nur ein Mensch. Er hält uns alle schon viel zu lange im Würgegriff.«

Für Kate und Jake begann der langwierige Prozess der Sicherheitskontrollen: zwei Röntgengeräte, eine Leibesvisitation und danach weitere verschlossene Türen, bis sie in einem Empfangsbereich eintrafen, der groß, luftig und weiß gestrichen war.

In der Mitte des Raums verlief eine Trennscheibe aus Glas, die auf eine senkrechte Glaswand traf. Die Trennscheibe im abgegrenzten Besucherraum setzte sich durch die Glaswand hindurch fort. Auf jeder Seite der äußeren Trennscheibe saßen Sicherheitsmitarbeiter an Tischen mit Monitoren. Die Bildschirme zeigten den Besucherraum und die Gänge draußen. Kate und Jake wurden von einem Mann in Empfang genommen, der sich als Dr. Grove vorstellte.

»Es ist uns gesetzlich untersagt, Besuche aufzuzeichnen. Sie müssen alle mobilen Geräte wie Handys, Tablets und Laptops beim Sicherheitspersonal abgeben, bevor Sie reingehen«, erklärte er.

Kate und Jake holten ihre Telefone heraus und überreichten sie dem Mitarbeiter am Schalter.

»Wenn Sie das Gespräch beenden möchten, geben Sie bitte ein Zeichen, dann lässt sie einer der Mitarbeiter hier heraus. Jake, ich bringe dich in die Cafeteria, während sich deine Mutter mit Peter trifft.«

»Viel Glück, Ma«, wünschte Jake, bevor er mit dem Arzt davonging. Einer der Wärter trat an die Glastür und tippte eine Nummer an einem Tastenfeld ein. Die Tür klickte und öffnete sich mit einem Summen.

»Denken Sie daran, geben Sie mir einfach ein Zeichen, falls Sie mich brauchen«, sagte der Wärter mit einem Lächeln.

Kate ging durch die Tür, die sich mit demselben Klicken und Summen hinter ihr schloss. Sämtliche Hintergrundgeräusche verstummten wie abgeschnitten. Der Wärter draußen kehrte zu seinem Tisch zurück und sprach mit seinem Kollegen. Sein Mund bewegte sich, allerdings völlig lautlos. Kate drehte sich im Kreis, sah sich in dem grell erleuchteten Raum um. Er war hellgrün gestrichen, und drei der Wände waren fensterlos; die vierte bestand aus jener raumhohen, dicken Glaswand, durch die man in einen identischen Raum sehen konnte. Ein quadratischer Plastiktisch und ein Stuhl waren am Boden festgeschraubt. Dieselbe Anordnung befand sich gespiegelt auf der anderen Seite der Trennscheibe.

Dort bewegte sich etwas, und ein Mann mit gebücktem Gang wurde mit den Händen hinter dem Rücken hereingeführt. Kate brauchte einen Moment, um zu erkennen, dass es sich um Peter Conway handelte. Als sie vor all den Jahren zusammengearbeitet hatten, war er ein athletischer Mann gewesen, über 1,80 Meter groß. Und noch bis vor kurzem hatte er auf einem seltenen Bild von ihm in seiner Zelle wie ein eingesperrtes Tier gewirkt; durch seinen großen Körper hatte der kleine Raum umso beengter angemutet.

Der Mann, der sich der Trennscheibe aus Glas näherte, wirkte beinah betagt. Er war spindeldürr. Die hängenden Schultern ließen ihn krumm erscheinen. Die Wangen waren eingefallen, und um die schlaff wirkenden Lippen prangten tiefe Falten im Gesicht. Das schüttere graue Haar hatte er zu einem Pferdeschwanz zurückgebunden. Er trug eine dicke Lesebrille, Jeans und einen hellgrünen Pullover. Mit hinter dem Rücken gefesselten Händen wurde er von zwei Wärtern begleitet, beide mit Schlagstöcken, Pfefferspray und Elektroschockern an ihren Gürteln bewaffnet. Peter trug keine Spuckschutzhaube mit Netzgewebe. Kate hatte gelesen, dass er in Gemeinschaftsbereichen ständig eine aufhaben musste. Im

Verlauf der Jahre hatte er mehrere Pfleger und Patienten gebissen.

Kate konnte nicht hören, was die Wärter sagten, da die Tonanlage stummgeschaltet war. Sie ließen das Monster Kate gegenüber Platz nehmen. Peter schaute nicht auf. Er fragte die Wärter etwas. Erst da erkannte Kate, dass er keine Zähne besaß. Nur das Zahnfleisch. Dadurch wirkte er so greis.

Plötzlich wurde der Ton eingeschaltet, und seine Stimme drang aus dem ins Glas der Trennwand eingebauten Lautsprecher.

»Ich will sie jetzt.«

»Sie bekommen sie, wenn wir gehen«, gab einer der Wärter zurück. Er nahm Peter die Handschellen ab. Der andere Wärter stand daneben mit einem gezückten Taser bereit.

»Bleiben Sie sitzen, bis wir gehen, Peter«, ordnete einer der Wärter an und steckte die Handschellen ein. Er stellte eine kleine Plastikbox auf den Tisch, bevor sich beide Wärter rückwärts zur Tür zurückzogen. Mit einem Summen öffnete sie sich. Die beiden gingen hinaus und schlossen die Tür hinter sich. Als sie mit einem weiteren Surren verriegelt wurde, griff Peter nach der Box auf dem Tisch und hob sie auf. Er wandte sich ab. Als er wieder nach vorn schaute, glich er ein bisschen mehr dem Mann, an den sich Kate erinnerte.

»Hallo, Kate«, begrüßte er sie und lächelte mit einer Reihe perfekter, weißer falscher Zähne. »Du hast zugenommen.«

45

Kate und Peter saßen schweigend da und musterten sich gegenseitig von ihrer jeweiligen Seite der dicken Trennwand aus.

Kates Mutter hatte sie gefragt, was sie für den Besuch anziehen wollte. Glenda schien daran zu liegen, dass sie sich für den Anlass von der besten Seite präsentierte. Kate hingegen kam es ziemlich bizarr vor, dass sie sich ausgerechnet für den Mann herausputzen sollte, der versucht hatte, sie umzubringen. Zwei Mal. Am Ende hatte Kate beschlossen, das zu tragen, was sie an einem normalen Arbeitstag anziehen würde: gepflegte blaue Jeans und einen grünen Wollpullover. Ihr entging nicht die Ironie, dass Peter und sie an diesem Tag eine ähnliche Aufmachung trugen.

Kate hatte gedacht, sie würde sich fürchten, wenn sie Peter sah. Nun jedoch wusste sie nicht, was sie empfinden sollte.

»Was ist mit deinen Zähnen passiert?«, fragte sie und brach damit die Stille. Er lächelte. Ein gruseliges Hollywood-Lächeln.

»Kennst du den Spruch? *Ich trete dir die Zähne so weit in den Hals, dass du dir zum Putzen 'ne Zahnbürste in den Arsch stecken musst.*«

»Ja.«

»Mir hat ein Mithäftling damit gedroht und Wort gehalten. Als er fertig mit mir war, hatte ich nur noch die hinteren Backenzähne«, sagte er. »Außerdem hat er mir die Nase und den linken Wangenknochen gebrochen.«

»Den Mann musst du mir zeigen. Ich würde ihm gern die Hand schütteln«, sagte Kate.

»Du würdest seine Hand nicht anfassen wollen, wenn du weißt, wo sie gewesen ist«, entgegnete Peter und lächelte noch immer. »Er ist ein widerwärtiger, gewalttätiger Pädophiler.«

Kate ließ ihn ihre Abscheu nicht merken. Eine geschlagene Minute saßen sie schweigend da und weigerten sich beide, als Erster den Blickkontakt abzubrechen. Plötzlich seufzte Kate und lehnte sich zurück.

»Also. Worüber reden wir die nächsten …« Sie sah auf die Armbanduhr. »… siebenundfünfzig Minuten lang?«

»Bist du irgendwo im Urlaub gewesen, wo's schön war?«, erkundigte er sich.

»Nein. Du?«

»Nein, aber ich hab gehört, Einzelhaft soll um diese Jahreszeit sehr schön sein.«

Und einfach so blitzte ein Ansatz des Mannes auf, den Kate früher gekannt hatte. Einen Moment lang schien er beinah normal zu sein und einen albernen Witz zu reißen. Als wollte er ihr geteiltes Unbehagen auflockern. Unwillkürlich wollte sie lächeln, unterdrückte es aber. Es mutete surreal an. Nach allem, was er ihr angetan hatte, brachte er sie fast zum Lachen. Was sie daran erinnerte, wie gefährlich er in Wirklichkeit war.

»Warum willst du Jake sehen?«, fragte Kate. »Es hat dich noch nie geschert, dass du einen Sohn hast.«

»Jake wollte mich sehen. Das macht dich stinkwütend, nicht wahr?«

»Was wirst du zu ihm sagen?«, fragte sie mit harter Stimme.

Peter hob die Hand und winkte ab. Dabei bemerkte sie, wie krumm und verformt seine Finger vor Arthritis waren.

»Ich bin damit zufrieden, ihn nur zu sehen und seine Stimme zu hören.«

»Er sieht dir nicht ähnlich«, erwiderte Kate schärfer als beabsichtigt.

»Jammerschade. Ich war schon ein attraktiver Mistkerl.

Nicht wahr?« Kate zog eine Augenbraue hoch. »Ja. War ich, ob's dir gefällt oder nicht. Immerhin bin ich in deinen Slip gelangt, und meine Güte war's da drin feucht.«

Kate stand auf.

»Du bist nur ein trauriger, versauter alter Sack, der seine Zähne in einem Becher neben dem Bett aufbewahren muss. Ich weiß Besseres mit meiner Zeit anzufangen«, spie sie ihm entgegen. Damit ging sie, klopfte an die Glastür und spürte, wie ihr Gesicht vor Verlegenheit errötete.

»Kate, Kate …« Peter stand ebenfalls auf. »Es tut mir leid … Komm zurück. Fangen wir noch mal von vorn an. Für Jake. So ist es vereinbart, nicht wahr? Du triffst dich mit mir, ich treffe mich mit ihm.«

In seiner Stimme schwang Verzweiflung mit. Und obwohl Kate mit jeder Faser ihres Wesens gehen wollte, wusste sie, dass Jake seinen Vater treffen musste. Und sei es nur, um zu sehen, was für ein erbärmlicher alter Mann er war. Sie atmete tief durch und kehrte zu ihrem Stuhl zurück. Beide setzten sich wieder. Abermals trat ausgedehnte Stille ein. Peter nahm die Brille ab und polierte sie mit einem Zipfel seines Pullovers.

»Du hast gesagt, du hättest Besseres zu tun, als mich zu besuchen«, begann er schließlich und setzte die Brille wieder auf. »Was zum Beispiel?«

»Ich hab ein *Leben*, Peter. Eines, das dich nichts angeht«, erwiderte sie, jedoch nicht sehr überzeugend.

»Es war Jakes Therapeut, der ihm vorgeschlagen hat, sich mit mir zu treffen. Und in Therapie ist Jake, weil *du* eine Leiche gefunden hast, als er im Sommer bei dir war«, sagte Peter, lehnte sich näher zum Glas und zeigte auf Kate, um das »du« zu betonen. »Jake hat die Leiche auch gesehen, oder?«

»Ja. Wir waren in einem Stausee tauchen«, sagte sie.

»Wie hat die Leiche ausgesehen?«

»Ein junger Kerl, nur wenige Jahre älter als Jake«, erwiderte sie.

»War er übel zugerichtet?«

»Sein Körper war mit Schnittwunden übersät. Die Polizei dachte zuerst, er wäre ertrunken und von einem der Wartungsboote überfahren worden, die auf dem Stausee patrouillieren.«

»Und was denkt die Polizei jetzt?«

Kate zögerte. »Man glaubt, es war sein Freund.«

Peter lehnte sich zurück.

»Hm. Aber *du* vermutest etwas anderes, nicht wahr?«

»Es passt nicht zu einem Verbrechen aus Leidenschaft.«

»Waren sie Lover?«

»Nein. Ich meine Leidenschaft im Sinn eines Ausbruchs von Wut oder Gewalt.«

Kate schilderte ihm die Umstände von Simons Tod und Kirstie Newetts Geschichte von ihrer Entführung. Irgendwann ertappte sie sich dabei, dass sie ihm von dem gesamten Fall berichtete, einschließlich der anderen vermissten Personen und Magdalena. Kate spürte, wie sie sich die Last des Falls von der Seele redete, sie auf Peter ablud, und er hörte aufmerksam zu.

»Simon hat bei seinem Mitternachtsspaziergang am Stausee etwas gesehen.«

»Ja«, pflichtete Kate ihm bei.

Peter schloss die Augen und rezitierte: *»Einfacher Simon traf den Bäcker auf dem Weg zum Markt … Sagt Simon zu ihm: ›Lass mich doch von deinem Kuchen probieren.‹«* Er öffnete die Augen und starrte Kate an. »Glaubst du, dass Simon ungeoutet war? Schwul?«

»Nein.«

»Er war an dem Stausee nicht auf der Suche nach nächtlichem Sex? Da war kein Bäcker, dessen Kuchen er probieren wollte, bevor die Dinge aus dem Ruder gelaufen sind?« Kate sah ihn skeptisch an. »Hey, ich nehme dich nicht auf den Arm«, beteuerte er. »Du musst einen Schritt zurücktreten und auch über solche Möglichkeiten nachdenken.«

»Nein. Simon hat jemanden am Wasser gesehen«, beharrte Kate.

»Warum glaubst du nicht, dass es Geraint war?«

»Geraint hatte keinen Zugang zu einem Boot. Ich denke, auf Simon wurde eingestochen, bevor ihn jemand mit einem Boot verfolgt hat.«

»Könnte Geraint gesehen haben, wie Simon vom Täter mit einem Boot verfolgt wurde?«

»Möglich, aber dann hätte er etwas darüber ausgesagt. Er war auf Bewährung, als es passiert ist. Da hätte er sich doch sicher auf diese Chance gestürzt, jemand anderen zu beschuldigen.«

»Was ist mit dem alten Kerl, dem Obdachlosen? Der Simons Messer hat«, fragte Peter.

»Er hat das Messer am Ufer gefunden. Ich glaube nicht, dass er etwas gesehen hat … Aber ich weiß es nicht.« Kate rieb sich die Augen und verspürte erneut Verwirrung über all die widersprüchlichen Informationen.

»Wo ist dieser Obdachlose jetzt?«

»Keine Ahnung.«

»Simon hatte keine Feinde, von denen du weißt. Er war nicht reich. Sein Freund hatte kein Motiv, ihn zu töten. Also wäre die logische Schlussfolgerung, dass Simon umgebracht wurde, weil er etwas gesehen hat.«

»Wie kannst du dir so sicher sein?«, fragte Kate.

»Ich habe nichts zu verlieren. Ich kann es objektiv betrachten. Fügt man noch eine wohlhabende, einflussreiche Familie hinzu, kommt ein ganz schöner Fall zusammen.«

»Was ist mit Magdalena?«

»Sie ist wahrscheinlich schon tot. Wie lange ist sie noch mal verschwunden? Acht Tage? Dann musst du dich darauf konzentrieren, ihre Leiche zu finden. Die muss der Täter loswerden. Das ist der Punkt, an dem die beiden Stränge des Falls zusammenführen.«

Kate blickte auf ihre Hände und fühlte sich niedergeschlagen. Wegen ihres persönlichen Lebens und ihrer Verbindung zu dem Monster vor ihr, aber auch, weil sie nicht die Macht besaß, den Fall zu lösen und Magdalena zu retten.

»Du warst eine gute Polizistin«, sagte Peter plötzlich.

»Komisch, das von dir zu hören.«

»Warst du wirklich.«

»Du auch, Peter.« Sie schaute zu ihm auf. »Denk nur an all das Gute, das du hättest bewirken können.«

Er verdrehte die Augen.

»Du warst schon immer eine gottverdammte Idealistin, Kate. Du hast gedacht, als Polizistin könntest du *Gutes* bewirken. Das Böse ist längst da draußen. Polizisten können genauso wenig Gutes verbreiten wie die Zahnfee. Sie können nur Menschen davon abzuhalten, noch mehr ›Böses‹ zu tun.« Er hob die Finger und malte Anführungszeichen in die Luft.

»Warum warst du eigentlich bei der Polizei?«, wollte Kate wissen. »Das ist eine aufrichte Frage, wenn wir schon über ›gut‹ und ›böse‹ reden.«

Er schnalzte mit der Zunge gegen sein Gebiss.

»Ich löse gern Rätsel. Die Art der vermeintlichen Verbrechen war mir immer egal. Es hat mir auch keinen Kick beschert, wenn ich Täter überführt und verhaftet habe. Ich wollte bloß schlauer sein als sie. Das Rätsel lösen.«

»Ein Mordfall als Rätsel«, sagte Kate.

»Ja. Es ist ein überragendes Gefühl, wenn man einen Fall knackt. Und für mich war natürlich auch die Kehrseite aufregend – ungestraft davonzukommen.«

»Hasst du mich deshalb? Weil ich dich erwischt habe? Weil ich mich dir überlegen fühlen durfte?«, fragte Kate.

»Ich hasse dich nicht, Kate. Du warst die Einzige, die das Rätsel lösen konnte, und dafür musstest du verschwinden.«

Es jagte Kate einen kalten Schauder über den Rücken, ihn so nüchtern darüber reden zu hören. Plötzlich wurde sie in jene regnerische Nacht in ihrer alten Wohnung zurückversetzt, als sie ein Rätsel gelöst und herausgefunden hatte, dass er der Nine Elms Cannibal war. Peter hatte es gewusst. Er war an ihrer Tür aufgetaucht und hatte sich in die Wohnung gedrängt.

Peter hatte sie im Schlafzimmer ihrer kleinen Wohnung gestellt, kauerte auf ihr und trieb ihr ein Messer in den Bauch … Sein Gesicht war zu einer irren Fratze verzerrt. Blut strömte aus der klaffenden Platzwunde an seinem Kopf, die Lippen waren über rosa verfärbten Zähnen zurückgezogen.

Kate hatte weitergekämpft, während sich das Blut auf ihrem Bauch sammelte. Sie hatte ihn abgeworfen und ihm mit aller Kraft eine Lavalampe auf den Kopf gedroschen.

Danach war sie zum Telefon gehumpelt, um die Polizei anzurufen, den Blick ständig auf das aus ihrem Bauch ragende Messer gerichtet. Die Schmerzen waren unfassbar schlimm, aber sie hatte gewusst, dass sie verbluten würde, wenn sie die Klinge herauszöge.

Wie nah war die Waffe dem winzigen Embryo gekommen, der in ihr heranwuchs? Wie nah war das Messer dran gewesen, Jake zu töten?

Ein Summen ertönte, und Kate schaute auf. Die Zeit für ihr Treffen war abgelaufen. Die Narbe an ihrem Bauch kribbelte.

»Das klingt nach einem faszinierenden Fall. Ich würde ja sagen, ich hoffe, du schnappst den Täter, aber ein Teil von mir hofft, dass es dir nicht gelingt. Gibst du mir Bescheid, wenn du Magdalenas Leiche gefunden hast?«, fragte Peter.

Der Zauber war verpufft, und der alte Peter, der Polizist, den Kate gekannt hatte, war verschwunden.

Kate wollte noch etwas erwidern, aber die Tonverbindung zwischen ihnen wurde gekappt, und so sehr sie ihm auch zum Abschied noch eine verbale Breitseite vor den Latz knallen wollte – er konnte sie nicht mehr hören. Kate schaute auf und sah, dass Jake an der Tür darauf wartete, hereinzukommen und seinen Vater zu sehen.

46

Es war eine lange Fahrt von Great Barwell zurück nach Ashdean. Während des ersten Teils der Strecke saß Jake schweigend im Auto. Erst als sie an einer Autobahnraststätte anhielten, fragte Kate ihn, worüber er mit Peter gesprochen hatte. Sie bestellten Kaffee und suchten sich eine Ecke mit freien Sitzen.

»Er schien richtig nervös zu sein«, sagte Jake. »Hast du gesehen, wie er an seinem Mund rumgefummelt hat, als ich reingegangen bin?«

»Er hat falsche Zähne«, merkte Kate an.

»Ah, okay. Dachte ich mir doch, dass sie zu weiß aussehen.«

Kate lächelte und ergriff Jakes Hand. »Hat er dir Angst eingejagt?«

»Nein.«

»Hat er über irgendwas Grausiges gesprochen?«

»Ma, hör auf«, erwiderte Jake verlegen und zog die Hand weg. Auf der anderen Seite des Cafés stand ein hübsches Mädchen im Teenageralter und schaute zu ihnen herüber. Jake rührte seinen Kaffee um und starrte auf den Tisch.

»Was hat er zu dir gesagt?«

»Keine Ahnung. Wir haben einfach geplaudert. Er wollte alles über mein iPhone wissen.«

»Dein iPhone?«

»Ja. Er hat gesagt, als er verhaftet wurde, hatte er kein Handy, nur ein Autotelefon, und Mobiltelefone waren damals noch ganz neu …« Kate erinnerte sich an das ziegelsteinartige Gerät mit Antenne, das sie 1995 gehabt hatte. »Ich hab ihm von iPhones, dem App Store und davon erzählt, wofür ich das Handy benutze. Ich bin auch zu einem der Wärter draußen vor dem Besucherraum gegangen und hab gefragt, ob ich mein iPhone haben und Peter meine Fotos und so zeigen könnte. Aber sie haben es mir nicht gegeben.«

»Was noch?«

»Er hat mich gefragt, welche Musik ich mag, denn bei der Unterhaltung übers iPhone hab ich erwähnt, dass ich meine gesamte Musik über iTunes höre. Dazu hat er gemeint, ich hätte Glück. Er musste früher immer Platten kaufen gehen, und seine Mutter hat nur die abgespielt, die ihr gefallen haben. Er musste sie um Erlaubnis bitten, um eine Platte zu kaufen. Sogar, wenn er das Geld dafür hatte. Ein paar Mal ist er mit einer Platte nach Hause gekommen, die sie noch nicht gehört hatte. Sie hat sie dann nur eine halbe Minute lang abgespielt, und wenn es ihr nicht gefallen hat, dann hat sie die Platte zerbrochen.«

»Das ist brutal«, fand Kate.

»Ja. Das Konzept von iTunes hat ihn begeistert. Er will mir zu Weihnachten einen iTunes-Gutschein schicken … Ich hab gesagt, ich frage dich und Oma, ob das in Ordnung ist.« Kate nickte und versuchte, sich ihr Unbehagen nicht anmerken zu lassen. »Er steht auf David Bowie«, fügte Jake noch hinzu.

»Was?«, fragte Kate.

»Peter. Er steht auf David Bowie. Das ist der Typ aus dem Film *Labyrinth,* den wir uns immer angesehen haben, wenn ich zu Besuch bei dir war. Der zwei verschiedene Farben in den Augen hat, genau wie ich.«

»Ja, ich weiß, wer David Bowie ist. Und er hat keine verschiedenfarbigen Augen. Die Pupille in einem Auge ist dauerhaft geweitet, deshalb sieht es so aus, als hätte es eine andere Farbe.«

»Oh«, machte Jake. Er schien enttäuscht darüber zu sein, dass er nicht dieselben Augen hatte. Kate fand es merkwürdig, nach all den Jahren nicht gewusst zu haben, dass Peter Conway ein David-Bowie-Fan war. Sie kannte so viele intime Details aus seiner Kindheit, wusste von der verstörenden Beziehung, die er zu seiner Mutter Enid gehabt hatte. Etwas über seine Lieblingsmusik zu erfahren hatte jedoch nie ganz oben auf ihrer Liste gestanden. »Peter hat gesagt, ich soll mir ein Album anhören, *The Rise of Ziggy Starburst* … Oder so ähnlich.«

»*The Rise and Fall of Ziggy Stardust and the Spiders from Mars*«, sagte Kate. »Ich glaube, das habe ich zu Hause.«

Jake hatte bereits sein iPhone herausgeholt und tippte auf dem Display. »So, ich lade es gerade herunter«, verkündete er.

»Wow, das geht ja schnell«, meinte Kate. Sie wusste nicht, was sie von ihrem Besuch erwartet hatte. Insgeheim hatte sie gehofft, Jake würde von seinem Monster von einem Vater angewidert sein. Sie hätte nie gedacht, Peter könnte Jake Musik empfehlen, die er bei iTunes kaufen sollte.

»Worüber hast du mit ihm geredet?«, wollte Jake wissen, leckte den Cappuccino-Schaum von seinem Löffel und sah Kate fragend an.

»Unser Treffen war komplizierter … Wir haben jedenfalls nicht über Musik gesprochen. Wir haben uns darauf verständigt, über alte Zeiten bei der Polizei zu reden.« Plötzlich fragte sie sich, ob es schräg war, dass sie nicht mehr über Jake gesprochen hatten … Andererseits wollte sie ja nicht, dass Peter eine Beziehung zu seinem Sohn aufbaute.

»Ich weiß, was er dir angetan hat, Ma. Ich erinnere mich gut daran, wie grausam er zu uns beiden war.«

»Hat er sich entschuldigt? Reue gezeigt?«

»Nein. Wir haben nicht darüber geredet«, sagte Jake. »Aber ich habe es nicht vergessen. Ich weiß, was er dir angetan hat und all diesen Frauen … Irgendwo hab ich mal gelesen, dass Ted Bundy anscheinend ein guter Vater gewesen ist.

Seine feste Freundin hat völlig andere Erfahrungen mit ihm gemacht. Sie hat eine Seite von ihm kennengelernt, die sonst niemand zu sehen bekommen hat. Vielleicht hatte ich heute Glück und hab nur den Teil von ihm kennengelernt, der noch gut ist.«

Kate staunte über Jakes Reife und Erkenntnisse. »Willst du ihn wiedersehen?«

Jake zuckte mit den Schultern und rührte erneut seinen Cappuccino um.

»Er will, dass ich ihn wieder besuchen komme. Ich hab gemeint, wir sollten uns vorerst vielleicht mal nur schreiben.«

»Das liegt ganz bei dir, Jake. Du weißt, dass er bis zu deinem sechzehnten Geburtstag keinen Kontakt mit dir aufnehmen durfte. Aber wenn du jetzt mit ihm schreiben willst, kann man ihm deine Adresse geben, oder du kannst ein Postfach einrichten.«

Jake nickte. »Was ist mit seiner Mutter Enid? Sie ist meine Großmutter, nicht wahr?«

»Ja. Soweit ich weiß, soll sie nächstes Jahr aus dem Gefängnis entlassen werden«, sagte Kate.

Sie war froh, dass sie ein so vernünftiges Gespräch führen konnten. Deshalb unterdrückte sie den Drang hinzuzufügen: *Nenn dieses kranke Miststück niemals Großmutter*. Enid Conway hatte ein verstörendes Verhältnis zu Peter. Gerüchten zufolge hatte dazu auch eine sexuelle Beziehung gehört. Jedenfalls war sie am Plan beteiligt gewesen, Peter zur Flucht aus der Klinik zu verhelfen. Dafür hatte man ihr eine dreijährige Haftstrafe aufgebrummt.

»Wenn Peter die Flucht geglückt wäre und sie ins Ausland gegangen wären, dann würden sie irgendwo auf der Welt frei herumlaufen …« Jake schauderte. »Ich glaube, er ist mir hinter dickem Glas und von Wärtern umgeben lieber.«

Kate nickte und lächelte.

»Wir sollten mit Oma skypen und ihr Bescheid geben, wie es gelaufen ist«, schlug Kate vor. »Geht's dir gut?«

Jake nickte. Sie hätte gern seine Hand gedrückt, aber in Anbetracht des attraktiven blonden Mädchens auf der anderen Seite des Cafés verzichtete sie darauf und begnügte sich damit, ihn erneut anzulächeln.

Schließlich tranken sie ihren Kaffee aus und setzten die Heimreise fort. Unterwegs hörten sie *The Rise and Fall of Ziggy Stardust and the Spiders from Mars*. Jake schlief dabei auf dem Beifahrersitz ein und schnarchte leise.

Kate dachte an ihr Gespräch mit Peter zurück, ließ sich die Denkweise eines Serienmörders durch den Kopf gehen, und ihre Gedanken kehrten zurück zu Magdalena.

Ein nagendes Gefühl im Bauch ließ ihr keine Ruhe. Sie musste noch einmal mit Kirstie Newett sprechen. Die junge Frau mochte zwar von Arron Ko besessen sein – aber das bedeutete nicht, dass ihre Geschichte nicht stimmte. Und für Kates Geschmack gab es viel zu viele widersprüchliche Details.

Wenn jemand in der Gegend Frauen entführte, wie ging er dabei vor? Moderne Frauen besaßen Köpfchen. Hoffte sie zumindest. Warum sollte jemand, der so klug wie Magdalena war, einfach anhalten und ins Auto eines Fremden einsteigen? Wenn sich der Täter als alter Mann verkleidet hatte, wäre sie vielleicht eher geneigt gewesen stehen zu bleiben.

Kate schaute auf und stellte fest, dass sie in wenigen Stunden zu Hause sein würden. Sie würde zuerst Jake versorgen, danach wollte sie mit Tristan sprechen.

47

Magdalenas Arme und Hände waren beinah taub vor Erschöpfung, als sie am Betonboden um den Sockel der Toilette herumkratzte. Er schien so glatt, so fest, so unmöglich aufzubrechen zu sein.

Sie benutzte Stücke des zerbrochenen Spülkastendeckels, um am Beton und der Fugenmasse zu schaben, die das Porzellan der Toilette am Boden fixierten. Wenn es ihr gelänge, die Toilettenschüssel zu lösen und in den Korridor zu schleifen, könnte sie draufsteigen und die Luke erreichen.

Magdalena wusste nicht, wie viel Zeit vergangen war, seit sie den Mann abgewehrt und die Waffe gefunden hatte. Jedenfalls fühlte sie sich gefährlich schwach. Sie hatte zwar Wasser, aber schon lange nichts mehr gegessen. Die Magenkrämpfe setzten in immer kürzeren Abständen und zunehmend heftiger ein, bis sie sich vor Schmerzen krümmte. Es kostete sie alle Willenskraft, ihre Energiereserven anzuzapfen und weiter am Boden rund um die Toilette zu kratzen. Gleichzeitig lauschte sie ständig auf den Aufzug. Der Revolver klemmte gesichert unter dem Bund ihrer Jeans.

Wie gern hätte sie sich einfach hingelegt – aber sie wagte nicht zu schlafen, weil sie fürchtete, ihr Entführer würde in der Dunkelheit zurückkommen, sie finden und ihr die Waffe abnehmen. Als sie anfing, die Stimme ihrer *nonna* zu hören, wusste sie, dass sie kurz davorstand, den Verstand zu verlieren.

Komm schon, du bist ein starkes Mädchen, Magdalena. Das stärkste Mädchen, das ich je gekannt habe. Du musst weitermachen. Wir alle warten draußen über der Erde auf dich … Und wenn wir alle wieder zusammen sind, koche ich dein Lieblingsgericht, Gnocchi mit Pilzen aus dem Garten. Versprich mir nur, dass du nicht einschläfst, dass du weitermachst.

Die Stimme lullte sie ein und ließ sie ihre tauben Arme und Hände vergessen. Magdalena spürte, wie sie einzudösen begann, und drückte den Kopf gegen das kalte Porzellan. Der widerliche Gestank rüttelte sie wieder wach.

Mach weiter, mach weiter. Du bist so nah dran, mein Schatz, so nah.

48

Nach intensiven Tagen der Arbeit an dem Fall fühlte sich Tristan seltsam, als er am Sonntag erwachte und Kate nicht da war. Sie hatte angerufen, um ihm mitzuteilen, dass sie Jake zu einem Treffen mit Peter Conway bringen musste. Dabei hatten sie nur kurz miteinander gesprochen, und sie war verständlicherweise mit den Gedanken woanders gewesen.

Trotz allem, was Henry Ko ihnen am Tatort von Teds Ermordung erzählt hatte, verspürte Tristan immer noch ein nagendes Unbehagen. Er wollte Magdalena nicht aufgeben. Den Sonntag und den Montag verbrachte er damit, online auf der Website des Grundbuchamts zu recherchieren, welche Gebäude sich auf dem Shadow Sands Besitz befanden. Dabei stieß er auf mehrere gewerbliche Liegenschaften, Geschäfte und Büros und viele Mieter wie Ted. Außerdem gab es drei große Herrenhäuser – zwei davon bewohnten Thomas und Silvia, beim dritten handelte es sich um den ehemaligen Nachtclub *Hedley House*. Tristan erinnerte sich von seinen Besuchen als Teenager daran, dass es innen wie in einem riesigen Ballsaal aussah – ein höhlenartiger Raum mit einer Bar, einer Garderobe, Toiletten und sonst wenig. Er suchte online nach Grundrissen oder Blaupausen davon, aber ohne Erfolg.

Auch am Montag arbeitete Tristan wie besessen – irgendetwas musste doch herauszufinden sein! Stunde über Stunde saß er an seinem kleinen Schreibtisch im Schlafzimmer. Am Nachmittag, als es bereits dunkel wurde, hörte er plötzlich unten eine Bodendiele knarren.

»Hallo?«, rief er. Keine Antwort. Ein weiteres Knarren, dann hörte er eindeutig Schritte. Er stand auf und griff sich die große leere Champagnerflasche von seinem achtzehnten Geburtstag, die er als Türstopper benutzte.

Tristan brachte sie wie einen Baseballschläger in Anschlag und ging hinaus auf den Flur. Er überprüfte das Badezimmer und Sarahs Zimmer, doch beide waren verwaist.

Von unten ertönte ein weiteres Knarren, gefolgt von einem Rascheln. Das Bild von Ted Cloughs Leiche tauchte vor seinem geistigen Auge auf. Er sah den Mann verrenkt und mit gebrochenem Genick am Fuß der Treppe. Der Anblick des so gewaltsamen Tods hatte ihm bereits schlaflose Nächte bereitet.

Tristan umklammerte die Champagnerflasche fester und schlich die Treppe hinunter. Er fand die Wohnzimmertür angelehnt vor und hörte weitere knarrende, raschelnde Laute von drinnen.

Kurzentschlossen trat er die Tür auf und stürmte mit hoch über dem Kopf erhobener Champagnerflasche hinein.

»Großer Gott! Tristan!«, entfuhr es Sarah. Sie presste sich die Hand auf die Brust und ließ einen Stift und einen Notizblock fallen, die sie in der Hand hielt. Seine Schwester kauerte vor einer offenen Weinkiste neben der Küchentür.

»Himmel noch mal! Ich dachte, du wärst ein Einbrecher«, klagte Tristan. Sein Herz raste in der Brust. Er stellte die Flasche auf dem Esszimmertisch ab und rieb sich den großen Zeh, den er sich an der Tür gestoßen hatte. »Hast du mich nicht gehört?«

»Nein.«

»Ich war oben und hab gerufen, aber du hast nicht geantwortet.«

»Du weißt, ich kann dich nicht hören, wenn du oben bist«, gab sie zurück.

»Was machst du hier, Sarah?«

»Was soll das heißen, was ich hier mache? Ich wohne hier.«

»Du hast gesagt, bis zur Hochzeit bleibst du bei Gary. Du hättest mich ruhig vorwarnen können.«

»Ich bin inzwischen schon zweimal hier gewesen, um mir saubere Sachen zu holen. Ich dachte, du wärst bei der Arbeit«, sagte sie.

»Diese Woche sind keine Vorlesungen. Semesterferien.«

»Oh.«

Sie hob den Notizblock auf. Tristan sah, dass sie eine lange Liste von Zahlen aufgeschrieben hatte.

»Was ist das?«, fragte er.

»Das Hochzeitslokal hat mich angerufen. Man hat entschieden, uns eine Korkgebühr zu berechnen. *Ein Pfund* pro Flasche. Da kommt bei der Menge hier ganz schön was zusammen«, meinte sie und deutete auf die hoch gestapelten Kisten.

»Hört sich nicht gut an.«

»Kannst du mir mal helfen, den Stapel hier herauszuziehen? Ich weiß nicht mehr, ob in einer Kiste sechs oder acht Flaschen sind. Es steht auf der Seite, die der Wand zugedreht ist.«

Tristan ging zu dem Stapel neben der Küchentür und manövrierte ihn behutsam ein Stück von der Wand weg.

»Acht«, meldete er.

»Acht mal sechzehn gibt hundertachtundzwanzig; verdammt, das macht hundertachtundzwanzig Pfund nur für den Weißwein«, klagte Sarah. »Die Kosten für die Hochzeit laufen allmählich aus dem Ruder. Donna-Louise hat zwei Nummern zugenommen, seit sie bei *Brewers Fayre* für das Fleischbuffet zuständig ist, und ich muss die Anpassungen an ihrem Kleid bezahlen. Mann! Ich bin's schon so was von leid, ständig über die verdammte Hochzeit zu reden!« Sie legte den Notizblock beiseite und wischte sich über die Augen. Trotz allem verspürte Tristan einen Anflug von Mitleid mit ihr.

»Lust auf ein Bier?«, fragte er.

»Ja, danke.«

Er ging los, holte zwei kalte Biere aus dem Kühlschrank und reichte Sarah eine der Flaschen. Sie trank einen ausgiebigen Schluck.

»Danke. Das tut gut«, meinte sie und wischte sich den Mund mit dem Handrücken ab.

»Prost. Geht doch nichts über ein kaltes Bier«, sagte er. Sie stießen mit den Flaschen an und tranken erneut.

Unangenehmes Schweigen stellte sich ein. Es hatte angefangen zu regnen. Tristan hörte das Prasseln draußen an der Dachrinne. Sarah stellte ihr Bier auf dem Tisch ab.

»Tristan. Ich denke, wir sollten uns dem Elefanten im Zimmer stellen«, schlug sie vor.

»Ich dachte, du willst nicht mehr über Donna-Louise und ihr Brautjungfernkleid reden …«

Sarah prustete laut los. Ihr gesamtes Gesicht erstrahlte dabei und ließ sie völlig verändert wirken. Glücklich und sorglos. Tristan freute sich darüber, sie endlich mal wieder lachen zu sehen.

»Das ist nicht witzig«, sagte sie und lachte unwillkürlich wieder los. »Ich rede davon, was du mir erzählt hast. Dass du schwul bist. Tut mir leid, wenn meine Reaktion harsch war, aber ein bisschen Verständnis musst schon auch du aufbringen. Du kannst nicht erwarten, dass wir einfach weitermachen wie bisher.«

»Warum nicht?«

»Da ist schon eine Menge zu verarbeiten …«

»Tja, weißt du, Schwesterchen, du hast es nur *gehört*. Ich bin derjenige, der damit leben muss.«

Sarah seufzte und nippte an ihrem Bier.

»Die Polizei hat angerufen. Man hat mir gesagt, dass du dort warst und eine Aussage abgegeben hast. Du hast zu Protokoll gegeben, dass Gary und ich nichts von deinem nächtlichen Ausflug wussten. Danke.«

»Kein Problem. Warum ist Gary heute nicht mitgekommen? Ihr seid doch sonst wie siamesische Zwillinge.«

Eine unangenehme Pause entstand.

»Wollte er eigentlich, aber er hat vorher noch nie jemanden kennengelernt, der schwul ist. Er war nervös.«

»Was soll das heißen, er hat noch nie jemanden kennengelernt, der schwul ist?«

»Hat er wirklich nicht, Tris.«

»*Ich* bin schwul. Und mich kennt Gary seit einem Jahr. Ich war mit euch beiden in Frankreich, um den ganzen Alkohol für die Hochzeit zu besorgen – vier Mal! Will er damit sagen, dass er mich nicht kennt?«

»Natürlich *kennt* er dich, Tris. Er kennt dich nur nicht als schwul.«

»Sarah, ich bin immer noch ich. Daran hat sich nichts geändert!«

»Ich weiß, ich weiß. Wie gesagt, es ist bloß alles neu für uns …«, sagte Sarah. Wieder herrschte betretenes Schweigen. »Wird diese Frau, diese Magdalena, immer noch vermisst?«

»Die Polizei glaubt, dass sie mit ihrem Motorroller von der Straße abgekommen und in einen der Gräben entlang der A1328 gestürzt ist. Von dort soll sie ins Meer gespült worden sein. Aber Kate und ich denken anders …«

Dass sie außerdem Ted Cloughs Leiche gefunden hatten, erwähnte er lieber nicht. Sarah würde sich nur sorgen, was in Wut umschlagen würde. Er konnte so schon beobachten, wie sie missbilligend die Lippen schürzte, als Kates Name fiel. Tristan trank sein Bier aus. Es war kaum noch möglich, mit Sarah über irgendetwas in seinem Leben zu sprechen, ohne dass es unangenehm wurde.

»Brauchst du Hilfe beim Transportieren der Kisten?«, fragte er, um das Thema zu wechseln.

»Nein. Danke. Garys Freund Sammo hat sich schon dafür

angeboten. Er ist Fahrer bei Harry Stott, der Spedition. Er lässt demnächst sonntags ein bisschen Platz in einem der Lieferwagen und holt die Kisten ab, wenn er in der Nähe ist.«

»Das ist ein bisschen unanständig.«

»Ich kann's mir nicht leisten, einen großen Lieferwagen zu mieten, und die Laster von Harry Stott fahren ständig an Ashdean vorbei nach Exeter. Und sonntags haben sie am meisten zu tun«, erklärte Sarah.

Tristan stellte sein Bier ab. Plötzlich überschlugen sich seine Gedanken. »Die Laster von Harry Stott – von wo fahren sie nach Exeter?«

»Ich glaube, sie benutzen die Autobahn ab Portsmouth und Bournemouth. Sie fahren an Ashdean vorbei nach Exeter. Sammo kann hier also ohne Weiteres kurz vorbeischauen, ohne Schwierigkeiten zu bekommen. Die Firma hat GPS in ihren Wagen.«

»Also nutzen sie die A1328 als Hauptroute nach Exeter?«, fragte Tristan.

»Die A1328?«

»Die Straße, die von Ashdean am Shadow Sands Stausee und am *Hedley House* vorbei nach Exeter verläuft.« Tristan verlor allmählich die Geduld.

»Ja. Sammo sagt, dass Harry Stott am Sonntag jede Stunde einen Lieferwagen vorbeifahren lässt, also sollte genug Platz für unsere Kisten sein.«

»Kannst du mir Sammos Nummer besorgen?«

»Er hat eine Frau. Er ist verheiratet.«

»*Dafür* will ich seine Nummer nicht«, herrschte Tristan seine Schwester an. Ihre Dummheit nervte ihn. »Ich will wissen, ob er letzten Sonntag am Shadow Sands Stausee vorbeigefahren ist.«

49

Kate und Jake waren gerade erst zu Hause angekommen, als es an der Haustür klopfte. Als Kate öffnete, stand Tristan davor.

»Kate. Tut mir leid, dass ich so reinplatze. Ich habe vielleicht eine Spur zu jemandem, der Magdalena auf der A1328 gesehen haben könnte, bevor sie entführt wurde«, stieß er atemlos hervor. Er spähte durch die Diele zum Wohnzimmer. »Entschuldige. Ist es gerade ungünstig?«

Kate merkte Tristan an, wie aufgeregt er war.

»Nein. Jake ist oben unter der Dusche. Was? Wer … Lass uns nach draußen gehen«, schlug sie vor und schnappte sich ihre Jacke.

Sie gingen von der Vordertür um das Haus herum zu den Sanddünen oberhalb der Klippen. Ein paar Liegestühle standen neben einer Düne, die Schutz vor dem Wind bot, aber sie setzten sich beide nicht.

Rasch erzählte Tristan von den Kisten mit Alkohol für Sarahs Hochzeit und von Garys Freund, der für Harry Stott arbeitete.

»Sarah hat mir Sammos Nummer gegeben, und ich habe mit ihm telefoniert. Er selbst ist die Route auf der A1328 letzten Sonntag, als Magdalena verschwunden ist, zwar nicht gefahren, aber er fragt hoffentlich gerade herum, ob einer der anderen Fahrer etwas gesehen hat.« Tristan holte sein Handy heraus und blickte auf das Display. »Ich hab vollen Empfang. Hoffentlich meldet er sich bald. Außerdem habe ich mir sämtliche Liegenschaften und Gebäude angesehen, die zum Shadow Sands Besitz gehören. Ich hab eine Liste erstellt.« Er holte gerade einen zusammengefalteten Zettel aus der Hosentasche, als sein Handy klingelte.

»Wer ist es?«, fragte Kate.

»Unbekannte Nummer«, antwortete er und zeigte ihr das Display.

»Stell auf Freisprechen. Und setzen wir uns hin, dann ist es nicht so windig ...« Sie ließen sich auf den Liegestühlen nieder, und Kate rückte mit ihrem näher zu Tristan. »Und stell ihm keine Suggestivfragen, ob er etwas weiß.«

Tristan nickte und nahm den Anruf an.

»Hi. Tristan? Ich bin Dennis. Sammo hat gesagt, Sie wollen mit mir reden«, meldete sich die Stimme am anderen Ende der Leitung. Der Mann klang älter und kam dem Akzent nach aus Devon.

Tristan dankte ihm für den Anruf und erklärte, warum er mit ihm reden wollte. Dabei achtete er darauf, ihm keine Richtung vorzugeben. »Kate ist hier bei mir. Sie ist mein Boss«, fügte Tristan hinzu.

»Hi«, grüßte Kate.

»Ja, hi. Sammo hat mir von der vermissten Frau erzählt. Ich hab tatsächlich eine junge Frau mit langem dunklem Haar auf einem gelben Motorroller gesehen. Sie hatte angehalten, um einem alten Kauz zu helfen, der am Straßenrand geparkt hatte«, schilderte er.

»Wissen Sie noch, wann das war?«, fragte Tristan.

»Vor einer Woche, letzten Sonntag. Am Sonntag, dem Vierzehnten«, sagte er. »Keine Ahnung, wann genau. So gegen Mitte bis später Nachmittag.«

Kate stützte kurz den Kopf auf die Hände, dann schaute sie baff zu Tristan auf. Er nahm ihre Hand in seine.

»Wo genau haben Sie die Frau gesehen?«, meldete sich Kate zu Wort und bemühte sich, ihrer Stimme einen ruhigen Klang zu verleihen.

»Ein paar Kilometer außerhalb von Ashdean, kurz vor dem Stausee … Ich erinnere mich daran, weil der alte Knacker einen Ersatzreifen vor meinen Laster rollen gelassen hat. Ich wäre beinah drübergefahren.«

Tristan verstärkte den Griff um Kates Hand.

»Konnten Sie erkennen, wie der Mann ausgesehen hat?«, fragte Kate.

»War gekleidet wie viele alte Typen hier. Altmodische Hose, Tweedjacke. Sie wissen schon, als hätte er sich vor Jahren in einem Gebrauchtwarenladen mit Klamotten eingedeckt. Dazu eine flache Mütze und eine Brille. Er hatte einen buschigen grauen Bart und Haare, die unter der Mütze hervorgelugt haben …«

Nachdem sie das Telefonat mit Dennis beendet hatten, begann Kate, im Sand auf und ab zu laufen.

»Es passt zu dem, was Kirstie Newett mir erzählt hat«, sagte sie. »Kirstie hat einen alten Mann mit grauem Haar und einem hellen, alten Auto als ihren Entführer beschrieben. Sie hat gesagt, seine Augen wären seltsam blau gewesen, fast violett, als würde er Kontaktlinsen tragen.«

»Könnte eine Tarnung sein«, meinte Tristan. »Nur die Farbe der Augen zu ändern bewirkt keinen großen Unterschied. Es könnte sein, dass er eine Perücke trägt oder dass er sich einen Bart wachsen lässt und ihn dann wieder abrasiert.«

Kate zitterte mittlerweile genauso sehr vor Aufregung wie vor Verblüffung. Beinahe hätte sie sich von Henry Ko überzeugen lassen – hätte ihm um ein Haar gestattet, ihre gesamte Theorie zu entkräften.

»Das bedeutet, Kirstie Newett hat die Wahrheit gesagt – darüber, dass sie entführt wurde. Und Magdalena wurde auch entführt. Sie ist *nicht* während des Starkregens aus dem Graben ins Meer gespült worden«, sagte Kate.

»Was sollen wir jetzt tun?«, fragte Tristan.

Kate hielt inne.

»Es sind acht Tage vergangen, seit Magdalena weg ist. Und die Polizei hat ihr Verschwinden nicht mal auf dem Radar. Niemand sucht nach ihr.« Kate sah auf die Armbanduhr. Es war kurz nach sieben abends. »Ich habe über das *Hedley House* nachgedacht. Ulrich Mazur und Sally-Ann Cobbs sind beide nach einem Besuch im Nachtclub auf dem Heimweg entführt worden. Wenn die Familie Baker irgendwie in das alles verstrickt ist, dann wäre es nur logisch, dass die Opfer irgendwo im *Hedley House* festgehalten wurden – und Magdalena vielleicht noch dort ist. Keine Ahnung, ob es dort einen Keller gibt, aber ich denke, wir sollten uns das ansehen.«

»Wann?«, fragte Tristan.

»Heute Abend noch. Jetzt gleich«, antwortete Kate.

50

Nachdem Magdalena gefühlte Stunden am Boden gekratzt und gescheuert hatte, spürte sie, dass der Beton endlich allmählich rissig wurde und sich die Toilettenschüssel zu lösen begann.

Sie stand auf und rieb sich die Hände, um etwas Gefühl in sie zurückzubekommen. Nach nur wenigen Minuten Pause und einem Schluck Wasser machte sie sich daran, die Toilettenschüssel hin und her zu schieben. Ziemlich schnell lockerte sie sich, und mit einem plötzlichen Knirschen löste sie sich von der Stelle, an der sie am Boden befestigt gewesen war. Das Rohr hinauf zum Spülkasten an der Wand flutschte mühelos heraus. Magdalenas Herz vollführte vor Aufregung einen kleinen Satz, und sie bekam gar nicht mit, dass Wasser über ihre Jeans schwappte. Vor Anstrengung war sie ohnehin schon schweißüberströmt.

Magdalena schleppte die Toilettenschüssel aus dem kleinen Raum und durch den Korridor. Als das Porzellan gegen die Metalltüren des Aufzugs stieß, ertönte ein leises Klirren.

Sie stieg auf die Schüssel und stellte überglücklich fest, dass sie die Decke berühren und den rauen Putz fühlen konnte. Allerdings stand die Toilette etwas nach links versetzt. Magdalena musste sich zur Seite beugen, um die Luke zu erreichen. Also verrückte sie die Schüssel noch ein wenig und stieg wieder auf sie. Als sie mit den Händen über die Luke fuhr, fühlte sie, dass sie bündig mit dem Rahmen und der Decke abschloss. Magdalena entdeckte nur einen kleinen Schlitz, in den man offenbar einen Schlüssel oder eine Münze einführen und drehen konnte, um die Luke zu öffnen.

»Scheiße«, flüsterte sie und ließ die Schultern hängen.

Würde das je enden? Würde irgendwann auch etwas *einfach* sein? Sie kletterte von der Toilettenschüssel zurück auf den Boden. Vor Anstrengung wurde ihr schwindlig.

Zerbrochene Fliesen. Sie sind zerbrochen, als ich die zweite Patrone abgefeuert habe, dachte sie.

Magdalena eilte zurück in den Raum mit dem Bett, tastete mit den Fingern an den Wänden und am Türrahmen entlang und bemühte sich, nicht an die Blutspritzer zu denken, die sie im kurzen Mündungsblitz des Revolvers gesehen hatte. Sie fand das Bett und am Boden davor die Scherben zerbrochener Fliesen.

Magdalena kauerte sich hin und sichtete mit den Fingerspitzen vorsichtig die Splitter. Dabei entdeckte sie ein langes, dickes Stück einer Fliese mit einer flachen Kante, die mit einer scharfen, schmalen Spitze endete und sich gut als Waffe für ihr Arsenal eignete. Sie steckte es zum Revolver unter den Bund ihrer Jeans. Dann fand sie einen flachen Fliesensplitter, ungefähr so breit und dick wie eine Münze. Sie eilte zurück in den Korridor, fand die Toilettenschüssel und stieg auf sie. Vorsichtig setzte sie das Fliesenstück in den Öffnungsmechanismus der Luke ein. Es passte perfekt. Sie drehte es nach rechts, und tatsächlich klappte die schwere Luke herunter. Sie stützte sie mit beiden Händen und duckte sich rasch zur Seite, um nicht von ihr erwischt zu werden.

Im gleichen Moment spürte sie einen Luftzug auf ihrer Haut, und ihre Augen wurden von Licht geblendet. Es brannte, als sich ihre Pupillen jäh zusammenzogen, und eine Weile musste sie die Lider halb geschlossen halten. Für einen Moment stand sie einfach nur da und genoss den Luftzug, während sich ihre Augen wieder daran gewöhnten, etwas zu sehen. Trübes, graues Licht drang in den Flur – tatsächlich überhaupt nicht grell, doch nach Tagen der völligen Finsternis genügte es.

Sie erkannte, dass sich neben den Aufzugtüren ein kleines

Schlüsselloch in der Mauer befand. Ihre Finger mussten es in der Dunkelheit verpasst haben. Magdalena stieg von der Toilettenschüssel und ging hin. Es handelte sich um ein kleines goldfarbenes Schlüsselloch. *So also öffnet er die Lifttüren von hier unten.*

Alle möglichen verrückten Gedanken gingen ihr durch den Kopf: Warum hatte sie nicht daran gedacht? Warum hatte sie nicht gründlicher nach dem Schlüsselloch gesucht? Hätte sie den Mann in der Finsternis näher an sich herankommen lassen und versuchen können, ihm unbemerkt den Schlüssel zu stehlen? Nein, das war lächerlich. Sie fuhr mit den Fingern über das Loch und wünschte, sie hätte eine Haarnadel. Magdalena wusste zwar nicht, wie man ein Schloss knackte, aber sie könnte es dann zumindest versuchen.

Sie schaute den Korridor entlang zurück. Vielleicht würde sie mit dem Licht etwas entdecken, irgendetwas, das der Mann vergessen hatte … Schließlich schwenkte ihr Blick in die Luke hinauf.

Das schwache Licht sickerte von hoch oben herab, und sie konnte sehen, dass die Luke in den Aufzugsschacht führte. Etwa zehn Meter höher befand sich ein weiterer Ausstieg des Aufzugs. Ihre Arme fühlten sich immer noch schwach und zittrig an. Es kostete sie alle Kraft, sich von der Toilettenschüssel hochzuziehen und durch die Luke zu klettern.

Seitlich des Aufzugsschachts befand sich eine kleine Plattform, auf der Magdalena einen Moment lang keuchend liegen blieb und versuchte, wieder zu Atem zu gelangen. Hoch über ihr hing der Aufzug. Darunter schlängelten sich lose Kabel herab.

Schließlich rappelte sie sich auf und versuchte, an den Wänden des Aufzugsschachts Halt zu finden, um nach oben zu klettern, aber sie erwiesen sich als glatt. Es gab nichts, was sie zum Klettern benutzen konnte.

»Nein, nein, nein, nein, nein«, murmelte sie und drosch mit der Faust gegen die Wand. Sie kauerte sich auf die Fersen, als sie spürte, wie erneut Erschöpfung über ihr zusammenschwappte.

Der Mann würde zurückkommen, und er würde sie mit Sicherheit umbringen. Sie musste ihm auflauern. Magdalena musste die Luke nutzen, um ihn zu überraschen.

Und ihn töten, bevor er sie töten konnte.

51

Kate bat Myra, bei Jake zu bleiben, während Tristan und sie mit ihrem Auto zum *Hedley House* aufbrachen.

Sie mussten zurück nach Ashdean, um auf die A1328 zu gelangen. Leichter Nebel näherte sich von der Küste, als sie in Richtung des Shadow Sands Stausees fuhren. Kate wurde leicht unbehaglich zumute. Die Sicht auf dieser einsamen Fahrbahn ohne Straßenbeleuchtung war so schon schlecht genug. Sie schaltete das Fernlicht ein. Weit und breit fehlte jede Spur von anderen Fahrzeugen, und als die Straße eine Kurve weg von den Klippen beschrieb, säumte sie zu beiden Seiten dichter Wald. Der Nebel nahm zu.

»Das gefällt mir nicht«, murmelte Tristan und stützte sich am Armaturenbrett ab, als Nebelschwaden auf die Windschutzscheibe trafen und ihnen für einige Sekunden die Sicht nahmen. Kate verlangsamte die Fahrt ein wenig, obwohl sie so schnell wie möglich zum *Hedley House* wollte. Was, wenn sich Magdalena die ganze Zeit dort aufgehalten hatte? Sie waren in der Zwischenzeit mehrmals daran vorbeigefahren, immer so nah. Hatte Kate ihr Gespür verloren? Hatte ihnen die Lösung praktisch von Anfang an unbemerkt ins Gesicht gestarrt?

»Kate, fahr langsamer«, mahnte Tristan, als sie zu einer Kurve gelangten und sich die Nebelschwaden weiter verdichteten. Das Auto geriet ins Schlittern, als sie die Kurve im vierten Gang nahm, und sie gerieten auf den Seitenstreifen, wo sie gründlich durchgeschüttelt wurden.

»Entschuldige«, sagte sie, bremste und ging die nächste Kurve langsamer an.

Sie gelangten in einen klaren Abschnitt, die Sicht wurde vorübergehend besser, doch weiter vorn trieb erneut Nebel zwischen den Bäumen. Als sie ihn erreichten, wurde das Auto völlig in Weiß gehüllt, und Kate konnte nur noch wenige Meter weit sehen. Die dichten Schwaden reflektierten das Licht der Scheinwerfer und vermittelten den Eindruck einer durchgehenden weißen Wand vor ihnen. Als sie aus dem Nebelfeld auf einen weiteren klaren Abschnitt der Straße hervorbrachen, tauchte plötzlich ein Reh vor ihnen auf. Kate blieb kaum Zeit zum Reagieren. Instinktiv riss sie das Lenkrad herum und wich dem wunderschönen Tier aus. Das Auto kam von der Straße ab auf den Seitenstreifen, holperte darüber und eine steile Böschung hinab zwischen mächtigen Bäumen hindurch, bis es letztlich gegen einen der Stämme prallte.

Kate wusste nicht, wie viel Zeit vergangen war, als sie die Augen aufschlug und die aufgeblasenen Airbags sah. Tristan saß neben ihr. Auch er wirkte benommen.

»Geht's dir gut?«, fragte sie, während sie den eigenen Körper abtastete. Ihr Gesicht und ihr Hals fühlten sich zwar wund an, aber sie hatte keine schwere Verletzung erlitten.

»Ja«, antwortete er, nachdem auch er sich überprüft hatte. Er hob die Hand ans Gesicht. »Ich dachte, Airbags wären was Gutes. Aber es fühlt sich an, als hätte mir jemand eine schallende Ohrfeige verpasst.«

»Bei mir auch«, bestätigte Kate. Sie versuchte, die Tür zu öffnen, und stieß damit sofort gegen einen Baumstamm. »Auf meiner Seite kann ich nicht raus.« Tristan gelang es, seine Tür aufzubekommen und auszusteigen. Kate kletterte über den Schaltknüppel und folgte ihm.

Das Auto sah nicht allzu schwer beschädigt aus. Wie sich herausstellte, waren sie einen zehn Meter langen Abhang heruntergeschlittert und hatten am Stamm einer riesigen, knorrigen Eiche geendet. Die vordere Stoßstange hatte das Auto gerettet. Sie hatte sich so an einer Ausbuchtung des Baums verfangen, dass der Wagen mit den beiden Vorderrädern in der Luft hing. Die Fahrertür war eingedrückt, doch der Rest des Fahrzeugs schien in Ordnung zu sein.

»Meinst du, wir kommen im Rückwärtsgang wieder rauf?«, fragte Tristan. Kate folgte seinem Blick den Hang hoch, dann schaute sie zurück zu den über dem Boden schwebenden Vorderrädern.

»Mal sehen, ob wir das Auto vom Baum schieben können«, schlug sie vor. Sie traten beide zur Vorderseite und lehnten sich gegen die Stoßstange.

»Ist die Handbremse gelöst?«, fragte Tristan.

»Ja«, antwortete Kate keuchend. »Es hilft nichts, das Auto klemmt fest.« Sie hielt kurz inne. »Wo ist mein Handy?« Sie klopfte ihre Jackentasche und ihre Jeans ab, bevor sie sich auf der Beifahrerseite in den Wagen lehnte und ihr Telefon aus dem Fußraum auf der Fahrerseite holte. Nur hatte sie kein Signal.

»Ich hab auch keinen Empfang«, sagte Tristan nach einem Blick auf sein Display. Also kletterten sie die weiche Erde der Böschung hinauf, hielten sich dabei an Bäumen und Sträuchern fest, um sich hochzuziehen. Als sie die Straße erreichten, herrschte Stille. Weit und breit kein Wagen zu sehen.

Das Reh war natürlich längst von der Stelle verschwunden, an der sie von der Fahrbahn abgekommen waren, und die Nebelfelder lösten sich allmählich auf. Kate und Tristan stellten sich beide mitten auf die Straße, um sich von den Bäumen zu entfernen und zu versuchen, ein Signal zu bekommen. Nichts.

Kate drehte sich in die andere Richtung und ging mit dem Handy hoch erhoben ein Stück weiter. Die Straße beschrieb eine scharfe Kurve nach rechts, bevor sie sich als langgezogene Gerade am Stausee vorbei erstreckte. In der Ferne zeichnete sich auf einem Hügel das *Hedley House* vor dem klaren Nachthimmel ab.

In einem der Fenster schimmerte ein Licht.

52

Gespenstische Stille herrschte, als sich Kate und Tristan dem *Hedley House* näherten. Nachdem sie das Licht im Fenster gesehen hatten, waren sie ohne zu zögern direkt darauf zugegangen.

Der Fowey tauchte links zwischen den Bäumen auf und rauschte etwa zwanzig Meter weit geräuschvoll vorbei. Das Plätschern mutete inmitten der Dunkelheit, des Nebels und der Beklommenheit, die Kate empfand, unvereinbar fröhlich an.

In der Nähe des Stausees verstummte der Fluss plötzlich. Er traf dort auf ein Schleusentor und wurde von dem stillen schwarzen Gewässer förmlich aufgesaugt.

Kate dachte an ihren Tauchgang mit Jake zurück, bei dem sie auf Simon Kendal gestoßen waren, der tief unter Wasser neben dem von Süßwasserkrebsen verkrusteten Kirchturm getrieben hatte.

Sie blieb stehen und schaute zurück zum Schleusentor, wo der Fluss in den Stausee mündete.

»Was ist?«, fragte Tristan.

»Dylan Robertson hat Ted und die anderen Wartungsarbeiter aufgefordert, über die Leichen zu lügen, die sie im Wasser gefunden hatten. Sie sollten behaupten, sie wären auf der anderen Seite des Schleusentors entdeckt worden … Kirstie Newett wurde für tot gehalten und sollte auch entsorgt werden, bevor sie unverhofft aufgewacht ist … Ted Clough wollte eine offizielle Aussage zu Protokoll geben und wurde kurz davor tot aufgefunden. Und es läuft alles auf die Familie Baker hinaus. Bitte Gott, lass Magdalena nicht schon da unten im Wasser sein …«

Kate hörte, wie ihre Stimme vor Emotionen brüchig wurde. Sie war erschöpft, aber durch ihre Adern strömte auch eine Menge Adrenalin und befeuerte sie.

»Komm«, sagte Tristan und zog sie weiter.

Kate nickte, und sie beschleunigten die Schritte zum *Hedley House*.

Den großen Parkplatz überwucherte teils hüfthohes, teils sogar schulterhohes Unkraut. Sie verließen die Straße und bahnten sich einen Weg durch das Gestrüpp, das raschelte, als es Kates Schultern streifte.

Sie legte die Hand um das Pfefferspray in ihrer Handtasche und behielt das Gebäude im Auge. Es schien riesig anzuwachsen, je näher sie ihm kamen. Wenn man daran vorbeifuhr, lag es trügerisch weit von der Straße zurückversetzt, doch jetzt als sie davorstanden, ragte es hoch über ihnen auf.

Von der Straße näherte sich ein Auto. Sie duckten sich zurück ins Unkraut, um von der Fahrbahn aus nicht erkennbar zu sein. Das Fahrzeug wurde langsamer. Die Scheinwerfer zeichneten lange, unförmige Schatten vom Unkraut auf das Gebäude, als das Auto auf den Parkplatz bog.

Kate fühlte sich in der spärlichen Deckung des lichten, hohen Unkrauts völlig ungeschützt. Sie streckte die Hand aus, hielt Tristan zurück. Vielleicht handelte es sich nur um jemanden, der den Parkplatz zum Anhalten und Pinkeln benutzen wollte.

Zwei Personen stiegen aus dem Auto. Ein großer und ein kleinerer Mann. Als die beiden zum Kofferraum gingen, sah Kate ihre Gesichter. Beim Größeren handelte es sich um Thomas Baker, dessen knochiges, längliches Gesicht im Zwielicht verhärmt wirkte. Bei ihm befand sich Dylan Robertson, Silvia Bakers Chauffeur. Er wirkte krumm und trug eine dicke Winterjacke mit aufgestelltem Kragen. Sie öffneten den Kofferraum und holten zwei große Spaten und einen Stapel Laken heraus. Thomas trug alles zum Vordereingang des Gebäudes, während Dylan noch eine Schrotflinte aus dem Kofferraum nahm. Er klappte sie auf, überprüfte, ob sie geladen war, und klappte sie wieder zu. Dann schloss er wuchtig den Kofferraumdeckel und folgte Thomas zum Haupteingang.

Thomas arbeitete dort an einem Vorhängeschloss, bevor er etwas öffnete, das nach einer provisorischen Stahltür aussah. Die beiden Männer verschwanden im *Hedley House*.

»Was ist in dem Gebäude?«, fragte Kate.

»Wie meinst du das? Es war ein Nachtclub«, erwiderte Tristan.

»Nein. Wie ist der Grundriss drinnen. Kannst du dich daran erinnern?«

»Den meisten Platz nimmt ein riesiger alter Ballsaal ein. An einem Ende war eine Bar. Daran vorbei ging es zu den Toiletten. Irgendwo ist auch ein Büro für den Geschäftsführer. Ich weiß noch, dass ein Mädchen damals in meiner Schule erzählt hat, einer der Türsteher hätte sie für eine schnelle Nummer ins Büro mitgenommen. Ich glaube, am anderen Ende war auch eine Küche, aber da bin ich mir nicht sicher«, sagte Tristan.

»Wenn wir ihnen folgen, kommen wir dann direkt in einen riesigen Ballsaal, wo sie uns auf Anhieb sehen können?«, fragte Kate.

»Nein, nach der Eingangstür ist eine Garderobe, durch die man zu den Toiletten kommt. Erst durch eine zweite Tür betritt man den großen Ballsaal mit der Bar … Was meinst du damit, wenn wir ihnen folgen?«, hakte Tristan nach.

»Komm mit«, forderte Kate ihn auf. Sie vergewisserte sich, dass sie die kleine Pfefferspraydose richtig herum in der Hand hielt, dann setzte sie sich durch das schulterhohe Unkraut in Bewegung. Das Knirschen ihrer Füße auf dem Schotter und das Rascheln des Gestrüpps, das sie unterwegs teilten, wirkten in der Dunkelheit unverhältnismäßig laut.

Kate verlangsamte die Schritte, als sie sich der Eingangstür näherten. Die Männer hatten die Tür hinter sich zugezogen, aber das Vorhängeschloss war offen. Sie blieben stehen und lauschten. Kate hörte nichts. Dann sichtete sie ein weiteres Fahrzeug, das an der Seite des Gebäudes parkte.

Sie gingen hin, um einen genaueren Blick darauf zu werfen. Es handelte sich um einen schlammbespritzten Land Rover.

Kate wandte sich wieder Tristan zu. »Was sollen wir tun?« Sie merkte ihrem jungen Mitarbeiter an, wie verängstigt er war.

»Jetzt sind wir schon so weit gekommen. Und Magdalena könnte da drin sein. Keine Ahnung, was diese Autos hier wollen. Da drin könnte sich etwas Übles abspielen … Wir können nicht einfach gehen. Wir sollten drinnen nachsehen und dann die Polizei rufen«, flüsterte er.

Kate nickte.

Sie kehrten zur Eingangstür zurück. Kate streckte die Hand aus. Die Tür ließ sich mühelos öffnen, und sie traten ein.

53

Das Licht aus dem Aufzugsschacht verlieh Magdalena neue Energie. Zumindest konnte sie nun etwas sehen, statt durch pechschwarze Finsternis zu stolpern.

Sie setzte sich auf und dachte über ihre nächsten Schritte nach. Es lief auf zwei Möglichkeiten hinaus. Ohne den Schlüssel würde der Lift nicht funktionieren. Sie musste entweder etwas finden, das sie zu einem Schlüssel umfunktionieren konnte, oder sie musste sich den Schlüssel beschaffen, wenn der Mann zurückkam.

Schnell durchsuchte sie den Korridor, die Toilette und das Zimmer mit dem Bett und dem Waschbecken, in der Hoffnung, vielleicht ein Stück Metall oder sogar eine Haarnadel zu finden. Irgendetwas, womit sie im Stil von MacGyver einen improvisierten Schlüssel anfertigen könnte. Während sie im schwachen Licht suchte, bemühte sie sich, nicht auf die Spritzer an den Wänden und die Flecken zu achten, wo Blut in den Betonboden gesickert war. Nichts. Es wäre ja auch zu schön gewesen, wenn sie sich einen eigenen Schlüssel hätte basteln und sich aus diesem Gefängnis befreien können.

Magdalena wäre völlig zufrieden damit gewesen, einfach zu fliehen, durch die Nacht davonzuschleichen, sich den Weg nach Hause zu bahnen, ihre Koffer zu packen und zurück nach Italien zu verschwinden.

Sie erinnerte sich an die Tortur, die Gabriela nach ihrer Vergewaltigung durchgemacht hatte – die endlosen Fragen der Polizei und anschließend die Gerichtsverhandlung. An einem Tiefpunkt hatte Gabriela ihrer Freundin Magdalena anvertraut, dass sie wünschte, sie hätte nie jemandem davon erzählt.

Zu dem Zeitpunkt hatte Magdalena sie für verrückt gehalten – schließlich musste der Mann für sein Verbrechen bezahlen. Mittlerweile jedoch konnte sie es nachvollziehen. Magdalena wollte einfach nur noch weiterleben. Und wenn ihr das vergönnt wäre, wollte sie mit niemandem über dieses Erlebnis sprechen.

Sie kehrte zum Aufzug zurück, stellte sich neben der Toilettenschüssel vor die Türen und schaute zur Luke hinauf. Ihr Entführer würde nicht damit rechnen, dass sie dort oben auf ihn lauerte. Zwar besaß sie nicht mehr viel Kraft, aber von der Stelle aus könnte sie ihn erschießen, sobald er aus dem Lift käme. Sie würde auf seinen Schädel zielen und ihm das Gehirn wegpusten. Dann würde sie ihm den Schlüssel für den Aufzug abnehmen und fliehen.

Das einzige Problem stellte die Toilettenschüssel dar. Magdalena blickte darauf hinab. Die Schüssel war groß und schwer. Würde sie noch an der Stelle unter der Luke stehen, wenn er aus dem Aufzug stieg, wäre er alarmiert. Er würde wissen, dass sie sich oben in der Luke versteckte.

Magdalena kauerte sich auf den Rand der Toilettenschüssel. Sie bestand aus Porzellan und wog eine Menge. Es hatte sie alle Mühe gekostet, sie aus dem Klo in den Korridor zu schleppen. Plötzlich sah sie etwas. Sie setzte sich aufgeregt auf. Die Klobrille fehlte, aber im Porzellan prangten zwei Löcher an der Stelle, an der sie einst befestigt gewesen war.

Magdalena stand auf und eilte in das Zimmer mit dem Bett. Als Schlafzimmer wollte sie es nicht bezeichnen – das hätte zu sehr nach einem Ort geklungen, an dem sie freiwillig geblieben wäre. Aber sie musste sich das Bett ansehen. Im schwachen Licht aus dem Korridor erkannte sie, dass die Matratze auf dem Betonsockel lag. Sie war dünn und hoffnungslos verdreckt. Ein Spannbetttuch war direkt auf den Schaumstoff genäht.

Magdalena holte das scharfkantige Stück der Fliesen hervor und begann, das Tuch in lange Streifen zu schneiden.

54

Kate und Tristan betraten den ehemaligen Nachtclub, und sofort stieg ihnen ein unangenehmer Schimmelgeruch in die Nase. Sie versuchten, sich im Halbdunkel zu orientieren. Zu ihrer Linken befand sich eine lange Theke aus Holz, bedeckt mit Vogelkot und Staub. In den Schatten dahinter konnte man etliche Reihen mit Kleiderhaken erkennen. Einige waren abgebrochen und hingen an der Wand herunter. Rechts ging es zu den Damen- und Herrentoiletten. Von beiden hatte man die Türen entfernt. Tristan und Kate standen in der Garderobe.

Er spähte in die Toilette für Herren, sie in jene für Damen.

»Nichts. Nur alte, stinkende Klos und Dreck«, flüsterte Tristan, als er wieder herauskam. Kate nickte. Die Damentoilette hatte dasselbe Bild geboten.

Am Ende der Garderobe befanden sich drei Doppeltüren mit runden Glasfenstern. Sie waren geschlossen, aber durch die Scheiben schimmerte Licht. Kate ging zur mittleren Tür und spähte durch das Glas. In der Mitte des riesigen, leeren Ballsaals stand auf einem Podest eine Lampe, die hell leuchtete. Ansonsten herrschte in dem Raum ein Chaos aus Müll, toten Vögeln und Vogeldreck.

Kate konnte sehen, dass der Lichtschein nicht bis zu den Rändern des Ballsaals reichte. Sie öffnete die Tür, die dabei leicht knarrte, dann schlich sie mit Tristan in den riesigen Saal.

Er musste einst sehr elegant gewesen sein, darauf deuteten die Verzierungen hin. Große Teile des ursprünglichen Kranzprofils waren noch intakt, allerdings klafften im Deckenputz und im Dach große Löcher, durch die man nach oben und in den Nachthimmel sehen konnte.

Der Boden des Ballsaals bestand aus Holz, überzogen von einer dicken Schicht aus Staub und Dreck. An der Rückseite verliefen die dunklen Läden einer lange nicht mehr benutzten Bar.

Tristan zeigte nach rechts. Dort am Ende des langen Raums befand sich eine Doppeltür, an der sich Licht abzeichnete. Sie konnten nicht sehen, was der Raum dahinter beherbergte, aber sie hörten Stimmen.

Sind das mehr als zwei?, fragte sich Kate. Es war schwer zu sagen. Sie sah sich im Ballsaal um. Zu ihrer Linken erblickte sie eine weitere Doppeltür und ein kleines Schild daneben: *Keller*.

Kate musste daran denken, dass sie Dylan das Gebäude mit einer Schrotflinte betreten gesehen hatten. Außerdem hatte Thomas zwei große, schwere Schaufeln mitgebracht. In den Hinterzimmern konnten sich weitere Personen aufhalten, die vielleicht bewaffnet oder kampfbereit wären. Obwohl es eigentlich unlogisch erschien, dass so viele Leute involviert waren. Andererseits – es stand eine Menge auf dem Spiel. Schließlich war das Verschwinden von Magdalena und den anderen vertuscht worden.

Kate zeigte zur Doppeltür. Tristan wirkte sehr blass, aber er nickte. Sie eilten durch den Ballsaal und durch die Türflügel in einen kleinen, schmuddeligen Korridor. Rechts führte der Gang zu einer riesigen Küche, die leer und höhlenartig wirkte. Schmierige Umrisse an den Wänden zeigten, wo die Kücheneinrichtung herausgerissen worden war. In der Mitte des Raums hatte es ein- oder mehrmals gebrannt, dem Boden nach zu urteilen. Rasch verließen sie den Raum wieder und eilten den Korridor in die andere Richtung entlang. Am Ende stießen sie auf die Metalltüren eines großen Aufzugs. Ohne sich große Hoffnungen zu machen, drückte Kate auf den Knopf daneben, doch hinter dem kleinen Fenster in der Tür erschien mit einem Mal ein Licht.

Tristans Augenbrauen schossen erschrocken hoch. Kate zog am Griff und öffnete die Tür.

»Moment mal, was machen wir hier eigentlich?«, fragte Tristan mit leiser Stimme.

»Magdalena könnte da unten sein«, sagte Kate. »Wir haben Dylan und Thomas reinkommen gesehen, also müssen sie in einem anderen Teil des Gebäudes sein. Wir müssen runtergehen und Magdalena helfen. Ich habe eine Dose Pfefferspray. Wenn ich die aktiviere, sprüht sie in einem riesigen Bogen.«

Tristan betrachtete die kleine Dose in ihrer Hand. »Ich wünschte, wir hätten eine Schusswaffe«, sagte er.

»Haben wir aber nicht.«

»Na schön, gehen wir runter«, stimmte er zu.

Sie betraten die Aufzugskabine. Es gab nur einen Knopf, unter dem stand: *Keller*.

Kate drückte ihn. Ein Ruck durchlief die Kabine, und ein lautes Klappern folgte, als der Lift zum Leben erwachte und langsam nach unten fuhr. Durch das kleine Fenster in der Tür sahen sie, wie der Korridor über ihnen zurückblieb. Das Rattern der Zahnräder und das Brummen des Motors kamen ihnen ohrenbetäubend laut vor.

Eine Minute später kam der Aufzug mit einem Ruck zum Stehen.

»Ich kann auf der anderen Seite nichts sehen«, meldete Tristan, als er durch das Fenster in der Aufzugtür spähte.

Die Tür knarrte beim Öffnen, und Kate und Tristan traten in die Dunkelheit hinaus.

Sie schalteten die Taschenlampen ihrer Telefone ein.

Vor ihnen erstreckte sich ein riesiger Raum mit Betonboden und schwarzen Wänden, an denen Wasser in Lachen heruntertropfte. Kate schwenkte ihr Licht in weitem Bogen. Tristan tat es ihr gleich. Der Raum erwies sich als leer, abgesehen von einem Haufen alter Ziegel und Zement in einer dunklen Ecke.

Rechts von ihnen drang durch eine kleine Öffnung in der Decke Licht herein. Als Kate näher hinging, stellte sie fest, dass es sich um einen Lüftungsschacht handelte, der zum Parkplatz hoch darüber führte.

Sie sah Tristan an. Kate war so überzeugt davon gewesen, dass Magdalena im Keller des *Hedley House* festgehalten wurde. Sicherheitshalber suchten sie den Raum mit den Taschenlampen noch einmal ab, dann kehrten sie zum Aufzug zurück und stiegen ein.

»Was machen wir jetzt?«, fragte Tristan.

»Wir müssen unbemerkt von hier verschwinden«, antwortete Kate. Sie streckte die Hand aus, um den Knopf zu drücken, aber noch bevor sie ihn berührte, schlossen sich die Türen. Der Aufzug erwachte mit einem Ruck zum Leben und fuhr wieder nach oben.

Kate zog die Hand zurück.

»Mist. Der Lift bringt uns wieder nach oben«, sagte sie und hörte selbst die Angst in ihrer Stimme. Sie holte tief Luft und tastete nach dem Pfefferspray in ihrer Tasche. »Bleib hinter mir. Ich schreie, wenn ich sprühe. Schließ dann die Augen und halt dir die Nase zu.«

Entsetzt bewegte sich Tristan mit dem Rücken zur hinteren Kabinenwand. Der Aufzug schien so langsam zu fahren, doch sie konnten nichts tun, nur warten. Es gab keinen anderen Knopf, nicht mal einen Notausschalter.

Ruckelnd kam der Aufzug zum Stehen, und die Tür wurde aufgerissen.

Draußen warteten die Bakers – Thomas, Dana, Stephen und Silvia. Neben Silvia befand sich Dylan Robertson, der seine Schrotflinte auf Kate und Tristan im Fahrstuhl gerichtet hielt. Rechts neben ihm stand Henry Ko mit seinem Vater Arron Ko. Es war ein Schock, sie alle zu sehen, und zum ersten Mal überhaupt bekamen sie Arron Ko persönlich zu Gesicht. Er ähnelte stark dem Foto in der Zeitung, nur war er an diesem Abend leger mit einer alten Jeans und einer Fleecejacke gekleidet. Der Anblick von Henry Ko erleichterte Kate, obwohl es irgendwie schadenfroh und blindwütig wirkte, wie sie alle in den Aufzug starrten. Als hätten sie auf ein lästiges Nagetier gelauert, das sie nun, da sie es gestellt hatten, ausrotten wollten.

»Raus aus dem scheiß Aufzug«, befahl Dylan und starrte sie am Lauf der Waffe vorbei an.

55

Kate zuckte zusammen und hob die Hand, um die Augen vor dem grellen Schein einer Taschenlampe abzuschirmen.

»Haben Sie ihn nicht gehört?«, ergriff Silvia Baker mit schriller Stimme das Wort. »Los jetzt. Raus! Das ist Hausfriedensbruch!«

Silvia war gekleidet wie die Queen an einem freien Tag: solide Wellington-Gummistiefel, Faltenrock, gefütterte wattierte Barbour-Jacke und Kopftuch.

»Moment, Moment, das sind doch keine Kids, die sich hier heimlich reingeschlichen haben«, ergriff Thomas das Wort.

»Ja, sie erscheinen mir ein bisschen zu alt für irgendwelche Halbwüchsige, die mal wieder ein Feuer anzünden wollen«, meinte auch Stephen. »He, ich kenne Sie«, fügte er hinzu, als wären sie alte Bekannte, die sich gerade zufällig über den Weg gelaufen waren. »Sie waren bei mir im Laden«, sagte er zu den anderen.

Langsam bewegten sich Kate und Tristan aus dem Aufzug.

»Sie können die Waffe runternehmen«, sagte sie zu Dylan, der sie finster anstarrte und das Gewicht auf die Fersen verlagerte. Die Anwesenheit von Henry und Arron Ko ermutigte Kate ein wenig. Sie schaute zu Henry, aber er wirkte nervös. »Detective Chief Inspector Ko«, sagte Kate. »Könnten Sie ihn vielleicht auffordern, die Schrotflinte runterzunehmen?«

Henry wirkte alles andere als glücklich. Es war Arron, der sich schließlich vorbeugte und die Hand auf die Waffe legte.

»Kommen Sie, Dylan, das reicht jetzt«, sagte er und drückte den Lauf der Schrotflinte nach unten, bis Dylan den Griff lockerte.

»Ich bin rechtlich befugt, Eindringlinge zu erschießen«, raunte Dylan knurrend.

»Das heißt noch lange nicht, dass Sie es müssen, Dylan«, entgegnete Arron.

»Aber Sie begehen tatsächlich Hausfriedensbruch«, sagte Henry zu Kate und Tristan. Alle sahen die beiden erwartungsvoll an. »Was zum Teufel machen Sie hier?«

»Wir haben mit einem Lastwagenfahrer gesprochen«, ergriff Tristan das Wort. »Er hat Magdalena Rossi an dem Tag, an dem sie verschwunden ist, mit einem alten Mann am Straßenrand gesehen. Er hat den Mann haargenau so beschrieben, wie es Kirstie Newett getan hat. Das bedeutet, ihre Geschichte, dass sie entführt wurde, könnte ohne Weiteres wahr sein.«

Erneut herrschte einen Moment lang Stille. Kate musterte die Gesichter der Bakers und der Kos. Alle schauten verdutzt drein. Dylan wirkte eher verärgert, weil man ihm die Gelegenheit vermasselt hatte, seine Waffe abzufeuern.

»Henry. Wer sind diese Leute?«, fragte Silvia. Ohne eine Antwort abzuwarten, wandte sie sich direkt an Kate und Tristan. »Wer sind Sie?« Die Frau hatte sie beide nicht erkannt.

»Ich bin Kate Marshall, Dozentin an der Universität in Ashdean, und das ist mein wissenschaftlicher Mitarbeiter Tristan Harper«, antwortete Kate. Das schien Silvias Neugier zu wecken.

»Aber warum sind Sie hier? Hat es etwas mit der Universität zu tun?«

Bist du wirklich so dumm oder tust du nur so?, dachte Kate.

»Nein. Wir dachten, Magdalena Rossi könnte hier im Keller gefangen gehalten werden. Das Gebäude ist einsam gelegen und besitzt ein Untergeschoss.« Jetzt, wo Kate es der versammelten Baker-Familie erklärte, die sie noch dazu weiterhin anstarrte, kam es ihr selbst albern vor.

»Haben Sie *davon* gesprochen, als Sie bei mir im Laden waren?«, fragte Stephen.

»Ja. Mich haben sie auch bei der Arbeit aufgesucht und wegen dieser vermissten jungen Frau belästigt«, sagte Dana, die in einem langen blauen Trenchcoat und in roten Stöckelschuhen hinter ihrer Tante stand.

»Warum sind Sie alle so spätnachts hier?«, wollte Kate wissen.

»Wir sind in keiner Weise verpflichtet, unbefugten Eindringlingen irgendetwas zu erklären«, entgegnete Thomas. Er sah auf Kate und Tristan herab, als wären sie zwei ungezogene Schulkinder. »Aber schön: Wir planen, das *Hedley House* in Wohnungen umzubauen. Wir sind alle Gesellschafter dieses neuen Projekts, abgesehen von Henry, aber, äh, Arron ist auch an Bord.«

Arron Ko nickte.

»Um meine Gesundheit steht es nicht zum Besten … ganz und gar nicht. Henry ist mein Erbe«, erklärte er und trat einen Schritt vor. Dabei bemerkte Kate, dass er stark hinkte und sich auf einen Stock stützte.

»Arron, nicht. Bitte. Du musst ihnen das nicht sagen«, brachte Silvia hervor. Sie klang über seine Worte aufrichtig betroffen. »Wer ist diese Magdalena?«, fragte sie. »Thomas?«

»Ja, Thomas«, sagte Kate. »Und mir ist auch immer noch nicht klar, warum Sie neulich so schnell eingetroffen sind, als wir die Leiche von Ted Clough gefunden haben.« Ihr war bewusst, dass sie sich mit dieser Anschuldigung weit aus dem Fenster lehnte, aber sie hatte nichts zu verlieren.

Thomas öffnete den Mund bereits zu einer Erwiderung, als Henry einen Schritt vortrat und ihm die Hand auf den Arm legte.

»Darüber habe ich bereits mit Ms Marshall und Mr Harper gesprochen«, sagte er. »Ich habe ihnen erklärt, dass sie die lächerliche Theorie fallen lassen müssen, die Bakers und mein Vater hätten irgendetwas mit dem Verschwinden von Magdalena Rossi zu tun.«

Arron Ko wirkte aufrichtig überrascht über die Anschuldigung.

»Was? Sehen Sie mich doch an. Ich bin wohl kaum in der Verfassung, irgendjemanden zu entführen«, sagte er und hielt seinen Gehstock hoch.

»Wie erklären Sie sich, was mit Kirstie Newett passiert ist?«, fragte Kate.

Arron Ko schloss die Augen und lehnte sich auf seinen Stock. Kate konnte an den Gesichtern der Familie Baker ablesen, dass sie alle über Kirstie Bescheid wussten.

»Verdammt noch mal. Diese junge Frau lässt uns einfach nicht in Ruhe!«, klagte Arron. »Es stimmt, dass ich Kirstie eines Nachts auf dem Heimweg von der Arbeit am Straßenrand entdeckt habe. Ich habe sie ins Krankenhaus gebracht. Mir war bewusst, wer sie war, als ich sie mitgenommen habe. Sie war schon mehrfach wegen Prostitution aufs Revier gebracht worden. Außerdem hatte sie ein Drogenproblem, und eine Zeit lang hat sie sich mit einer ziemlich üblen Bande von Dealern abgegeben.«

»Sie haben ihr nicht geglaubt, als sie Ihnen erzählt hat, dass sie entführt wurde?«, fragte Tristan.

»Ich habe schon geglaubt, dass jemand sie entführt haben könnte«, entgegnete er. »Aber Sie müssen wissen, dass Kirstie die Polizei zuvor wiederholt belogen hatte. Mein erster Gedanke war, dass sie Hilfe braucht. Sie war in einem schrecklichen Zustand, völlig zerschunden und durchnässt. Also habe ich sie ins Krankenhaus gebracht und der Obhut eines Psychiaters übergeben.«

»Warum sind Sie Gesellschafter der Firma?«, fragte Tristan. »Ist das nicht ein Interessenkonflikt?«

»Arron, antworte nicht darauf!«, fauchte Silvia. »Was für eine Unverfrorenheit. Das ist einfach lächerlich. Wir müssen uns nicht vor irgendwelchen dahergelaufenen Idioten rechtfertigen, die in unser Eigentum einbrechen. *Wir* sollten diejenigen sein, die hier die Fragen stellen!« Arron streckte die Hand aus und strich ihr über den Arm.

»Ist schon ist Ordnung«, sagte er. »Silvia und ich kennen uns seit vielen Jahren. Tatsächlich bereits seit unserer Jugend, und sie hat mir freundlicherweise die Möglichkeit geboten, in das Unternehmen zu investieren, wenn auch in bescheidenem Umfang«, erklärte er.

»Arron, das reicht«, warf Silvia ein, und ihre Züge wurden etwas milder.

»Ich finde es immer noch nicht richtig, Thomas, dass ranghohe Polizeibeamte wie Arron und jetzt auch Henry so tief in Ihren Familienbetrieb involviert sind«, sagte Kate.

»Als Zivilist hat Arron das Recht, Geschäfte zu tätigen und Gesellschafter zu sein«, entgegnete Thomas. »Vergessen Sie nicht, der Shadow Sands Besitz ist sehr groß und hat eine ganze Gemeinschaft von Mietern. Und der Staudamm ist ein gewaltiges Infrastrukturprojekt und gehört teilweise der Regierung. Ich wäre besorgt, wenn die örtliche Polizei *nicht* in den Schutz der Gemeinde und des Damms involviert wäre …«

Kate konnte beobachten, wie eine Ader an seinem Hals pulsierte. Der Mann konnte es eindeutig nicht leiden, verhört zu werden.

»Soweit ich weiß, Arron, haben Sie DCI Varia Campbell befördern lassen, ohne dass sie sich darum beworben hat. Und Henry hat danach ihren Platz als DCI im Bezirk Devon und Cornwall eingenommen.«

»Oh, was sind Sie doch ordinär!«, schimpfte Silvia. »Ich bin sehr gut mit dem Dekan von Ashdean befreundet. Wenn ich ihn das nächste Mal treffe, werde ich ein Wörtchen mit ihm über Sie reden.«

»Wir haben einen Zeugen, einen Lastwagenfahrer, der Magdalena am Sonntag, dem 14. Oktober, also am Tag ihres Verschwindens im Gespräch mit einem Mann am Straßenrand gesehen hat«, erklärte Kate, ohne auf Silvia einzugehen. »Er hat gesagt, Magdalena hätte dem alten Mann geholfen, einen Reifen zu wechseln. Das war ganz in der Nähe der Stelle, an der ihr gelber Motorroller aus dem Graben geborgen wurde.«

»Wir haben den Lastwagenfahrer gebeten, bei Ihrer Hotline anzurufen und es offiziell zu melden«, fügte Tristan hinzu.

»Richtig. Und ich finde, dieser Augenzeugenbericht sollte zumindest eine Durchsuchung einiger der größeren Immobilien auf dem Shadow Sands Besitz und eine Suche im Stausee rechtfertigen«, sagte Kate. »Und ich werde meine Meinung sehr laut äußern, wenn das nicht erfolgt.«

Henry und Arron Ko wechselten einen Blick.

»Was für eine bodenlose Frechheit!«, rief Silvia. »Es steht Ihnen nicht zu, der Polizei irgendwelche Bedingungen zu stellen.«

»Ich war früher selbst Polizistin«, erwiderte Kate. »Und wenn jemand verschwindet, wird immer in jedem Gewässer in der Nähe des letzten bekannten Aufenthaltsorts gesucht. Kirstie Newett mag sich etlicher Vergehen schuldig gemacht haben, aber ihre Beschreibung des Entführers stimmt haargenau mit der Beschreibung des Mannes überein, dem Magdalena am Straßenrand helfen wollte. Ich werde auch Kirstie Newett dazu bringen, eine offizielle Aussage abzugeben, was Sie ihr damals verweigert haben. Also, noch einmal: Im Stausee muss ebenso gesucht werden wie in allen leerstehenden oder bewohnten Gebäuden auf dem Shadow Sands Anwesen.«

Kate holte tief Luft.

»Damit wirst du ganz schön zu tun haben, Thomas«, ergriff Stephen das Wort und fügte an Kate gewandt hinzu: »Dafür ist er Ihr Mann. Er ist der Gutsherr, und sämtliche gewerblichen Immobilien laufen auf seinen Namen.« In Stephens Stimme schwang ein Hauch von Triumph oder Neid mit, was genau, konnte Kate nicht sagen, aber sie spürte deutlich einen Konflikt zwischen den Brüdern. Stephen fuhr fort: »So gern ich auch in der Kälte herumstehe und plaudere, ich muss nach Hause zu den Kindern. Jassy erwartet mich.«

»Werden Sie Ihrer Pflicht als Polizeibeamter nachkommen und den Stausee und das umliegende Gebiet absuchen lassen?«, wollte Kate von Henry wissen. Sie wusste, sie führte sich auf wie eine Verrückte, doch ihr Bauchgefühl sagte ihr, dass sie jetzt und hier darauf pochen musste, so bizarr die Umstände auch sein mochten.

»Ja, Henry. Du solltest die Suche veranlassen«, warf Arron schwer auf seinen Stock gestützt ein. Er wirkte erschöpft. Silvia sah zu ihm hinüber und wechselte mit ihm einen Blick.

»Der Stausee ist kompliziert. Er ist zum Teil ein staatliches Infrastrukturprojekt, dafür gelten andere Regeln«, warf Thomas ein.

»Richtig. Wir können nicht mal das Gelände des Besucherzentrums neben dem Kraftwerk so gestalten, wie wir wollen«, steuerte Dana ihre zweite Wortmeldung bei.

»Na schön. Sie können gern wieder zu mir in den Laden kommen und dort herumschnüffeln«, sagte Stephen, der mittlerweile ziemlich genervt klang. »Mir gehört nur mein Laden, sonst nichts. Ich habe mit dem verdammten Anwesen und dem ganzen Zirkus hier nichts zu tun. Und jetzt muss ich wirklich los.«

»Ja. Das dauert jetzt lang genug«, ergriff Dylan knurrend das Wort, immer noch mit der Schrotflinte in der Hand. »Henry, können Sie veranlassen, dass die beiden unter Polizeiaufsicht vom Gelände entfernt werden?«

56

»Wo ist Ihr Auto?«, fragte Henry, als er sie hinaus auf den Parkplatz führte.

»Wir sind ungefähr einen Kilometer entfernt von der Straße abgekommen, kurz vor dem Stausee«, sagte Kate.

»Verstehe. Wo soll ich Sie absetzen?«

»Bei meinem Auto. Ich kann es nicht einfach dort stehen lassen. Wir müssen einen Abschleppdienst rufen.«

Gleich darauf kam der Rest der Gruppe durch den Haupteingang heraus.

Silvia, Dylan, Dana und Arron gingen zum Land Rover. Dana musste Arron beim Einsteigen auf den Rücksitz helfen. Thomas und Stephen blieben kurz zurück, um die Tür abzuschließen, dann steuerten sie zum anderen Fahrzeug. Silvia warf Kate und Tristan einen finsteren Blick zu, als sie an ihnen vorbei auf die Straße fuhren.

Kate und Tristan fuhren schweigend mit Henry zurück zu der Stelle, an der ihr Auto von der Straße abgekommen war. Als sie am Seitenstreifen anhielten, stiegen sie aus, und Henry rief bei der Pannenhilfe an.

»Ich kann bei Ihnen warten«, bot er an. »Es wird in zwanzig Minuten jemand hier sein.«

»Nein, ist schon gut, danke«, entgegnete Kate, und Henry wandte sich zum Gehen. »Und, werden Sie sämtliche Gebäude auf dem Besitz durchsuchen?«, hakte sie nach.

»Ja«, sagte er. Allerdings wirkte er nicht besonders überzeugt. Dann stieg er in seinen Wagen und fuhr davon.

Kate und Tristan standen eine Weile schweigend da und

beobachteten, wie seine Scheinwerfer über den Hügel zurück in Richtung Ashdean verschwanden.

»Ich glaube nicht, dass irgendjemand diese Gebäude durchsuchen wird, oder, Tris?«, sagte Kate. »Wo auch immer Magdalena stecken mag, sie ist vermutlich inzwischen tot.«

Tristan zog aus der Tasche den Zettel, an dem er gearbeitet hatte, während Kate mit Jake in Great Barwell war.

»Das wollte ich dir schon längst zeigen, aber wir wurden durch das Telefonat mit Dennis abgelenkt. Es ist die Liste aller Immobilien, die der Familie Baker auf dem Anwesen gehören«, erklärte er.

Kate nahm den Zettel entgegen und schaltete die Taschenlampe ihres Handys ein. Die Liste enthielt Adressen und Bezeichnungen von Gebäuden. Bei den meisten handelte es sich um Wohnhäuser wie das von Ted Clough. Doch etwas stach aus der Liste hervor und ließ Kate innehalten. Sie starrte auf den sechsten Eintrag: *Ehemalige Telefonvermittlung Frome Crawford.*

Die Immobilie lag zwischen mehreren Häusern und einigen Bauernhöfen, die alle zum Shadow Sands Besitz gehörten. Als Eigentümer war Stephen Baker eingetragen.

Kate dachte daran zurück, was Stephen Baker eben zu ihnen gesagt hatte. *Mir gehört nur mein Laden, sonst nichts. Ich habe mit dem verdammten Anwesen und dem ganzen Zirkus hier nichts zu tun.* Als sie vor einigen Tagen in seinem Laden waren, hatten sie sich mit Stephen unterhalten, und seine Frau Jassy hatte im Hintergrund telefoniert …

Was hatte sie noch mal gesagt? Sie hatte sich bei DHL darüber beschwert, dass Kartons mit Waren an den falschen Ort geliefert wurden. *Nein, nicht zur Telefonvermittlung. Zu Hubble in der Hauptstraße in Frome Crawford*, hatte sie gesagt.

»Tris, hat dein Handy hier Empfang?«, fragte Kate.

»Ein paar Balken habe ich«, erwiderte er und hielt das Gerät hoch.

»Kannst du die alte Telefonvermittlung in Frome Crawford auf Google Maps suchen?« Tristan gab die Anfrage ein. Es dauerte einen Moment, das Ergebnis zu laden, aber dann wurde es auf dem Display angezeigt. »Kannst du näher heranzoomen?« Kate starrte auf den Bildschirm, der in der Dunkelheit am Straßenrand hell schimmerte.

»Liegt in einem alten Industriegebiet außerhalb des Dorfs«, sagte er.

»Warum sollte Stephen darüber lügen? Als ich davon gesprochen habe, Gebäude zu durchsuchen, hat er behauptet, außer dem Laden keine Immobilien zu besitzen«, meinte Kate.

Tristan riss die Augen auf. »Du lieber Himmel! Es ist Stephen Baker«, sagte er. »Und er hält Magdalena in dieser alten Telefonvermittlung fest.«

Kate schaute die Straße in beide Richtungen entlang, doch es war weit und breit kein Auto zu sehen.

»Verdammt, warum mussten wir ausgerechnet jetzt diesen dämlichen Unfall haben!«, rief sie aufgebracht. Sie holte tief Luft und riss sich zusammen. »Kannst du ein Taxi rufen?«

»Du kennst doch Ashdean. Die fahren nicht mehr so weit raus«, entgegnete Tristan.

Kate begann, rastlos auf und ab zu laufen. »Wir müssen sofort dorthin, Tris!«

»Was ist mit Myra?«

»Sie hat kein Auto. Wie wär's mit Sarah?«

Tristan verzog das Gesicht.

»Tristan. Bitte. Ich weiß, dass du und Sarah Probleme habt, aber du musst sie sofort anrufen!«

57

Stephen Baker wurde auf der Fahrt zurück mit seinem Bruder schlecht. Im Auto war es heiß und stickig. Thomas drehte die Heizung immer voll auf.

»Kann ich ein Fenster aufmachen? Ich verglühe noch hier drin«, sagte Stephen und wischte sich Schweiß von der Stirn. Mit der Steuerung auf der Fahrerseite ließ Thomas das Beifahrerfenster einen Zentimeter runter. Der Fahrtwind pfiff durch den winzigen Spalt herein, aber Stephen konnte den Luftzug nicht spüren. Er hielt sich eine Hand vor den Mund, als er spürte, wie sich sein Magen zusammenzog.

»Herrgott noch mal. Mach es richtig auf!«, verlangte er und drückte den Knopf auf seiner Seite. Das Fenster glitt herunter, und kalte, frische Luft strömte in den Wagen. Gierig atmete er sie ein.

Thomas zog geziert den Kragen seines Hemds um den Hals hoch.

Wie ein altes Weib, ständig besorgt wegen Zugluft, ging es Stephen durch den Kopf.

»Ich denke, das reicht«, sagte Thomas und drückte den Knopf auf seiner Seite. Stephens Fenster schloss sich wieder.

Der Nebel hatte sich aufgelöst, die Straße erstreckte sich mit freier Sicht vor ihnen.

»Lässt du die Polizei alle Gebäude des Anwesens durchsuchen?«, fragte Stephen und schaute zu seinem Bruder hinüber.

»Ja.« Thomas starrte grimmig auf die Straße. »Ich hatte schon etliche Mieter am Telefon, die nach Ted Cloughs Tod besorgt sind.«

Das Auto holperte über eine Bodenwelle, und Stephen spürte den Ruck im Magen. Er hob die Hand an den Mund und biss sich auf den Zeigefinger.

»Hat die Polizei eine Ahnung, wer der Täter sein könnte?«

»Nein. Wahrscheinlich einer der anderen Mieter. Wir haben viele zwielichtige Typen«, meinte Thomas. »Das ist das Problem, wenn Mietverträge in Familien weitergegeben werden. Und derzeit läuft im Fernsehen so viele Werbung für ›Bares für Gold‹. Irgendjemand wird wohl Wind von Teds Goldmünzen im Wert von zwanzig Riesen bekommen haben und hat sich auf die Gelegenheit gestürzt, den alten Mann auszurauben.«

»Was ist mit dem Stausee? Glaubst du, die Polizei nimmt diese Frau ernst?«, fragte Stephen.

»Keine Ahnung. Warum interessiert dich das auf einmal so? Bei der Hochzeit mit Jassy hast du ziemlich deutlich gemacht, dass du mit dem Anwesen nichts zu tun haben willst.«

»Das stimmt so nicht. Du scheinst ein kurzes Gedächtnis zu haben. Ich war gezwungen, mich zwischen Jassy und meinem Anteil am Anwesen zu entscheiden, erinnerst du dich?«, gab Stephen zurück und warf Thomas einen finsteren Blick zu, den sein Bruder erwiderte.

»Du hast deine Wahl getroffen«, sagte Thomas schließlich. »Alles in Ordnung? Du siehst ein bisschen blass um die Nase aus.«

»Es geht mir gut«, beteuerte Stephen schnell, obwohl er spürte, wie sich ihm der Magen erneut umdrehte. »Wenn du dir um jemanden Sorgen machen willst, dann um Arron. Er hat fürchterlich ausgesehen.«

»Der Arzt gibt ihm noch sechs Monate.«

»Großer Gott. Das ist der Stress. Der hat ihn krank gemacht. Der Stress, mit einer Ehefrau und einer Geliebten zu jonglieren. Ich bin sicher, er wäre noch topfit, wenn er vor Jahren den Mumm gehabt hätte, seine Frau für Tante Silvia zu verlassen. Sie ist doch schon immer seine wahre Liebe gewesen.«

»Weiß nicht, ob man das so sehen kann. Da haben alle Beteiligten immer auch die andere Wange hingehalten. Viel wichtiger ist mir, dass wir seine einprozentige Beteiligung an der Firma in der Familie behalten, wenn er den Löffel abgibt«, erwiderte Thomas.

Zu Stephens Erleichterung hatten sie inzwischen die Hauptstraße von Frome Crawford erreicht.

»Da sind wir«, kommentierte Thomas, als er vor den Kochgeschirrladen rollte. »Grüß Jassy und die Kinder von mir.«

»Mach ich. Danke«, sagte Stephen. Damit stieg er aus und ging zur Eingangstür, kramte umständlich in der Tasche nach seinen Schlüsseln und steckte sie in die Tür, als Thomas davonfuhr.

Sobald sich sein Bruder außer Sichtweite befand, zog er den Schlüssel wieder ab. Sein Handy klingelte. Es war Jassy.

»Scheiße«, murmelte er leise. Er huschte unter die Markise des Ladens, außer Sicht des Fensters darüber, bevor er den Anruf annahm.

»Hallo, Schatz«, meldete er sich.

»Hi. Bist du bald zu Hause? Ich wollte wissen, ob ich die Kinder ins Bett bringen oder warten soll«, sagte Jassy am anderen Ende der Leitung.

»Tut mir leid, Schatz, es wird noch ein bisschen dauern. Mindestens eine Stunde, eher mehr«, gab er zurück.

»Okay …«

Stephen hörte die Enttäuschung in ihrer Stimme.

»Liebe dich. Bis später«, sagte er und schaltete sein Telefon aus. Er spähte unter der Markise hervor, ehe er zur Rückseite des Gebäudes und zur Laderampe des Ladens ging, wo sein Auto parkte. Er entriegelte es, stieg hastig ein und löste die

Handbremse. Dann stemmte er den Fuß gegen den Boden und schob so das Auto von der Laderampe hinaus auf die Straße.

Durch die Anstrengung brach Stephen der Schweiß aus, und er spürte ein Brennen an der Brust. An der Hauptstraße angekommen schloss er die Tür und startete den Motor. Als er den Pullover hochzog, entdeckte er eine dünne Linie aus Blutstropfen auf dem T-Shirt darunter und hob es behutsam an. Die Nähte auf der Brust waren aufgeplatzt.

»Scheiße!«, fluchte er und drosch mit der Hand aufs Armaturenbrett. Er tupfte sich mit einem Taschentuch ab und klebte es an die Stelle, an der das Blut hervorsickerte.

Stephen konnte sich nicht erklären, wie es dieser Frau gelungen war, die Oberhand über ihn zu erlangen. Er wollte es sich nicht eingestehen, aber es machte ihm Angst. Die anderen unten im Verlies hatte er immer unter Kontrolle behalten. Sie hatten ihn gefürchtet. Nun empfand *er* Angst, und die Frau hatte seinen Revolver, ein unverzeihlicher Fehler. Und außerdem – die Wunde. Nachdem er sich im Krankenhaus hatte verarzten lassen, hätte er Jassy einfach die Wunden zeigen und etwas darüber erfinden sollen. Aber das hatte er nicht getan.

»Scheiße!«, wiederholte er und malträtierte das Armaturenbrett erneut. Er dachte daran zurück, wie Kate Marshall mit ihrem hübschen Bengel von einem Assistenten in dem Aufzug gestanden hatten. Wie dicht waren ihm die beiden bereits auf der Spur?

Alle lauern sie mir auf. Aber sie kriegen mich nicht. Eher sterbe ich, als dass sie mich kriegen!, dachte er. Seine Augen brannten. Schweiß lief ihm übers Gesicht. Er wischte ihn mit dem Ärmel weg, legte den Gang ein und fuhr los.

58

Zehn Minuten, nachdem Tristan angerufen hatte, traf Sarah mit ihrem Auto ein.

»Alles in Ordnung?«, fragte sie, als sie das Fenster herunterließ. Sie spähte an Kate und Tristan vorbei die Böschung hinunter, wo Kates Auto an dem Baum verkeilt war.

»Uns geht's gut. Gott sei Dank gibt es Airbags«, erwiderte Tristan. Dann eilte er zur Beifahrertür und stieg ein.

»Was wird aus dem Auto?«, fragte Sarah.

»Der Pannendienst ist schon verständigt«, antwortete Kate, setzte sich auf den Rücksitz und schnallte sich an. Ihr fiel auf, dass Sarah nasse Haare hatte und einen Morgenmantel sowie Häschenpantoffeln trug.

»Tristan, bist du sicher, dass dir nichts fehlt?«, hakte Sarah nach, ohne sich um Kate zu kümmern.

»Es geht mir gut«, beteuerte er. »Warum trägst du deinen Pyjama?«

»Ich war in der Badewanne, als du angerufen hast.«

Kate lehnte sich zwischen den Sitzen nach vorn.

»Sarah, du musst uns zum alten Industriegebiet außerhalb von Frome Crawford bringen. Sofort«, sagte sie.

Sarah sah Tristan an.

»Was soll das heißen? Ich dachte, ich soll euch *nach Hause* bringen.«

»Wir glauben, dass Magdalena dort gefangen gehalten wird«, erklärte Tristan.

Sarah starrte die beiden an.

»Das kann nicht euer Ernst sein«, sagte sie schließlich. »Es ist schon spät!«

»Sarah, das ist unser voller Ernst. Es geht um Leben und Tod! Wir müssen sofort dorthin!«, gab Tristan zurück.

»Sofort, Sarah!«, betonte Kate.

Der Groschen schien zu fallen, und Sarah nickte.

»Na schön, aber ich halte mich ans Tempolimit. Das ist Garys Auto, und er muss noch drei Jahre lang die Raten dafür abstottern.«

»Los jetzt!«, brüllte Kate. Sarahs Behäbigkeit brachte sie zur Weißglut.

Tristans Schwester legte endlich den Gang ein, wendete qualvoll langsam, und sie fuhren zurück in Richtung Ashdean.

Magdalenas wunde Hände brannten, während sie die Stränge der geflochtenen Bettlaken im Korridor abspulte. Mathematik gehörte nicht zu ihren Stärken, aber sie schätzte, dass der Abstand vom Boden zur Luke etwa zwei Meter betrug. Sie würde doppelt so viel brauchen, um oben guten Halt zu finden und die Toilettenschüssel aus Porzellan von unten in die offene Luke zu heben. Die relativ kleine Matratze hatte sich als problematisch erwiesen. Magdalena hatte begonnen, Streifen aus der Mitte herauszureißen. Am Ende bekam sie Stoffstreifen, die brachen und zu dünn waren. Mehrmals glaubte sie, den Aufzug surren zu hören. Dann hielt sie lauschend inne, doch ihre Ohren hatten ihr nur einen Streich gespielt. Ihr gesamter Körper zitterte vor Erschöpfung und Adrenalin. Sie fürchtete, dass sich ihre Reserven dem Ende zuneigten und sie jeden Moment zusammenbrechen könnte.

Das Seil maß nur etwas mehr als zwei Meter. Nicht viel, aber es würde reichen müssen. Sie hatte es aus sechs Streifen geflochten und vierfach mit Knoten unterteilt. In ihrer Heimat hatte sie ihrer Schwester oft die Haare geflochten. Während sie das Seil anfertigte, hatte sie versucht, nicht daran zu denken. Die Vorstellung, ihre Familie vielleicht nie wiederzusehen, war einfach zu viel.

Magdalena fädelte ein Ende des gebastelten Seils durch eines der Löcher an der Rückseite der Toilettenschüssel und knotete es fest. Dann schlang sie sich das andere Ende über die Schulter. Sie vergewisserte sich, dass sie das scharfe Porzellanstück in der Tasche hatte, stieg auf die Toilettenschüssel, zog sich hoch und kletterte in die Luke.

Von der kleinen, rechteckigen Plattform aus sah sie oben die Unterseite des Aufzugs und unten den Boden des Aufzugsschachts, wo der Fahrstuhl vor dem Öffnen der Türen zum Stillstand kommen würde. Magdalena warf ihr Ende des Seils über die Kante, bevor sie sich vorsichtig in den Aufzugsschacht senkte. Dann ergriff sie das Ende der geflochtenen, geknoteten Streifen des Betttuchs und begann, daran zu ziehen. Sie spürte, wie das Seil das Gewicht der Toilettenschüssel aufnahm, dann lehnte sie sich zurück und nutzte ihr Körpergewicht, um die Schüssel in Richtung der Luke zu heben. Das Seil spannte sich. Magdalena hatte erwartet, dass die Aufgabe schwerer sein würde. Mit einem kräftigen Ruck lehnte sie sich weiter zurück – und verlor das Gleichgewicht, als die Toilettenschüssel durch die Luke kam und über den Rand der Plattform kippte. Sie duckte sich, und das schwere Porzellan sauste an ihr vorbei in den Aufzugsschacht.

»Scheiße«, murmelte sie und betrachtete die drei zerbrochenen Porzellanstücke zwischen den Metallstreben am Boden des Schachts.

Das Gebäude tauchte am Ende einer langen, verlassenen Straße mit alten Lagerhäusern und einigen unbewohnten Reihenhäusern auf. Über einem Hügel zeichnete sich der Schimmer der Lichter der Ortschaft ab, doch die Straße selbst wurde von Dunkelheit beherrscht. Stephen stellte das Auto neben dem Gebäude ab und stieg aus.

Der Blutfleck nahm inzwischen die gesamte Vorderseite seines Hemds ein. *Zum Teufel mit dieser Schlampe,* dachte Stephen.

Er ging zum Kofferraum des Autos und holte eine Decke und einige Einkaufstaschen heraus, damit er die Abdeckung mit dem Teppich anheben konnte. In der runden Vertiefung, die normalerweise das Reserverad enthielt, befanden sich seine Nachtsichtbrille, eine Handfeuerwaffe und eine Schachtel Munition.

Er öffnete die Trommel des Revolvers und sah nach, ob sie geladen war. Dann drehte er die Trommel und klappte sie wieder zu.

An der Seitentür des Gebäudes entriegelte er das Vorhängeschloss. Dahinter folgte ein großer, höhlenartiger Raum, in dem problemlos sechs Autos Platz finden würden. Eine Zeit lang hatte er ihn als Lager für die Waren seines Kochgeschirrladens genutzt, doch das war zu riskant geworden. Vor allem, als die Kinder älter waren und Jassy begann, sich für das Geschäft zu interessieren. Die umliegenden Lagerhäuser wurden tagsüber verwendet, aber selbst dann herrschte nur wenig Verkehr. Seit zwanzig Jahren diente dieser Ort Stephen immer wieder als Spielplatz, abgesehen von den wenigen Jahren, die er in Amerika gelebt hatte.

In den USA war er seinem Zeitvertreib nicht nachgegangen. Ihm hatte das nötige Selbstvertrauen gefehlt, um in einem fremden Land zu entführen und zu töten – obendrein in einem Land, in dem es die Todesstrafe gab und Gesetze streng durchgesetzt wurden. Und als er mit Jassy zurückkehrte und sie Kinder bekamen, dachte ein Teil von ihm, er könnte sich ändern. Aber die Triebe setzten wieder ein, und mit ihnen ereilte ihn die Erkenntnis, dass er über die nötigen Ressourcen verfügte. Als Mitglied der Familie Baker hatte er Zugang zu Land, Geld und Schutz. Er machte weiter, weil er es konnte.

Das Gebäude war leer. Er beließ es so, um etwaigen Eindringlingen keinen Anreiz zu bieten, sich längere Zeit darin aufzuhalten. Außerdem besaß Stephen die beiden einzigen Schlüssel für den Aufzug. Einer steckte in seiner Hosentasche, der andere lag zu Hause in einer Schublade versteckt.

Sie hat eine Schusswaffe. Die Worte liefen wieder und wieder in seinem Kopf ab. Er musste in dem Moment schussbereit sein, in der er unten ankam und sich die Türen öffneten.

Nachdem er den Revolver noch einmal überprüft hatte, steckte er den Schlüssel ins Schloss neben dem Aufzug und drehte ihn nach links. Langsam öffneten sich die Türen. Er zog den Schlüssel ab, stieg ein, steckte den Schlüssel ins Schloss in der Kabine und drehte ihn nach rechts. Die Türen schlossen sich, und der Aufzug begann seinen langsamen Abstieg.

Stephen setzte die Nachtsichtbrille auf und schaltete sie ein. Dann machte er sich bereit, richtete den Revolver auf die geschlossenen Türen. Würde ihm die Frau direkt vor dem Aufzug auflauern oder sich in einem der Räume verstecken?

Der Fahrstuhl ruckelte, bevor er mit einem Kreischen anhielt, das durch Mark und Bein ging. Stephen erstarrte. Das war bisher noch nie passiert.

Kurz zögerte er, bevor er tief Luft holte und den Schlüssel drehte, um die Türen zu öffnen.

Kate, Tristan und Sarah hielten vor der ehemaligen Telefonvermittlung.

»Das gefällt mir nicht«, sagte Sarah, während sie den Blick über die von Schatten verhüllten Gebäude der näheren Umgebung wandern ließ.

»Bleib im Auto. Verriegle die Türen. Und ruf die Polizei«, sagte Kate. Wäre Kate allein gewesen, sie hätte sich erst im Gebäude umgesehen, bevor sie die Polizei gerufen hätte. Aber da Tristan und sie auch Sarah in die Sache hineingezogen hatten, stand zu viel auf dem Spiel, um ein solches Risiko einzugehen.

»Kannst du mir bitte die Lenkradkralle von hinten reichen, Kate?«, fragte Sarah höflich.

Kate fand sie im Fußraum. »Die willst du doch nicht etwa am Lenkrad anbringen, oder?«

»So dumm bin ich auch wieder nicht. Wenn jemand herauskommt und irgendwas versucht, brate ich ihm damit eins über«, erklärte Sarah.

Kate nickte. Eine gute Idee. Sie war nicht sicher, wie weit Sarah kommen würde, wenn sie in ihren Pantoffeln flüchten müsste.

»Gut. Halt das Ding mit breitem Griff und schlag mit dem leichteren Ende zu«, riet Kate. »Hast du sonst noch etwas, das wir als Waffe benutzen können?«

»Im Kofferraum ist ein Brecheisen«, antwortete Sarah mit der Lenkradkralle in ihren zierlichen, blassen Händen.

Sie stiegen aus. Tristan fand das Brecheisen im Kofferraum, holte es heraus und schlug den Kofferraumdeckel zu. Sarah betätigte die Zentralverriegelung, und sie konnten beobachten, wie sie ihr Handy nahm, um die Polizei zu verständigen. Kate vergewisserte sich, dass sie ihr Pfefferspray richtig herum in der Hand hielt. Sie schaute zu Tristan. Er nickte und schenkte ihr ein nervöses Lächeln.

»Okay. Packen wir's«, sagte er. Damit machten sie sich auf die Suche nach der Eingangstür.

Ein offenes Vorhängeschloss hing am Haken an der Seitentür. Kate zog am Griff, und die Tür öffnete sich.

»Ist das zu einfach?«, fragte Tristan. Er klang verängstigt.

»Ja«, erwiderte Kate, und sie traten hinein in die Dunkelheit.

Magdalena begann, fast unkontrollierbar zu zittern, als sie hörte, wie der Aufzug über ihr aktiviert wurde. Sie hatte lange auf der kleinen Plattform über der Luke ausgeharrt, die Waffe auf dem Schoß.

Unmittelbar neben dem Schacht klang der Aufzug unheimlich laut, während sie beobachtete, wie sich die riesige Kabine auf sie zubewegte. Kurz dachte sie, der Aufzug würde sie zerquetschen, so nah kam ihr die Kabine, doch letztlich bewegte sie sich an der kleinen Plattform vorbei, sperrte Magdalena seitlich ein und stürzte sie für einen Moment wieder in die Dunkelheit, bis er sie passiert hatte.

Sie hatte überlegt, ob sie die Scherben der zerbrochenen Toilettenschüssel im Aufzugsschacht zurücklassen sollte, damit der Lift nicht vollständig herunterfahren könnte. Aber das hätte bedeutet, dass sie länger festsitzen würde, gefangen durch einen blockierten Fahrstuhl. Wenn der Mann nicht ins Verlies konnte, dann konnte sie nicht hinaus. Sie wusste nicht, wie lange sie sich schon ohne Essen in ihrem Kerker befand, und sie fürchtete, sie würde bald verhungern, wenn sie noch länger bliebe.

Da die Toilettenschüssel beim Sturz in den Aufzugsschacht in drei Teile zerbrochen war, hatte es sich etwas leichter gestaltet, die Trümmer wieder auf die Plattform zu hieven.

Der Aufzug quietschte, als er die verbliebenen, kleineren Scherben zermalmte, bevor er zum Stehen kam. Magdalena kauerte sich auf die Fersen, streckte den Revolver nach vorn und zielte durch die Luke. Ihre Hände zitterten noch von der körperlichen Anstrengung und vom Mangel an Nahrung. Einen Moment lang dachte sie, die Türen würden sich nicht öffnen lassen, dann jedoch glitten sie auf.

Sie hatte den Revolver im Anschlag, als der Mann aus dem Lift kam. Magdalena sah seinen Kopf mit der aufgesetzten Nachtsichtbrille und in seiner Hand eine Schusswaffe, die er vor sich hielt. Sie zielte auf seinen Schädel und drückte den Abzug.

Der Lärm des Schusses war ohrenbetäubend. Magdalena wusste nicht, ob es am Zittern ihrer Hand oder am Rückstoß des Revolvers lag, jedenfalls verfehlte sie den Mann. Die Kugel schlug neben ihm in den Boden ein. Nur einen Sekundenbruchteil, bevor sie erneut feuerte, schaute er durch die Luke zu ihr hoch. Da sah sie ihn zum ersten Mal richtig, ohne Maskerade. In ihrer Vorstellung war er ein alter Mann gewesen. Tatsächlich erwies er sich als jünger, aber sie erkannte die Nase, die vollen Lippen und die Zähne als jene des Mannes, der sie vor einer gefühlten Ewigkeit vom Straßenrand entführt hatte.

In Magdalena legte sich ein Schalter um. Jede Angst und jeder Hunger verpufften. Stattdessen breitete sich in ihr eine gewaltige Flutwelle aus Wut und Hass auf diesen Mann aus, der ihr so viel genommen hatte. Mit den letzten Energiereserven stieß sie einen animalischen Kriegsschrei aus, stürzte sich durch die Luke und sprang auf ihn hinunter. Ihr Fuß verfing sich dabei an der Kante der Luke und ließ sie mit einem Knall zuschwingen.

Als sie beide auf dem Boden aufschlugen, wurde der Korridor in Dunkelheit getaucht. Magdalena spürte den Körper des Mannes unter ihrem und begann, gleichzeitig mit der Pistole auf ihn einzuschlagen und nach seinem Gesicht zu krallen. Magdalena nahm seinen heißen Atem und die Anspannung seiner Muskeln wahr, als er aufschrie und sie von sich stieß. Sie landete hart auf dem Betonboden, behielt den Revolver jedoch in der Hand. Mit grellen Mündungsblitzen und ohrenbetäubendem Knallen feuerten sie beide.

Kate und Tristan sahen sich in der leeren ehemaligen Telefonvermittlung um. Schatten beherrschten den Raum. Es gab nur ein kleines Fenster hoch oben an der Vorderseite des Gebäudes. Sie schalteten die Taschenlampen ihrer Handys ein. Es roch nach Schimmel und Feuchtigkeit, aber die Umgebung wirkte ordentlich, der Betonboden war sauber. Sie bewegten sich auf die Aufzugtüren am gegenüberliegenden Ende zu. Dann ertönte ein gedämpfter Knall, gefolgt von einem weiteren.

»Was war das?«, fragte Tristan.

»Schüsse«, antwortete Kate. »Scheiße. Wir kommen zu spät.« Kate sah sich nach einem Treppenhaus um, doch es gab nur die Aufzugtüren. Sie drückte den Knopf, um den Aufzug zu rufen, ohne darüber nachzudenken, wer dort unten eine Waffe haben könnte. »Du solltest hierbleiben«, meinte sie zu Tristan, als sie beide hörten, wie sich der Fahrstuhl langsam nach oben bewegte.

»Auf keinen Fall. Ich komme mit dir«, widersprach Tristan. Endlich kam der Aufzug an, und sie stiegen ein. In der düsteren Kabine herrschte ein übler Geruch, der an ranziges Fleisch erinnerte. Auf der linken Seite steckte ein Schlüssel in einem Schloss. Tristan drehte ihn erst nach links, dann nach rechts. Die Türen schlossen sich, und der Aufzug setzte sich rumpelnd abwärts in Bewegung.

Während der Fahrt hörten sie ein schrilles Kreischen und einen weiteren Schuss. Bei den Geräuschen sträubten sich Kate die Nackenhaare.

Tristan brachte das Brecheisen in Anschlag, Kate das Pfefferspray. Als sich die Türen öffneten, erhellten die Taschenlampen ihrer Handys einen Korridor und zwei Gestalten auf dem Boden.

Eine Sekunde lang schauten die beiden zu dem hellen Licht auf – Stephen Baker, dem Blut aus der Nase lief, und unter ihm eine schmutzige, ausgemergelte Frau mit langem, dunklem Haar. Er hatte sie fixiert und würgte sie gerade.

»Magdalena?«, fragte Kate. Ihr blieb keine Zeit zu verarbeiten, dass Magdalena noch lebte und sich mit Stephen Baker hier unten befand.

Neben Stephens Bein lag eine Nachtsichtbrille. Ein Stück entfernt davon sichtete Kate auf dem Betonboden eine Handfeuerwaffe.

Was dann geschah, schien sich in Zeitlupe abzuspielen. Kate preschte zu der Waffe und hechtete auf den Boden. Ihre Hand schloss sich um den Griff, Stephens Hände schlossen sich um ihre Finger. Er riss ihre Hände hoch und traf sie hart am Kinn. Sie hielt den Griff der Waffe weiter fest, aber seine kräftigen Hände zerrten an ihren Fingern.

Kate konnte seinen Schweiß riechen. Schließlich verlagerte seine Hand den Griff und begann, ihre Finger zurückzubiegen. Als sie den Halt an dem Revolver verlor, ließ Stephen sie abrupt los, erschlaffte und sackte zu Boden. Kate schaute auf und sah, dass Tristan ihm das Brecheisen über den Kopf gezogen hatte.

Ein Moment der Stille folgte, dann ertönte ein schriller Aufschrei von Magdalena. Sie hob einen zweiten Revolver auf, der auf der anderen Seite des Korridors lag, und feuerte auf Stephens bewusstlos am Boden liegenden Körper. Ein Projektil traf die Wand, von der Verputz spritzte, eine weiteres schlug in die linke Schulter des Besinnungslosen ein. Wackelig rappelte sich Magdalena auf die Beine und humpelte mit der Waffe in der Hand auf Stephen zu.

»Magdalena! Nicht!«, rief Kate. »Wir sind Ihretwegen hier. Sie sind in Sicherheit. Bitte hören Sie auf!«

Magdalena kreischte nur, bückte sich neben Stephen, setzte die Mündung der Waffe an seinem Hinterkopf an und drückte den Abzug. Ein Klicken ertönte. Die Trommel war leer.

»Es ist alles gut, Sie sind in Sicherheit«, redete Kate beruhigend auf sie ein, und es gelang ihr, der verstörten Frau behutsam die Waffe aus der Hand zu nehmen. Sie reichte sie zusammen mit dem zweiten Revolver an Tristan weiter. Kate löste den Blick nicht von Stephen Baker, der unverändert mit dem Gesicht nach unten auf dem Boden lag. Magdalena schrie hysterisch weiter. Es war ein markerschütterndes Geräusch, das Kate beinahe das Blut in den Adern gerinnen ließ, während sie versuchte, Kontrolle über die Situation zu gewinnen.

»Hol die Patronen aus der zweiten Waffe, Tristan«, sagte sie.

Er fingerte daran, bis es ihm gelang, die Trommel zu öffnen, dann neigte er die Waffe und ließ die restlichen Patronen auf den Boden fallen.

Kate hatte Magdalena mittlerweile in die Arme gezogen und gab sich alle Mühe, sie zu beruhigen. »Sie sind in Sicherheit. Wir sind hier, um Sie nach Hause zu bringen«, sagte Kate.

»Er hat mich entführt! Er hat mich hier festgehalten«, rief Magdalena weinend. »Er hat mich hier festgehalten … in der Dunkelheit und Kälte.« Es folgte ein rasanter Wortschwall auf Italienisch.

Tristan kniete sich neben Stephen. Der Mann stöhnte. Blut strömte aus der Wunde an seiner Schulter.

»Du musst Druck auf die Schulter ausüben. Ich will nicht, dass er verblutet und uns wegstirbt«, sagte Kate.

In dem Chaos hatten sie nicht gehört, wie der Aufzug wieder nach oben gefahren war und zurückkehrte. Die Türen glitten auf.

Henry Ko stieg mit Della Street, zwei weiteren Beamten und zwei Sanitätern aus der Kabine. Abrupt hielten sie inne und starrten die drei Personen neben Stephen Baker an.

»Da sind Sie ja endlich«, sagte Kate. »Das ist Magdalena Rossi. Sie wurde von Stephen Baker entführt und hier gefangen gehalten«, verkündete sie triumphierend. »Magdalena hat in Notwehr auf ihn geschossen. Er blutet stark.«

Henry Ko wirkte sehr blass. Sein Mund klappte auf. Die Beamten und Sanitäter dagegen schüttelten ihre Schockstarre ab und schritten zur Tat. Jemand rief Verstärkung, während sich Della auf Magdalena konzentrierte und die Sanitäter begannen, sich um Stephen Bakers Schussverletzung zu kümmern.

Kate richtete sich auf und trat auf Henry Ko zu.

»Glauben Sie mir jetzt?«, fragte sie.

EPILOG

ZWEI WOCHEN SPÄTER

Es war ein sonniger Morgen Anfang November, als Kate und Tristan vor dem Leichenschauhaus von Exeter vorfuhren. Kate parkte ein und schaltete den Motor aus. Sie sah zu Tristan hinüber.

»Bist du sicher, dass du's tun willst?«, fragte sie.

Nach kurzem Zögern nickte er.

»Ich habe das Gefühl, ich muss sie sehen. Das bin ich ihnen schuldig … Sicherheitshalber habe ich nicht gefrühstückt«, fügte er hinzu.

Kate fiel auf, dass sein Gesicht bereits blass wirkte. Sie nickte und holte tief Luft.

Zusammen marschierten sie zum Haupteingang, wo ihnen mit einem Summen die Tür geöffnet wurde. Alan Hexham kam ihnen im kleinen Empfangsbereich entgegen, wo sie sich eintrugen.

»Morgen«, grüßte er, ernster als sonst. »Ihr müsst bitte Overalls und Gesichtsmasken anlegen.«

Als Kate und Tristan fertig waren, betraten sie die Leichenhalle. Drei Körper lagen auf Obduktionstischen aus Edelstahl. Sie wirkten beinah mumifiziert, hatten keine Haare mehr, und an manchen Stellen fehlte die ledrige, dunkle Haut. Ein unangenehmer Geruch von Fäulnis und abgestandenem Wasser beherrschte den Raum.

»Diese drei armen Seelen, alle weiblich, wurden im Stausee aus einer Tiefe von vierzig Metern geborgen«, sagte Alan.

»Man hatte sie beschwert und in Stoff eingewickelt. Die Kälte und der fehlende Sauerstoff in der Tiefe haben die Verwesung ebenso verlangsamt wie die Laken, in die sie gehüllt waren …«

Kate betrachtete den ersten Leichnam. Sie empfand Traurigkeit und Abscheu darüber, dass der Stausee diese Toten so lange versteckt hatte. Ihr Blick wanderte zu Tristan. Er lehnte mit dem Rücken an der Wand und sah sehr blass aus.

»Ich weiß nicht, ob du schon die neueste Zahl der Leichen erfahren hast«, sagte Alan.

»Ich habe zuletzt von sieben gehört«, erwiderte Kate.

»Ah. Die Tauchmannschaft hat inzwischen zwölf Tote aus dem Stausee geborgen, und ich weiß, dass heute noch ein weiteres Team runtergehen soll. Neun Obduktionen habe ich bereits durchgeführt. Die drei Frauen hier sind gestern Abend eingetroffen.«

Von ihrer Zeit bei der Polizei wusste Kate, dass Tauchgänge in Tiefen über fünfundzwanzig Metern kompliziert waren. Und in einigen Teilen des Stausees betrug die Tiefe vierzig bis fünfzig Meter. Unter solchen Bedingungen mussten die Polizeitaucher spezielle Sauerstoffmischungen verwenden und konnten nur sehr begrenzte Zeit unter Wasser verbringen.

Alan fuhr fort: »Die sechs verschiedenen DNA-Proben, die im Keller der ehemaligen Telefonvermittlung in Frome Crawford gefunden wurden, passen zu sechs der bisher gefundenen Leichen, darunter Sally-Ann Cobbs und Ulrich Mazur.«

Kate schaute zurück zu Tristan. Sein Gesicht glich der Farbe von Kreide.

»Was ist mit den anderen sechs Leichen?«, fragte er mit zittriger Stimme.

»Ich habe mit Della gesprochen«, sagte Kate. »Man hat in dem Keller auch Rückstände von verschiedenen Bleichmitteln und Ätznatron gefunden. Was bedeutet, dass Stephen Baker das Verlies etliche Male gereinigt und dabei DNA vernichtet haben könnte… Aber man sucht weiter. Und natürlich hat die Polizei mittlerweile die DNA getestet, die an Ted Cloughs Leiche gefunden wurde. Sie passt zu der von Stephen Baker.«

Tatsächlich hatte Stephen Baker in Untersuchungshaft eine außergewöhnliche Geschichte gestanden. Er habe sechzehn Menschen entführt und getötet, hatte er der Polizei mitgeteilt, und danach aufgehört zu zählen. Baker hatte auch zugegeben, Ted Clough ermordet zu haben. Durch sein Geständnis wollte er versuchen, mit der Polizei einen Deal für Strafverringerung auszuhandeln. Allerdings, so hatte Della zu Kate gesagt, befände sich jemand, der zugab, mindestens siebzehn Menschen ermordet zu haben, in keiner besonders starken Verhandlungsposition.

»Ich denke, wir haben genug gesehen«, befand Kate mit einem letzten Blick auf die Leichen auf den Obduktionstischen.

»Ja. Wie wär's mit einem Tässchen Tee?«, bot Alan an.

Als sie sich in seinem Büro mit dampfenden Tassen gesüßten Tees niedergelassen hatten, setzten sie das Gespräch fort.

»Ich verstehe einfach nicht, wie sich Stephen Baker so sicher dabei gefühlt haben kann, die Leichen im Stausee zu versenken«, meinte Alan und lehnte sich auf seinem Stuhl zurück. »Im Verlauf der Jahre sind zwei davon aufgestiegen – Fiona Harvey und Becky Chard. In beiden Fällen wurde ihre Todesursache von Dylan Robertson vertuscht.«

Kate pustete auf ihren Tee und nippte daran.

»Stephen Baker hat der Polizei gesagt, dass Arron Ko und seine Tante, Silvia Baker, seit vielen Jahren eine Liebesbeziehung unterhalten«, erklärte Kate. »Wenn Arrons Frau auf Geschäftsreise war, haben sie ausgelassene Partys gefeiert. Eines Nachts, als Stephen noch sehr jung war, hat Arron nach einem ausgiebigen Trinkgelage Silvia nach Hause gefahren. Dabei hat er einen jungen Mann am Straßenrand übersehen und totgefahren. Damals stand er kurz davor, Superintendent zu werden. Wenn das herausgekommen wäre, hätte es seine Karriere jäh beendet. Also bat Silvia ihren Gehilfen Dylan, sich um die Leiche zu kümmern. Der hat sie beschwert und in den Stausee geworfen. Stephen war noch ein Teenager, als Silvia und Arron eines Nachts darüber geredet haben und er sie belauscht hat … Jahre später hat Stephen dann diese Obsession entwickelt, junge Frauen zu entführen, und er wusste, solange seine Tante Silvia und Arron Ko lebten, würde nie jemand die Erlaubnis bekommen, den Stausee abzusuchen. Sie haben ihm den perfekten Ort für die Entsorgung der Leichen geliefert.«

»Also hatten sie keine Ahnung von Stephen und all den Toten im Stausee?«, fragte Alan.

»Dylan wurde vor zwei Tagen verhaftet. Die Polizei ist noch dabei herauszufinden, ob er etwas davon wusste, dass Stephen dort Leichen abgeladen hat. Allerdings geht man eher davon aus, dass er es nicht wusste. Damit, dass er eine Suche im Stausee verhindert hat, wollte er immer nur sich selbst, Silvia und Arron schützen«, erklärte Kate.

»Henry Ko ist bis zu einer internen Untersuchung suspendiert«, fügte Tristan mit seinem Tee in der Hand hinzu. Inzwischen war wieder ein wenig Farbe in sein Gesicht zurückgekehrt.

»Er behauptet, er hätte nichts von den wässrigen Gräbern in Shadow Sands gewusst. Laut seiner Aussage hat sein Vater immer darauf bestanden, eine Suche im Stausee wegen den damit verbundenen Kosten für die Firma zu vermeiden«, ergänzte Kate.

»Glaubst du, er ist wirklich so dumm, dass er ihm das abgekauft hat?«, fragte Alan.

»Anscheinend war er dumm genug, blind auf das Wort seines Vaters zu vertrauen«, erwiderte Kate. »Sein Vater war der Grund, warum er immer wieder befördert wurde. Hat Arron Ko auch die Fäden dabei gezogen, dass ein anderer Gerichtsmediziner für die Obduktion von Simon Kendal angefordert wurde?«

Alan seufzte.

»Ja, das war er. Vorher durfte ich dir nichts darüber sagen, aber in Anbetracht der Entwicklungen: ja. Meinst du, Stephens Frau hat etwas geahnt?«, fragte er.

»Sie hat bereits die Scheidung eingereicht und ist mit den drei Kindern zurück nach Amerika zu ihrer Familie gezogen«, antwortete Kate. »Die Polizei hat sie nicht davon abgehalten, also steht sie nicht unter Verdacht.«

»Was glaubst du, warum Stephen es getan hat – und warum er seine Opfer so lange behalten hat, bevor er sie umbrachte?«

»Ich habe so viele Jahre mit dem Versuch verbracht, die Beweggründe von Serienmördern zu verstehen. Oft läuft es auf jegliches Fehlen von Empathie und das Verlangen nach Macht und Kontrolle hinaus. Nach dem zu urteilen, was Magdalena der Polizei geschildert hat, muss Stephen großes Vergnügen daran gehabt haben, sie im Stockdunkeln zu lassen und sie zu quälen. Die Psychologen werden sich mit Sicherheit darum prügeln, ihn zu studieren.«

»Und was ist mit Simon Kendal?«, fragte Alan.

»Er war zur falschen Zeit am falschen Ort. Simon dürfte zufällig beobachtet haben, wie Stephen gerade eine Leiche entsorgen wollte, jedenfalls geht die Polizei davon aus, wie Della mir erzählt hat. Man vermutet, dass es eine junge Frau namens Jennie Newlove war, die seit Ende Juli vermisst wird. Bis jetzt war wenig über die Umstände ihres Verschwindens bekannt.«

Alan nickte ernst.

»Jennie Newlove war eine der Leichen, die wir bei den Obduktionen identifiziert haben«, sagte er.

»Die Polizei vermutet, dass Simon nachts aufgestanden ist, um spazieren zu gehen. Dabei hat er Stephen beim Abladen ihrer Leiche gestört, und es dürfte zu einem Kampf gekommen sein«, sagte Kate.

»Was ist mit dem Zelthaken?«, fragte Alan. »Erinnerst du dich, als ich mir damals die Akte angesehen habe, da habe ich doch darauf hingewiesen, dass er vermutlich mit einem Zelthering erstochen wurde.«

»Sein Freund Geraint wurde vor ein paar Tagen aus der Untersuchungshaft entlassen. Man hat alle Vorwürfe gegen ihn fallen gelassen«, erwiderte Kate. »Laut Geraint fehlt einer der Heringe von dem Zelt, das die Polizei in seiner Wohnung beschlagnahmt hat. Die Behörden glauben, dass Simon den Haken zur Selbstverteidigung mitgenommen hat. Der Campingplatz liegt mitten im Nirgendwo, und die Toiletten werden oft von Obdachlosen zum Übernachten benutzt. Stephen könnte mit dem Zelthering auf Simon eingestochen haben. Und vermutlich hat Simon die Flucht ergriffen, indem er ins Wasser gesprungen und losgeschwommen ist. Stephen hat ihn dann mit seinem Boot weit den Stausee hinauf verfolgt. Er hat ihn eingeholt und mit dem Boot überfahren. Durch die zahlreichen Wunden hat Simon sehr viel Blut verloren und ist schließlich ertrunken.«

Kate war froh, dass die Sonne schien, als Tristan und sie das Leichenschauhaus verließen. Die Kälte drinnen hatte sich in ihren Knochen eingenistet und war vom Anblick der Toten noch verstärkt worden.

Eine Weile blieben sie beide neben Kates Auto stehen und genossen die Wärme.

»Geht's dir gut?«, fragte sie schließlich.

Tristan lehnte sich mit geschlossenen Augen zurück und ließ sich die Sonne ins Gesicht scheinen. Schließlich öffnete er die Lider. »Ja. Denke schon«, antwortete er.

»Ich hab eine Einladung zur Hochzeit von Sarah und Gary bekommen«, wechselte Kate das Thema.

»Ja, sie hat mir gesagt, dass sie dich einladen wird«, erwiderte er.

»Was hat ihre Meinung geändert?«

»Ich glaube, sie bewundert dich insgeheim dafür, wie du dich reingekniet hast, um Magdalena zu finden.«

»*Wir* haben uns reingekniet«, korrigierte Kate.

»Und natürlich kann Sarah jetzt überall rumerzählen, sie hätte den Fluchtwagen gefahren«, fügte Tristan mit einem wissenden Lächeln hinzu. »Und nur, damit du Bescheid weißt: In Sarahs Version der Ereignisse ist sie mit Volldampf über die Landstraßen gerast, und es ist einzig ihr zu verdanken, dass wir rechtzeitig eingetroffen sind und Magdalena das Leben retten konnten. Ach ja, und sie hatte *nicht* ihren Morgenmantel und ihre Häschenpantoffeln an.«

Kate lachte. »In der Einladung steht, ich darf Begleitung mitbringen, und ich dachte an Jake. Er wird an dem Wochenende bei mir sein.«

»Das ist völlig in Ordnung. Wie geht's ihm nach dem Treffen mit Peter?«

Kate zuckte mit den Schultern.

»Ich weiß nicht. Er will Peter schreiben, wovon ich alles andere als begeistert bin. Aber wenigstens scheint er sich keinen Illusionen darüber hinzugeben, wer sein Vater ist«, sagte sie. »Die Zeit wird es weisen … Was ist mit dir und Sarah?«

»Allmählich findet sie sich damit ab, dass ich auf Kerle stehe.«

»Und was ist mit dir? Wie kommst du damit zurecht?«

»Ich bin froh, dass ich endlich ehrlich zu mir selbst bin. Ein bisschen nervös bin ich nur in Bezug auf Dates«, fügte er lächelnd hinzu.

»O mein Gott, als würdest du Probleme haben, zu Dates zu kommen«, erwiderte Kate und lachte.

Sie stiegen ins Auto. Kate wollte schon den Motor starten,

doch dann zögerte sie und drehte sich zu Tristan. Etwas lag ihr noch auf dem Herzen, und sie musste es ihm hier und jetzt mitteilen.

»Hör mal, ich hab in letzter Zeit viel über die Zukunft nachgedacht. Ich werde meine Kündigung bei der Universität einreichen«, verkündete sie.

»Warum das?«

»Mein Traumberuf war immer Polizistin. Wir wissen ja beide, wie das ausgegangen ist. Danach hat es mir zwar schon Spaß gemacht, als Dozentin zu arbeiten, und die vergangenen acht Jahre hat es auch gut gepasst. Aber jetzt möchte ich Privatdetektivin werden. Vollzeit. Ganz oder gar nicht. Auch wenn ich noch nicht genau weiß, *wie* ich es anstellen werde … Und keine Sorge, ich bleibe noch für den Rest des Studienjahrs. Ich kenne auch mehrere andere Dozenten, die dich sofort als wissenschaftlichen Assistenten übernehmen würden …«

Kate atmete aus. Sie war erleichtert, dass sie es endlich losgeworden war, aber sie sorgte sich auch um Tristan.

»Was, wenn ich bei dir einsteige? Ich weiß, ich müsste ein paar Kurse belegen, und vielleicht müsste ich eine Zeit lang in Teilzeit an der Uni bleiben, bis das Geschäft richtig in die Gänge kommt.«

»Das hört sich toll an«, meinte Kate. »Aber hast du auch eine Idee, wie das funktionieren könnte?«

»Lass uns einen Kaffee trinken gehen und einen Plan schmieden«, schlug er vor. »Ich nehme einen Karamell-Macchiato.«

Lächelnd nickte Kate. Dann fuhren sie durch die sonnigen Straßen los, um ein Café zu suchen, in dem sie ihre Zukunft als Privatdetektive planen würden.

Anmerkungen des Autors

Liebe Leserinnen und Leser, vielen Dank an alle, die mir geschrieben haben, dass ihnen *So blutig die Nacht* gefallen hat. Die netten Nachrichten und Rückmeldungen bedeuten mir unheimlich viel. Sie lassen mich weitermachen und bauen mich an Tagen auf, an denen es mit dem Schreiben zäh vorangeht. Es ist einfach toll zu erfahren, was Sie von Kate, Tristan und allen übrigen Charakteren halten. Im ersten Entwurf von *So eiskalt der Tod* hat Peter Conway gefehlt. Aber mir haben so viele Leute geschrieben, mit welcher Begeisterung sie Peter hassen, und so viele wollten wissen, wie es mit ihm weitergeht. Also habe ich beschlossen, ihn doch in *So eiskalt der Tod* auftreten zu lassen, und ich denke, es hat das Buch bereichert. Danke. Bitte schreiben Sie mir weiter, ich freue mich, von Ihnen zu hören.

Wie immer danke ich Ihnen, dass Sie sich entschieden haben, eines meiner Bücher zu lesen. Falls Ihnen *So eiskalt der Tod* gefallen hat, wäre ich Ihnen sehr dankbar, wenn Sie Ihren Freunden und Ihrer Familie davon erzählen könnten. Ich schreibe das am Ende jedes Buchs, aber Mundpropaganda ist und bleibt die wirkungsvollste Möglichkeit für neue Leser, eines meiner Bücher für sich zu entdecken. Ihre Unterstützung bewirkt einen entscheidenden Unterschied! Sie könnten auch eine Produktbewertung schreiben. Sie muss nicht umfangreich sein, nur ein paar Worte. Auch das hilft neuen Lesern, zum ersten Mal auf eines meiner Bücher aufmerksam zu werden.

Wie ich schon einmal geschrieben habe, sind die britische Küstenstadt Ashdean, ihre Universität und ihre Einwohner ebenso fiktiv wie Thurlow Bay, wo Kate Marshall auf einer Felskuppe wohnt. Falls Sie die Lage auf einer britischen Karte nachschlagen möchten, stelle ich mir Ashdean an der Südküste Englands neben einer wunderschönen Ortschaft namens Budleigh Salterton vor.

Hinzufügen möchte ich, dass auch der Shadow Sands Besitz, der Stausee und das Kraftwerk fiktiv sind, genau wie die psychiatrische Klinik Great Barwell, in der wir Peter Conway ein zweites Mal besucht haben.

Die anderen im Buch erwähnten Schauplätze sind real, aber wie bei jeder fiktiven Geschichte hoffe ich auf Verständnis dafür, dass ich mir dramaturgische Freiheiten genommen habe.

Um mehr über mich zu erfahren oder mir eine Nachricht zu senden, können Sie meine Website besuchen: www.robertbryndza.com.

Kate und Tristan kehren in Kürze für eine weitere fesselnde Morduntersuchung zurück! Bis dahin …

Robert Bryndza

Danksagung

Vielen Dank an das brillante Team von Thomas & Mercer: Liz Pearsons, Charlotte Herscher, Laura Barrett, Sarah Shaw, Oisin O'Malley, Dennelle Catlett, Haley Miller Swan und Kellie Osborne. Wie immer vielen Dank an das Team Bryndza: Janko, Vierka, Riky und Lola. Ich liebe euch alle so sehr und danke euch für eure anhaltende Liebe und Unterstützung!

Das größte Dankeschön geht an alle Buch-Blogger, Leserinnen und Leser. Als ich angefangen habe, waren Sie es, die meine Bücher gelesen und sich für sie eingesetzt haben. Mundpropaganda ist die mächtigste Form der Werbung, und ich werde nie vergessen, wie wichtig meine Leser und die vielen wunderbaren Buch-Blogger sind. Ich hoffe, *So eiskalt der Tod* hat Ihnen gefallen. Es werden noch viele weitere Bücher folgen, und ich hoffe, Sie begleiten mich auch weiterhin!

Ein verschwundenes Mädchen und eine Insel mit dunklen Geheimnissen ...

Jenny Blackhurst
DEIN DUNKELSTES GEHEIMNIS
Psychothriller
Aus dem Englischen
352 Seiten
ISBN 978-3-404-18455-2

„Wo ist sie?“ Immer wieder stellt Kathryn ihrem Vater diese Frage, die sie bis in ihre dunkelsten Träume verfolgt. Seit mehr als zwanzig Jahren sitzt er nun im Gefängnis und schweigt über seine grauenvolle Tat: den Mord an ihrer besten Freundin Elsie, deren Leiche bis heute nicht gefunden wurde. Am 25. Jahrestag von Elsies Verschwinden erreicht Kathryn eine zutiefst verstörende Nachricht: Auf ihrer Heimatinsel Anglesey wird ein weiteres Mädchen vermisst. Die Ähnlichkeit zu Elsie ist frappierend. Auf der Suche nach Antworten kehrt Kathryn nach Angelesey zurück. Doch sie ist nicht willkommen – denn mit ihrer Ankunft drängen tödliche Geheimnisse an die Oberfläche ...

Schon einmal entkam sie dem Nine Elms Killer. Nun ist er zurück ...

Robert Bryndza
SO BLUTIG DIE NACHT
Thriller
Aus dem Englischen
von Michael Krug
480 Seiten
ISBN 978-3-404-18381-4

Vor sechzehn Jahren überlebte die ehrgeizige Polizistin Kate Marshall die Begegnung mit einem Serienkiller nur knapp. Gezeichnet von dem Trauma, schied sie aus dem Polizeidienst aus und arbeitet seither als Dozentin für Kriminologie an der Ashdean University. Doch dann zieht eine E-Mail Kate in die Welt des Mörders zurück: Der Vater eines vor zwanzig Jahren verschwundenen Mädchens vermutet, dass seine Tochter Opfer des Serienmörders wurde. Gleichzeitig wird die frische Leiche eines Mädchens gefunden – getötet nach demselben Modus Operandi wie damals. Doch der Killer sitzt noch hinter Gittern ...

Lübbe